KB157736

The Summer Job

너의 여름을 빌려줘

The Summer Job
너의 여름을 빌려줘

마시멜로

고마움과 사랑, 위스키 한 잔과 함께
이 책을 맨슨 가족에게 바칩니다.
그리고 내게 글을 쓸 용기를 주었고
지금도 매일 영감을 주고 있는 사촌, 레이철 존스에게도 바칩니다.

1장
5월

"결혼식 보러 오셨어요?"

운전사가 좁디좁은 길을 고속으로 몰면서 내게 시선을 고정한 채 해맑은 표정으로 물었다.

"아뇨, 아니에요."

나는 손가락이 얼얼할 만큼 의자를 꽉 틀어잡은 채 답했다. 시속 110킬로미터는 너끈히 넘는 속도였다.

"하긴, 하객 옷차림은 아니네요."

운전사도 동의했다.

셔츠를 내려다보니 두려움을 압도하는 부끄러움이 밀려들었다. 최저가 할인 매장 티케이맥스에서 60퍼센트 할인된 가격에 산 흰색 실크 셔츠였다. 그러나 이 흰색 실크 셔츠는 입은 지 몇 시간 만에 돈이 많거나 빨래를 즐기는 사람들이나 입는 옷이란 걸 깨닫게 했다. 건조기를 돌려도 구김이 가지 않는 옷인가를 가장 중요하게 보고 구매하는 내가 살 만한 옷은 분명 아니었다.

택시가 급커브를 돌자 일차선 도로가 리본처럼 얇아지고 숲에 가려졌던 시야가 확 트이더니 오래된 돌기둥 두 개에 고정된 단순한 디자인의 철문이 나왔다. 철문을 통과하자 드넓은 잔디밭이 위쪽으로 완만한 경사를 이루며 펼쳐졌고, 진입로 양쪽으로 줄지어 우뚝 솟은 나무들이 가지와 나뭇잎을 뻗어 천연 터널을 이루고 있었다. 주변은 안개에 휩싸여 온통 적갈색으로 물들어 있었다.

그때 집 한 채가 시야에 들어왔다. 집이라기보다는 작은 성에 가까웠다. 잿빛 사암으로 쌓아 올린 항공모함 같은 건물 양쪽에는 첨탑이 솟아 있었고, 원형 진입로와 건물 입구가 거대한 계단으로 이어져 있었다. 상상했던 것보다 훨씬 웅장했고 묘하게 음산했다. 나는 바로 팀에게 메시지를 보냈다.

빌어먹을 고딕 소설 속에 들어온 것 같아.

꽤 만족스러웠다. 재치 있으면서 불경스럽고 비밀스럽기까지 한 메시지였다. 전화를 걸어 직접 말할까 했지만 어차피 내 농담을 알아듣지 못할 터였다. 팀은 그리 박식한 편이 아니다.

그때 타이어가 미끄러지며 공회전하는 소리가 났다. 나는 그 소리에 정신이 번쩍 들어 질주하는 택시에 타고 있는 현실로 되돌아왔다. 운전사는 타이어가 진흙에 빠져 헛돌아 잠시 오도 가도 못하다 기어를 바꿔 겨우 벗어났다.

"뒤로 돌아 짧은 길로 가면 마구간과 작은 집 몇 채가 있대요. 그 옆에 작은 주차장이 있고요."

나는 가는 길을 휴대폰으로 재확인하며 말했다.

"직원용 입구 말인가요?"

기사가 한쪽 눈썹을 치켜올리며 물었다.

"네."

나는 고개를 끄덕이며 답하고는 창밖을 보며 생각에 잠겼다.

건물의 뒤편은 정면 못지않게 웅장한 데다 더 아름다웠다. 뒷길은 자갈 깔린 마당과 장미 정원에서 경사를 이루며 내려가다 바로 보이지는 않지만 흐르는 소리가 들리는 강으로 이어지는 듯했다. 택시는 본관 건물 옆으로 100미터쯤 떨어진 곳에 자리한 마구간과 작은 돌집 세 채 사이에 멈춰 섰다. 뒤돌아보니 본관은 작은 오크 숲에 가려 잘 보이지 않았다.

세 채 중 제일 큰 집의 나지막한 굴뚝에서 나무 땐 연기가 기분 좋은 나선을 그리며 피어올랐다. 나무 문에 걸린, 은으로 장식한 돌 팻말에는 자세히 봐야 알아볼 글씨가 적혀 있었다.

직원 외 출입 금지.

"여기예요."

나는 차에서 내려 운전사에게 스코틀랜드 지폐로 200파운드를 건네면서 내 남은 전 재산에 작별을 고하는 심정을 들키지 않으려 애써 무덤덤한 표정을 지었다.

"고마워요. 인버네스에서 서부 해안까지 한 시간 반도 안 걸릴 줄 누가 알았겠어요? 분명 세계 신기록일 거예요."

운전사는 과하게 뿌듯한 표정을 지었다.

주차장에는 흰색 밴 한 대, 사륜구동차 몇 대, 비싸 보이는 큰 검은색 SUV 몇 대, 골프 카트 두 대가 세워져 있었다. 이곳에도 사람의 흔적은 보이지 않았다. 멀리서 개 짖는 소리가 불길하게 메아리칠 뿐이었다.

불안이 공포로 바뀌기 시작했다. 드디어 왔다. 말 그대로 막다른 골목에 도착했다. 이런 미친 짓을 저지르다니. 웨스트엔드에서 그 망할 연극을 때려치우고 정신이 나갔던 게 틀림없다. 그것도 첫 대사를 하기 직전에 극장을 뛰쳐나왔다.

"스코틀랜드에서 즐겁게 지내요, 아가씨."

운전사는 타이어로 자갈길을 긁는 끼익 소리와 함께 택시를 몰고 떠났다.

나는 나무 문을 몇 번 두드렸다. 늦봄이라는 게 믿기지 않을 정도로 추웠다. 내가 입은 얇은 트렌치코트로는 절대 막을 수 없는 추위였다.

그때 휴대폰의 알림이 울렸다. 팀이었다.

그게 무슨 뜻이야?

웃음이 픽 새어 나왔다. *역시 기대를 저버리지 않는군.*

여전히 사람이라고는 그림자조차 보이지 않았다. 나는 얼음장 같은 바람을 최대한 막기 위해 팔짱을 낀 채 사람의 흔적을 찾아 마당을 둘러보았다. 마구간의 말들이 건초로 덮인 돌바닥을 발굽으로 긁는 소리가 들렸고, 이끼 낀 흙냄새가 났다. 맨 끝 집에 난 작은 창문으로 안을 들여다보려 몸을 기울이니 센서 등이 켜졌다. 순간, 잠시 눈이 멀어 주변이 뿌옇게 보였다.

"헤더?"

나는 뒤에서 들리는 굵은 목소리에 놀라 움찔했다. 강하면서 부드러운 스코틀랜드 억양이었다. 나는 흰색 밴 뒤에서 나타난 목소리의 주인공이 잘 보이지 않아 한 손으로 센서 등의 빛을 가리며 실눈을 떴다. 새하얀 요리사 옷에 짙은 색 외투를 걸치고 짙은 색 털 비니를 이마까지 내려 쓴 키 큰 남자가 여미지 않은 외투 앞섶을 바람에 펄럭이며 서 있었다. *키가 크고 신비스러운 데다 수란을 만들 줄 아는 남자라니.* 보자마자 강한 호기심이 일었다.

"안녕하세요! 네, 맞아요. 제가 헤더예요."

나는 너무 긴장한 나머지 바보 연기를 하는 코미디언처럼 장난스럽게 거수경례하며 인사했다.

"지금 바로 시작해 주셔야겠어요."

남자는 외투 옷깃을 세우며 신경질적으로 말했다.

"지금 당장이요?"

나는 부디 따뜻한 차 한 잔을 마시고 샤워부터 할 수 있길 빌며 되물었다. 그때 또 다른 남자가 나타나 상류층 특유의 잉글랜드 억양과 굵은 목소리로 말했다.

"비상시 투입되는 직원이 에어강에 오줌을 누다 강물에 빠졌답니다."

요리사로 보이는 남자보다 나이가 훨씬 많고 배가 불룩하며 키가 작은 남자였다. 짙은 색 정장 차림의 남자는 호텔 벨보이들이 끌고 다니는 고급스러운 카트를 끌고 왔다. 센서 등의 불빛에 남자의 불그스름한 얼굴이 드러났다. 주름이 많지만 쾌활해 보이는 인상이었다.

"추위에 너무 오래 노출돼 체온 저하로 입원했다네요."

"그곳도 노출됐겠네요."

내가 참지 못하고 킥킥 웃으며 농담을 던지자, 남자는 나를 향해 짓궂은 미소를 지어 보였다.

"윌리엄입니다. 다들 빌이라고 부르죠. 이쪽은 주방 식구들을 대신해 헤더를 맞이하러 온 제임스고요."

빌은 내 가방을 힐끗 보며 말했다.

"카트를 괜히 끌고 왔네요. 짐을 가볍게 싸시는군요. 말도 마세요. 어젯밤에 늦게 도착한 손님들은 짐이 얼마나 많던지요. 불쌍하게도 야간 벨보이가 계단을 열 번도 넘게 오르락내리락했답니다. 지금 다리 한쪽이 말을 안 듣는다네요."

"혼자 들지 못할 짐은 안 갖고 다니는 편이라서요."

나는 빌을 향해 미소를 지으며 말했다.

"장화는 챙겨 오셨어야 할 텐데요."

빌이 내 신발을 흘낏 보며 말했다.

"안 그래도 한 켤레 사야겠어요. 외투도요. 누가 스코틀랜드한테 지금은 5월이라고 좀 알려 줬으면 좋겠네요."

나는 팔짱을 낀 팔을 더 꼭 부여잡으며 말했다.

"북풍 때문이에요. 여름에도 매섭게 불죠."

빌은 숙소의 자물쇠에 열쇠를 끼우며 말했다. 빌이 낡은 자물쇠를 돌리자 덜컹 소리가 요란하게 났다. 빌은 문을 열고는 내부를 소개할 생각은 없는지 내 여행 가방만 툭 집어넣고 다시 문을 닫았다.

"피노 포도가 잘 자랄 날씨는 아닌 것 같죠?"

나는 잠시 더듬거리다 재빨리 답했다.

"그러네요. 피노가 잘 자라려면 이보다는 따뜻해야죠. 근데 서리가 내리면 또 달라요. 가끔은 서리가 도움이 되거든요." 나는 빤히 바라보는 빌의 눈빛에 당황해 횡설수설을 멈추지 못했다. "포도가 잘 자라려면 서리가 필요할 때도 있다는 뜻이에요. 제 말은 와인이, 어……, 더 맛있어지거든요."

"오늘 밤에 바로 시작해 주셔야 해요."

제임스가 빌과 내 대화에 끼어들며 아까 한 말을 반복했다. 제임스는 뜨거운 기름이 든 팬을 불에 올려두고 오기라도 한 듯 긴장으로 굳은 어깨를 돌려 본관 건물을 바라봤다.

나는 슬슬 공황 상태에 빠지기 시작했다. 간신히 떠올린 말이라고는 "옷도 제대로 갖춰 입지 않았는걸요"라는 평계뿐이었다.

"오리엔테이션 같은 건 없나요? '입사를 환영합니다'로 시작하는 동영상도 보고, 이메일 계정도 만들고, 사장님도 만나고, 환영의 술자리도 열어야 하는 거 아니냐고요."

"이분 참 마음에 드네."

빌이 또 깔깔대고 웃었다.

"유니폼은 있습니다."

제임스는 나를 향해 눈살을 잔뜩 찌푸리고는 몸을 홱 돌려 또다시 걱정스러운 표정으로 본관 건물을 바라봤다.

빌은 미안한 듯 미소를 지으며 말했다.

"미안해요. 상황이 좀 급하거든요. 그래도 경력이 워낙 화려하시니 금방 적응하실 거예요. 에이, 부끄러워하실 거 없어요. 알겠지만 헤더를 뽑은 사람이 저잖아요. 이력서 다 봤다고요."

"맞아요, 그러셨죠. 그럼 어서 가시죠."

나는 최대한 자신 있는 말투로 말했다. 제임스 앞에서, 아니 누구 앞에서도 내 이력서를 논해서는 안 된다.

빌은 가까운 데 있는 골프 카트에 올라타 시동을 걸었다. 제임스는 초조한 미소를 지으며 나더러 타라는 듯 조수석을 향해 고갯짓했다.

"고마워요."

나는 뒤에 달린 작은 단에 올라타 카트를 붙잡는 제임스에게 인사했다.

"저 친구, 지금 초조할 만해요. 당신과 메뉴를 점검해야 하거든요. 지금 당장이요."

빌이 속삭였다.

이제 생각 없이 아무 말이나 내뱉어서는 안 된다. 나 아닌 다른 사람을 연기해야 한다. 지금까지 다양한 직업을 전전하며 쌓은 경험을 활용하면 어려운 일은 아닐 것이다.

우리는 주방 입구에 카트를 세우고 내렸다. 육중한 현대식 문을 밀자 불빛과 소음이 마당으로 와락 쏟아져 나오고 새로운 감각이 날뛰는 신세계가 펼쳐졌다.

주방 뒤쪽은 몹시 부산스러웠다. 흰색 유니폼을 입은 요리사 세 명이 저녁 준비에 한창이었다. 한 명은 무더기로 쌓인 작은 햇감자를 박박 문질러 씻고 있었고, 다른 한 명은 법의학자처럼 작은 허브잎을 핀셋처럼 생긴 도구로 조심스럽게 떼서 한가득 모으고 있었다. 칼이 나무 도마를 두드리는 소리, 프라이팬을 화강암 조리대에 내려놓는 소리, 내가 신은 블록 힐이 석조 바닥에 부딪치는 또각또각 소리가 리드미컬하게 어우러졌다.

"오셨어요, 셰프."

셋 중 가장 젊어 보이는 요리사가 몸 곳곳에 핏방울이 튄 채로 우스꽝스러우리만큼 큰 도살용 칼을 들고 인사했다. 제임스가 고개를 끄덕이며 인사를 받자, 젊은 요리사는 얼굴을 붉히며 수줍게 미소 지었다. 두 사람의 모습이 왠지 귀여워 제임스에게 조금 호감이 생겼다.

우리는 레몬 껍질과 풍부한 다크 초콜릿 냄새가 진동하는 후식 조리대를 지나갔다. 몸을 숙여 낮은 출입구를 통과해 준비실로 들어가니 양파의 매운 내 때문에 눈이 따끔거렸다. 스테인리스 스틸 조리대와 대형 오븐 여러 개가 두 줄로 배치돼 있었고, 검은색 머리를 머리망에 넣어 묶은 젊은 여자 요리사가 제임스 못지않게 진지한 표정으로 거대한 국자에 작은 바닷가재를 한가득 담아 대형 냄비 속에 넣고 있었다.

"맙소사, 새끼 바닷가재잖아요."

나는 경악하며 빌에게 속삭였다. 그러나 빌은 내 말을 못 들었는지 여닫이문을 열고 식당 홀로 나갔다. 닫히는 문틈으로 진홍색 타탄 무늬 직물로 장식하고 촛불을 밝힌 어둑한 홀이 보였다.

"랑구스틴(작은 바닷가재의 일종-옮긴이), 3분 15초. 팔팔 끓이기."

여자 요리사는 작은 타이머를 맞추고 누르며 혼잣말로 중얼거렸다. *랑구스틴이었구나.* 나는 내 무식함에 얼굴을 붉히며 심호흡을 했다. *입 다물고 있어. 안 그러면 5분도 안 돼 들통날 거야.*

"헤더?"

제임스가 음식을 내는 구역에서 무언가를 휘갈겨 쓴 종이들을 정리하며 나를 불렀다.

"제이미라고 불러도 되죠?"

"제임스가 좋습니다." 제임스는 무뚝뚝하게 답하고는 바닥을 힐끗 봤다. "준비되셨나요?"

"그럼요."

나는 유능함과 자신감으로 가득한 표정을 연기하며 답했다.

제임스는 종이 한 장을 흔들며 말했다.

"랑구스틴과 뜨겁게 훈제한 연어는 어울리는 와인을 찾았는데 비트와 절인 양배추 요리는 못 찾았습니다. 부챗살 스테이크에 맞는 와인도 찾아야 하고요. 카베르네가 좋을 듯하지만 어린 양배추 잎과 순무 거품 소스와 조화를 이룰지 고민이네요. 어떻게 생각하세요?"

제임스는 종이를 내려놓고 나를 쳐다봤다. 밝은 곳에서 그의 얼굴을 제대로 본 건 처음이었다. 매력적인 얼굴이었다. 두툼한 입술과 주름 잡힌 이마, 일주일은 면도하는 걸 잊어버린 듯한 수염까지 다 마음에 들었다. 취향에 따라 호불호가 갈릴, 어쩌다 보니 잘생긴 부류였지만 확실한 내 취향이었다. 검은색 머리칼과 밤색 눈동자, 주방의 열기로 붉어진 뺨은 물론이고 빳빳하게 풀을 먹인 새하얀 요리사 유니폼도 근사했다. 나는 빤히 보지 않으려고 안간힘을 썼다.

실패였다. 나는 어느새 넋을 놓고 제임스를 바라보고 있었다.

그것도 계속.

"헤더?"

나는 간신히 얼빠진 상태에서 빠져나와 당면한 문제에 다시 집중했다.

"어떤 와인과 짝짓는 게 좋을까요?"

"보통은 어떤 와인을 쓰시죠?"

나는 혹시나 지름길이 있을까 기대하며 물었다.

"메뉴가 늘 달라져서 이 요리도 처음 내는 겁니다. 매일 새로운 요리가 나오니 와인도 새로 짝지어야 해요. 말씀드렸듯이 부챗살 스테이크는 카베르네와 낼 때가 많지만 순무 거품 소스가……."

"메뉴가 매번 바뀐다고요?"

나는 침을 꿀꺽 삼키며 되물었다.

제임스는 잠시 숨을 돌리며 말했다.

"죄송합니다. 부담스러우시리라는 거 압니다. 매일 데귀스타시옹 메뉴(시식 메뉴-옮긴이)에 어울리는 와인을 의논합니다. 소믈리에와 함께요. 그런 뒤 주방장에게 최종 승인을 받죠."

"주방장이요? 제임스가 주방장 아니었어요?"

"아닙니다." 제임스는 수줍은 미소를 지으며 말했다. "오늘 메뉴는 새로 오신 총주방장, 러셀 브룩스가 모두 점검할 겁니다. 주방장이 바뀌고 첫 영업이라 실수가 없어야 해요."

제임스는 다소 미안한 기색을 비치며 말했다.

"러셀 브룩스라. 무슨 전자 제품 이름 같네요."

미소 띤 얼굴로 던진 내 농담은 잠시 어색한 침묵 속을 떠돌다 사라졌다.

"미슐랭 별점 두 개를 받은 분인데요."

제임스는 믿기지 않는다는 듯 눈을 치뜨며 말했다.

"아, 그렇죠."

나는 재빨리 답했다.

미슐랭 투 스타 요리사라고? 이해가 안 됐다. 중세 시대 암흑기로 돌아간 듯한 이곳에 그런 요리사가 왜 왔을까? 나는 주변을 힐끗 둘러보고 나서야 주방이 얼마나 화려하고 웅장한지 깨달았다.

"누군지 당연히 알죠. 러셀 브룩을 누가 모르겠어요."

"브룩스요."

제임스가 정정했다.

"네, 미슐랭 투 스타 요리사죠."

나는 얼른 고개를 끄덕이며 말했다.

"좀 살펴볼 시간을 드릴까요? 30분은 드릴 수 있습니다. 그 뒤에는 주방장님에게 보일 메뉴 초안이 준비되어야 합니다."

제임스는 내게 메뉴판을 건넸다.

나는 잠시 제임스의 표정을 살폈다. 내 도움이 간절한지, 내가 별 도움이 되지 않아 화가 났는지 알 수 없는 표정이었다. 한 가지는 확실했다. 제임스는 내가 얼른 일에 착수하길 기다리고 있었다. 이 불가피한 상황을 미루려 지금껏 갖은 애를 썼지만 더는 피할 수 없었다.

"와인 리스트는 어디에 두시나요? 와인은요? 저장고에 가서 몇 가지 시음해 봐야 할 수도 있어서요."

나는 메뉴판을 보며 말했다. *맙소사, 복잡하기도 하네! 이렇게 수준 높은 식당이었다니. 훈제 바다 베이컨은 대체 뭐람?*

"제가 와인을 짝지어야 하는 요리가 뭐라고 하셨죠?"

"뿔닭 요리와 게살 요리, 비트와 발효 보리 요리, 부챗살 스테이크 요리요."

제임스의 목 옆에 붉거졌던 핏줄이 다소 진정되는 게 보였다.

"새 와인 리스트는 여기 있습니다." 제임스는 큼지막한 검은색 가죽 서류철을 내 두 팔에 털썩 안기며 말했다. "와인 저장고는 들어오신 뒷문으로 나가 냉동고 옆 돌계단을 내려가면 있습니다. 안내해 드릴까요?"

"아뇨. 그럼 30분 뒤에 뵐게요."

나는 확신에 찬 말투로 답했다. 조용한 와인 저장고에서 혼자 허둥지둥하는 게 그나마 제일 안전했다. *새 와인 리스트라니, 그건 또 뭐지?*

"잠시만요. 애니스?"

제임스가 부르자 새끼 바닷가재를 끓이던 요리사가 방해받은 게 싫은 듯 눈살을 찌푸렸다. 여자 요리사는 짙은 녹색 기름을 마치 심장 절개술을 집도하는 의사처럼 차분하고 진지하게 믹서기에 붓고 있었다.

"딜 에멀션 소스가 완성되면, 헤더가 맛볼 시식용 요리를 만들어요."

제임스가 지시를 내렸다.

"네, 셰프."

여자 요리사는 나를 쏘아보고는 냉장고로 향했다.

제임스는 말을 마치자마자 고개를 끄덕이며 미소를 짓는 둥 마는 둥 하고는 주방으로 돌아갔다. 나는 잠시 숨을 고르고는 시간이 얼마 없다는 사실을 깨닫고 서둘러 저장고로 향했다.

빠른 걸음으로 준비실을 통과해 눈부시게 낭만적인 돌계단을 내려가니 와인 저장고가 나왔다. 전등 스위치를 찾아다니다 보니 망할 센서 등이 또 갑작스레 켜졌다. 이번에는 따뜻하고 흐릿한 노란 불빛이었다. 나는 눈이 불빛에 적응한 뒤에야 시야에 들어온 저장고의 위용에 잠시 넋을 잃었다.

어둠에 가려 보이지 않는 곳까지 길게 뻗은 저장고에는 와인만 있는 게 아니었다. 현대식 철제 선반에는 커다란 원형 치즈 덩어리가 쌓여 있었고, 천장의 스테인리스 스틸 고리에는 훈제한 돼지 넓적다리 햄과 베이컨이 매달려 있었다. 치즈도 한두 가지가 아니었다. 아, 나는 치즈가 정말 좋다.

이러고 있을 때가 아니었다. 나는 휴대폰을 꺼낸 뒤 앞에 있는 선반에 거대한 와인 리스트와 메뉴판을 내려놓았다. 젠장! 홈페이지에서 프린트한 와인 리스트가 아니었다. 여행 가방에 쑤셔넣어 온 와인 리스트에는 저렴하거나 덜 저렴한 레드와인과 화이트와인이 십수 개 나열돼 있을 뿐이었다.

여기 오기 전까지는 새로 산 《초심자를 위한 와인》이라는 책

한 권과 친애하는 구글 님을 스승 삼아 저녁에 벼락치기로 공부할 계획이었다(계획이라 부르기 민망하지만). 그렇게 얻은 얕은 지식으로 적당히 속여 넘길 작정이었다. 외딴곳에 박힌 허름한 호텔이니 그 정도면 요령껏 여름을 날 수 있을 줄 알았다. 그러나 내가 도착한 곳은 금방이라도 쓰러질 듯한 더러운 거지 소굴이 아니라 고급 식당을 갖춘 호화로운 소규모 호텔이었다. 스무 쪽에 달하는 새 와인 리스트를 해독하려면 세계 정상급 소믈리에가 필요했고, 물론 나는 그런 사람이 아니었다.

　도움을 청해야 했다.

　진짜 헤더에게 전화를 걸어야 했다.

2장
2주 전

"그래, 짐은 다 쌌어?"

나는 어수선한 침실 풍경에 고개를 저으며 묻고는 헤더가 없는 동안 '빌릴' 만한 물건을 찾아 방을 둘러봤다. 우선 T자형 끈이 달린 하이힐이 의자 밑에서 삐죽 나와 있었고 고데기도 눈에 띄었다. 침대 위에는 챙기려고 꺼낸 듯 비키니가 펼쳐져 있었다. 헤더가 일하러 간다는 스코틀랜드 호텔이 꽤 고급인 모양이었다.

헤더는 초등학생 시절 엄마가 죽고 얼마 안 돼 아빠와 단둘이 내 고향 마을인 플리머스로 이사 왔을 때부터 제일 친하게 지낸 친구였다. 나는 처음 보자마자 헤더가 얼마나 겁을 내고 있는지 간파했다. 헤더는 바닥에 시선을 고정한 채 곱슬머리를 계속 배배 꼬며 잡아당겼고, 헤더의 엄마에 관한 소문은 빛의 속도로 놀이터에 퍼졌다. 나는 바로 알아차렸다. 이 아이에게는 내가 필요했다.

나는 단호한 걸음으로 헤더에게 걸어갔다.

"겁내지 마. 내가 안내해 줄게. 난 엘리자베스 핀치고 여섯 살이야."

"핀치? 새 이름이랑 같네?" 헤더는 속삭이는 목소리로 대꾸했다. "나한테 작은 새 그림이 잔뜩 그려진 연필이 있는데. 가질래?"

"좋아."

나는 연필에 그려진 밝은 색감의 귀여운 그림과 끝에 달린 부리 모양의 지우개에 감탄했다. 그런 특별한 연필은 처음 가져 봤다.

"자, 이제 네 거야. 우리, 친구 할래?"

"그래. 그런데 이런 연필, 더 많이 있어야 할 거야."

나는 싱긋 웃으며 답했다. 물론 연필 때문은 아니었다.

그날부터 우리는 항상 붙어 다녔다. 나는 언제나 헤더의 강력한 보호자였고 헤더는 내 인생에서 가장 다정하고 힘이 되는 존재였다.

25년이 지났지만 달라진 건 거의 없었다. 헤더는 런던에 자기 소유의 아파트가 있었고 옷과 화장품은 물론 홍차에 넣을 우유를 언제든 살 수 있는 고정적인 소득이 있었다. 아빠의 뒤를 이어 영국에서 손꼽히는 젊은 와인 전문가가 된 덕분이었다. 헤더는 세상 속에서 자기 자리를 찾았고, 나는 나만의 특별한 연필이 없었던 25년 전의 어린아이에서 더 이상 자라지 못했다.

헤더는 침대 가장자리에 걸터앉아 마음을 가라앉히려는 듯 깊은 심호흡을 하고는 나를 초조하게 바라봤다.

"버디, 큰일이 생겼어. 나쁜 일은 아니야. 난 다 괜찮아. 아니, 아주 좋아."

"오호. 이거 흥미진진한데?" 나는 내심 극적인 사건을 기대하면서 헤더의 화장대 끝에 엉덩이를 걸친 채 귀를 기울였다. "너운 좋은 줄 알아. 이 몸이 또 공식적으로 백수가 됐으니 무슨 이야기든 다 들어줄 시간이 되거든. 자, 그러니까 어서 얘기해 봐."

"그런 거 아니야."

헤더는 상처받은 표정으로 큰 눈을 가늘게 뜨며 나를 흘겨봤다.

"이런! 미안, 내가 너무 까불었지? 장난 안 칠게. 무슨 일인데 그래?"

"크리스티안을 사랑하게 된 거 같아."

헤더는 입가에 초조한 미소를 띠며 말했다.

"아."

나는 가슴이 철렁 내려앉았지만 최대한 밝은 어조로 반응했다.

"알아, 네가 무슨 말 할지."

헤더는 얼굴을 붉히며 미소를 지었고 나는 뭐라도 두 동강 내고 싶었다. *그놈은 안 돼. 마약에 구두 수선공, 크리스티안은 안된다고.*

"정말? 그 구두 수선공이랑?"

나는 마음을 다잡으며 물었다.

"구두 디자이너야. 그래, 크리스티안 맞아." 헤더는 한숨을 쉬며 말을 이었다. "어쨌든 이번 여름에 크리스티안이랑 로마에 가서 진짜 사랑이 맞는지 확인해 볼 거야."

어쩐지, 비키니를 챙기더라니.

"여자 친구랑은 헤어진다고 했어." 헤더는 나를 안심시키려는 듯 얼른 덧붙이고는 심호흡을 했다. "버디, 나는…… 아니, 그이와 나는 사랑에 빠진 것 같아. 이번에는 진짜 같아."

"그렇구나."

나는 헤더의 시선을 피해 대나무와 세라믹으로 만든 헤더의 쿠션 브러시를 빤히 바라봤다. 손가락으로 쿠션 브러시의 털을 튕기다 보니 문득 엉망으로 곱슬거리는 내 머리도 좀 자주 빗어야겠다는 생각이 들었다.

"일은 어쩌고? 크리스티안 때문에 일까지 포기할 건 아니지?"

답은 이미 알고 있었다. 헤더의 아킬레스건이 또 발목을 잡는 게 분명했다. 헤더는 늘 사랑을 원했다. 사랑의 기미가 조금이라도 보이면 덮어놓고 뛰어들었다. 지난 2년 동안에만 몇 명의 남자를 거쳤는지 모른다. 헤더를 '작은 새끼 고양이'라고 부른 마흔여덟 살 심리치료사 바일 카일, 잠자리에서 발기가 안 되는 탓을 헤더에게 돌린 제빵 장인 칼릴, 지독한 성차별주의자면서 페미니스트인 척했던 워크 워런에 이어 요즘에는 크리스티안에게 빠져 있었다. 헤어지겠다고 한 모양이지만 애인이 있는 데다 A급 마약과 깊고 오랜 관계를 유지 중인 자에게 말이다. 사랑에 늘 목말라하는 헤더의 심리와 어릴 때 엄마를 잃고 몇 년 뒤에 아빠까지 잃은 상처 사이에 모종의 관련이 있다는 건 굳이 심리학자가 아니더라도 알 수 있었다.

헤더가 그럴 때마다 나는 너무 답답했다. 세상 누구보다 끝내주게 착한 반려자를 만날 자격이 있는, 끝내주게 착한 헤더가 너무 아까웠다.

"꿈꾸던 일자리까지는 아니었어."

"그게 무슨 말이야? 거기 가고 싶다면서. 콕 집어서 그곳에 가고 싶댔잖아. 자리 나기를 목 빼고 기다려 놓고는 이대로 그냥 포기하겠다고?"

"어차피 여름에만 할 일이었어."

헤더가 톡 쏘아붙였다. 그냥 응원해 줘, 엘리자베스 핀치.

"아, 그럼 됐고."

나는 고개를 끄덕였다.

"한 번쯤 스코틀랜드에 가 보고 싶어서 지원한 거야. 난 스코틀랜드인이기도 하잖아. 다 무너져 가는 외딴 호텔이지만 스카이섬 근처에 있기도 하고. 내가 스카이에 얼마나 가고 싶어 했는지는 너도 알잖아. 엄마가 태어난 곳이니까."

"알지, 그럼."

나는 얼른 답했다.

"어쨌든 트립어드바이저(글로벌 여행 정보 사이트-옮긴이) 리뷰도 형편없고 안 내켜. 솔직히 망할 소믈리에보다 대대적인 개보수가 필요한 곳이야. 버디, 난 크리스티안이 진짜 내 짝인지 꼭 알아보고 싶어. 너라면 진정한 사랑을 찾을 이런 기회를 놓치겠어?"

헤더는 두 눈을 크게 뜨며 물었다.

오해는 말길 바란다. 나도 해피 엔딩을 좋아한다. 하지만 헤더가 크리스티안과 행복한 결말을 맞을 일은 절대 없다. 웩. 자격도 없는 한심한 놈이 또 헤더의 착한 마음에 상처를 남길 것이다. 상상만 해도 끔찍했다. 하지만 헤더에게 이런 내 생각을 털어놓을 수는 없다. 사랑 문제에 있어서 잔소리와 간섭은 헤더에게 전혀 효과가 없다는 교훈을 이미 쓰라린 경험을 통해 얻지 않았는가.

헤더의 절친한 친구로서 내가 할 일은 아무리 찜찜해도 헤더의 결정을 지지하는 것뿐이다.

"네 소원이라는데 어쩌겠어. 가서 그 구두 수선공 잡아. 실컷 사랑해!"

나는 한숨을 쉬며 말했다.

"아, 꺼져. 놀리는 거잖아."

"미안. 놀리는 거 아니야. 그냥 좀 갑작스러워서 그래."

그냥 응원해 줘, 엘리자베스 펀치. 나는 헤더의 눈을 똑바로 바라봤다.

"네가 정말 원하는 게 그거라면 응원할게."

"기쁘게 응원하는 거야?"

"꼭 기뻐야 해?"

"아니. 그래도 그러면 내 마음이 편할 거 같아."

"걱정은 좀 돼. 솔직히 걱정스러운 상황인 건 맞잖아. 그래도 네가 정말 행복하다면 나도 행복해."

거짓말을 하려니 무릎이 떨렸다. 헤더에게 진심을 말할 수 없는 이 상황이 너무 싫었다.

"난 그냥 크리스티안이랑 잘해 보고 싶어. 넌 쾌락만 좇는 남자라고 걱정하지만 얼마나 섬세한 사람인데. 특히 섹스는 진짜 마법 같아. 서로 완벽히 연결된 느낌이랄까. 별의별 짓을 다 해 봤다니까. 사랑을 나눌 때……."

"웩. '사랑을 나눈다'는 말 좀 하지 마. 오글거리니까."

"사랑을 나누우우는 게 어때서?"

헤더가 요염한 목소리로 말했다.

"그래, 그래, 알았어." 나는 헤더의 입을 막으려고 끼어들었다. "어쨌든 이탈리아에 간다, 이거지? 커피랑 탄수화물 천국에 가시는군. 놀러 가는 건 되지?"

"그럼! 자리 잡고 나면 부를게." 헤더는 멋쩍은 미소를 지으며 말했다. "고마워, 버디. 그래도 너한테 말하니까 후련하다."

"그쪽에는 말했어? 스코틀랜드 호텔 말이야."

나는 타오를 만큼 타오르다 서너 달쯤 뒤 크리스티안의 불쌍한 여자 친구를 비롯해 모두가 재로 변할 순간을 기다리기로 체념했다. 물론 잔해를 치우는 건 내 몫일 것이다. 늘 그랬듯.

"아니. 말 안 할 거야. 못 하겠어."

헤더는 손사래를 치며 대화를 피하려 했다. 나는 잠시 말문이 막혔다. 헤더답지 않았다. 프로 의식이 강한 헤더가 할 행동이 아니었다. 전에는 비상벨 정도였다면 이번에는 머릿속에서 공습경보가 울렸다.

"헤더, 바보 같은 소리 마. 전화해야지." 나는 믿기지 않는다는 듯 말했다. "적당히 핑계를 대."

"핑계 지어낼 정신 없어. 안 그래도 할 일이 산더미란 말이야."

헤더는 다소 경직되고 높아진 목소리로 받아쳤다. 헤더를 타일러 정신을 차리게 할 생각을 하니 어깨에 힘이 들어갔다.

"그냥 교통사고가 났다고 해. 에볼라에 걸렸다고 하든가. 다른 사람으로 오해받아 칼에 찔렸다는 핑계도 좋지. 요즘은 칼 맞는 사람들 많잖아."

"재미없거든?"

헤더가 날카롭게 쏘아붙였다.

"베니도름의 카페 앞에서 갈비뼈 사이를 찔렸다고 하면 어때?"

나는 멈추지 않고 농담을 이어갔다.

"뭐?"

"지어낸 이야기일 줄은 꿈에도 모를걸. 이게 딱 좋네. 내 말대로 해. 베니도름에서 칼에 맞았다고 해. 베니도름 맞지?"

"칼은 왜 맞았는데? 왠지 마약 문제일 거 같은데."

"그냥 충동 범죄야."

"베니도름에는 왜 갔는데?"

"공부하러."

"무슨 공부?"

"당연히 스페인 와인을 공부하러 갔지."

"스페인 와인이라. 흠. 그건 별로다. 셰리주(스페인 남부에서 생산되는 백포도주-옮긴이)면 몰라도. 근데 그 정도 사건이면 신문에 나지 않나?"

"안 나. 칼 맞는 사람이 한둘이어야지."

"저질 타블로이드 신문 좀 그만 봐."

"쓰레기 같은 내 어린 시절의 단면이랍니다." 나는 헤더가 자기 비하 하지 말라는 잔소리를 하기 전에 얼른 다시 말을 이었다. "어쨌든 내 말 믿어. 웬 상류층 영국 여자 하나가 칼에 찔린 걸 확인하려고 스페인 지역 신문을 뒤질 사람은 아무도 없어."

"범인은 잡았대?"

"아니."

"도망쳤어?"

"경찰이 계속 찾고는 있지."

"그건 다행이네."

우리는 잠시 말을 멈췄다가 동시에 웃음을 터트렸다.

"호텔에는 알려야 해, 헤더."

나는 웃음을 그치고 다시 말했다.

"괜찮아. 여름 동안만 하는 일이고 금방 대신할 사람 구할 거야. 가을에 파리에서 시작하는 일은 내 경력에 중요하지만 이건 아무것도 아니야. 뭐, 조금은 도움이 될 수도 있지만. 어쨌든 그쪽 담당자랑 다시 만나거나 연락할 일은 절대 없을 테고……."

그렇다고 연락을 안 하게 둘 순 없었다.

"내가 대신 전화해 주면 어때? 칼 맞았다는 거짓말은 안 할게. 적당한 핑계로 둘러댈게, 됐지?"

"정말 그래 줄 수 있어?"

헤더는 진심 어린 안도감으로 한껏 커진 두 눈을 반짝이며 말했다.

"당연하지."

헤더가 겁먹고 못하는 일을 내가 대신 해 준 게 이번이 처음도 아니었다.

"그럼 부탁할게."

헤더는 안도하는 기색이 역력한 표정으로 답했다. 내 몫의 월세를 내지는 못하지만 이 정도쯤은 얼마든지 할 수 있었다.

"하긴, 경력에 오점이 남을 수도 있겠다."

헤더가 말했다.

나는 엉망진창인 내 경력이 떠올라 움찔했다. '경력'이라고 해 봤자, 밑바닥 일을 전전한 게 다였다. 그나마 최근에 한 일이 제일 나았는데(직업명에 '디지털 미디어'라는 단어가 들어갔다), 솔직히 인스타그램 인플루언서들에 관한 잡다한 지식을 부풀려 운 좋게 얻은 일자리였다. 물론 얕은 지식이 탄로 나자마자 바로 해고됐다. 그 전에는 연기도 몇 번 시도해 봤지만 다른 배우들을 견디지 못해 그만뒀다. 서점 일은 꽤 만족스러웠지만 정리 해고 됐다. 끔찍했던 회계 회사를 거쳐 잠시 백수 생활을 하다가 헤더의 소개로 테네리페섬의 술집에서 일한 적도 있었다. 당시 헤더는 이렇게 말했다.

"다음 일 찾을 때까지 이 일로 잠시 버텨. 천직을 찾기 전까지 말이야."

하지만 어느새 나는 서른한 살이 됐고 신화 속에나 나올 것 같은 천직에는 근처에도 가지 못했다.

"네 명성에 해를 끼치지 않을 그럴듯한 핑계를 대면 되지? 대신 너도 남의 눈에 띄지 마. 막판에 일을 펑크 내놓고 경치 좋은 해안에서 일광욕하는 사진을 여기저기 올리지는 말라고."

"어차피 크리스티안도 내가 눈에 띄는 걸 싫어해. 그런 걱정은 안 해도 돼."

왜 아니겠어. 나는 양다리를 걸치는 크리스티안에게 혐오감을 느끼며 생각했다.

"아무튼 나한테 맡겨."

"고마워, 버디." 헤더는 깊은 안도의 한숨을 내쉬고는 잠시 생각하다 말을 이었다. "여유가 되면 너를 여기서 계속 살게 해 주고 싶은데 알다시피 나도 세를 줘야 해. 정말 지낼 곳 찾았어? 부모님 집에 가야 하는 건 아니지?"

"걱정 마. 투팅에 사는 사촌에게 부탁할 거야."

사촌이 이미 내 부탁을 거절했다는 사실은 차마 말할 수 없었다.

"정육점 한다는 그 사촌?"

"응."

"널 엄청 싫어하잖아."

"아니, 내가 걔를 엄청 싫어하지. 아무튼 어떻게든 할게. 나 알잖아. 신경 쓰지 마."

헤더는 그래도 걱정되는 듯 인상을 썼다.

"헤더, 걱정하지 마. 네가 떠나자마자 여기저기 이력서 넣어서 컴퓨터 앞에 앉아만 있는 일 말고 제대로 된 일 찾을 거야. 현실적인 일. 이 두 손을 쓰는 일 말이야." 나는 목소리에 최대한 낙천적인 느낌을 불어넣으며 말했다. "나도 너처럼 열정을 쏟을 대상이 있으면 좋겠어."

"너도 짝을 만날 거야, 버디."

"남자 말고 일. 넌 와인이 있잖아. 그리고 잊어버렸나 본데 나, 팀이랑 다시 만나."

"버디." 헤더가 미간을 찡그리며 말했다. "심야 버스에서 만난 남자랑 진지하게 만날 생각은 아니지?"

나는 좀 울컥했다. 나는 팀이 어떤 사람인지 알고 헤더는 크리스티안의 본모습을 모른다는 것뿐, 형편없는 남자를 만나는 건 똑같지 않은가.

"팀은 내가 두 눈 부릅뜨고 잘 지켜보고 있어." 나는 날카롭게 말했다. "잠자리에서는 아니지만. 눈 뜨고 하면 제이슨 모모아(미국 하와이 출신 배우로 영화 〈아쿠아맨〉에 주연으로 출연했다-옮긴이)를 상상할 수가 없거든."

"난 그저 네가 행복하길 바랄 뿐이야. 팀은 네가 새집을 찾을 때까지 자기 집에 머물게 해 주지도 않았잖아. 게다가 보험 설계사라고!"

"보험 조사관이야."

나는 헤더의 말을 정정했다.

"모두가 이탈리아에서의 낭만적인 사랑을 원하는 건 아니야, 헤더. 잊어버린 모양인데 난 쇼핑몰 산타한테도 퇴짜 맞은 여자야. 선택지가 많지 않다고."

나는 내 무능함 목록을 열거하기 전에 다시 헤더의 이야기로 화제를 옮기고 싶어 농담을 던졌다.

"사랑은……." 헤더는 내가 얼마나 멋진 여자인지 왜 모르느냐는 잔소리를 늘어놓으려다 말고 한숨을 쉬었다. 왠지 잔소리를 들을 때보다 기분이 더 나빴다.

나는 갑자기 작별 인사를 빨리 끝내고 싶어져 쿠션 브러시를 옆에 내려놓고 말했다.

"저기, 헤더. 이제 그만 가야 하지 않아?"

"아, 그러네. 이제 헤어질 시간이네." 헤더는 침대에서 일어나 나를 끌어안으며 말했다. "버디, 네가 불행하면 나도 즐겁게 지낼 수 없어."

"나도 행복해. 진짜야. 이번 기회에 내가 늘 지겹게 떠들었던 책, '만사의 책임을 피하는 법'이나 쓰지, 뭐."

"맞아, 행동은 없고 말뿐인 자기 계발서를 너보다 잘 쓸 사람은 없지."

나는 헤더의 농담에 가슴 한구석이 찌릿해졌지만 애써 무시했다.

"그렇지?"

헤더와 내 얼굴에 맴돌던 미소가 이별의 슬픔에 자리를 내주자 헤더는 나를 꽉 끌어안았다.

"호텔에 전화하고 나면 나한테 알려 줄래? 오늘 전화할 수 있겠어?"

"응, 오늘 할게."

"고마워. 그리고 지낼 곳 정해지면 꼭 알려 줘. 네가 그 망할 집에 돌아갈 필요가 없다는 걸 알아야 다리 뻗고 자지. 내 말은 버디, 네 부모님은……."

"그래, 그래, 알려 줄게."

나는 얼른 헤더의 말을 가로막았다. 부모님 이야기는 하고 싶지 않았다. 수없이 해 봤지만 그런다고 내 부모가 과거에도, 지금도 형편없다는 사실이 바뀌지는 않았다.

"그래."

헤더는 다시 침대에 털썩 주저앉으며 안도의 한숨을 내쉬었다. 가슴 한구석이 또다시 찌릿했다. 나는 내심 헤더가 어떤 남자와든 잘되지 않길 바랐다. 헤더와 내가 조금이라도 멀어지는 게 싫었다. 헤더와 나는 여전히 서로에게 가족이나 다름없는 존재였지만, 헤더는 삶과 사랑의 해답이 언젠가는 저절로 굴러 들어오길 바라며 말만 요란하게 하는 나와 달리 해가 갈수록 자신만의 새 삶을 찾아가고 있었다.

나는 차오르는 눈물을 억지로 밀어 넣었다.

그때 헤더가 갑자기 자리에서 일어나며 말했다.

"깜빡하고 말 안 했다. 오늘 밤에 리츠 호텔에서 정장을 입어야 하는 파티가 열려. 내 이름은 입구의 초대 손님 명단에 있을 거야. 늘 그랬듯 나라고 하고 들어가. 아무 질문도 안 할 거야. 와인도 공짜야. 접객업계라 잘생긴 남자도 많고."

"무슨 행사야?"

"영국 와인 시상식. 그냥 행사장에 들어가기만 하면 돼. 공식 만찬 같은 것도 없고. 꼭 가! 트래피즈 드레스랑 T자형 끈 달린 하이힐은 두고 가게. 알았지? 네가 아까 드레스랑 하이힐 유심히 보는 거 다 봤어!"

나는 씩 웃으며 말했다.

"나야 좋지. 파트너 데려가도 돼?"

"돼. 대신 팀은 절대 데려가지 마."

3장
5월

이제 됐다. 준비는 끝났다.

나는 아까 헤더와 급하게 통화하면서 휘갈겨 적은 메모를 챙겨 바 카운터 가장자리에 앉아 제임스와 유명한 셰프라는 러셀을 기다렸다. 헤더는 내가 사촌 집에서 지내게 됐고 사촌이 여는 만찬에 어울리는 와인을 골라 달라고 하자 극도로 흥분해 꽥 소리를 질렀다.

"다행이다! 아, 뭐부터 알려 줘야지?"

나는 곧바로 후회했다. 그러고는 다시는 헤더에게 전화를 걸지 말자고, 걸더라도 최소한 내가 런던의 투팅에서 뭘 하며 지내는지 시시콜콜 말해야 하는 상황은 피하자고 다짐했다. 거짓말은 하나만으로도 벅찼고 헤더에게 필요 이상의 거짓말을 하기도 싫었다.

어쨌든 헤더는 추천할 만한 와인 수십 가지를 술술 알려 줬다. 나는 얼른 그 와인들을 와인 리스트와 대조해 보고는 와인 가게가 문 닫기 전에 가 봐야 한다고 양해를 구한 뒤 전화를 끊었다.

헤더와의 통화로도 불안이 가라앉지 않았는지 빌이 바 카운터 뒤에서 용수철 인형처럼 불쑥 튀어나오는 순간 나는 나도 모르게 움찔했다. 빌은 한 손에는 레드와인병을, 다른 손에는 증류주로 보이는 술이 담긴 병을 들고 있었다. 밖에서 봤을 때보다 볼이 더 빨개진 걸 보니 판매용 술을 몰래 맛본 모양이었다. 나는 나도 이 행위에 가담할 수 있을지 문득 궁금해졌다.

"다 했어요?"

빌이 물었다.

"거의요. 제임스한테 보여 주러 주방에 갔더니 애니스가 여기서 총주방장을 기다리라고 해서요."

나는 빌의 손에 들린 위스키병을 빤히 바라보며 입맛을 다셨다. 이 호텔에서도 업무가 끝나고 직원들이 진탕 술을 마시고 놀까? 술은 차고 넘치겠다, 성수기를 앞두고 임시로 고용된 젊은 종업원이 한둘이 아니니 그럴 만도 했다. 분명 호텔 곳곳에서 뒹굴 것이다.

"감탄이 절로 나오죠?"

나는 힘차게 고개를 끄덕인 뒤에야 빌이 오른손의 위스키가 아니라 왼손의 와인을 두고 한 말이라는 걸 깨달았다.

"아주, 아주 오래된 샤토뇌프 뒤 파프(보르도, 부르고뉴와 함께 프랑스 3대 고급 와인으로 꼽힌다. '교황의 새로운 성'이라는 뜻으로 프랑스 남부 아비뇽 인근 지역 이름이기도 하다-옮긴이)예요."

"오오. 좀 봐도 돼요?"

"그럼요."

빌은 라벨이 내 쪽으로 향하도록 와인병을 조심스럽게 들어 보였다.

"젠장, 내 나이보다 많네요." 나는 아무 생각 없이 아마추어티가 나는 말을 내뱉었다. "제 말은, 어, 그러니까, 생산 연도가 좋다고요……." 목소리가 점점 작아졌다.

"더 오래된 와인도 있답니다."

빌은 거울을 설치한 카운터 뒤쪽 벽 선반에 술병을 진열하면서 자랑스럽게 말했다.

"시음 계획은 알아서 짜요. 이따 러셀이 오면 전달만 하면 돼요. 소믈리에는 헤더잖아요. 러셀은 상관 안 할 거예요."

"제임스가 유니폼 얘기는 하지 않던가요?"

나는 빌이 진(노간주나무의 열매인 두송실로 향기를 낸 증류주-옮긴이) 병을 옮길 때 거울에 비친 내 모습을 발견하고는 물었다. 헤더를 따라 자른 세련된 섀기 커트 단발머리는 자고 일어난 듯 부스스해졌고 분명 냄새도 나기 시작했을 터였다.

"좀 씻고 싶어서요."

"이런, 제가 너무 무심했네요."

빌이 획 뒤돌아보며 말했다. 그 바람에 잘 닦아 광이 나는 브랜디 잔이 빌의 몸에 부딪쳐 카운터에서 떨어졌다. 나는 잔이 깨지는 소리를 예상하고 움찔했지만 아무 소리도 나지 않았다. 빌은 몸을 숙여 카운터 뒤 바닥에서 잔을 줍고는 씩 웃으며 말했다.

"고무 매트라서요. 이따 회의 끝나면 직원용 화장실로 안내해 줄게요."

나는 심호흡을 하며 마음을 다잡고는 빌에게 물었다.

"음악은 왜 이래요?"

"스코틀랜드 전통 음악이에요. 리라나 하프 같은 악기로 연주한 거죠."

"그래도 백파이프 소리는 안 들어가 다행이네요."

"백파이프 안 좋아해요?"

"백파이프를 좋아하는 사람이 있기는 한가요? 솔직히 글래스턴베리 록 페스티벌(영국 남서부 서머싯에서 매년 6월에 열리는 음악 축제로 세계에서 가장 큰 뮤직 페스티벌로 평가받는다―옮긴이)에서 백파이프 연주가 주 무대에 선 적은 없잖아요."

빌은 웃으면서 출입구 쪽을 흘낏 봤다. 나처럼 빌도 유명하신 러셀을 기다리고 있었다. 새로 뽑은 직원을 얼른 러셀에게 소개하고 싶은 눈치였다. 나는 빌의 기대에 부응하고 싶어 나도 모르게 허리를 더 쭉 펴고 앉았다.

"상상했던 모습과 다르네요." 빌이 조용히 말했다. "페이스북 사진과도 전혀 다르고요."

심장이 쿵 내려앉았다. 당연했다. 헤더와 비슷하게 머리를 자르긴 했지만 아름답고 우아한 헤더를 흉내 내기에는 한참 역부족이었을 터였다.

"제가 사진이 좀 잘 나오거든요. 인터넷 만남이 잘된 적이 없어요." 나는 오버하지 않으려 애쓰면서 답했다. "남자들이 실물을 보면 늘 실망해요. 사진이랑 너무 다르다면서."

"아, 그런 뜻은 아니었어요." 빌이 씩 웃으며 말했다. "프로필에 고양이 사진을 올렸던데요."

나는 잠시 당황하다가 헤더에게 했던 조언을 떠올렸다. 프로필 사진은 네 정체를 알리지 않는 사진으로 바꿔.

"아, 그 사진이요?" 나는 재빨리 머리를 굴리며 답했다. "고양이를 진짜 좋아하거든요."

소셜 미디어에 접속하지 마. 피드는 다 비공개로 돌려. 여름 동안 온라인 활동은 최대한 자제해. 고양이 사진 정도는 괜찮다. 석 달 동안 고양이를 좋아하는 척하면 된다.

나는 가죽 소재의 스툴에 앉은 채로 몸을 돌려 식당 내부를 둘러봤다. 대형 사각 테이블과 의자마다 빳빳한 흰색 리넨 천이 씌워져 있었다. 의자의 천을 팽팽하게 당겨 등받이 뒤에서 묶은 나비매듭은 좀 우스꽝스러웠지만 앙증맞고 귀여웠다.

테이블마다 타탄 무늬 리본을 밑동에 묶고 작은 초를 꽂은 짧은 은촛대가 놓여 있었고, 옆으로 걸어 놓은 대형 커튼에도 촛대의 리본과 같은 타탄 무늬 띠가 묶여 있었다. 윗부분의 페인트칠이 벗겨져 돌 벽돌이 드러난 짙은 암적색 벽에는 타탄 무늬 옷을 입고 총을 든 남자와 사냥개를 묘사한 금박 그림이 걸려 있었다. 희미하게 나는 시가 연기 냄새까지 더해지니 뚱뚱한 칠십 대 남자들이 브랜디를 마시며 옛날 지도를 들여다보는 장면이 절로 떠올랐다.

"아직 개조하지 않은 곳은 여기뿐이에요."

빌이 말했다.

"개조요?"

나는 이해가 안 돼 되물었다.

"아, 다른 곳은 원래 모습을 못 보겠네요! 식당 빼고는 다 개조했거든요. 식당도 다음 주에 공사를 시작해요. 새 카펫을 깔고 페인트칠을 새로 하는 몇 주 동안은 손님을 많이 받지 못할 거예요. 바 구역만 정상 운영하고 메뉴도 간소화할 겁니다. 그러다 6월 첫째 주에 정식으로 재개장할 거예요. 새로운 호텔, 새로운 식당으로 여름을 맞는 거죠. 새출발하는 거예요!"

"아."

새 총주방장과 새 와인 리스트로 모자라 개조까지 한다고?

"저 노인 양반 보이죠?" 빌이 벽에 걸린 금박 그림을 가리키며 말했다. "호텔 현 소유주의 증조부, 마이클 맥도널드예요."

"설마요."

나는 와인 잔을 닦고 있는 빌을 보고 웃으며 말했다.

"진짜예요. 저 개는 맥도널드의 충직한 사냥개, 듀크고요. 달라진 호텔을 보고 뭐라고 할지 궁금하네요."

바 구역 바로 옆에 위치한 주방은 개방형 주방으로 식당 맨 끝 벽의 절반에 달하는 공간을 차지하고 있었다. 빌의 설명을 듣고 보니 오래된 호텔치고는 주방이 너무 현대식이었다. 식당 홀 어디에서나 잘 보이고 견고한 오크 나무로 틀을 짜 넣은 음식 픽업 구역에는 음식을 식지 않게 해 주는 스테인리스 스틸 소재의 적외선램프가 설치돼 있었다. 제임스는 이 구역에서 검은색 요리사용 두건을 딱 맞게 동여맨 채 티스푼 끝으로 작은 은주전자에 담긴 무언가를 맛보고 있었다. 그가 하니 시식이 아주 진지한 일처럼 보였다.

그때 한 남자가 주방 문을 휙 열고는 거친 남성성을 잔뜩 분출하며 성큼성큼 걸어 들어갔다. 제임스는 남자를 보고 미소를 지었다. 남자는 잿빛을 띤 파란색 트위드 스리피스 정장을 입고 있었고 재킷 윗주머니에는 샛노란 손수건이 꽂혀 있었다. 머리는 짙은 색 곱슬머리가 헝클어져 있었고 눈동자는 짙은 색과 밝은색이 공존했다. GQ 잡지의 고급 시계 광고에 나오는 사십 대 슈퍼모델 같은 외모였다. 오크 목재로 만든, 고전적인 요트의 선실에서 셔츠를 편하게 풀어 헤친 채로 나와 금색 비키니 차림의 얼굴 없는 여자에게 손을 뻗는 잡지 속 남자 모델이 떠올랐다.

"안녕, 헤더, 환영해요."

남자는 어느 지역 출신인지는 알 수 없는 영국식 억양으로 부드럽고 낮게 인사했다. 진한 캐러멜을 뿌린 바닐라 빈 젤라토 같은 목소리였다. 남자는 내 옆으로 다가와 바 카운터 위에 일간 신문, 〈더 스코츠맨〉을 아무렇게나 던졌다.

"네, 제가 헤더예요."

"제임스!"

러셀은 내 얼굴을 똑바로 바라보며 외치고는 입술을 살짝 오므렸다. 잘생기긴 했지만 나는 러셀이 풍기는 남성성에 전혀 매력을 느끼지 못했다. 그와 결혼하는 여자는 불쌍하게도 평생 비키니 왁스를 하고 하체 운동을 하고 최악의 경우 질 성형술까지 받아야 할 것 같았다. 러셀이 부르자마자 주방 문을 휙 열고 나타난 제임스가 메모한 내용을 살피느라 고개를 숙인 채 자리에 합류했다. 군이 고르라면 제임스가 내 이상형에 훨씬 가까웠다. 모든 면에서 완벽하고 세련된 러셀과 달리 제임스는 부드럽고 편안했다. 제임스의 머리에서는 값비싼 헤어 젤보다는 샴푸 향이 날 것 같았다. 잘생겼지만 부담스럽지 않은, 고환의 털을 면도하는 짓은 절대 안 할 것 같은 남자였다.

"우리 식당에 오신 걸 환영합니다." 러셀은 소매를 걷어 큼지막한 은 손목시계를 보며 다시 말을 이었다. "저녁 영업까지 45분밖에 안 남았고 여독도 풀 겸 씻고 싶으실 것 같은데, 아닌가요?"

"네, 그러면 좋죠……."

나는 혹시 모를 악취가 퍼지지 않도록 두 손을 겨드랑이 밑에 끼워 넣었다.

"좋습니다. 그럼 얼른 목록을 살펴보죠."

러셀이 고개를 끄덕이며 말했다.

같이 고개를 끄덕이며 슬쩍 보니 제임스가 엄지손톱을 깨물고 있었다. 나는 제임스를 안심시키려고 입 모양으로 '다 괜찮을 거예요'라고 말했다. 그러나 제임스는 다시는 이런 짓을 하지 말자고 다짐할 정도로 당황한 표정을 지었다.

나는 스툴을 러셀 쪽으로 돌리고는 메모한 노트를 꺼냈다. 심호흡을 한 뒤 고등학교 연극 수업 때 배운 큰 목소리로 또렷하게 말하는 기법을 써먹었다. 권위를 더하기 위해 드라마 〈더 크라운〉에서 여왕 역을 맡은 클레어 포이의 억양도 살짝 가미했다.

"사실 저장고의 와인을 모두 시음해 보지 않은 상태에서 완벽한 짝을 찾기는 어렵습니다."

"그러시겠죠."

러셀이 동의한다는 듯 고개를 끄덕이며 말했다.

"그리고 아시다시피 음식 맛도 아직 보지 못해 최대한 추측에 의지할 수밖에 없었습니다."

"설명할 필요 없어요, 헤더." 러셀이 내 팔을 살짝 잡으며 말했다. "와 준 것만으로도 고마운걸요. 이제는 빌한테 와인 선택을 맡기지 않아도 되니까요."

빌은 기막히다는 듯 눈알을 굴리고는 에스프레소 한 잔을 러셀 앞으로 밀었다. 러셀은 에스프레소를 한 번에 들이키고는 만족스럽다는 듯 고개를 끄덕이며 빌 쪽으로 다시 잔을 밀었다.

"뿔닭 요리에 일반적으로 쓰는 피노 그리지오(가볍고 상쾌한 맛의 이탈리아 화이트와인-옮긴이)를 고르지는 않았어요. 제 생각에," 나는 잠시 말을 멈추고 어깨 너머로 제임스를 힐끗 보고는 말을 이었다. "큰 뿌리 셀러리를 굽지 않는다면……."

"맞아요, 최종 메뉴에서 큰 뿌리 셀러리는 굽지 않습니다."

제임스는 조용히 답했고 러셀은 제임스를 향해 입술을 오므렸다.

"잘됐네요! 그럼 독일산 리슬링을 추천해요. 달지 않은 게 어울릴 거예요. 부챗살 스테이크는 거품 소스인가 뭔가가 있으니 너무 무거운 카베르네는 별로예요. 아르헨티나산 피노 누아와 조합이 더 맞을 거예요."

나는 메모한 내용을 힐끔 보고 말했다.

"산딸기 향이 짭조름한 맛을 중화할 테니까요."

"좋습니다, 좋아요." 러셀은 고개를 끄덕이며 내 쪽으로 눈썹을 치켜세웠다. 러셀의 매끈한 얼굴에 서서히 미소가 번졌다. "게살 요리는요?"

젠장, 게를 잊어버렸군.

"보자, 이제 하나만 고르면 되네요. 메를로 어때요?"

나는 즉흥적으로 말했다.

러셀은 이맛살을 찌푸리며 제임스를 봤고 제임스는 충격으로 입이 조금 벌어졌다. 잠시 후 주방 바닥에 냄비가 쨍그랑 떨어지면서 어색한 침묵이 깨졌다.

내 뒤에 있던 빌이 킥킥 웃음을 터트렸고 러셀도 깔깔대고 웃기 시작했다. 나는 웃음을 멈출 완벽한 타이밍을 찾기 위해 세 사람을 모두 관찰하면서 같이 큰소리로 키득거렸다.

"농담이에요."

나는 러셀의 손을 두드리며 말하고는 다시는 즉흥적인 답을 내놓지 말자고 다짐했다.

"샤르도네를 말한 거겠죠." 빌은 빨개진 얼굴로 나를 향해 손가락을 저으며 단호하게 말했다. "아, 웃겨라. 메를로라니. 맙소사, 정말 깜빡 속을 뻔했네요."

"죄송해요. 긴장 좀 하시라고 그랬어요."

"수고 많았어요, 헤더."

러셀이 마무리하자는 듯 말했다.

"아, 벌써 끝내시게요? 다 같이 의견 내는 거 아니었나요?"

나는 얼굴을 붉히며 답했다.

"그럴 리가요." 러셀은 다시 내 팔을 잡으며 말했다. 이번에는 잡은 손에 살짝 힘이 들어갔다. "영국에서 제일 젊고 유망한 소믈리에께서 너무 겸손하시네요."

"운이 좋은 건 저죠. 명성이 자자하신 주방장님 밑에서 일하게 됐으니까요. 꿈이 이뤄졌달까요."

척 보면 알 수 있었다. 러셀은 나에게 인정받고 싶어 했다. 존경받고 사랑받고 싶어 했다. 마음 깊이 불안이 도사리고 자기애가 충만한 남자는 다루기 쉬웠다. 그런 남자는 인정과 존경, 사랑을 주는 척하기만 하면 뭐든 얻어 낼 수 있었다.

"실은 부탁드릴 게 있는데요." 나는 다소 떨리는 목소리로 말을 꺼냈다. "오늘 저녁 영업 때 견학을 좀 해도 될까요? 어떤 식으로 일하시는지 배우고 싶어서요."

러셀은 고개를 갸웃하며 엄지와 검지로 턱을 쓰다듬고는 재킷에 꽂힌 손수건을 바로잡았다.

"나쁘지 않을 것 같네요. 메뉴에 없는 와인을 원하는 손님이 있으면 도와주실 수도 있고요. 좋은 생각이에요."

"네, 그럼 좋겠네요."

안도감이 밀려왔다. 나는 러셀을 향해 미소를 지으며 내 셔츠의 옷깃을 살짝 만지작거렸다. 뻔한 수작이었고 그러는 나 자신이 정말 싫었지만 생존 모드가 발동된 이상 뭐라도 해야 했다.

"빌, 난 제임스와 새 요리를 맛봐야 하니 헤더 좀 안내해 줄래요? 헤더가 직원들에게 오늘의 와인도 설명해 주시고 씻으실 수도 있게요."

러셀이 다소 날카롭게 말했다.

"그럼요."

빌은 두 손을 검은색 앞치마에 닦고는 바 카운터 끝 쪽에 있는 문을 향해 고갯짓하며 말했다.

"같이 가시죠."

"고마워요, 러셀."

중얼거리듯 인사하고 러셀을 스치며 간신히 지나가려니 백단유와 후추 향이 강하게 풍겨 코가 간지러웠다. 씻은 지 오래된 터라 악취를 두고 불평할 자격이 없긴 했지만 지독한 향수 냄새에 토할 것 같았다.

나는 수줍은 미소를 지으며 빌과 함께 문으로 향했다.

"우선 새 후식 메뉴가 왜 이렇게 생겨 먹었는지부터 설명해요. 망할 넙치 요리는 그다음에 의논하도록 하죠."

러셀은 나와 대화할 때보다 훨씬 강한 어조로 제임스에게 말했다.

"와, 진짜 세련된 분이네요. 저분은 왠지 여름용이랑 겨울용 이불 커버를 따로 덮을 거 같아요."

나는 빌에게 속삭이며 제임스를 힐끗 돌아봤다. 제임스는 가나슈에 풍선 모양의 초콜릿 덮개를 씌운 이유를 열심히 설명하고 있었다. 제임스가 티스푼으로 덮개를 단박에 깨자 러셀이 인상을 찌푸렸다. 그때 애니스가 45분 전에 내가 맛봤어야 할 시식용 음식을 가지고 나타났다.

나는 직원실 문을 여는 빌을 돌아보며 물었다.

"아이린은 어디 있어요?"

"내일 만날 수 있을 거예요. 그나저나 와인 시상식에서 진짜 재미있었다면서요? 둘이 거기서 만나다니 세상 참 좁네요!"

"그러게요. 저도 진짜 신기해요." 나는 모든 게 황홀해 죽겠다는 연기를 더 해야 할 것 같아 덧붙였다. "여기 오다니 정말 꿈만 같아요."

4장

2주 전

"헤더 존스예요." 나는 팀과 함께 리츠 호텔의 접수처에 도착해 당당히 말했다. "영국 와인 시상식에 참석하러 왔어요."

안내원은 손님 명단을 손가락으로 훑어 내려가다 헤더의 이름이 나오자 펜으로 선을 그었다.

헤더가 빌려준 검은색 트래피즈 드레스는 다행히 맥주 한 상자도 숨겨 들어갈 수 있을 만큼 헐렁해 잘 맞았다. 헤더가 하듯 분홍색 띠를 허리에 묶어 봤지만 헤더가 입을 때와는 달리 실크 오간자(실크나 면으로 만든 속이 비치는 소재-옮긴이)로 된 쓰레기 봉지가 한 개에서 두 개로 늘어난 듯 보여 포기했다. 팀은 죽이 제일 잘 맞는 술친구, 데이모에게 빌린 검은색 청바지와 벨벳 블레이저를 입었는데 생각보다 꽤 근사했다.

"어서 오세요, 존스 양. 신사분은 성함이 어떻게 되시죠? 죄송하지만 여기에는 '파트너'라고만 적혀 있어서요."

안내원은 초대장을 받고 회신을 주지 않은 헤더를 탓하는 듯 나를 힐끗 보며 말했다.

"제 이름은 팀입니다."

팀은 고개를 들고 입술을 살짝 오므린 채 상류층 특유의 과장된 억양으로 말했다. 안내원은 고개를 끄덕이고는 어딘가에 팀의 이름을 적었다.

"성은 어떻게 되시죠?"

"음……." 팀은 나를 돌아봤고 나는 실수하지 말라는 뜻으로 눈썹을 치켜올렸다. "맥티머시요."

"팀 맥티머시 씨군요. 감사합니다."

안내원은 어떠한 상황에서도 흔들릴 것 같지 않은 예의 바른 태도로 조심스럽게 답했다.

우리는 이름표를 목에 걸고 행사장에 들어서자마자 곧장 공짜 술과 채식주의자용 미니 카나페가 차려진 곳으로 향했다.

리츠 호텔의 연회장은 기대했던 것보다는 단조로웠다. 크지만 다소 비어 있는 느낌이었고 석고 천장도 생각보다 덜 화려했다. 참석한 사람들도 헤더가 평소 일하는 화려한 루프톱 바나 세련된 지하 식당의 개업식에 오는 부류와는 달랐다. 고루하고 유행에 뒤떨어져 보였다.

딱 좋았다! 팀과 나는 낯선 사람들과 실없는 수다를 떠는 게임을 자주 했다. 내 정체를 숨기고 다른 사람인 척 연기한 게 상대방에게 먹히면 2점이었고, 상류층 인사나 유명인을 연기하거나 매우 침착하고 이성적인 사람인 양 연기한 게 성공하면 3점이었다. 가장 최근에 갔던 영국 영화 산업 행사에서는 선글라스를 쓴 팀을 구석 자리에 앉혀 놓고 젊은 배우들에게 그를 가리키며 미끼를 던졌다. 말도 안 돼, 짐 리브스잖아! 세상에, 저 감독 몰라요? 얼마나 왕성하게 활동하는데요. 재능이 진짜 뛰어나요. 아뇨, 인터넷으로는 검색이 안 돼요. 사생활을 극도로 중시하거든요. 어떻게 여길 다 왔지?

"좋아, 시작해 볼까?"

팀이 내게 윙크하며 말했고 나도 환한 미소를 지어 보였다.

"같이 할까, 각자 하고 보고할까?"

"각자 하고 보고하자."

우리는 한 시간도 안 돼 코가 비뚤어지도록 취해 연회장 한구석에서 킥킥거리며 각자 어떤 사람들을 만났는지 공유했다.

"나는 랜드로버랑 하이퍼 디캔팅, 메리노 양모의 털 길이와 망할 조깅이 화젯거리였어. 크리켓 수다는 진짜 장단 맞추기 힘들더라." 팀이 축구 광팬이란 걸 아는 나는 크리켓을 호들갑스럽게 강조했다. "글쎄, 버트라는 자는 얘기하다 말고 갑자기 해상 기상 통보를 확인해야 한다면서 자리를 뜨더라니까. 중산층 인간들만 잔뜩 모아 놓은 지옥에 다녀온 기분이야."

"난 나무 얘기나 하다 왔어."

팀은 자기도 마찬가지라는 듯 대꾸하고는 트림을 했다.

"자, 이제 상 받은 와인 마시러 가자. 여기에 온 목적은 달성해야지."

연회장 중앙의 거대한 원형 테이블에는 다양한 금상과 은상, 동상 스티커가 붙은 50여 종의 와인이 진열돼 있었다. 테이블 한가운데에는 담쟁이덩굴이 와인 잔으로 쌓은 탑을 타고 6미터 높이까지 올라가는, 유리와 황동 소재의 고풍스러운 조형물이 놓여 있었다. 눈부시게 아름다운 작품이었다.

"영국인이 와인을 만들다니. 세련된 호주인만큼이나 낯설군."

팀은 시음용 잔에 흘러넘치기 직전까지 한가득 와인을 따르며 말했다.

"팀, 좀 살살 마셔. 너무 달리는 거 아니야?"

"공짜 술을 마다해서야 쓰나."

팀은 잔에 담긴 와인의 절반을 한입에 들이키며 답했다.

"소비뇽 블랑이라……." 나는 현대적 디자인의 검은색 라벨이 붙어 있고 켄트주의 지도가 그려진 와인병을 집어 들었다. "난 이 거 마셔 볼래. 상도 받았네. 이거 봐, 은상이야!"

팀보다는 자제하려 애쓰며 적당량을 따르려 했지만 취해서 병 입구를 잔에 맞추기가 어려웠다.

"고양이 오줌 향이 난다. 다들 좋아하는 향이지만 수고양이 네 마리를 키우는 내게는 견디기 힘든 향이다."

옆에서 어떤 여자의 목소리가 들렸다. 여자는 알렉사 청이 아 니면 절대 소화하지 못할 청록색 나팔바지 정장을 입고 있었다.

"고양이 오줌이요?"

"아, 네. 시음평 기록하는 중인데요."

여자는 영문을 모르겠다는 듯한 표정으로 말했다.

"그러시구나. 아, 그렇죠! 고양이 오줌. 아주 맛있죠."

나는 터져 나오려는 웃음을 간신히 참으며 와인을 마셨다. 정 말로 고양이 오줌 냄새가 진하게 풍겼다. 팀은 폭소를 터트렸고 여자는 인상을 쓰며 자리를 피했다. 헤더는 도대체 어떻게 이런 사람들과 어울리는 걸까?

"아, 난 이제 못 마시겠어." 나는 팀이 둘로 보여 한쪽 눈을 감은 채 말했다. "나 취했어, 팀. 우리 그만 가자. 살라미 듬뿍 얹은 치즈 크러스트 피자, 라지 사이즈로 먹고 싶어. 칠리소스랑 맥주도."

"그거 좋네. 근데 변소는 어디 있지?"

"아, 진짜 '화장실'이라고 좀 하면 안 돼? 여기는 리츠 호텔이 라고."

나는 비틀거리며 화장실을 찾아 헤매는 팀에게 소리쳤다.

"헤더 존스?" 그때 뒤에서 웬 여자 목소리가 들렸다. "어쩜, 이런 우연이 다 있네요. 헤더도 올 줄 몰랐는데 생각해 보니 안 올 이유가 없더라고요. 입구에서 헤더의 이름을 봤어요."

나는 잠시 눈을 깜박이고는 여자의 따뜻한 미소와 여자가 입은 매끈한 겨자색 블라우스, 여자의 목에 걸린 이름표를 차례로 휙 훑어봤다.

"아이린 리드예요. 빌이 면접 때 내 이름을 말했을 텐데요." 여자는 자연 그대로의 백발을 늘어뜨리고 환한 미소를 지으며 성모 상처럼 두 팔을 벌리며 말했다. "헤더와 같이 일하게 돼 정말 기뻐요."

"아, 아이린."

나는 고개를 끄덕이며 따라 웃었다. 이 여자는 도대체 누구지?

"네, 맞아요." 여자는 환하게 웃으며 말했다. "정말 멋진 우연이네요. 러셀도 여기 왔을 거예요. 아직 만나지는 못했지만 온다고 했거든요."

빌, 러셀, 아이린. 이 여자는 누구고 이 상황을 빨리 벗어나려면 어떻게 해야 하지? 여자의 부드러운 스코틀랜드 억양이 귀에 익은 순간, 나는 숨을 헉 들이켰다.

"아이린!"

"네, 그게 나예요."

아이린은 웃음을 터트렸다.

이런, 젠장!

나는 아직 헤더와 약속한 전화를 걸지 않았다. 헤더가 취업한 스코틀랜드 호텔에 전화해 헤더가 못 가게 됐다고 전하는 중요한 일을 아직 하지 않은 것이다. 두 팔로 나를 끌어당겨 있는 힘껏 껴안은 이 여자는 바로 헤더의 새 직장 상사가 될 뻔한 사람이었다. 나를 헤더로 착각한 게 분명했다. 왜 안 그랬겠는가. 헤더의 이름이 검은색 잉크로 인쇄된 이름표가 내 목에 떡하니 걸려 있는데 말이다.

나는 무례하게 느껴지지 않도록 잠시 기다렸다가 몸을 빼며 인사했다.

"안녕하세요, 아이린."

오해라고 설명할 수 있을까? 술에 취한 뇌를 제대로 작동시켜 적당한 핑계를 떠올리려면 일단 시간을 좀 벌어야 했다.

"은상 받은 와인, 드셔 보셨어요? 꽤 괜찮아요. 고양이 오줌 향이 코끝에 확 풍기더군요."

"아뇨, 아직이요. 추천해 줘서 고마워요."

아이린은 내게 윙크하며 말했다. 그때 마침 팀이 돌아왔다. 팀은 이 재미있는 상황에 적극 참여할 게 분명했다. 데이모와 네 번째 맥주잔을 비울 때쯤 폭소를 터트리게 할 훌륭한 이야깃거리가 될 테니 말이다. 나는 빨리 자리를 뜨고 싶었지만 이제 막 와인을 따르기 시작한 아이린을 두고 갈 수는 없었다. 갑자기 자리를 피해 헤더가 무례하다는 욕을 듣게 하기는 싫었다.

"안녕하세요, 부인." 팀이 인사를 건넸다. "저는 팀 맥티머시입니다. 이름표에 적힌 대로 말이죠."

나는 공포에 질렸지만 억지웃음을 웃으며 그 모습을 지켜보는 수밖에 없었다.

"아이린 리드예요. 로크 돈 호텔의 지배인이죠. 헤더가 합류해 얼마나 기쁜지 몰라요. 여름 동안만이지만요."

잠시 침묵이 흘렀다. 팀은 영문을 몰라 고개를 갸웃했지만 내가 아주 미묘하고 천천히 고개를 젓자 바로 상황을 이해했다.

"아, 이제 알겠네요. 헤더의 새 직장 상사시군요?" 팀은 쉰 목소리로 껄껄 웃고는 휘청거리는 몸을 지탱하려는 듯, 한 손으로 테이블을 짚었다. 테이블이 멀어 나도 따라 짚을 수 없는 게 아쉬울 뿐이었다. "이거 참 빌어먹게 엄청난 우연이네요."

나는 팀의 말에 짧고 날카로운 가짜 웃음을 터트렸다.

"그러게 말이에요. 팀도 만나서 정말 반가워요. 그거 소비뇽 블랑이죠?"

아이린의 말에 팀은 3분의 1쯤 남은 와인을 한 번에 들이켰다.

"저기, 아이린?"

나는 아이린에게 진실을 털어놓을 방법을 찾아 열심히 머리를 굴렸다.

"네?"

아이린은 와인을 한 모금 마시고 말을 이었다.

"아, 정말 얼마나 반가운지 몰라요. 말로만 듣던 헤더의 실물을 드디어 보게 됐잖아요. 빌이 헤더를 진짜 많이 칭찬했거든요. 호텔 식구들 모두 헤더가 합류한다는 소식에 신이 났어요. 이번 여름은 정말 근사할 거예요! 헤더도 우리 호텔이 마음에 쏙 들 거예요. 이런, 너무 내 얘기만 했네요. 아까 무슨 말을 하려고 했죠?"

나는 아이린의 기뻐하는 눈빛을 가만히 응시했다. 저 다정한 눈에 실망과 연민이 차오를 생각을 하니 내 진짜 정체를 밝히기가 싫어졌다. 온몸의 피가 뜨거워지는 기분이었다. 나는 나를 만나, 아니 헤더를 만나 진심으로 기뻐하는 아이린의 순수한 표정에 빠져들었다. 하룻밤만이라도 이 감정을 즐기고 싶었다. 수습은 내일 어떻게든 하면 될 것 같았다.

"기억이 잘 안 나서 그러는데요. 제가 묵을 숙소는 마련이 됐던가요?"

"그럼요. 작고 예쁜 직원용 별채가 있어요. 직원 모두에게 널찍한 개인용 방이 제공된답니다. 빌이 다 설명해 줬을 텐데요?"

"아, 그럼요. 물론 설명해 주셨죠."

나는 들고 있는 와인 잔을 가리키며 말했다.

"이 고양이 오줌, 적당히 마셔야겠네요. 안 그랬다간 스코틀랜드가 어디 있는지도 잊어버리겠어요."

아이린은 깔깔대며 웃고는 승마와 맑은 공기, 내 머리 크기만 한 가재 이야기를 들려줬다. 그 이야기를 즐겁게 듣다 보니 나도 모르게 로크 돈 호텔에 갈 날을 손꼽아 기다리는 표정을 짓고 있었다.

아이린은 30분 동안 신나게 대화를 나누다 드디어 자리를 뜨며 말했다.

"잠깐 가서 작별 인사 하고 올게요. 나 몰래 가지 말아요."

설렘은 곧바로 공포로 바뀌었다. 나는 팀을 돌아보며 당황한 웃음을 터트렸다.

"이제 어쩌지? 일하지 못하게 됐다고 헤더 대신 연락하기로 했는데 깜빡했어. 오늘 했어야 했는데!"

"당신 아까 진짜 웃기더라."

"나도 알아. 그보다 이제 어떻게 하냐고."

"그냥 당신이 가서 해."

팀은 한쪽 팔을 내 허리에 둘러 확 잡아당기며 말했다.

"바보 같은 소리 하지 마."

나는 술에 잔뜩 취했을 때만 하는 팀의 애정 표현에 짜증이 나 몸을 뺐다.

"왜 안 되는데? 어차피 부모님 집에도 못 가잖아. 연락도 안 하고 지낸다면서."

"당신 집에도 못 있지."

"그야 방이 없으니까……."

"방이 있으면 또 다른 핑계를 댔겠지." 나는 팀이 반박하기 전에 얼른 덧붙였다. "괜찮아. 상관없어."

"버디, 그냥 단순 접대업일 뿐이야. 당신한테는 어려운 일도 아니잖아. 전에 술집에서 일한 적 있다고 하지 않았나? 어차피 헤더는 이 일을 하기 싫어한다면서. 못 하게 됐다는 전화 한 통 할 성의도 없고 말이야."

"그렇긴 하지."

"숙소는 물론 식사도 공짜일걸. 와인이랑 위스키는 당연히 공짜일 테고. 그냥 스코틀랜드에서 여름 한 철 지내는 거야. 이보다 더 좋은 조건 있어?"

곰곰이 생각해 보니 묘하게 그럴듯했다. 헤더는 특별한 일은 아니라고 했다. 그냥 가족이 운영하는 외딴곳의 오래된 식당 같은 거라고 했다. 술집이랑 식당에서 일해 본 경험도 좀 있으니 아주 서툴지는 않을 것이다. 이참에 스코틀랜드 구경도 하면 좋을 테고…….

"당신이 안 하면 내가 한다?"

그때 팀이 두 팔을 활짝 벌리며 말하다 와인 한 병을 쓰러트렸고 그 와인병이 쓰러지면서 담쟁이덩굴로 균형을 잘 잡아 쌓아 올린 샴페인 잔 조형물을 건드렸다. 샴페인 잔 탑은 잠시 불안하게 비틀거리다 하나씩 테이블에 부딪치고 깨져 산산조각이 났다. 팀과 내 주변 카펫에 유리 조각이 수북이 쌓였다.

순간 연회장에 정적이 감돌았다.

내 옆의 누군가가 헉하고 숨을 들이키며 말했다.

"세상에, 저거 다 최고급 크리스털인데."

"저자는 최고급 등신이고요."

나는 팀과 모르는 사이인 양 뒤로 살짝 물러서며 말했다. 그런
뒤 연회장 저편에 서 있는 아이린과 눈이 마주치자 팀이 친 사고
는 나와는 전혀 상관없다는 메시지를 한 번에 전달할, 최대한 당
황한 표정을 지어 보였다. 그러고는 웨이터들이 치우러 몰려온
순간 내 장기를 발휘했다. 바로 팀을 끌고 달아났다.

5장
5월

차라리 죽는 게 나을 만큼 피곤했다. 홀은 만석이었고 저녁 영업은 이제 중반을 달리고 있었다. 나는 유능한 직원인 척 바 구역 근처를 맴도는 연기를 훌륭히 수행 중이었다. 걸음을 뗄 때마다 발바닥 앞쪽이 타는 듯 아팠다. 유니폼은 헤더의 사이즈로 제공돼 내 사이즈보다 두 단계 작았지만 사이즈가 바뀐 이유를 설명하느니 칙칙한 펜슬 스커트와 흰색 셔츠에 몸을 구겨 넣는 게 나았다. 그나마 두꺼운 갈색 가죽 줄이 달린 긴 검은색 리넨 앞치마로 불룩 튀어나온 허리의 군살을 가릴 수는 있었지만 그렇다고 걸음이 편해지지는 않았다. 스커트가 너무 꽉 끼어 마치 1980년대에 텔레비전에 나오던 로봇처럼 발을 질질 끌며 걸어야 했다.

직원들에게는 오늘 낼 와인에 대해 최대한 간단히 설명했다. 다섯 명의 세련되고 유능해 보이는 젊은 직원은 모두 깔끔하게 다림질한 유니폼을 갖춰 입고 진지하게 내 말에 귀를 기울였다.

"여러분은 로크 돈에 더 오래 계셨으니 저보다 많이 아실 겁니다." 나는 내가 아무것도 모른다는 사실이 들통나지 않도록 적당히 아부하며 최대한 말을 아꼈다. "오늘은 제가 여러분에게 배우겠습니다."

코에 피어싱을 한 앳된 얼굴의 빨강 머리 직원은 팝 스타라도 만난 듯 선망의 눈빛으로 나를 바라봤다. 그녀는 본명은 록산느지만 친구들은 록시라고 부른다며 자기소개를 하고 잔뜩 흥분한 목소리로 소믈리에가 되려고 공부 중이라 무슨 일이든 적극 돕겠다고 했다. 너무 고마워 꼭 끌어안아 주고 싶은 심정이었다.

나는 이제야 안, 벨리니라는 칵테일 두 잔이 담긴 은쟁반을 들고 있는 록시가 보였다. 샴페인에 으깬 복숭아 과육을 조금 넣은, 18파운드짜리 칵테일이었다. 록시는 완벽한 피부와 군살 없고 날씬한 팔다리를 지닌 젊음 그 자체였다. 뒤로 바짝 당겨 포니테일로 묶은 강렬한 빨강 머리도 매력적이었다.

개방형 주방을 돌아보니 애니스와 제임스가 보였다. 제임스는 시간이 갈수록 짜증과 땀이 늘어나고 있었다.

"제임스는 요리는 별로 하지 않네요."

나는 후식 담당 요리사를 혼내는 제임스를 보며 바 카운터 뒤에서 잔을 닦고 있는 빌에게 말했다.

"러셀이 원하는 대로 만사를 조율하는 역할이죠. 관현악단의 지휘자라고나 할까요. 러셀은 단장이고요."

빌은 잔을 하나 더 닦으며 쓸쓸한 미소를 지었다.

"이런, 제가 아는 척을 했네요. 전문가시니 이미 잘 아실 텐데 말이죠."

"하, 그렇긴 하죠."

나는 작게 중얼거리고는 헤더에게 짧게 감사 메시지를 보냈다.

네 조언 덕분에 만찬을 잘 치르고 있어. 고마워. 후기는 나중에 들려줄게.

온몸이 죽도록 쑤시고 피곤했다. 헤더를 연기한 지 몇 시간밖에 지나지 않았고 앞으로 석 달이나 더 이 가식을 떨어야 했지만 과연 계속할 수 있을지 의문이 들 정도였다.

"빌." 나는 현란한 기교를 부린 닭 다리 요리 두 접시를 들고 지나가는 키 큰 네덜란드 출신 웨이터를 피해 빌이 있는 쪽으로 몸을 기울이며 물었다. "보통 몇 시에 막을 내리나요?"

"막이요?"

"이 쇼가 언제 끝나느냐고요."

"아, 종료 시간이요?" 빌은 손목시계를 흘깃 보며 말했다. "지금이 8시 45분이니까 서너 시간 뒤쯤 끝나겠네요."

나는 직원실 바닥에 드러누워 왼발을 벽에 올린 채 오른쪽 발목을 돌리면서 다리 다친 개처럼 낑낑 앓았다. 터무니없이 작은 펜슬 스커트는 엉덩이까지 치켜올렸고, 터질 듯한 크림색 폴리에스테르 블라우스는 피부가 조금이나마 찬 공기를 쐬도록 치마 밖으로 빼 단추를 풀었다. 단언컨대 유니폼은 식당과 달리 전혀 고급스럽지 않았다. 나는 하품을 하며 검은색 아이라이너가 온 얼굴에 번지든 말든 눈을 비볐다. 하루 동안 얼어붙을 듯한 추위와 타는 듯한 더위를 오가니 온몸의 세포 하나하나가 손상된 기분이었다.

그래도 큰 실수는 없었다. 대부분 미리 준비한 메뉴에서 주문한 덕분에 현장에서 즉석으로 추천해야 하는 상황은 벌어지지 않았다. 와인 리스트에 각 와인에 관한 설명이 적혀 있어 그런 상황에도 대비가 돼 있긴 했지만 말이다. 현장에서 겪어 보니 사람들은 대부분 전문가가 대신 선택해 주길 원했다.

"손님은 어떠실지 모르지만 저는 항상 가장 단순한 게 최고라고 말씀드립니다."

메뉴판의 가격을 보고 심장 마비를 일으킬 듯한 표정을 짓는 남자에게는 이렇게 속삭이면서 저렴하지만 괜찮은 나파 밸리 피노 누아 와인을 주문할 구실을 제공했다.

"숙녀분에게 빈티지 샴페인 한잔 사주지 않는 남자가 남자 맞나요?"

어느 노신사에게는 이렇게 큰소리쳤다. 노신사는 빙그레 웃으며 능글맞게 웃는 아내를 흘낏 보고는 와인 메뉴판을 덮고 말했다.

"이거 사줄 수밖에 없겠는데요?"

당당하기 그지없는 전형적인 미국인 관광객은 추천을 원했다.

"뿔닭에 화이트와인을 한잔하고 싶은데 어떤 와인이 좋을까요?"

"아, 이런. 와인 추천하는 거 진짜 싫은데."

나는 당황해 와인 리스트를 훑어보며 농담을 던졌다.

남자는 킥킥거리며 말했다.

"직업을 잘못 선택하신 것 같네요."

"저도 동의해요."

나는 얼른 답하며 씩 웃었다. 순간 헤더가 미국인들은 망할 샤르도네만 마신다고 불평했던 기억이 뇌리를 스쳤다.

"샤르도네로 드세요."

나는 단호하게 말했다.

"아, 나 샤르도네 좋아하는데." 남자의 애인은 완벽한 텍사스주 억양을 구사하며 물었다. "와인에 얼음 넣어 주실 수 있죠?"

"네, 그럼요."

나는 의기양양한 걸음으로 빌에게 돌아가 무심코 말했다.

"제가 하는 말은 뭐든 다 믿네요. 와인계의 도널드 트럼프가 된 기분이에요."

"클래리지스 호텔만큼 교양 있는 손님만 오지는 않으니까요. 전문가의 도움이 필요하죠."

"저도 동의해요."

또 이 말을 쓰다니. 어느새 나도 우아하게 '동의해요'라는 말을 쓰는 부류가 된 모양이었다.

그 뒤로는 굉장히 바쁘고 중요한 일을 하는 사람인 척하며 돌아다닌 게 전부였다. 웨이터들에게 계속 고개를 끄덕이고 그들이 와인을 우아하게 따르고 나르고 신속하게 치우는 모습을 지켜봤다. '연구 목적'을 핑계로 빌에게 부탁해 몇 가지 와인을 시음하기도 했다.

직원실 천장을 멍하니 바라보며 빌이 바 청소를 끝내고 숙소로 안내해 주길 기다리고 있으려니 멀고 먼 스코틀랜드에서 이러고 있는 게 새삼 경이로웠다. 나는 정신이 몽롱한 상태로 혼자 킥킥거리며 웃기 시작했다.

"안녕, 헤더."

제임스가 바닥에 드러누워 있는 내 모습에 당황하며 인사를 건넸다. 이런 꼴을 봤으니 당황할 만도 했다. 얼른 스커트를 내리고 블라우스의 매무새를 가다듬긴 했지만 너무 지쳐 일어나 앉을 기운은 없었다.

"2014년 8월에 이비사섬에 놀러 갔을 때 빼고 이렇게 피곤하기는 처음이에요. 아니다, 니컬러스 케이지 영화를 24시간 연속으로 볼 때도 이만큼 피곤했어요. 만 하루를 봤는데도 반의반도 못 봤지만요. 작품이 한두 개가 아니더라고요. 도대체 몇 시간을 봐야 케이지의 영화를 다 볼 수 있을까요? 〈콘 에어〉는 진짜 길었어요. 두 시간 미만짜리 영화는 거의 없더라고요. 짧은 영화도 있나 검색해 봐야겠어요. 아니다, 관둘래요. 손가락이 너무 피곤해 못 하겠어요."

나는 왜 아직도 떠들고 있을까?

제임스는 소리 내 웃고는(비웃음일 수도 있지만 상관없었다) 검은색 두건을 벗고 요리사용 재킷의 단추를 풀었다. 속에 입은 흰색 티셔츠가 온통 더러워져 있었다. 제임스는 무거운 짐을 내려놓은 듯 한숨을 쉬었다.

"그래도 손님이 없는 편이라 첫날은 수월하게 넘기셨네요."

제임스가 하품을 하며 말했다. 농담이길 바랐지만 그런 기색은 전혀 보이지 않았다. 제임스는 사물함 문을 열고 문으로 몸을 가렸다. 괜한 짓이었다. 너무 피곤해 훔쳐볼 기운조차 없었다.

"그러게요. 식은 죽 먹기였어요."

결국에는 욕망을 이기지 못하고 힐끗 훔쳐봤지만 이미 검은색 티셔츠로 갈아입고 난 뒤였다. 제임스는 어깨를 둥글게 만 채 잠시 휴대폰을 확인하고는 몸을 숙여 가방을 집었다. 그 바람에 엉덩이를 내 얼굴에 대고 흔드는 꼴이 됐다. 절로 눈이 가는 멋진 엉덩이였다. 스키니진이 간신히 걸쳐지는 볼품없고 납작한 엉덩이가 아니라 탄탄하고 둥근 완벽한 엉덩이였다.

나는 속으로 나 자신을 꾸짖고는 다시 휴대폰을 보며 제임스가 사물함을 닫기를 기다렸다가 마음 놓고 그를 돌아봤다. 제임스는 앞으로 석 달 동안 나와 가장 가까운 직장 동료가 될 사람이었다. 멋진 엉덩이에 관심을 두기보다는 친해질 방법을 찾아야 했다. 내 결점을 포착할 가능성이 가장 높은 제임스를 확실한 내 편으로 만들어야 했다.

"여기서 일한 지는 얼마나 됐어요, 제임스?"

나는 입을 가리고 하품하며 물었다.

"미안해요. 하루가 참 기네요. 꼭두새벽부터 세인트판크라스역에서 기차를 탔거든요. 새벽에 일어나는 거 진짜 싫은데. 하긴, 새벽이 무슨 죄겠어요."

제임스는 더없이 썰렁한 내 농담에 또 웃음을 터트렸다. 따뜻하고 굵은, 듣기 좋은 웃음소리였다.

"그러셨겠네요."

제임스가 벗은 옷을 문가의 큰 세탁물 바구니에 던지며 말했다.

"거의 평생 있었어요."

제임스는 내 앞 의자에 털썩 앉아 흰 수건으로 얼굴을 문질렀다. 두건에 눌려 엉망으로 헝클어지고 땀에 살짝 젖은 짙은 색 머리칼이 그의 얼굴로 흘러내렸다.

"정말요?"

"던베건에서 잠시 일할 때 빼고요."

"던베건이요?"

"네, 스카이섬의 던베건이요."

"아, 네. 거기요." 나는 나중에 지도에서 찾아보기로 마음먹고 또 물었다. "그럼 서부 해안 출신이에요?"

"네."

제임스는 짧게 답하고는 흰 수건을 세탁물 바구니에 던진 뒤 머리를 휙 튕겨 눈을 가린 머리카락을 넘겼다.

"아까는 미안했어요. 오시자마자 제가 너무 서둘렀죠. 저도 오늘 하루가 꽤 길었거든요. 러셀이…… 요구하는 게 있어서요."

제임스는 자제하려는 듯 말을 멈추고 고개를 저었다. 러셀에 대한 불평을 하고 싶은 게 분명했다. 상사 욕이라면 나도 일가견이 있었다. 역사상 상사 욕을 가장 많이 한 사람으로 손꼽힐 정도였다. 나는 상사 뒷담화계의 제왕이었다. 지금껏 같이 일한 상사 중에 내 기대에 부응한 사람은 전무했다. 러셀도 능력은 출중할지 몰라도 재수 없는 상사의 전형인 모양이었다.

제임스는 두 손을 목뒤로 가져가 깍지를 꼈다. 근육이 적당히 잡힌 팔이 근사했다. 손으로 머리카락을 넘기기만 하면 홀딱 반할 것 같은 팔이었다.

"요리뿐 아니라 관리 감독도 하셔야 하는 것 같던데요."

"맞아요. 손잡아 줄까요?"

제임스가 자리에서 일어나 한쪽 팔을 내게 내밀었다.

"고마워요."

나는 제임스의 손을 잡고 일어나 서둘러 옷매무새를 가다듬으면서 얼굴을 붉혔다. 발바닥 앞쪽이 불타는 듯 아팠고 겨드랑이에서 나는 악취는 무엇으로도 가릴 수 없었다.

"꼴이 너무 엉망이라 미안해요. 원래는 이보다 낫다고 말하고 싶지만 솔직히 그렇지도 않네요."

"보기 좋은데요."

제임스가 웃으며 말했다.

부드러운 스코틀랜드 억양과 차분한 확신이 실린 제임스의 '보기 좋은데요'는 내가 지금껏 들은 중 최고의 칭찬에 가까웠다. 기쁨으로 볼이 붉게 타오르는 게 느껴졌다.

그때 빌이 한 손에는 뚜껑을 딴 샴페인병을, 다른 손에는 레드와인병을 든 채 불쑥 들어왔다. 빌은 약간 비틀거리며 서툴게 샴페인병을 내려놓고 외투를 잡으면서 말했다.

"아이고 하느님, 이제 제발 집에 좀 갑시다. 난 서 있기도 힘드니 카트는 제임스, 자네가 운전해. 참, 9번 테이블의 결혼 50주년 부부가 하는 말을 우연히 들었는데 호수에서 알몸으로 수영을 했다더군."

빌은 트림을 한 번 하고는 재밌어하는 나를 돌아보며 말했다.

"업무상 재해랍니다."

제임스는 빌의 손에 들린 레드와인병을 가져가며 말했다.

"이건 놓고 가야죠, 빌."

"뚜껑 딴 지 며칠 된 거야!"

빌이 이를 다 드러내고 웃으며 말했다.

블레이저를 입고 있는데 할 말이 있는 듯 나를 쳐다보는 제임스의 눈길이 느껴졌다. 나는 빌이 옷을 갈아입길 기다리면서 제임스를 돌아봤다. 잠시 기다렸지만 제임스는 아무 말도 하지 않았다.

"저도 마시고 싶네요."

나는 제임스의 손에 들린 병을 향해 고갯짓을 하며 말했다.

"그러게요."

제임스는 와인을 보다가 천천히 고개를 들어 내 눈을 똑바로 바라봤다.

"배고파요?"

제임스의 눈빛에 온 신경이 쏠려 그의 말이 잘 들리지 않았다. 그와 나 사이에 누가 봐도 착각일 리 없는 불꽃이 튀었다.

나는 당황해서 뒷걸음질을 칠 뻔하다 제임스와 연결된 보이지 않는 실을 애써 떼어 내고 호흡을 가다듬었다. 제임스는 애꿎은 천장과 바닥만 보고 있었다. 나는 그제야 내가 아직 답을 하지 않았다는 사실을 깨달았다.

"아, 그럼요. 배고프죠."

나는 거세게 뛰는 심장을 진정하려 애쓰며 답했다.

"나도 배고파 죽겠어요."

이 상황을 전혀 눈치채지 못한 빌이 모자 달린 회색 점퍼의 지퍼를 올리며 말했다.

정신을 차리고 보니 제임스가 이미 외투를 입고 직원실 문을 열어 잡아 주고 있었다. 나는 발바닥의 통증을 참으며 두 사람을 따라 나갔고 제임스는 운전석에 뛰어 올라타 시동을 걸었다.

"앞에 타세요, 빌. 제가 뒤에 탈게요."

"아이고, 고마워요."

빌은 제임스 옆에 쓰러지듯 앉아 제임스의 어깨를 철썩 때리며 말했다.

"오늘도 자네 아주 잘했어. 잘하고 있어."

"어서 가서 좀 주무세요."

제임스가 답했다.

숙소까지는 몇 분이면 도착하는 길이었지만 산만한 생각을 정리하기에 충분했다. 나는 지금 스코틀랜드의 '전혀 형편없지 않은' 호텔에서 가장 친한 친구의 흉내를 내고 있는, 위태로운 상황에 놓여 있다. 그나마 열심히 일하고 모두의 환심을 사면서 여름이 끝날 때까지 버티기만 하면 벗어날 수 있지만 연애 감정을 품을 여유 따위는 없다. *정신 차려, 버디!*

연애 감정이 생기면 지금 내게 가장 필요한 집중력이 흐트러질 게 뻔했다. 당장 오늘 밤부터 벼락치기 공부를 해야 한다. 와인 수백 개를 달달 외워야 한다.

카트가 오두막에 도착하니 센서 등이 켜졌다. 제임스가 카트 키를 돌리며 미적대는 동안 빌이 술이 좀 깬 목소리로 제안했다.

"방부터 안내해 줄게요. 드디어 씻을 수 있겠네요."

빌은 코를 막고 기침을 하며 말했다.

"진짜 못됐네요. 빌이 더 냄새나거든요?"

나는 웃으며 말했다.

"그건 부인할 수 없네요."

현관문이 끼익 열리자 빌은 내 여행 가방을 들어 주며 현관 등을 켰다.

"헤더의 방은 오른쪽에서 두 번째 방이에요. 다 갖춰져 있죠. 내 방은 2층 첫 번째 방이에요. 제임스 방은 전용 욕실이 있는 끝 방이고요. 나쁜 놈, 나보다 스무 살이나 어린 녀석이 더 좋은 방을 차지했어요. 연줄이 이렇게 무섭답니다."

빌의 목소리가 마냥 밝지만은 않은 걸 보니 뼈 있는 농담인 듯했다. 좁은 복도를 따라 걸어가며 어깨 너머를 흘깃 보니 제임스가 아직 손에 와인을 든 채 주방 입구 근처에 서 있었다. 제임스는 이맛살을 살짝 찌푸리며 또 무언가를 말하고 싶은 표정을 지었다.

"어, 뭐 만들어요?"

"그뤼에르를 얹은 사워 도우 빵이요."

대답이었지만 내 의견을 묻는 듯한 억양이었다.

"네?"

"치즈 토스트요."

빌이 주방에서 외쳤다.

"아, 너무 좋네요. 빨리 해 주세요."

나는 환하게 웃으며 답하고는 몸을 돌렸다. 순간 제임스의 눈빛이 밝아지는 게 곁눈으로 보였다.

욕실은 작지만 깨끗했다. 나는 세면도구가 든 가방을 인버네스의 공중화장실에 두고 온 걸 깨닫고 찬장을 뒤졌다. 제일 깨끗해 보이는 칫솔과 누가 쓰고 조금밖에 안 남은 부츠 매장의 자체 브랜드 세안제와 '남성을 위한 강력 세정'이라 적힌 대용량 보디 워시를 빌렸다.

샤워를 하고 나서는 생전 처음 남자들과 동거하게 된 터라 욕실 안에서 옷을 입었다. 플란넬 소재의 잠옷 바지에 헐렁하고 낡은 티셔츠를 입었고 머리는 어깨에 흘러내리게 뒀다. 머리를 자르니 가뿐했다. 더 짧아도 전혀 어색할 것 같지 않았다. 잘 시간이 다가오자 긴장이 풀리면서 갑자기 허기가 몰려왔다. 나는 몇 시간 전 헤더에게 메시지를 보낸 뒤로 한 번도 확인하지 않은 휴대폰을 꺼냈다. 오전 12시 15분이었다.

메시지는 하나도 없었다. 당연했다. 팀은 사무실 반경 1킬로미터 이내 어디에선가 술을 마시고 있을 것이다. 벌써 옷을 벗어 던지고 강물에 뛰어들었거나 택시 정류장 근처에서 같이 취한 친구들과 축구 응원가를 부르고 있을지도 모른다. 팀은 친구들에게 내 상황을 말했을까? 내가 그립기는 할까? 나는 팀이 그리운가? 문득 멀리 떨어져 지내며 서로를 애타게 그리워하는 연인들이 부러웠다. 나는 아니었다. 팀이 전혀 그립지 않았다.

휴대폰을 다시 가방에 넣고 욕실 문을 여니 제임스와 빌이 공동 휴게실에서 대화를 나누는 소리가 들렸다. 구운 빵과 치즈 냄새가 복도 가득 맴돌았다. 배가 고파 죽을 지경이라 공짜 밥을 먹을 수만 있다면 술에 취한 빌과 수줍음을 타는 제임스쯤은 얼마든지 상대할 수 있을 것 같았다.

"저 왔어요."

나는 주방에 들어서며 짧게 인사했다. 대면하고 보니 수줍음을 타는 쪽은 오히려 나였다. 평소의 나답지 않았지만 어쨌든 취한 빌은 나를 보고 과장되게 반가운 표정을 지었고 제임스는 아까보다는 덜 경직된 미소를 지었다. 나는 제임스가 차라리 미소를 짓지 않길 바랐다. 볼수록 너무 매력적인 미소였다.

휴게실은 꽤 넓었다. 한쪽 끝에는 1980년 이후로 한 번도 개조하지 않은 듯한 작은 주방이 있었다. 베니어판과 베이클라이트 소재의 가전으로 가득한, 지금은 죽고 없는 세대의 취향에 철저히 맞춰진 주방이었다. 작은 허브 보관용 서랍과 테라코타 벽돌 바닥, 손으로 꽃무늬를 그려 넣은 세간도 그랬다. 식기세척기 크기만 한 전자레인지도 있었다. 커피 테이블 주변에는 큰 체스터필드풍 소파와 안락의자 두 개가 배치돼 있었고 벽에는 대형 평면 텔레비전이 설치돼 있었다. 한쪽 벽에 걸린 코르크 게시판에는 직원 명단으로 보이는 서류가 붙어 있었고, 그 옆에는 내가 모르는 사람들의 사진 몇 장과 '와인 협회 하일랜드 플링'이라는 행사의 광고지가 꽂혀 있었다.

"이건 뭐예요?"

나는 게시판으로 걸어가 광고지를 떼서 보며 물었다.

"하일랜드 플링? 재미있는 행사 같네요. 솔직히 섹스 클럽 이름 같긴 하지만요."

빌이 우렁찬 웃음을 터트리며 선반에서 작은 와인 고블릿 잔 세 개를 꺼내 레드와인을 따랐다.

"서부 해안 접대업계의 글래스턴베리 록 페스티벌 같은 거죠."

"아, 해기스(순대와 비슷한 스코틀랜드 전통 음식-옮긴이)가 무한 리필되고 엑스터시도 제공되나 보죠?"

"빗물도 빠질 수 없죠."

제임스의 말에 피식 웃음이 나왔다. 제임스가 농담 비슷한 말을 한다는 게 의외였다.

"아까 그 샴페인은요? 아직 남았으면 저도 거품 맛 좀 보고 싶은데요."

와인과 관련해 다른 건 몰라도 이 말만큼은 진실이었다. 나는 스파클링와인이 정말 좋았다. 거품 있는 와인을 마시면 마치 상류층이 된 기분이었다. 결혼식에서 프로세코나 카바, 샴페인이 나오면 진짜 좋았다. 시시덕대고 취할지언정 진심을 다해 즐겼다.

"샴페인과 그뤼에르의 조합은 처음 알았네요."

제임스가 조리대 뒤에서 모습을 드러내며 말했다. 제임스는 편안한 환경에서 훨씬 더 잘생겨 보였고 놀랍게도 독서용 안경을 쓰고 있었다. 제임스가 얼른 안경을 벗으며 말했다.

"둘이 잘 어울리나 보죠?"

"그만 해요, 범생이 씨. 나 퇴근했거든요."

내가 웃으며 말하자 제임스는 미소로 화답하고는 다시 몸을 숙여 그림을 살폈다.

"왜 이래, 제임스. 자네도 돼지 정액 거품이니 분자 요리니 하는 얘기만 하지는 않잖아. 자, 고블릿 잔이긴 하지만 마십시다."

빌이 은으로 만든 와인병 마개를 잡아당기며 말했다.

"그러게 말이에요."

나는 오븐에서 치즈 토스트 샌드위치가 담긴 접시를 꺼내 조리대 위로 미는 제임스를 보며 빌의 옆자리 의자에 앉았다.

"세상에, 냄새가 죽이네요. 뭘 넣은 거예요?"

"그뤼에르랑 겨자소스요. 되는대로 넣었어요."

제임스가 어깨를 으쓱하고 살짝 얼굴을 붉히며 말했다.

"저는 요리는 진짜 젬병이에요. 돼지고기와 레모네이드로 비프 부르기뇽을 만들었다가 망한 적도 있어요."

"재료가 전혀 안 어울리는데요." 제임스가 인상을 쓰며 말했다. "돼지고기와 콜라는 의외로 잘 맞지만요. 어쨌든 둘 다 비프 부르기뇽은 아니죠."

"식을 때까지 기다려야 해요."

빌이 말했다. 그러나 정작 본인이 참지 못하고 토스트의 딱딱한 껍질 부분을 집어 들었다.

"이런 말 해도 될지 모르지만 헤더는 다른 소믈리에랑 달라요. 이력서만 봤을 때는 뭐랄까⋯⋯."

빌이 말끝을 흐렸다.

나는 빌이 무슨 말을 하려고 하는지 생각하고 싶지 않아 혀 위에서 춤추는 거품을 느끼며 샴페인을 한 모금 더 마셨다. 편리하게도 꼭지 달린 통에 담겨 있어 겨우내 동네 술집을 들락거리며 마신 프로세코보다 독하고 쌉쌀한 맛이 났다.

빌은 제임스를 흘끗 봤다.

"자네 생각도 그렇지 않아?"

"무슨 뜻이에요?"

나는 짐짓 화난 표정을 지으며 토스트 조각을 집었다. 식을 만큼 식어 한 입 베어 무니 상상도 못 했던 견과의 풍미와 달콤하고 짭조름한 맛이 혀를 감쌌다. 숨이 턱 막힐 정도였다.

"아니, 세상에! 이 맛은……."

"섹스보다 낫죠? 내가 요즘 섹스에 연연하지 않는 이유죠."

빌이 동의한다는 듯 고개를 끄덕이며 말했다.

"그렉스(영국의 베이커리 체인점-옮긴이) 토스트 샌드위치보다 낫다고 말하려 했는데요."

제임스는 내가 농담하는 줄 알고 웃었고 빌도 웃었다.

"이거 봐요. 내가 하려는 말이 이거예요. 웃기잖아요. 소믈리에들은 절대 안 웃긴데 말이죠."

빌이 말했다.

"그게 무슨 뜻이죠?"

나는 웃으며 대꾸했다. 엄밀히 따지면 나를 향한 말이 아니니 기분이 나쁠 수가 없었다. 샴페인을 한 모금 크게 들이키니 입안에 감도는 기름진 치즈의 풍미 덕분에 그 맛이 제대로 느껴졌다.

아, 정말 환상적이었다.

"뭐라고 해야 하나. 들어보니 미식가도 아니고. 꼭 음반 가게 점원 같다고요."

"빌, 하지 말아요."

제임스가 진지한 표정으로 말렸다.

"음반 가게에서 일하는 게 뭐가 어때서요?"

나는 제임스에게 도발적으로 물었다. 나를 배려해 한 말인 건 알지만 제임스가 곤란해하며 얼굴을 붉히는 모습을 볼 절호의 기회를 놓칠 순 없었다.

빌과 제임스에게 말하지는 않겠지만 학교를 졸업하고 세 번째로 얻은 일자리가 동네 음반 가게였다. 취업하자마자 가게가 망했지만 말이다. 덕분에 폐업 세일 때 직원 할인을 받아 음반을 대량으로 구입할 수 있었다. 그 수가 워낙 많고 종류도 다양해 한때는 내가 가장 자랑스럽게 여기는 재산이었다. 그러나 애석하게도 2015년에 카드 대금을 갚기 위해 힐에 사는 결혼식 디제이에게 몽땅 다 팔았다. 그 후로 내 소유의 재산은 아무것도 없었다.

"미안해요. 나쁜 뜻으로 한 말은 절대 아니에요. 그냥 와인 배우는 사람들은 대부분 상류층이잖아요. 학비도 비싸고……." 빌은 말을 멈추고는 멋쩍게 웃으며 입술을 깨문 채 바닥을 내려다봤다. "이거 왠지 내가 내 무덤을 판 것 같네요. 용서해 줘요."

빌은 짐짓 부끄러운 척 고개를 떨궜고 나는 다시 잔을 가득 채우며 피식 웃었다.

"괜찮아요. 두 분이 예상한 모습과 다르다는 거 알아요. 다들 내가 엄청 세련될 거라고 생각하는데 실제로는 그냥 돈 받는 술 주정뱅이예요."

또 깔깔대고 웃는 빌을 보니 문득 우울해졌다. 헤더처럼 유능한 사람을 흉내 내는 연기조차 먹히지 않다니. 나는 갑자기 수면 욕구가 치미는 걸 느끼며 와인 잔을 빤히 바라봤다. 그때 제임스가 상처받은 내 마음을 눈치챘는지 치즈 토스트가 담긴 접시를 내 쪽으로 밀었다.

"더 먹어요."

제임스는 뒤쪽에 있는 싱크대에 손을 씻으려고 몸을 돌리며 말했다.

"아니, 진짜 그렇다니까요." 빌이 끈질기게 말했다. "마누엘이라는 소믈리에도 그랬어요. 가는 세로줄 무늬 정장을 입고 거만한 프랑스어 억양을 쓰는 남자였는데……."

"진짜 거만한 프랑스어 억양이었어요? 평범한 프랑스어 억양인데 빌한테만 거만하게 들린 거 아니고요?"

나는 빌을 놀리며 물었다.

"전자면 그 남자가 재수 없는 거고 후자면 빌이 재수 없는 거라서요."

나는 기분이 조금 좋아져 다시 고개를 뒤로 젖히며 와인을 벌컥벌컥 마셨다.

"신경 쓰지 말아요. 지금 취해서……."

제임스가 빌을 흘낏 보며 말했다.

"아니, 내 말 좀 들어봐요, 헤더." 빌은 제임스를 무시하고 말했다. "진짜 다른 소믈리에들은 헤더처럼 재미있지 않다니까요."

빌은 내 등을 철썩 때리다 의자에서 미끄러질 뻔하고는 다시 말을 이었다.

"헤더는 진짜 마스터 오브 와인(영국의 마스터 오브 와인 협회에서 주관하는 시험을 통과한 사람-옮긴이) 같지가 않아요. 마스터 오브 와인 타이틀을 단 소믈리에는 대부분 엄청 거드름을 피우거든요. 안 그래, 제임스?"

나는 술기운에 자신감이 생겼는지 나를 똑바로 바라보는 제임스의 눈길을 피하지 않았다.

"헤더는 신선한 바람 같아요."

제임스는 이렇게 말하고는 고개를 숙인 채 타탄 무늬 행주로 요리용 칼의 날을 닦았다. 제임스가 칼날을 돌려 날의 상태를 점검하자 천장의 조명이 반사돼 날이 반짝거렸다. 점검이 끝나자 제임스는 둘둘 말린 큰 칼 가방을 펼쳐 가운데 빈 곳에 칼을 끼워 넣었다. 제임스의 칼 가방은 어딘가 짜릿하고 섹시하며 위험한 매력을 풍겼다. 기차에서 미국 드라마 〈덱스터〉 시리즈를 몰아서 본 영향도 있을 터였다. 제임스는 잠시 멈춰 나를 흘긋 보고는 칼 가방을 다시 서랍에 넣었다.

신선한 바람.

살면서 많은 말을 들어봤지만 신선한 바람 같다는 말을 듣기는 처음이었다. 엄마는 나더러 부산스럽다고 했고 아빠는 관심 종자라고 했다. 인사부 직원이었고 자의식이 강했던 내 첫 룸메이트는 내가 자기가 쓰는 맥 브랜드의 아이 펜슬을 훔쳤다면서 거짓말을 일삼는 도둑년이라고 불렀다(빌려 쓰다 잃어버렸으니 엄밀히 말해 훔친 건 아니었다. 어쨌든 그 여자는 내가 가져간 걸 알 길이 없었다). 망할 패배자라는 말은 하도 많이 들어 이제 대수롭지 않게 느껴졌다. 헤더는 주로 멋지다는 수식어를 붙여 주지만 그건 내가 헤더에게는 항상 가장 좋은 모습만 보여 주기 때문일 것이다.

제임스를 보니 심장이 두근거렸다.

제임스와 내가 동시에 샴페인병을 잡으러 손을 뻗을 때였다. 제임스의 손이 먼저 닿자 내 손가락이 '우연'을 가장해 제임스의 손가락에 닿았다. 나도 모르게 한 행동이었다. 제임스와 나 사이에는 분명 불꽃이 튀었다. 나만의 착각은 절대 아니었다. 게다가 제임스에게 나는 유능한 소믈리에인 데다 오늘 처음 만난 여자였다. 이성적 끌림의 80퍼센트를 차지하는 요소가 새로움이라는 건 누구나 아는 사실이다. 이 상황에서는 나도 충분히 매력적인 여자였다.

이런 생각을 한다는 게 갑자기 민망해진 나는 애써 머릿속에서 잡생각을 밀어냈다.

"미안해요. 따르세요."

그러고는 약간의 자괴감을 느끼며 손가락을 치웠다.

빌은 손을 짚어 몸을 가누며 의자에서 내려와 제임스에게 거수경례를 하고 내 등을 또 한 번 부드럽게 쳤다. 그런 뒤 초점을 잃은 눈으로 트림을 하고는 고개를 젓다가 와인 잔을 쳐 바닥에 떨어뜨렸다.

"그럼 난 이만." 빌은 앞으로 고꾸라지지 않도록 조리대를 잡은 채로 잔을 집어 들며 말했다. "잘 자요, 여러분. 난 나가떨어지러 갑니다!"

"나가떨어져요? 저런 말을 쓰는 사람이 있긴 하네요."

나는 웃음을 참으며 제임스에게 소곤거렸다.

제임스는 내 잔을 채워 주고 자기 잔을 보며 잠시 서 있었다. 그러고는 자기 잔을 들었다 다시 내려놓더니 두 손으로 엉덩이를 짚었다. 주방에 단둘이 남은 게 의식되는 눈치였다. 새로운 동거인. 함께 일한 지 몇 시간밖에 안 된 동료. 법적으로 성관계에 동의할 수 있는 성인. 성적 긴장감이 고조됐다. 나만 그렇게 느끼는 걸까?

"저도 가야겠어요. 내일 할 일이 있어서요. 혼자 두고 가서 미안해요."

제임스가 해명하듯 말했다.

"미안해할 필요 없어요." 나는 실망감과 안도감을 동시에 느끼며 말했다. "저도 지금 너무 피곤하거든요. 여기 조리대 위에서도 잘 수 있을 것 같아요."

"방이 있는데 굳이 여기서요?"

제임스가 이마를 찡그리며 물었다.

"정말 여기서 자겠다는 뜻은 아니에요, 제임스."

"아, 물론 그렇겠죠."

제임스는 고개를 저으며 말했다.

"저기, 어, 아까는 처음 만나자마자 퉁명스럽게 대해서 미안해요."

"괜찮아요. 벌써 여덟 시간 전 일인걸요. 다 잊었어요."

"모든 게 달라져 정신이 없었어요. 러셀도 새로 오고 메뉴도 달라져서 실수하고 싶지 않았어요. 걱정도 됐고요. 헤더가……."

"내가 해내지 못할까 봐요?"

"아뇨, 우리가 제대로 일을 처리할 시간이 없을까 봐요."

제임스는 잠시 말을 멈추고 바닥을 바라봤다. 그러고는 두 손바닥으로 눈을 비비며 터져 나오는 하품을 감추려 애썼다.

"그냥…… 새 메뉴와 새 인테리어를 선보이는 중요한 시기라 정신이 좀 없네요. 곧 안정될 거예요."

실수 없이 잘 해내 제임스를 안심시키고 싶었다. 나는 오늘 밤에 꼭 와인 공부를 시작하자고 굳게 다짐했다.

"확실히 다 새롭긴 하더군요." 급하게 들이킨 샴페인 석 잔과 피로로 갑자기 졸음이 쏟아졌다. "걱정 말아요. 우리 다 잘 해낼 거예요."

안아 주고 싶었다. 제임스는 나무 같았다. 크고 근사한, 속이 꽉 찬 나무.

어서 네 방으로 가, 버디.

6장

"별일 없으시죠?"

나는 하품을 하고 어깨를 뒤로 돌려 풀면서 인사했다.

열 시간 연속으로 자고 나니 사후 경직이 오듯 몸이 굳었다. 와인 공부를 하려던 계획은 물 건너갔다. 온몸이 녹초가 돼 구글 검색창에 '와인'을 입력할 힘조차 없었다.

"죄송해요. 제 말은, '안녕하세요, 아이린. 잘 지내셨어요? 다시 만나 정말 반가워요'라는 뜻이었어요."

나는 씩 웃으며 말했다. 지금껏 살면서 깨달은 대로 가장 중요한 자신감을 최대한 발산했다.

아이린은 호텔 직원 중 가장 나이가 많은 듯했지만 자유분방한 프랑스인 슈퍼모델처럼 당당한 매력을 풍겼다. 오늘은 와인 시상식 때보다 더 매력적이었다. 자연 그대로의 흰머리는 포니테일로 대충 묶었고 화장은 나무랄 데 없이 완벽했으며 빳빳한 흰색 티셔츠와 진녹색 통바지와 긴 청록색 기모노를 걸치고 있었다. 신발은 겉으로 드러나지는 않았지만 숙소 밖 자갈길과 부딪치며 때

각때각 소리를 내는 걸 보니 하이힐이 분명했다.

"헤더도 잘 지냈죠? 어젯밤에는 마중 못 나가 정말 미안해요. 돼지우리가 더러워 봄맞이 대청소를 하느라 못 갔지 뭐예요."

나는 이 우아하고 위풍당당한 여인이 무릎 깊이까지 쌓인 돼지 똥 무더기에 들어가 있는 모습이 좀처럼 상상이 안 돼 멈칫했다.

"걱정 말아요, 목욕했으니까." 아이린은 미소를 지으며 말했다. "좀 걸을까요? 날도 좋은데."

수은 온도계는 어제보다 꽤 오른 10도를 가리켰고 오늘 아침에는 편안한 회색 운동복과 청바지를 입었지만 한기를 막기에는 여전히 턱없이 부족했다.

"런던에서 헤더를 만난 건 다시 생각해도 정말 신기해요. 어쩜 그런 우연이 다 있을까요. 게다가 그 보기 싫은 이름표를 달지 않았다면 서로를 알아보지도 못했을 거잖아요."

"네, 어, 굉장한 밤이긴 했죠. 팀이 어, 골동품 잔을 깨트리는 바람에 너무 당황해서 인사도 못 했네요."

팀은 그날 밤 데이모에게 모험담을 들려줄 때 잔이 아니라 샴페인으로 쌓은 탑을 무너뜨렸다고 부풀려 말했다.

아이린은 마치 다정한 이모처럼 미소를 지으며 고개를 끄덕였다. '난 그 남자가 전혀 마음에 들지 않지만 너를 전적으로 지지하니 입 다물고 있겠다'는 뜻의 미소였다.

나는 앞서 걷는 아이린과 자꾸 거리가 벌어져 걸음을 재촉해야 했다. 아이린은 하이힐을 신고도 힘들이지 않고 걷는, 아니 거의 미끄러지듯 걷는 부류였다. 운동화를 신어 천만다행이었다. 영업 개시까지 두 시간도 채 남지 않았건만 발의 부기는 가라앉을 기미가 보이지 않았다.

"헤더가 합류해 정말 다행이에요." 아이린은 다시 말을 이었다. "러셀한테도 헤더가 얼마나 재미있는 사람인지 말했어요. 장담하는데 헤더는 우리 호텔에 꼭 맞춘 듯 적응할 거예요."

"감사해요. 저도 얼마나 다행인지 몰라요."

나는 어차피 이 호텔이 아니면 갈 데도 없었다는 농담을 하고 싶었지만 '헤더는 웃긴 사람'이라는 명성을 어느 수준까지 떨쳐도 될지 확신이 서지 않아 그만뒀다.

"우선 호텔을 안내해 줄게요. 주방과 와인 저장고에서 파악해야 할 게 산더미겠지만 간단히 돌아보면 대충 감을 잡을 수 있을 거예요. 빌이 그러던데 개조한 걸 몰랐다면서요?"

"아, 네. 전혀 몰랐어요."

호텔 뒤편에 도착하자 아이린은 주방 문을 지나쳐 더 걷다가 양쪽에 큰 화분 식물이 배치된 대형 프랑스식 유리문으로 나를 안내했다.

"여기는 손님용 출입구예요. 산책을 하거나 승마를 하러 나가는 분들 말고는 드나드는 손님이 별로 없긴 하지만요. 손님들은 대부분 차량의 진출입이 쉬운 호텔 정문 쪽으로 다니시도록 안내하죠."

아이린은 문을 열고 들어가서는 나도 들어오라고 손짓했다.

나는 실내에 들어선 순간 숨을 헉 들이켰다. *너무 아름다웠다.*

원래라면 어두침침했을 좁은 복도가 회색 타일 바닥을 따라가면 있는 유리문 덕분에 바람이 잘 통하고 환한 공간으로 거듭나 있었다. 유리문 양쪽에는 내가 제일 좋아하는 싱싱한 연분홍색 모란꽃이 한 아름 가득 꽂힌 꽃병이 놓여 있었다.

"정말 멋지네요."

나는 진심으로 감탄했다.

유리문 뒤로는 계속 열려 있도록 고정된 기존의 나무 현관문과 현관에서 진입로로 이어지는 두 개의 거대한 계단이 보였다. 처음 도착했을 때 보긴 했지만 가까이에서 보니 매우 근사한 자연석으로 만든 석조 계단이었다.

입구 오른쪽에는 사방이 탁 트인 호화로운 휴게실이 있었다. 은도금한 사슴뿔 장식이 걸린 벽 밑에는 가죽과 고가의 무늬 천 소재를 미스매치 스타일로 배치한 편안한 소파와 안락의자가 놓여 있었다. 아직 페인트 냄새가 날 정도로 이제 막 공사를 끝낸 지극히 세련된 인테리어였다.

"'서재'라고 부르는 공간이에요."

아이린이 말했다. 그러나 이름과 달리 책은 거대한 나선형으로 벽에 부착된 조형물의 일부일 뿐이었다.

"혹시 책을 떼려 하는 손님을 보면 말려 주세요. 이거 제작하는 데만 2만 파운드 가까이 들었거든요. 엄청나죠? 어쨌든 책을 읽고 싶다고 하면 아이패드를 빌려드린다고 하세요. 원하는 책은 뭐든 다운로드해서 볼 수 있거든요. 물론 비용은 객실에 청구되고요."

"완전 현대식이네요."

문득 소규모 고급 호텔은 요즘 다 이런지 궁금해졌다. 기대했던 시골 휴가지의 소박한 숙소 느낌은 전혀 나지 않았다. 책장 선반에 모노폴리나 스크래블 같은 낡은 보드게임 상자 몇 개와 고전 문학이나 댄 브라운의 소설이 꽂혀 있는, 아늑하고 친밀한 공간은 아니었다.

"개조 공사는 런던의 파딩턴스에 전적으로 맡겼어요." 아이린이 내 생각을 읽은 듯 말했다. "러셀이 에든버러에 있는 자기 식당의 개조를 맡겼던 업체예요. 알다시피 러셀의 식당이 작년에 미슐랭 별 두 개를 받았잖아요? 어쨌든 덕분에 새로운 고객층을 확보할 수 있으면 좋겠어요. 어젯밤에 봤겠지만 식당 빼고는 다 고쳤답니다."

"진짜 화려하네요."

"확실히 21세기 호텔로 바뀌긴 했죠. 이전 모습을 봤으면 무슨 뜻인지 알 거예요. 아늑하고 예스러운 매력이 있긴 했지만 책장이 있는 휴게실은 지붕이 새고 온통 습기가 가득해 얼룩투성이였어요. 숙박료를 받기 민망한 상태였죠. 어쨌든 이번 공사는 비용이 어마어마하게 들어간 대형 프로젝트였어요. 그럴 가치가 있었길 바랄 뿐이에요."

아이린이 말을 마치며 천장을 향해 박수를 치니 불이 꺼졌다. 요즘 런던에서 인기 있는 동네, 쇼디치에 딱 어울릴 호텔이었다. 숙박료가 매우 비싸고 회원 전용이며 회원들에게는 집처럼 편안한 호텔 말이다.

헤더는 일하러 다니는 회원 전용 호텔에 대해 늘 불평을 늘어놓곤 했다. 헤더에 따르면, 바바둑 하우스나 헥슬리반스 에스테이트는 상종하기 싫은 광고계 인사나 은행가들이 모여 한 손에는 강한 풍미의 클라레 와인을, 다른 손에는 광고 기획을 든 채 누가 더 잘났나 은근히 겨루는 곳이라고 했다. 헤더는 중상류층 명칭이라고 비하했지만 나와는 달리 그런 자들과 아무런 위화감 없이 어울릴 수 있었다. 그건 다 헤더의 아빠 덕분이었다. 헤더의 아빠는 58세라는 늦은 나이에 헤더를 낳은 꽤 유명한 와인 딜러였다. 헤더는 아빠의 자신감과 열정을 물려받았고 거액은 아니지만 충분한 액수의 유산도 받았다. 나는 매달 쓸 '용돈'까지 받으며 대학을 유유자적 다닌 헤더를 내심 늘 부러워했다. 형편없는 아르바이트를 두 개씩 해야 겨우 학비를 댈 수 있었으니 당연했다. 물론 헤더에게 수없이 술을 얻어 마셨으니 불평할 생각은 없었다.

서재 공간의 구석 자리에 투숙객 한 명이 앉아 있었다. 무두질한 가죽 신발을 양말 없이 신고 밝은 파란색 폴로 셔츠를 입은, 나이가 꽤 많아 보이는 남자였다.

"좋은 아침이에요, 매슈." 아이린이 교태와 예의를 능숙하게 뒤섞은 전문가다운 어조로 노래하듯 인사했다. "부족한 건 없으신가요?"

"없어요, 아이린."

남자는 신문을 접고 내게 미소를 지으며 답했다. 창백한 푸른 빛 눈동자와 금발 때문에 신사라기보다는 제임스 본드 영화에 나오는 악당처럼 보였다. 왠지 러시아어 억양으로 말할 것 같은 외모였다.

"런던에서 여기까지 와 준 새로운 소믈리에랍니다." 아이린이 나를 고갯짓을 하며 설명했다. "언제 한번 시험해 보시죠."

"기대되는군요."

남자는 몸을 젖혀 의자에 등을 기대고 한쪽 발을 다른 쪽 다리 무릎 위에 얹으며 말했다. 본인의 세력을 과시하는 전형적인 행동이었다.

"최대한 어려운 문제로 내시는 게 좋을 겁니다."

나는 기계적으로 교태 모드를 발동시키며 대꾸했다.

"이런, 이거 진짜로 기대되는걸요."

남자가 팔짱을 끼며 말했다.

아이린은 아주 미묘하게 고개를 젓고는 현관을 가로질러 로비로 나를 안내하며 속삭였다.

"헌트 씨는 하일랜드 와인 협회 회장이에요. 근데 조심해야 해요. 단골 고객인 데다 지독한 술고래예요. 싱글 몰트위스키가 무한대로 제공된다면 아마 말이랑도 그 짓을 할 사람이에요. 작년에는 진짜 거의 할 뻔했다니까요."

상당히 충격적인 이야기였지만 아이린은 수도 없이 봤다는 듯 고개만 젓고 말았다.

"헤더가 여기 있는 동안은 헤더를 돌보는 게 내 임무이기도 해서 하는 말인데, 헌트 씨가 어떤 사람인지 알았으니 이제 잘 대처했으면 좋겠네요. 여자니까 특히 더요. 잘 알겠지만 접객업에 종사하는 여자들은 서로 돕고 살아야 해요."

아이린은 애정이 듬뿍 담긴 눈빛으로 미소를 지었다. 금방이라도 내 머리를 쓰다듬을 것 같은 표정이었지만 바로 다시 호텔 소개를 이어갔다.

"여름이 끝날 때쯤 협회 행사가 열리는데 올해는 헤더가 제임스와 함께 와인과 메뉴 목록을 짤 거예요. 다음 며칠 동안 기획서를 짜야 주문을 넣을 수 있어요. 지난번 행사 주제는 '위대한 포도'였어요. 그때는 빌이 와인을 골랐는데, 저렴한 와인은 의외로 좋았고 비싸게 주고 산 와인은 아주 형편없었답니다."

"멋지네요."

나는 당황한 기색을 숨기려 애쓰며 말했다.

"일명 '로열 애스콧 오브 와인 협회' 행사예요."

나는 애써 자신만만한 표정을 지으며 진지하게 고개를 끄덕였다.

"서부 해안 지역과 그 외 지역에서 백 명 넘게 모여요. 단순한 와인 행사를 넘어 서부 해안접객업계의 연간 대표 행사로 자리 잡았죠. 꽉 막힌 와인 전문가들만 모이는 자리가 아니에요. 구매자와 생산자, 제작자까지 다 모여요. 모두 정장을 갖춰 입고 밴드의 공연에 맞춰 춤도 추고 새벽까지 위스키를 마시죠. 우리 호텔의 자랑이에요. 새 단장도 했고 러셀과 헤더가 키를 잡았으니 역대 최고의 행사가 될 거라 믿어요."

"그렇군요. 잘 알겠어요."

나는 점점 고조되는 불안에 휩싸이는 동시에 이 일을 그만둔 헤더에게 살짝 짜증이 났다. 헤더는 이 사람들이 자기에게 얼마나 큰 기대를 걸고 있는지 알기는 할까? 이제 그 기대를 한 몸에 받는 사람은 헤더가 아닌 나였고 이는 곧 재앙을 의미했다.

아이린은 한쪽 팔을 보란 듯 뻗으며 로비 겸 바 구역을 소개했다. 의자가 드문드문 배치돼 있고 지금은 텅 빈 작은 테라스가 딸린 공간이었다.

"밖에서 식사하기에는 아직 좀 쌀쌀해서요."

아이린이 설명했다. 이 공간도 광택이 나는 황동 장식물과 가죽, 선명한 색조의 천 가구를 배치해 눈부시게 아름다웠다. 한쪽 끝에는 식당으로 통하는 문이, 바 카운터 뒤에는 주방으로 통하는 문이 있었다.

"아까 본 서재는 손님들이 쉬면서 커피나 차를 즐기거나 원하는 건 뭐든 먹거나 마실 수 있는 공간이에요. 음악 소리는 최대한 작게, 분위기는 아주 안락하게 유지하죠. 반면에 여기 로비 겸 바 구역은 적당한 단어가 없지만 굳이 표현하자면 더 활기찬 공간이에요. 바는 물론 24시간 이용 가능하지만 직원이 늘 상주하는 건 아니에요. 아마 새벽 3시에 브랜디를 마시고 싶으면 벨을 울려야 할 거예요. 어쨌든 저녁 식사 시간 이후에 여기 벽난로 옆에서 위스키를 마실 수도 있어요. 아, 빌이 있네요."

빌은 놀랍게도 어젯밤 그렇게 마시고도 활기가 넘쳐 보였다. 빌은 나를 보고 씩 웃으며 칵테일 셰이커의 내용물을 막 옮겨 담으려던 잔을 들어 보였다. 바 근처의 향초에서 근사한 향이 풍겼다. 코끝을 찌르는 감초 향이 섞인 상쾌하고 맑은 냄새였다.

"아이린이 엄마 노릇 하려고 하면 말려요."

빌이 말했다.

"빌이 술 따라 주면 마시지 말아요."

아이린도 지지 않고 대꾸했지만 둘 사이에 감도는 애정이 고스란히 느껴졌다. 나는 아이린과 빌의 현명한 조언을 가슴에 새긴 뒤 아이린을 뒤따라 호텔 투어를 계속했다.

"객실을 몇 개 보여 줄게요. 헤더는 2층에 올라갈 일이 없을 테니 꼭 봐야 하는 건 아니지만요."

갈 일이 없다니 너무 아쉬웠다. 객실이 숨 막히게 아름다웠기 때문이다. 비어 있는 첫 번째 스위트룸에 들어서니 테두리가 말린 주철 욕조가 제일 먼저 시선을 끌었다. 욕조는 근사하게도 이제 막 꽃을 피우기 시작한 사과나무가 내다보이는 대형 창문 옆에 놓여 있었다.

거대한 슈퍼 킹사이즈 침대에는 주름 하나 없이 빳빳한 침구와 쿠션이 깔려 있었다. 평면 텔레비전은 보이지 않았지만 벚나무 서랍장과 금도금한 대형 거울, 감청색 벨벳 소재의 2인용 안락의자도 있었다.

"부자들은 이렇게 사는군요?"

나는 넋 놓고 구경하며 말했다.

"뭐, 그런가 봐요." 아이린이 환기를 위해 발코니 문을 열면서 말했다. "석 달 전에 이 방을 봤으면 더 놀랐을걸요. 얼마나 음침했는데요. 이 리넨 커튼은 나도 참 마음에 들어요."

아래층으로 내려가면서 아이린은 마지막으로 짧은 연설을 했다. 로크 돈 호텔의 직원은 모두 품위 있게 행동해야 한다거나 호텔의 전통이 얼마나 오래됐는지 등등……. 그러나 나는 아이린의 말에 제대로 집중하지 못했다. 헌트 씨가 누가 봐도 진저리 난 표정을 짓고 있는 아내와 바에 함께 앉아 있으면서 내게 끈끈한 시선을 던졌기 때문이다. 불쌍한 헌트 부인. 헌트 씨는 나를 쳐다보느라 뒤꿈치로 의자 발판을 헛디디는 바람에 앞으로 미끄러져 화병을 넘어뜨릴 뻔했다. 그때 볼이 발그레하고 수줍은 표정의 인도인 부부가 우리를 스치며 지나갔다.

"신혼부부예요."

아이린이 연설을 잠시 멈추고 알려 줬다. 마치 〈러브 하일랜드〉라는 드라마 속으로 들어온 기분이었다.

나는 다시 아이린의 말에 집중했다. 아이린은 로크 돈 호텔은 따뜻한 환대를 자랑하는 이 고장에서도 최고 수준의 접객을 목표로 하므로 고객의 모든 욕구가 충족되도록 특별히 애를 쓴다고 강조했다. '만족'과 '충족', '몇 번이고 다시 찾는 호텔' 따위의 표현이 등장하는 일장 연설에 자꾸만 웃음이 새어 나오려 했다.

"러셀은 호텔의 정신에 적합한 인물인가요?"

나는 웃음이 터지려는 걸 애써 억누르며 물었다.

"러셀은 호텔의 현대화를 돕기 위해 초빙됐어요."

"제대로 돕긴 했네요."

나는 다시 박수로 조명을 끄는 아이린을 보며 말했다.

"러셀은 매일 출근하지는 않아요. 다른 식당들도 운영 중이라 바쁘거든요." 아이린은 진부한 대본을 읽듯 설명했다. "그래도 우리가 자기만의 완전무결한 기준에 맞추길 원해요. 예측이 잘 안 돼 맞추기 어려운 기준이긴 하지만 그래도 맞춰야 해요! 소유주가 거금을 들이고 러셀의 이름을 걸고 직원들이 계획을 실행한 끝에 호텔을 탈바꿈시켰어요. 축하해야 할 경사죠. 끝까지 잘 해내야 해요! 다 같이 힘을 모아서요!"

아이린의 연설은 긍정적이었지만 왠지 진심이 느껴지지 않았다. 헤더가 타기 직전까지 구운 내 구이 요리를 어떻게든 칭찬하려 애쓸 때가 떠올랐다.

"그냥 어젯밤에 러셀이 주방에 없길래 궁금해서 물어봤어요."

아이린은 입을 살짝 오므리며 말했다.

"매일 하는 힘든 일은 제임스가 하지만 러셀은 비전을 세우고 순이익을 관리해요. 우리는 그가 내리는 지시를 두말 않고 따르고요. 그래서 말인데 헤더도 점심 영업을 준비해 줘야겠어요."

"네."

나는 고개를 끄덕였다.

"참, 빌이 직원용 삼시 세끼가 제공된다고 말해 줬나요? 비어 있으면 식당에서, 손님이 있으면 직원실에서 먹으면 돼요."

"아, 다행이네요."

예상은 했지만 빌에게 직접 들은 건 아니라 쓰레기통을 뒤져야 하나 생각하던 참이었다.

"마지막으로 하나만 더 말할게요."

아이린은 칭찬받고 싶은 마음이 절로 들게 하는 애정 어린 손길로 내 두 볼을 감싸며 말했다.

"남자 친구 말인데요. 와인 시상식 때 만난 젊은이 말이에요. 혹시 이번 여름에 호텔에 올 수도 있나요?"

"아뇨. 주말에 찾아올 정도로 깊은 관계가 아니에요."

나는 얼른 답했다.

"아," 아이린은 안도의 한숨을 내쉬며 두 손을 내렸다.

"그거참 좋은 소식이네요."

7장

나는 엄청난 실수를 저질렀다.

점심 영업이 시작되기 전 잠시 혼자 있게 된 시간, 나는 문 전면에 유성펜으로 깔끔하게 '헤더'라고 적힌 사물함을 마주한 채 사물함 속 어두운 심연을 뚫어져라 바라봤다. 누가 건드리면 폭발할 것 같은 심정이었다. 헤더의 말과는 정반대로 이 호텔은 장난이 아니었다. 이 일도 장난이 아니었다.

그럼 도대체 뭘 기대했는데?

살면서 멍청한 짓을 꽤 많이 저질렀지만 이번 건 그 모든 걸 뛰어넘고도 남았다.

버디 핀치, 너는 이번 일을 망칠 거고 헤더는 미친 듯이 화를 낼 거야. 헤더의 명성에 해가 가지 않도록 적당한 핑계를 대고 거절하겠다고 장담해 놓고 헤더의 얼굴에 대놓고 먹칠을 하게 될 거야. 도대체 무슨 빌어먹을 짓을 저지른 거야?

나는 엄청난 실수를 저질렀다.

이곳에 오기로 마음먹었을 때만 해도 나는 내심 기대했다. 나중에 헤더와 자주 가는 도그 & 덕 난롯가의 작은 테이블에 앉아 킥킥대며 이 쓰러져 가는 호텔에서 여름 한 철 소믈리에 연기를 했던 모험담을 들려줄 날이 분명 오리라고. 그러나 이제 그날은 영영 오지 않을 것 같았다.

지금까지 헤더와 내 사이가 틀어진 적은 딱 한 번 있었다. 암울하고 끔찍했던 어느 여름이었다. 당시 헤더는 보르도의 어느 고급 와인 양조장에서 경력을 쌓은 뒤였고 나는 소호의 코미디 클럽 매표소에서 일하고 있었다. 그해는 헤더의 성공이 잇따른 해였다. 끝없이 이어지는 헤더의 승진이나 와인 수료증 획득을 축하할 풍선과 장식용 깃발, 프로세코를 사느라 월세 보증금에 달하는 돈을 쓴 해이기도 했다. 물론 헤더가 자랑스러웠다. 그러나 헤더의 치어리더 역할이 늘 즐겁지는 않았다. 나 말고는 헤더를 응원해 줄 사람이 없었고 그래서 가끔 피곤했다.

그날따라 지난번 파티 때 주방에 띄웠다가 귀찮아서 정리하지 않은 'CONGRATULATIONS(축하합니다)' 은박 풍선이 눈에 들어왔다. 바람이 빠져 벽을 타고 반쯤 내려온 풍선을 보니 'CON(사기)' 세 글자만 보였다.

나는 손에 든 가스 요금 최종 독촉장을 빤히 바라봤다. 그러고는 헤더의 방을 다른 사람에게 재대여했다.

불행히도 세입자로 들어온 마게이트 출신의 유머 감각 넘치는 스물한 살 코트니는 헤더의 옷을 한가득 훔쳤고 헤더의 커피포트를 태웠으며 예거마이스터에 잔뜩 취한 날 밤에는 헤더의 침대에 오줌을 쌌다.

헤더가 화난 건 침대나 사라진 옷 때문이 아니었다. 내가 세입자를 들인 걸 숨겼기 때문이었다. 그러나 나는 무일푼 신세를 솔직히 털어놓고 사과하기는커녕 끓어오르는 당혹감과 분노를 주체하지 못하고 도리어 헤더에게 악을 썼다.

"너는 땡전 한 푼 없는 신세가 뭔지 모르잖아! 나는 안전망 같은 거 하나도 없어. 상속녀인 너와는 다르다고. 물려받은 돈으로 여름에 프랑스로 훌쩍 떠나 네 아빠처럼 와인을 공부한 네가 뭘 알겠어! 애슐리인가 뭔가 하는 전문 미용사한테 머리 자르는 네가 뭘 알겠냐고!"

"나는 유산보다 가족이 있는 게 좋아."

"나는 유산이 있는 게 더 좋아. 망할 놈의 가족이 전부가 아니라고."

석 달간 지속된 냉전은 내가 새 커피포트와 반쯤 남은 위스키 병을 들고 헤더의 집을 찾아갔을 때 겨우 깨졌다.

"페이스북에서 봤어. 마스터 오브 와인 과정에 합격했다며." 나는 혀 꼬부라진 소리로 말했다. "노던 라인 지하철을 타고 오면서 사람들한테 다 자랑했어. 퇴근길 술 한 모금이 간절해 보이는 간호사랑 라프라는 건축업자랑 다 같이 한잔했어. 그러다 보니 어느새 번트 오크역에 도착했더라고."

"나 아직 화 안 풀렸어."

헤더가 위스키병을 내 손에서 낚아채며 말했다.

"알아."

내 말에 헤더는 내 손을 잡아 집 안으로 홱 잡아당겼다.

"그리고 커피포트, 새로 산 지가 언젠데."

"헤더, 진짜 죽을 만큼 미안해."

"알아. 아니까," 헤더는 잠시 심호흡을 하고 말했다. "제발 정신 좀 차리고 살아."

"노력할게." 나는 고개를 끄덕였다. "나랑 언제 연 끊을 거야?"

"평생 못 끊어, 이 바보야."

헤더의 사물함을 노려보고 있는 지금, 나는 문득 궁금해졌다. 이게 끝일까? 이대로 우리의 우정은 박살 나는 걸까?

미슐랭 별점씩이나 받았다는 총주방장이 이끄는 호텔에서 내 능력(사실 헤더의 능력이지만)을 어떻게 증명하란 말인가? 아마 헤더는 이 호텔이 돈을 들여 이렇게까지 바뀌었을 줄은 몰랐을 것이다. 알았을 리가 없다. 알았다면 내게 거짓말을 한 셈이 되기 때문이다. 헤더는 날 속인 적인 한 번도 없지 않은가.

그냥 짐을 싸서 도망치고 싶었다. 하지만 그러면 헤더가 도망치는 꼴이 될 것이다. 모든 진실을 빌이나 아이린에게 털어놓은 다음 튈 수도 있었다. 그러나 그 방법도 헤더를 곤란하게 만들기는 마찬가지였다. 그때 아이린의 얼굴과 내 볼을 쓰다듬던 손길, 자부심과 확신에 찬 표정이 떠올랐다. 다른 방법을 찾아야 한다.

"안녕."

익숙한 목소리가 들렸다.

"안녕하세요."

나는 인접한 욕실에서 나온 빌에게 인사했다.

"오늘 점심은 러셀이 참관할 거예요."

빌이 자기 사물함을 휙 열면서 말했다.

"그래요?"

나는 얼굴을 찡그리며 답했다.

"긴장할 거 없어요. 별일 없을 거예요. 오래 알고 지내서 아는데 까칠해 보여도 실제로는 안 그래요. 그리고 어차피 스카치위스키만 마시니, 헤더가 잘하는지 못하는지 알지도 못할 거예요."

빌은 낄낄 웃으며 말했지만 나는 당황해 움찔했다.

"빌, 난 아직, 어, 와인 리스트를 5분도 보지 못했고……."

"걱정 말아요. 헤더가 리스트를 잘 알 거라고 기대하는 사람은 아무도 없어요."

빌은 귀 주변의 숱 적은 머리칼을 매만지며 말했다. 나는 더 항의하면 의심을 살 것 같아 그냥 고개를 끄덕였다.

빌이 내 뒤를 따르게 한 채 다시 식당으로 돌아가니 오늘은 점심 예약이 세 건, 저녁 예약이 다섯 건뿐이었다. 하지만 빌에 따르면 점심에는 미리 와인을 짝지어 놓은 데귀스타시옹 메뉴를 주문하는 경우가 거의 없어 안심할 수 없었다.

"예약 없이 오는 손님들이 많나요?"

나는 생각에 잠긴 채 창밖으로 끝없이 펼쳐진 잔디와 숲을 바라보며 물었다.

"여름 한창 때는 그런 편이죠. 하지만 개조 공사가 끝나면 적어도 2주 정도는 예약이 꾸준히 잡힐 거예요. 벌써 재개장 후 첫째 주 금요일과 토요일 밤은 예약이 꽉 찼어요."

"굉장하네요."

나는 심호흡을 한 뒤 와인 리스트를 펼쳤다. 리스트는 여전히 해독하기 어려웠다. 나는 어젯밤에 헤더의 도움을 받아 짝지은 와인 외에 익숙한 이름이 있나 얼른 훑어봤다. 최대한 기억을 떠올려야 했다.

나는 와인에 대해 뭘 알고 있지?

웨이트리스로 짧게나마 일해 본 경험상 보통 샴페인이나 프로세코로 시작했다. 일반적으로는 그랬다. 칵테일로 시작하기도 했던 것 같다. 그러나 나는 소믈리에니까 와인을 권해야 할 것이다.

화이트와인은 주로 전채 요리와 마시고 주요리가 고기면 레드와인, 생선이나 닭이면 화이트와인을 마신다는 것쯤은 안다. 물론 와인의 세계가 이보다 훨씬 복잡하다는 것도 안다. 헤더는 와인의 냄새와 맛으로 와인의 특성, 이른바 노트를 식별했다. 버터 향(웬 버터?)이나 복사꽃 향, 강판에 간 레몬 껍질 향을 구별했다. 그냥 레몬이 아니고 정확히 *강판에 간 레몬 껍질*이라고 표현했다. 내 기억 속 어딘가에 헤더의 전문 지식이 조금은 저장돼 있을 것이다.

문제는 드문드문 기억나는 내용이 쓸모가 없다는 데 있었다. 강판에 간 레몬 껍질 맛이 나는 와인이 무엇이었는지는 기억나지 않았다. 헤더의 말을 주의 깊게 듣지 않은 게 후회됐다. 그때는 쓸데없다고 무시했던 지식이 한순간에 이렇게 중요해지다니.

그래도 세 테이블뿐 아닌가. 그 정도는 감당할 수 있지 않을까?

개방형 주방을 보니 제임스와 애니스가 각각 작은 티스푼으로 은주전자에 담긴 소스를 맛보고 있었다. 나는 만족스러운 미소를 짓는 두 사람을 잠시 바라봤다. 애니스가 어딘가로 가자 제임스가 고개를 들어 나를 힐끗 보고는 미소를 지었다. 상대를 무장 해제하는 미소였다. 오른쪽 뺨에 작은 보조개가 들어가는, 수줍지만 따뜻한 미소였다.

나는 제임스를 향해 좀 지나치다 싶을 정도로 손을 흔들었다.

너무 과해, 버디. 과하다고.

제임스는 내 손 인사에 화답해 입 모양으로 '행운을 빌어요'라고 말했다. 순간 불안이 달콤한 수준에서 불길한 수준으로 짙어졌다. 나는 침을 삼키며 집중하려 애썼지만 뭐가 뭔지 도통 알 수가 없었다. 왜 아무도 뭘 해야 할지 알려 주지 않을까? 경험 많은 소믈리에한테는 원래 첫 근무 때도 무엇부터 해야 하는지 알려 주지 않나?

아이린이 쌍여닫이문을 열고 나와 바 카운터에 맑은 수프가 담긴 접시를 내려놓았다. 아이린이 고갯짓을 하자 빌이 빳빳한 냅킨으로 감싼 나이프와 포크를 건넸다.

"러셀 거예요. 참관하는 동안 바에서 점심을 먹을 거예요."

내 얼굴에 긴장한 기색이 드러났는지 아이린의 표정이 금세 부드러워졌다.

"잘할 거예요." 아이린은 날 진정시키려는 듯 내 팔에 손을 올리며 말했다. "빌 말로는 진짜 프로라던데 무슨 걱정이에요."

내가 침을 꿀꺽 삼키며 돌아보자 빌이 응원하는 눈빛으로 고개를 끄덕였다. 안 된다. 말도 안 되게 친절한 이 둘에게 지금 당장 진실을 털어놓을 수는 없다. 아직은 아니다.

그때 웨이트리스 한 명이 아이린과 빌처럼 숨김없고 따뜻한 표정으로 내 옆을 미끄러지듯 지나갔다.

"안녕하세요, 저는 버디⋯⋯" *이런, 젠장!* "아니, 어, 헤더예요. 헤더가 제 이름이죠."

"저는 록시예요." 록시는 나를 향해 함박웃음을 지으며 지극히 부드러운 어조로 말했다. 방금 내 실수를 눈치챈 것 같지는 않았다. "어젯밤에 만났잖아요."

"아, 이런, 그랬죠." 나는 작게 중얼거렸다. "기차 타고 와 놓고는 시차증이라도 겪나 봐요."

"괜찮으세요? 좀 더워 보이세요."

록시가 부드럽게 속삭였다.

그때 식당 출입구에 칠십 대는 족히 돼 보이는 두 부부가 도착했다. 남자 둘은 들어서면서 플랫 캡을 벗으며 두 여성에게 길을 안내했다. 아이린은 곧바로 얼굴 가득 미소를 지으면서 두 팔 벌려 손님을 맞았다.

"베티, 토머스, 샤미⋯⋯, 고비드, 맞으시죠? 어서 오세요."

아이린은 대형 내닫이창 근처에 배치된 4인용 테이블을 가리키며 따뜻이 인사를 건넸다. 록시는 아이린을 도와 재킷과 스카프를 조심스럽게 받아 코트 걸이에 걸었다. 움직이는 모습이 마치 고양이 같았다.

"가요."

빌이 테이블로 가라는 듯 내게 손을 흔들었다.

"가라고요?" 심장이 뛰기 시작했다. "아, 네. 그렇죠."

나는 몸을 돌려 테이블로 향했다.

"잠깐만요!"

빌의 말에 몸을 휙 돌리니 빌이 메뉴판 네 개와 와인 리스트를 건넸다.

"이런, 젠장."

나는 불행히도 욕을 입 밖에 낸 뒤 다리가 이끄는 대로 테이블로 향했다. 아이린은 지나가는 내게 환한 미소를 지었다. 그때 주방 문을 열고 나타나 관찰하기 좋은 위치의 바 의자에 앉는 러셀과 눈이 마주쳤다. 나와의 거리가 30미터쯤밖에 안 돼 러셀의 존재 자체가 마치 스포트라이트처럼 느껴졌다. 나는 다시 테이블을 향해 고개를 돌렸다. 손님 네 명이 기대에 찬 미소를 지으며 나를 보고 있었다. 모두의 시선이 내게 쏠렸다.

"와인 드시고 싶은 분?"

나는 불쑥 말했다.

러셀의 뜨거운 시선이 등에 꽂히는 게 느껴졌다. 노령 연금 수령자 네 명이 거의 동시에 백발의 머리를 갸웃했다.

"리스트 좀 봐도 될까요?"

약간 뚱뚱한 체구의 남자가 말했다. 아까 아이린이 토머스라고 부른 남자인 듯했다.

"그럼요."

나는 메뉴판을 건넸다.

"그건 점심 메뉴판인데요."

베티가 세련되게 투명 매니큐어를 바른 길고 주름진 손가락으로 메뉴판 전면에 큼지막하게 금색 양각으로 새겨진 글자, '메뉴'를 가리키면서 핏빛처럼 새빨간 립스틱을 바른 입으로 말했다.

"그렇네요."

나는 고개를 끄덕이고는 손에 든 무거운 와인 리스트를 허둥대며 건넸다.

"제 말에 집중하는 분을 드디어 찾았네요. 저랑 같이 일해 보실래요?"

베티는 딱딱한 미소를 지으며 리스트를 토머스에게 건넸다. 토머스는 리스트를 넘기는 동시에 매끄러운 동작으로 안경을 꺼내 코에 걸쳤다.

"우리는 보통 세 코스짜리 점심 세트 메뉴를 먹는데요. 같이 마실 만한 와인은 뭐가 있죠?"

토머스가 물었다.

"어, 우선 레드와인과 화이트와인이 있고요." 나는 자신 있게 말하고는 얼른 덧붙였다. "샴페인은 어떠세요? 물론 굳이 따지자면 샴페인도 화이트와인이지만요. 하긴, 누가 신경이나 쓰겠어요? 어차피 다 같은 술인데요. 안 그런가요?"

아, 제발, 닥쳐, 버디.

다행히 다른 노부인은 샴페인에 관심이 있는 듯했다. 그러나 일이 쉽게 풀릴 수도 있겠다는 희망을 가지려는 순간 따분한 베티가 "고맙지만 샴페인은 됐어요"라며 내 제안을 묵살했다.

"오늘 스페셜 메뉴에 어떤 와인이 있는지만 알려 주세요."

토머스가 다시 말했다.

"잠시 기다려 주시겠어요? 정말 죄송해요. 제가 새로 와서요."

나는 열이 확 오르는 걸 느끼며 해명했다.

"아, 그럼요."

베티가 다소 부드러워진 목소리로 말했다.

나는 황급히 바 카운터로 돌아갔다. 스페셜 와인이 있다는 얘기를 들었는지 안 들었는지조차 기억나지 않았다. 그저 무능한 전문가가 자신의 무지가 들통났을 때 하는, 남 탓을 하는 수밖에 없었다.

"왜 아무도 저한테 점심 세트 메뉴와 같이 제공되는 스페셜 와인을 알려 주지 않았죠?"

나는 빌의 맞은편에 앉아 있는 러셀의 시선을 무시한 채 큰소리로 빌에게 말했다.

"아, 미안해요. 내 잘못이에요." 빌이 말했다. "여기 있어요."

빌은 손을 뻗어 금전 등록기 뒤에서 종이 한 장을 꺼내 건넸다.

"와인 리스트 맨 앞에 이게 끼워져 있어야 하는데, 미안해요."

빌이 와인 리스트 표지 뒷면에 부착된 빈 비닐 커버를 가리키며 말했다.

"아, 고마워요."

"제대로 알려 줬어야죠. 빠짐없이 다 설명해 줘요."

러셀이 고개를 저으며 빌에게 말했다.

"네, 그러죠."

빌이 기막히다는 듯한 표정으로 말했다.

"죄송해요, 좀 당황해서 그랬어요."

나는 러셀에게 들리지 않게 한쪽 입가만 움직여 빌에게 속삭였다.

테이블로 돌아가니 록시가 생쥐처럼 조용하고 조심스럽게 소다수를 갖고 왔다. 록시는 우아한 긴 팔을 뻗어 잔 네 개에 소다수를 가득 채운 뒤 사이드 테이블에 소다수병을 올려놓았다.

"여기, 일일 스페셜 와인 목록입니다."

내 말에 토머스가 바로 달려들었다.

"베티는 연어, 난 사슴 고기로 할게요. 둘 다 수프도 주세요. 후식은 식사 마치고 고를게요."

"아, 네."

나는 종이와 펜을 찾아 앞치마 주머니를 뒤지며 말했다. 음식 주문도 받아야 하는 줄은 몰랐다. 록시를 찾아 어깨 너머를 돌아봤지만 어디론가 가고 없었다. 외워야 했다. 나는 기억력을 최대한 끌어올려 연어, 사슴 고기, 수프 두 개를 속으로 여러 번 반복하고는 초조한 눈길로 다른 부부를 바라봤다. 이걸 다 어떻게 외운단 말인가!

"우리는 둘 다 사슴 고기로 할게요. 전채는 비트로 주세요."

다른 노신사가 예의 바른 미소를 지으며 말했다. 비트 두 개, 수프 두 개, 연어, 사슴 고기 세 개. 됐어.

"와인은 어떤 걸 추천하시나요?"

토머스가 날카롭게 물었다.

당황해서 메뉴판을 내려다보니 점심 스페셜 와인은 열두 개쯤 됐다. 이 정도면 찍어볼 만하지 않을까? 아니면…….

"아, 샴페인 아니면 레드와인과 화이트와인 둘 다 주문하시면 어떨까요?"

베티의 비웃음 소리가 귀에 꽂혔다.

"손님은 생선을 드시고 다른 분들은 고기를 드시니까……."

토머스는 큰소리로 혀를 찼다.

"아이린은 어디 있죠?"

"그게, 아이린은……." 말이 더듬더듬 나왔다. "음……."

나는 주위를 둘러보다 빌을 쳐다봤다. 빌은 내 고충을 바로 알아차리고는 미끄러지는 듯한 걸음으로 순식간에 테이블에 도착했다.

"오셨어요, 토머스. 자녀분들은 잘 지내죠?"

빌이 낯선 목소리로 말했다. 어찌나 달콤한지 소름이 돋을 정도였다.

"그럼요, 빌. 잘 지내요."

토머스가 답했다.

"어떻게 도와드릴까요?"

"새로 오신 소믈리에가 레드와인 아니면 화이트와인을 주문하든가 샴페인 아니면 레드와인과 화이트와인 둘 다 주문하라고 하시네요. 좀 더 구체적인 추천을 해 주실 줄 알았는데 말이죠."

나는 내가 형편없었다는 토머스의 의견에 동의라도 듯 미간을 찡그렸다.

"그렇군요." 빌은 안심시키는 미소를 지으며 말했다. "정말 죄송합니다. 오늘 첫 근무라 아직 파악이 덜 된 모양입니다. 참, 헤더는 울슬리에서 근무했답니다.”

토머스는 나를 의심스러운 눈초리로 쳐다봤지만 나머지 세 명은 동시에 ‘아!’하고 감탄했다.

“네, 맞아요.”

나는 얼른 맞장구쳤다.

“3번 테이블에 가 보세요. 이분들은 제가 모실게요.”

빌이 말했다.

안전한 바 구역에 허둥지둥 도착하니 온몸이 덜덜 떨렸다. 잠시 쉴 틈도 없이 3번 테이블의 손님들이 나를 향해 손을 들었다. 코트 걸이에 옷을 걸고 돌아온 록시가 응원한다는 듯 고개를 끄덕였다. 내가 가야 한다는 뜻이었다. 나는 마른 입술을 적시고 침을 몇 번 삼켰다.

“안녕하세요. 주문하시겠어요?”

달콤한 향이 나는 두 여자 손님이었다. 한 명은 귤, 혹은 오렌지를 기본으로 한 향수 냄새가 너무 강하게 풍겨 살짝 뒷걸음질이 쳐질 정도였다.

“빌 말로는 아주 유능한 소믈리에시라던데요. 정말 감동이에요. 런던에서 이 작은 동네까지 오시다뇨.”

“아.”

얼굴이 붉어졌다. 이런, 젠장!

“그래서 말인데 삐끄뿔, 괜찮을까요? 마거릿의 생일이라 오늘은 조금…… 무슨 뜻인지 아시죠?”

마거릿은 손을 뻗어 친구의 손을 잡았다. 두 사람이 다정하게 킥킥거리는 모습을 보니 심장이 뛰는 속도가 느려지면서 마음이 편안해졌다. 오랜 친구. 오랜 친구 둘이 술을 마시러 왔다. 아마 제일 친한 사이일 것이다. 이 사랑스러운 두 여인이 내게 바라는 건 그저 마시고 싶은 와인이 좋은지 나쁜지 알려 주는 것뿐이다. 그 정도는 얼마든지 답해 줄 수 있었다.

"그럼요. 최고죠. 절친한 친구와 함께 마시는 술만큼 좋은 건 없죠, 안 그래요?"

"그렇고말고요."

마거릿은 고개를 끄덕였다.

바 카운터 뒤쪽에 있는 와인 냉장고로 가면서 나는 마거릿을 흘낏 돌아봤다. 오랜 여자 친구끼리는 으레 그러듯 기쁨에 찬 눈빛으로 친구를 보며 계속 키득거리고 있었다. 나와 헤더도 그랬다. 헤더를 떠올리니 다시 죄책감이 밀려들었다.

"아까는 미안했어요." 축 처진 걸음으로 바 카운터에 가자 빌이 속삭였다. "미리 목록을 줬어야 하는데."

"아, 괜찮아요. 신경 쓰지 마세요."

나는 고개를 들고 빌을 보며 말했다.

"저기, 픽폴 한 병 주세요."

"삐끄뿔이요?"

빌이 내 불어 발음을 정정했다.

"네, 그거요. 죄송해요. 무대 공포증인가 봐요."

"오늘은 내가 따라다니면서 요령을 좀 가르쳐 줄까요? 이렇게 무턱대고 현장에 투입하는 건 아닌 것 같아요. 이곳 방식을 파악할 시간이 전혀 없었잖아요."

"고마워요."

나는 빌을 안아 주고 싶은 충동을 누르며 오늘 밤에는 꼭 숙소로 돌아가 계획을 짜자고 마음먹었다.

"헤더가 우리 호텔 명성을 훼손하게 두면 안 되기도 하고요."

빌이 냉장고에서 기다란 짙은 녹색 병을 꺼내 내 쪽으로 밀면서 미소 띤 얼굴로 말했다.

"어쨌든 헤더는 내가 고용했잖아요."

"그렇네요." 나는 애써 장난스러운 함박웃음을 지어 보이며 농담을 던졌다. "도대체 무슨 생각으로 절 뽑으셨어요?"

8장

"늦겠어요."

제임스가 현관문을 열어둔 채 그 앞에서 기다리며 말했다.

"5분만요!"

나는 헉하고 숨을 들이키며 휴대폰으로 시간을 확인하고는(오전 7시 4분이었다) 팀의 부재중 전화 세 통은 무시했다. 팀의 전화가 왔을 때 깨어 있었지만 받지 않았다. 새벽 1시, 1시 15분, 2시에 건 걸 보면 뻔했다. 술에 취해 내가 스코틀랜드에 있다는 걸 잊어버리고는 잠자리 상대가 아쉬워 걸었을 것이다.

그래도 누군가 나를 필요로 한다는 게 싫지는 않았다.

"진짜 미안해요. 너무 피곤하네요."

어젯밤 빌은 약속한 대로 나 대신 와인 주문을 받았고 나는 이곳의 방식을 배우기 위해 빌을 그림자처럼 따라다녔다. 하지만 자고 일어나니 다 흐릿했다. 기억에 남는 게 별로 없었다.

영업이 끝난 뒤에는 또 너무 피곤해 와인 리스트를 공부하거나 가져온 와인 관련 책을 들춰 볼 생각은 하지도 못했다. 겨우 인터넷으로 '당신이 와인에 대해 모르는 가장 중요한 사실 열 가지'를 읽어본 게 전부였다. 그런 뒤 비공개 상태에 여전히 고양이 사진이 프로필에 올라 있는 헤더의 인스타그램을 뒤져봤다. 내 조언을 따랐는지 이탈리아에서 찍은 사진은 한 장도 없었다. 스크롤바를 내려 헤더의 예전 사진을 보면서 나는 또다시 폐부를 찌르는 듯한 죄책감에 시달렸다.

그러고는 자리에 누웠지만 잠을 이루지 못했다. 가능한 선택지를 모두 따져 봤다. 아무 말 없이 떠나 버리면 헤더가 무책임하게 도망친 꼴이 될 터였다. (사실 애초에 이 일을 하기로 해놓고 내뺀 건 헤더지만……, 어쨌든 지금 여기 와 있는 사람은 '헤더'이니 이 방법은 쓸 수 없었다.) 다 털어놓고 떠나도 헤더의 명성에 흠집이 나기는 마찬가지였다. 떠날 거라면 확실한 핑계를 대고 헤더의 신분으로 떠나야 했다. 갑자기 가족이 죽었다는 핑계가 좋았지만 죽을 사람이 없었다. 헤더에게는 아무도 없지 않은가. 다른 핑계가 필요했다. 헤더의 평판에 해를 끼치지 않을 핑계여야 했다.

고개를 들어 보니 복도 끝에서 제임스가 나를 향해 환하게 웃고 있었다.

아, 제발! 다른 방법이 있을 것이다. 아니, 있어야 한다.

"늦었어요."

제임스는 고개를 저으며 버터를 듬뿍 바른 토스트 한 조각과 홍차가 담긴 머그잔을 건넸다.

"와, 고마워요."

나는 미지근한 차를 한 번에 벌컥벌컥 마시고 토스트를 입에 끼운 채 떨리는 손가락으로 모자 달린 재킷의 지퍼를 잠갔다.

토스트를 씹으니 입안이 깔깔했다. 약간 구역질이 났다. 일할 준비가 되려면 한참 먼 몸 상태였다.

우리는 동트기 무섭게 '채집'에 나섰다. 화난 노부인과 불타는 포도나무, 바스러지는 코르크 마개가 나오는 꿈을 꾸며 세 시간 밖에 자지 않은 몸으로 잘할 자신은 없었다. 그러나 아이린은 채집에 동참하면 호텔의 분위기에 더 빨리 적응하고 제임스와도 더 가까워질 거라고 했다.

"둘이 똘똘 뭉쳐야 해요."

전날 아이린은 이렇게 말했다.

"네, 그럴게요."

나는 내 안의 열정을 최대한 끌어올리며 고개를 끄덕였다.

"너무 뭉치지는 말고."

아이린은 한쪽 눈썹을 치켜올리며 미소 띤 얼굴로 말했다.

"그럼요."

역시 아이린은 현명했다.

이렇게 외딴 호텔에서 일하는 건 유람선에서 일하는 것과 비슷해서 직원끼리 사귀는 건 결코 좋은 생각이 아니었다. 안 좋게 헤어져도 피할 길이 없기 때문이다.

그러나 아이린의 걱정은 기우였다. 나는 직장에서 남자를 사귀는 부류가 아니다. 아니, 연애 자체를 잘 하지 않는다. 지금껏 사귄 사람은 팀을 포함해 세 명뿐이고 부모님을 만나 저녁을 먹거나 주말에 위트스터블로 여행을 가는 등 '제대로 된 남자 친구'와

하는 일을 해 본 적은 한 번도 없었다. 대학에 다닐 때는 술에 잔뜩 취해 하룻밤을 보낸 상대도 몇 명 있었다. 그해는 마리오 카트 게임을 끝까지 깨고 〈로스트〉 일곱 시즌을 모두 시청하고 룸메이트가 내 침실 바로 밑 지하실에서 대마초를 수경 재배했다는 사실을 발견한 해였다. 참, 아빠가 처음이자 마지막으로 금주에 도전한 해이기도 했다. 당시 나는 변명으로 가득한 아빠의 전화를 받아 주느라 정서적으로 지칠 대로 지쳐 대학을 관두고 웨일스를 돌며 배낭여행을 했다.

슈퍼마켓에서 함께 장을 보는 평범한 남자 친구를 만나는 게 싫은 건 아니다. 그저 독신일 때 더 행복할 뿐이다. 나는 독신자로 사는 게 더 편하다. 게다가 내게는 복잡한 연애에 얽히면 어찌 되는지 보여 주는 생생한 산증인, 헤더가 있지 않은가.

제임스는 두꺼운 황갈색 등산화와 꽤 멋진 황록색 바버 왁스 재킷을 착용하고 있었다. 보슬비가 내리고 여전히 쌀쌀했지만 안개가 걷혔고 막 자른 싱그러운 풀 냄새(와인 평론가들이 특히 좋아한다는)가 대기에 가득했다.

애니스는 몸에 꼭 맞는 파카 차림으로 바구니와 우산을 든 채 밖에서 기다리고 있었다.

"애니스는 어디에 살아요?"

나는 운동화를 신으며 작게 물었다.

"젊은 직원들이랑 4번 숙소에 살아요."

"아, 그럼 우리는 늙은 직원인 거네요?"

제임스가 큰 소리로 웃음을 터트리자 애니스가 의심스러운 눈초리로 나를 쳐다봤다.

"그냥 다들 어디 사는지 궁금해서요."

나는 애니스가 소외감을 느끼지 않길 바라며 덧붙였다.

"4번 숙소에 살아요."

애니스는 믿기 힘들 정도로 윤이 나는 검은 머리칼을 귀 뒤로 넘기며 강한 스코틀랜드 억양으로 다시 답했다. 미인이었다. 아담한 체격과 매끈한 피부, 숱이 꽉 찬 눈썹이 특히 아름다웠다. 신고 있는 빨간 헌터 부츠도 너무 귀여웠다.

"그 신발 신고 가려고요?"

애니스가 제임스를 봤다가 내 컨버스 신발을 내려다보며 힐난조로 물었다.

"이곳에서 쓸모 있는 건 하나도 못 챙겨왔어요." 나는 어깨를 으쓱하며 말했다. "다음 주에 시내에 가서 필요한 걸 사려고요."

"그래야 할 거예요." 애니스가 눈살을 찌푸리며 답했다. "여기서 일이든 뭐든 하려면요. 그 신발은 진짜 좀 심하네요."

"옳으신 말씀이에요." 나는 애니스의 공격을 대수롭지 않게 넘기며 동의했다. "패션은 고통이란 말도 있잖아요, 안 그래요?"

애니스는 웃는 대신 자기 바구니와 마구간을 차례로 보고는 과장되게 한숨을 내쉬었다. 늘 남이 저지른 사고를 수습해야 하는 자기 신세를 한탄하는 듯했다. 내 경험상 이런 식의 분노와 반감은 늘 좋은 의도에서 나왔다. 나는 언젠가는 애니스를 내 편으로 만들자고 다짐하며 빙그레 미소를 지었다.

그렇게 우리 셋은 조용히 황무지로 향했다.

제임스는 호텔 부지 뒤쪽 강둑을 향해 앞장서 걸었다. 이곳은 잉글랜드와는 달리 사유지임에도 관리를 하지 않는 듯했다. 장미 정원을 빼고는 사람의 손길이 닿지 않아 야생의 자연이 고스란히 펼쳐져 있었다. 산울타리와 과실수, 긴 풀이 마구 자라 있었고 자주색, 노란색, 진분홍색 들꽃이 강둑을 따라 흐드러지게 피어 아침 해를 맞고 있었다.

우리는 물이 꽤 불어난 강에 도착해 오크, 자작나무, 너도밤나무의 푸릇푸릇하고 어린 이파리가 드리운 그늘로 걸어 들어갔다. 햇볕을 피하니 피부에 닿는 시원한 바람이 상쾌하게 느껴졌다.

제임스는 징검다리로 이어지는 진흙 길로 우리를 안내했다.

"저기, 애니스……." 나는 어떻게 대화를 시작할지 고민하다 야외 활동을 화제로 삼기로 했다. "등산 좋아해요?"

"사냥을 더 좋아해요."

애니스가 답했다.

"아, 사냥이요. 총으로 잡나요?"

"네, 총으로 잡아요. 필요하면 10인치짜리 칼로도 잡고요."

나는 애니스와 나란히 걷지 않도록 일부러 발걸음을 늦췄다.

우리는 말없이 계속 걸었다. 물 흐르는 소리와 간간이 들리는 새소리만이 침묵을 깼다. 제임스는 가끔 한 번씩 주머니에서 휴대폰을 꺼내 밝은 녹색 나뭇잎이나 가지에 앉은 새 사진을 확인했다. 덤불을 헤치며 뭔지 모를 식물을 가리키는 애니스의 사진을 한두 번 찍기도 했다. 내 사진도 한 장 찍으려고 했지만 나는 얼른 두 손으로 얼굴을 가리며 "근접 촬영은 안 돼요"라고 농담조로 말했다. 예의 바른 제임스는 그 뒤로는 내 사진을 찍으려 하지 않았다.

"그런데 뭘 찾아야 하는 거죠?" 나는 그제야 내내 궁금했던 질문을 했다. "채집을 하는 식당에서 일한 적은 한 번도 없어서요. 그리고 아무것도 못 찾으면 어떻게 돼요?"

"러셀은 채집을 하지 않아요. 나와 애니스만 하죠. 편의는 봐주지만요." 제임스가 비니를 벗고 숱 많은 검은 머리칼을 흔들며 말했다. "주재료는 지역 공급처에서 받아요. 사냥한 새 고기나 고등어, 연어, 산악 지대 사슴 고기 같은 거요. 하지만 산딸기나 버섯, 운이 좋으면 있는 애기괭이밥이나 워터 민트 같은 허브는 직접 채집하려고 해요. 손님 입장에서는 채집한 버섯이 적힌 메뉴판을 보는 재미가 있죠."

"어쨌든 사슴을 찾는 건 아니군요. 설마 그 바지 안에 엽총을 숨기고 있는 건 아니죠, 제임스?"

기쁘게도 내 농담에 애니스가 호탕한 웃음을 터트렸다. 그러나 어깨 너머로 돌아보니 제임스는 몹시 당황한 표정을 짓고 있었다. *너무 과했다.*

"네. 오늘은 아니에요. 스카이섬에 아주 좋은 공급처가 있거든요."

제임스는 좁은 길에서 간신히 나를 지나친 뒤 몸을 쭉 뻗어 높은 곳의 작은 흰색 꽃을 들여다봤다.

"며칠 더 기다려야겠어."

제임스의 말에 애니스가 고개를 끄덕였다.

"자연산 연어에 황새냉이가 아주 잘 어울리거든요. 물론 제일 큰 횡재는 포시니지만요." 제임스가 씩 웃으며 말했다. "버섯 철만 되면 눈에 불을 켜고 찾죠."

"여기에 포시니 버섯이 있다고요?"

포시니는 나도 아는 식재료다. 헤더가 포시니로 정말 맛있는 파스타를 만든 적이 있었다. 이유는 모르지만 나는 포시니가 다 이탈리아산인 줄로만 알았다.

"그럼요." 애니스가 말했다. "제임스는 할 수만 있으면 어떤 재료든 현지에서 구하거나 길러요. 러셀은 할 수만 있으면 뭐든 런던에서 공수해 오려 하지만요."

"이 대목에서 살짝 불만이 느껴지는데요?"

나는 히죽 웃으며 물었다.

"총주방장은 러셀이니까요."

제임스는 내 질문에는 답을 하지 않은 채 말했다.

"재수 없는 총주방장이죠." 애니스가 제임스를 향해 인상을 찌푸리며 정정했다. "친구가 아니라 돈을 끌어들이려면 러셀의 방식이 필요하지만요."

그건 진심 어린 접대가 아니지 않나? 나는 속으로 생각했다.

"지금까지 늘 현지에서 최고의 식재료를 구하려고 노력했어요." 제임스가 잠시 걸음을 멈추고 주변의 숲을 향해 두 손을 뻗으며 말했다. "이런 곳의 식당은 도시의 식당과는 전혀 달라요. 레몬을 대량으로 주문하려면 사흘은 기다릴 각오를 해야 해요. 미리 계획을 아주 잘 짜야 하죠. 바닷가재도 40킬로미터쯤 떨어진 곳에서 배달돼요. 다행히 매일 신선한 가재가 배달되지만 모든 식재료가 끊임없이 공수되는, 러셀이 일하던 런던의 식당과는 달라요. 폭풍이 불어닥쳐 배가 못 나가거나 하면……."

"바닷가재는 없죠."

애니스가 대신 문장을 끝맺었다.

"그럼 큰일이겠네요."

내가 말했다.

"큰일이죠."

제임스가 생각만 해도 끔찍하다는 듯 고개를 저으며 동의했다.

"하지만 러셀이 구축한 새로운 시스템하에서는 식재료가 거의 끊임없이 공수돼요. 간신히 현지 공급처를 몇 군데 유지하긴 했어요. 다 바꾸지는 않았죠. 어쨌든 새로운 시스템이 수익성이 높은 건 사실이에요."

제임스가 어깨를 으쓱하며 말했다.

"그건 다행이네요."

나는 기울어진 오크 나무 옆에서 걸음을 멈췄다. 땅 밖으로 드러난 나무뿌리가 물살에 깎여나가고 있는 강둑을 따라 구불구불 자라 큰 바위가 무리 지어 있는 강가까지 뻗어 있었다. 순간 발이 미끄러져 하마터면 물속에 고꾸라질 뻔했다. 바위 사이를 미끄러지듯 흘러 곳곳에 잔잔한 웅덩이를 이루는 강물이 정말 맑고 깨끗해 보였다. 진흙과 젖은 바위에서 묘하게 기분 좋은 냄새가 났다. 손가락을 웅덩이에 담가 봤지만 너무 차가워 바로 손을 빼야 했다.

"아, 차가워!" 비명이 절로 나왔다. 나는 오므린 손가락에 따뜻한 입김을 불며 말했다. "얼음장 같아요."

제임스는 오크 나무 가지 하나를 잡고 능숙하게 강가로 점프해서는 바위 사이를 뛰어넘어 내 옆에 도달했다. 그러고는 두 손을 강물에 담가 얼굴에 물을 살짝 끼얹었다.

"아직은 눈 녹은 물이 많거든요. 그래서 좋지만."

"마셔도 돼요?"

"되기는 하지만 상류 쪽에 가축 사체 같은 게 있을 수도 있으니 조심하는 게 좋아요. 낚시할 줄 알아요?"

"음, 아뇨."

나는 잠시 제임스와 함께 작은 배를 타고 호수 한가운데에서 낚시하는 상상을 했다. 파라솔도 있으면 좋을 것이다. 아니, 파라솔은 없는 게 낫겠다.

"근데 해 보고 싶긴 하네요."

돌아보니 제임스가 나를 보며 미소 짓고 있었다. 내가 낚시하는 모습을 떠올리니 웃겨서인지, 나와 낚시를 하고 싶어서인지, 내가 낚시를 하고 싶어 하는 게 우습게 느껴져서인지는 알 수 없었다. 아마 마지막 이유 때문일 것이다.

"야생 마늘이다!"

길 아래쪽에서 외치는 애니스의 소리에 제임스의 관심이 쏠렸다.

"양고기 요리에 쓰면 좋은 재료예요. 공짜니까 러셀도 반대 안 할 거예요."

제임스는 강둑 위로 올라가 서둘러 애니스를 따라갔다.

"어디 봐봐!"

열 살짜리 소년처럼 날렵하게 움직이는 제임스를 쫓아가려면 나도 빨리 움직여야 했다. 불행히도 이런 환경에 알맞은 접지력이나 지지력을 갖추지 못한 운동화를 신은 내 발은 이끼 낀 젖은 바위를 디디다 또 미끄러졌다. 이번에는 발목이 꺾이며 미끄러져 오른쪽 발목에 찌릿한 통증이 느껴졌다. "이런, 젠장." 나는 작게 욕설을 중얼거리고는 문제의 바위 위에서 몸을 가누며 고통이 가라앉기를 기다렸다.

"헤더." 제임스가 멀리서 나를 불렀다. "어서 와요!"

"가요!"

나는 큰 소리로 답했다.

저 앞 작은 빈터에서 몸을 숙이고 있는 제임스와 애니스가 보였다. 나는 불운한 내 신세를 한탄하며 불안정한 걸음을 몇 발짝 더 뗐다. 안 그래도 악몽 같은 현실에서 이틀 만에 발목까지 접질릴 뻔하다니. 양말을 내려 살펴보니 다행히도 발목은 멀쩡해 보였다.

나는 절뚝거리며 제임스와 애니스에게 걸어갔다. 통증은 가라앉았지만 내 걸음걸이를 본 애니스의 표정이 어두워졌다.

"괜찮아요?"

"네, 괜찮아요."

나는 발목을 털며 답했다.

"어떻게 된 거예요?" 애니스가 몇 걸음 다가와 물었다. "발목

다쳤어요?"

"별거 아니에요."

나는 고개를 저었다.

"말도 안 되는 신발을 신으니 그렇죠."

애니스가 인상을 찌푸리며 말했다.

"괜찮아질 거예요. 야생 마늘을 찾았다고요?"

"아, 네."

애니스는 키 큰 풀숲 속에 손을 뻗어 이파리로 가득한 바구니를 집어 들었다. 마늘은커녕 두꺼운 풀밖에 없어 잠시 당황했지만 아무것도 모르는 티는 내기 싫었다.

"와, 진짜 싱싱하네요."

대충 둘러댄 뒤 냄새를 맡아보니, 세상에, 정말 마늘 냄새가 났다!

애니스는 다시 내 발을 힐끗 보며 눈을 가늘게 떴다.

"등산화를 사야겠어요."

나는 변명하듯 말했다.

그때 제임스가 애니스가 딴 것과 같은, 전혀 마늘 같지는 않은 풀을 한 팔 가득 들고 성큼성큼 걸어왔다.

"무슨 일이에요? 괜찮아요, 헤더?"

"숙소를 벗어난 지 30분밖에 안 됐는데 벌써 다쳤대요."

애니스가 비난조로 말했다.

"디디고 설 수 있겠어요?"

제임스가 진심으로 걱정하는 표정을 지으며 물었다.

그러나 나는 곧 깨달았다. 두 사람이 지나치다 싶을 정도로 나를 걱정하는 건 내가 부상으로 일을 하지 못하게 될까 봐 두렵기 때문이었다. 그 생각을 하니 잠시 우울해졌지만 나는 그 점을 내게 유리하게 이용하기로 했다.

"귀찮게 하기 싫어 말 안 하려고 했는데……."

나는 아랫입술을 내밀고 미간을 찡그렸다.

"바보 같은 소리 말고 앉아요."

애니스가 바구니를 내려놓고 몸을 굽히며 말했다. 나는 애니스에게 몸을 기댄 채 천천히 몸을 낮춰 바닥에 앉았다. 축축한 바닥의 습기가 청바지에 스며들어 피부에 닿았다.

제임스가 운동화를 벗길 때는 제임스의 죄책감을 자극하려고 아파서 움찔하는 표정을 연기했다. 실제로 조금 아프기도 했다.

"이런, 미안해요."

제임스는 당황해 어쩔 줄 모르는 표정을 지었다.

"괜찮아요."

내 말에 안심했는지 굳었던 제임스의 어깨가 풀어졌다.

"내가 할게요."

애니스는 제임스를 밀어내며 말했다. 양말을 벗고 보니 내 발은 페디큐어가 절실히 필요한 상태긴 했지만 멀쩡해 보였다.

"심하게 부을 거예요." 애니스가 제임스에게 말했다. "호빗족의 발처럼요. 보세요, 벌써 부었어요." 애니스는 통통하고 털이 난 내 큼지막한 엄지발가락을 가리키며 말했고 나는 불쾌한 티를 내지 않으려 애썼다. "딱 봐도 부어올라서……."

"네, 알았어요. 고맙네요, 의사 선생님."

나는 발을 뒤로 빼며 톡 쏘아붙였다.

"일단 숙소로 데려가야겠어."

제임스가 고개를 저으며 말했다.

"전 남아서 점심 재료를 더 찾을게요. 러셀과 아이린에게 당장 알려요."

애니스가 말했다.

"메뉴에 맞는 와인을 추천하는 건 할 수 있을 거야."

제임스가 희망적인 의견을 냈다.

"그렇겠네요." 애니스가 얼굴을 찌푸리며 동의했다. "영업시간에는 록시가 대신하면 될 테고요."

"일으켜 줄게요."

제임스가 구부정한 자세로 한쪽 팔을 내 허리에 두른 뒤 나를 번쩍 일으켜 세웠다. 나는 '다친 공주님' 대접을 받는 게 적잖이 불편했지만 장단을 맞추기로 했다. 잘하면 와인 리스트와 이 일은 물론 내 삶을 헤아릴 여유 시간이 생길 수도 있었다.

"이 상태로 걸을 수 있겠어요?"

제임스가 물었다.

"네, 가능할 것 같아요."

"애니스, 혼자 괜찮겠어?"

"괜찮아요."

애니스는 제임스의 부축을 받은 채 절뚝거리며 걸어가는 나를 보다 눈길을 돌렸다. 제임스는 나와 몸이 최대한 닿지 않도록 애쓰면서 최선을 다해 나를 부축했다.

"고마워요, 제임스."

"괜찮아요. 일단 침대에 누워 보고 병원에 갈지 의사를 부를지 결정하죠. 브렛한테 진찰받아 보든지요."

"브렛이요?"

나는 제임스의 몸이 닿는 느낌이 좋아 은근히 몸을 더 밀착시키면서 물었다.

"네. 동물을 돌보는 사람이에요. 관리인이기도 하고요."

"여자도 돌볼 줄 아나 보죠?"

내가 피식 웃으며 말하자 제임스의 몸이 아주 잠깐이지만 살짝 경직됐다. 나는 질투심 때문일지 모른다는 기분 좋은 공상에 잠겼다.

9장

내가 끔찍한 부상을 당했다는 소식은 삽시간에 퍼졌다. 숙소에 도착하니 아이린이 손님용 깃털 베개 두 개를 든 채 당장 발목을 보여 달라고 재촉했다.

180센티미터가 넘는 거대한 체구의 관리인 겸 말 의사, 브렛이 골절됐을지도 모르는, 아니 멀쩡한 내 발을 놀랍도록 능숙한 손길로 살펴본 뒤 발목을 부드럽게 좌우로 움직였다가 빙빙 돌렸다. 나는 과하지 않은 수준에서 최대한 얼굴을 찡그리며 아픈 시늉을 했다.

남자답고 정중하면서 어색하게 나를 집까지 부축해 온 제임스는 점심 영업을 준비하기 위해 주방으로 가고 없었다. 나는 빌이 잠깐 들러서 주고 간 위스키 한 잔을 공손히 받아 마시고 난 뒤였다.

"그래, 아이린은 어디서 당신을 찾아냈나요?"

브렛이 말을 치료하는 거대한 손으로 내 발에 부드럽게 붕대를 감으며 물었다.

"네?"

"아가씨 고향이 어디냐고요."

"아. 플리머스요." 나는 무심코 말했다가 얼른 정정했다. "런던 도요."

"고향이 두 개인 사람은 없는데요."

"플리머스 출신인 게 싫어서요. 가본 적 있으세요?"

"데번은 멋진 곳 아니던가요."

아이린이 말했다.

"데번은 멋지죠. 플리머스도 데번에 속하지만 엽서 속 데번의 이미지와는 많이 달라요. 가난한 항구 도시죠."

"흠……."

아이린의 애매한 반응에 나는 얼른 화제를 바꿨다.

"어때 보여요, 의사 선생님?"

"솔직히 말하자면, 오늘 바로 일터로 돌아가지 못할 이유가 전혀 없어 보이네요." 브렛은 내가 지금껏 들어본 중 가장 강한 스코틀랜드 억양으로 말했다. "붓지도 않았어요. 처음에는 부은 줄 알았는데 이거 봐요. 발 크기가 같잖아요."

"알겠어요, 브렛. 그쯤 하시죠."

"아, 천만다행이네요. 많이 놀랐죠?"

아이린이 다정하게 속삭였다.

"포트윌리엄의 병원으로 데려갈 필요는 없을까요?"

"전혀요. 지금 당장이라도 일할 수 있을 것 같은데요."

"정말 감사해요." 나는 괜히 성가시게 됐다는 양 고개를 저으며 말했다. "별일이 다 있네요, 그렇죠?"

"뭐, 걱정할 일은 아니에요." 브렛은 동물과 건축물을 위한 응급 키트를 챙기며 다시 나를 보고 씩 웃었다. "다음에 또 일하기 싫으면 다리 하나는 완전히 절단내서 오세요."

브렛이 내게 윙크하며 농담을 던졌다. 나는 아주 잠깐 정색을 했다가 얼른 억지웃음을 터트렸다.

"어머, 아니에요. 제가 왜 그런 짓을 하겠어요?"

나는 브렛을 향해 두 팔을 퍼덕거리며 말했다.

"헤더, 몇 시간 뒤에 제임스한테 메뉴판 들려서 보낼 테니 와인 좀 짝지어줘요. 가능하면 저녁 영업 때 합류해 주고요. 물론 서두를 필요는 없어요."

"네." 나는 명랑하게 침대 시트의 주름을 펴며 말했다. "저녁 영업 때는 일할 수도 있도록 최선을 다할게요."

아이린은 가짜 발 부상을 당한 나를 혼자 남겨 두고 호텔로 돌아갔다. 빌이 주고 간 위스키병을 돌려 라벨을 보니 '오반 18년'이라고 적혀 있었다. 위스키가 담겨 있던 빈 잔의 냄새를 맡다 보니 문득 위스키가 어떻게 만들어지는지 궁금해졌다. 어디서 들은 바로는 감자로 만드는 것 같던데. 아니, 그건 진이었나?

나는 위스키보다 지금 당장 알아야 할 요리 재료에 집중하려 애썼다. 야생 마늘이 뭘까? 야생 마늘을 곁들인 양고기 요리를 얼른 검색해 보니 아까 본 풀처럼 생긴 게 정말 야생 마늘이었다. 추천할 만한 몇 가지 와인 중 하나라는 코트 뒤 론(보르도 지방에 버금가는 넓은 와인 생산지인 프랑스 론 지역에서 생산하는 와인으로 대부분 레드

와인이다-옮긴이)은 메뉴판에 있었던 기억이 어렴풋이 났다. 그러나 수면 부족으로 인한 피로에 진통제와 위스키가 더해진 탓에 정신이 몽롱해져 좀처럼 집중할 수가 없었다.

한 잔 더 마시면 기운을 차릴 수 있을 것 같았다.

나는 위스키 한 잔을 더 들이켜 따뜻한 열기가 목을 타고 내려가는 느낌을 즐겼다. 하지만 기운이 나기는커녕 잠이 마구 쏟아졌다. 낮잠을 잘 때 맛볼 수 있는 달콤한 가수면 상태에 접어든 순간, 제임스가 종이 한 장을 쥔 채 기세 좋게 방으로 들어왔다.

"이런, 노크를 해야 했는데. 미안해요!"

제임스는 뛰어온 듯 헉헉거리며 말했다. 그러고는 나를 내려다보며 잠시 머뭇거리다 침대 가장자리에 앉았다. 순간 제임스의 무게에 침대가 눌려 내 몸이 제임스 쪽으로 쏠렸다. 제임스는 당황한 표정으로 자리에서 일어나 메뉴가 적힌 종이를 내밀었다.

"미리 대충 뽑아 놓은 메뉴가 있어 지금 바로 볼 수 있게 가져왔어요."

"저기, 앉으셔도 돼요."

제임스는 내 말에 바로 다시 앉았다. 그새 등산화를 벗고 옷을 갈아입은 듯 청바지와 티셔츠, 요리사용 앞치마 차림이었다.

메뉴를 흘깃 보니 다행히도 몇몇 요리는 첫째 날 저녁 메뉴와 비슷해 보였다. 하지만 야생 벨루테(벨루테가 도대체 뭘까?) 봄나물과 파르메산 치즈 칩을 곁들인 천천히 구운 양 어깨 부위 요리는 생전 처음 보는 메뉴였다.

"코트 뒤 론은 어때요?"

나는 위스키 석 잔과 두 종류의 진통제가 결합해 마법을 부리기 시작하면서 몽롱해진 정신을 부여잡고 물었다.

"데귀스타시옹 메뉴에 넣기에는 너무 비싸요." 제임스가 바로 답했다. "한 병에 99파운드나 하니까요. 러셀이 비용에 매우 민감하거든요. 그르나슈(프랑스 남부 지역에서 생산되는 품종의 레드와인으로 라즈베리, 딸기 향이 풍부하다-옮긴이)는 어때요?"

"아주우 조으네요. 고마아워요."

발음이 불분명하게 나왔다.

제임스는 미소를 지으면서도 메뉴판을 치우지는 않았다.

"취했어요?"

"아, 이런. 조금요."

"좀 자는 게 낫겠네요."

"네, 진짜 그래야겠어요. 애니스는 무사히 돌아왔어요?"

"네. 미나리를 한 아름 따 왔더라고요. 잘하고 돌아왔어요."

제임스는 말하면서 메뉴판을 내 코 밑까지 들어 올렸다. 나는 제임스가 서둘러 일을 시키는 것처럼 보이지 않으려 애쓰고 있다는 걸 그제야 깨달았다. 스카치위스키 때문에 판단력이 흐려진 탓이었다.

"미안해요."

나는 메뉴판을 받아 들며 말했다. 제대로 보니 '스코틀랜드 산 딸기 셔벗을 곁들인 초콜릿과 아마레티(이탈리아 비스킷-옮긴이) 진미'도 포함돼 있었다. 아, 뭔지는 모르지만 먹고 싶었다.

"아, 먹어 보고 싶네요."

나는 눈을 감고 한숨을 쉬며 말했다.

"맛있어요. 걸쭉한 무스 질감에 산딸기 셔벗으로 가벼운 느낌을 더했어요. 믿기지 않을 정도로 맛있어요." 제임스가 환한 미소를 지으며 말했다. "애니스가 개발한 메뉴죠."

"후식도 만드는지 몰랐네요."

"원래 파티시에였어요."

"아, 네. 그래도 진짜 후식을 만들 줄은 몰랐어요."

제임스는 나를 이상하다는 듯 바라보며 말했다.

"점심 영업은 몇 시간 뒤면 끝날 거예요. 저녁에도 못 하겠으면 록시더러 대신 하라 할까요?"

"괜찮아질 거예요."

갑자기 어제처럼 제임스와 또 같이 일하고 싶어졌다.

"다행이에요." 제임스는 안도의 한숨을 쉬며 말했다. "참 골치아픈 일이 다 생기네요."

"내가 바보 같았어요. 컨버스를 신고 등산을 가다뇨. 도시에서 온 티를 너무 냈네요."

"차차 길들 거예요."

"어머, 제임스. 만난 지 얼마나 됐다고 벌써 날 길들이게요?"

내 농담에 제임스는 몹시 부끄러운 표정을 지었다. 그러고는 잠시 어정거리다 구석에 있는 내 여행 가방을 가만히 바라봤다.

"짐을 안 풀었네요?"

"아직은요. 진짜 혼신을 다할 곳인지 두고 보는 중이에요. 제일 좋아하는 아이스크림 맛도 결정 못 하는 사람이니 당분간은 결론이 안 날 거예요. 너무 기대하지 말아요."

"나도 그래요. 왜 맛을 고르라 하는지 모르겠어요. 난 바닐라랑 초콜릿, 둘 다 먹고 싶은데 말이죠."

웃음이 나왔다. 매사에 진지한 모습이 너무 귀여웠다. 몇 시간 쉴 틈이 생겼다고 생각하니 마음도 편해졌다.

"아까는 정말 고마웠어요. 힘센 왕자님처럼 날 들어 옮겨 주고 말 의사라는 '뜨끈한' 브렛도 데려와 줬잖아요. 메뉴도 대신 짜 주고요. 이 은혜는 꼭 갚을게요."

"뜨끈한 브렛이요?"

"그냥 사실이 그래요." 나는 어깨를 으쓱하며 말했다. "브렛이라는 효모가 있는 거 알아요? 브렛이 들어가면 와인에서 오래된 스포츠 양말이나 반창고 맛이 나요. 아까 가까이에서 냄새를 맡으니 딱 이름대로더라고요."

어젯밤에 검색해 본 '당신이 와인에 대해 모르는 열 가지 사실' 중 하나였다.

"브렛이요?"

"네. 브렛은 와인에 일종의 세균 감염을 일으켜요." 나는 진지하게 말했다. "와인 근처에 두면 안 돼요……."

"그렇군요."

제임스는 내 옆에 놓인 빈 위스키 잔을 돌아봤다. 표정을 보니 내 근처에 위스키를 두면 안 되겠다고 생각하는 게 분명했다.

"어쨌든 여러모로 고마워요, 제임스. 〈아웃랜더〉에 나오는 그 섹시한 남자처럼 제이미라고 불러도 돼요?"

"〈아웃랜더〉가 뭐죠?"

"스코틀랜드를 배경으로 한 사극 포르노에요. 그쪽 장르가 아주 방대하죠."

제임스의 얼굴을 빨갛게 만드는 건 너무 쉬웠다. 그래서 좋았다. 나는 제임스의 붉어진 볼이 서서히 가라앉는 걸 지켜봤다. 제임스는 내 발목과 얼굴을 차례로 보며 말했다.

"저녁 영업 때 볼 수 있으면 좋겠네요."

"참, 한 가지 궁금한 게 있는데요……." 나는 문으로 향하는 제임스를 불러 세웠다. "아이린은 여기에 잘 적응하셨나요?"

"아이린이요?"

제임스가 놀란 표정으로 되물었다.

"네. 어디 출신이세요? 아니, 내 말은…… 미안해요. 이상하게 들렸겠네요."

"괜찮아요. 그분, 좀 이상하긴 하죠."

"그렇죠?" 나는 눈을 크게 뜨며 말했다. "정말 멋지긴 하지만 여기랑은 좀 안 어울리지 않아요? 왠지 미술관이나 가정용품 가게나 고급 백화점의 란제리 매장을 운영할 것처럼 보이시잖아요."

"엄마예요."

제임스는 한두 번 받아본 질문이 아니라 지겹다는 듯한 표정으로 말했다.

"잠깐만요! 뭐라고요?"

제임스는 놀라서 외치는 나를 뒤로한 채 방에서 걸어 나갔다. 제임스의 웃음소리가 복도를 따라 울려 퍼졌다.

10장

나는 화들짝 놀라며 잠에서 깨 침대에 벌떡 일어나 앉았다.

혼란스러웠다. 여기가 어디지? 작은 숙소 방과 아직 짐을 안 푼 여행 가방, 협탁에 놓인 위스키병이 보였다. 푹신한 베개 위에 올려진 한쪽 다리도.

머리가 지끈거리면서 지난 이틀 동안의 일들이 얼어붙을 듯 차가운 비처럼 쏟아졌다. 너무 피곤했다. 손가락 하나 들어 올릴 힘도 없었다. 치료차 마신 위스키 때문이기도 했지만 기차를 오래 탄 데다 호텔에 도착한 뒤로 쉴 새 없이 돌아다니느라 피로가 쌓일 대로 쌓인 탓이었다. 물론 피로의 가장 큰 원인은 불안이었다.

휴대폰을 보니 오후 3시 30분이었다. 맙소사! 원기 회복용 낮잠을 네 시간이나 자다니. 일요일 점심 영업은 끝났겠지만 두어 시간 뒤 또 저녁 영업이 시작될 것이다. 가기로 약속했으니 서둘러야 했다. 이번에도 공부할 시간 따위는 조금도 없었다.

나는 다시 침대에 누워 새로 페인트칠한 천장과 전등 주변의 석고 장미 장식을 바라봤다. 플리머스의 울스던 스트리트에 있었던 할머니 집이 떠올랐다. 테두리에 작고 화려한 장미 무늬 타일을 붙인 검은색 벽난로와 딸기를 키우는 뒤뜰의 아담한 정원이 있는 집이었다. 할머니는 도통 버릴 줄을 몰랐지만 정리는 아주 잘했다. 모으고 모은 잡지와 유리병을 깔끔하게 쌓아 놓아 헤치고 다닐 만했다. 결국 거실은 사람이 살 수 없는 지경이 됐지만 말이다. 할머니가 세상을 떠난 뒤 할머니 집에서는 1945년까지 거슬러 올라가는 신문 다발과 정찬용 식기 11세트, 순은 서빙 스푼 28개, 은박 접시 63개, 할아버지 옷을 포함해 쓰레기봉투 17봉지에 달하는 옷 무더기가 나왔다.

나는 할머니와 정반대다. 내 소유의 물건은 다 합해 봤자 두어 개의 여행 가방에 다 들어가고 나와 관련된 건 무엇이든, 언제라도 충동적으로 버릴 수 있다. 내 신분까지도.

그때 휴대폰의 진동이 울렸다. 팀이었다. 팀……. 며칠간 내 다른 삶을 거의 잊고 살았다.

"안녕."

나는 오른쪽 관자놀이가 더 심하게 지끈거리는 걸 참으며 인사했다.

"어! 안녕, 자기야." 팀이 익숙하고 강한 런던 북부 억양으로 크게 속삭였다. "받을 줄 몰랐는데."

"그래?" 그럼 왜 전화했을까? "도움이 필요했는데 마침 잘됐네. 그럴듯한 핑계 좀 만들어봐."

"왜? 벌써 다 뽀록났어?"

"장난치지 말고." 나는 전화기를 안 든 손으로 관자놀이를 문지르며 말했다. "여길 뜰 핑계가 필요해. 증상도 있겠다 뇌종양도 괜찮겠네."

"아, 저런."

팀은 웃음을 터트렸다.

"웃지 마."

나는 피곤한 말투로 대꾸했다.

"난 당신이 개판 칠 줄 알았어." 팀이 킬킬거리며 말했다. "데이모한테도 말했더니 미친 거 아니냐고 하더라. 월급은 어떻게 받을 거냐고 하던데? 국가 보험 번호는 누구 걸 쓸 거냐 이거지."

"그 문제는 아직 생각 안 해 봤어……."

받지 말았어야 했다. 어차피 내가 받으리라는 기대도 없이 건 전화가 아니었던가.

"참, 나 곧 회의하러 가. 실수로 집에 불을 지른 연금 수령자를 상대로 소송 걸 거야. 이번 소송 이기면 내 개인 목표치 달성하니까 꼭 이겨야 해."

"나도 분발해야겠네."

잠시 침묵이 흐른 뒤 팀이 낄낄거리며 말했다.

"걱정 마. 당신은 잘할 거야, 버디."

"솔직히 좀 겁나."

"그렇겠지."

"그렇겠지?" 나는 울컥 화가 치밀어 날카롭게 쏘아붙였다. "더할 말 없어? 그날 밤 아주 좋은 생각이라고 한 건 당신이잖아."

"술에 취한 데다 약까지 한 상태였어."

"그건 그렇지." 나는 힘없이 말했다. "그래도 지금 내가 필요한 건……."

"그날 밤 진짜 웃기긴 했잖아."

팀이 제일 중요한 건 이거라는 듯 내 말을 끊고 끼어들었다.

"그랬지. 근데 더는 못 버티겠어. 이 호텔, 상상했던 거지 소굴이 전혀 아니야. 빌어먹게 최고급이야. 와인 리스트를 새로 만들었다는데 페이지마다 연도랑 포도 종류는 물론이고 알아먹지 못할 단어가 가득해. 아, 게다가 어떤 와인은 무슨 포도인지조차 안 적혀 있어! 그런 건 도대체 뭐냐고! 완전히 내 능력 밖이야."

"그렇군. 젠장! 보통 일이 아니네."

"맞아, 보통 일이 아니야."

긴 침묵이 흘렀다. 수화기 너머로 팀의 사무실 직원들이 일하는 소리가 작게 웅웅거렸다. 이어서 팀의 깊은 한숨 소리가 들렸다.

"괜찮을 거야." 팀은 약간 조바심이 느껴지는 목소리로 말했다. "그냥 와인 리스트를 외워. 무조건 당당하고 친절하게 굴고. 그리고 들통난다고 큰일이야 나겠어? 그래봤자 스코틀랜드 촌구석이잖아."

"참 고맙네."

나는 진통제가 더 있나 핸드백을 뒤지며 내뱉었다.

"경찰한테 체포되거나 딱지를 떼거나 신분증을 제시해야 할 일은 피해." 팀이 아까보다는 다소 진지해진 어조로 말했다. "보수는 현금으로 달라고 한번 해 보고. 모르겠다. 아직도 그렇게 주는 데가 있나?"

"없을걸."

"그만 끊어야겠다. 괜찮을 거야. 몸조심해, 자기야! 잘 있어."

팀은 그렇게 다짜고짜 전화를 끊었다.

젠장! 팀과의 통화는 하나도 도움이 되지 않았다. 나는 애써 스스로 기운을 북돋았다. *괜찮아! 재미있는 경험을 한다고 생각하자. 안 그래도 늘 흥미로운 일을 해 보고 싶었잖아.*

나는 돌아누워 가져온 책 중 하나를 펼쳤다. 《초심자를 위한 와인》이었다.

샴페인은 주로 피노 누아와 피노 뫼니에, 샤르도네 포도로 만들지만 때로는 피노 블랑과 피노 그리 같은 품종으로 양조하기도 한다.

이건 또 뭐지? 5년 된 노트북을 열고 부팅하는 데 3분을 기다려 검색해 보니 '양조'는 그냥 '와인을 만든다'는 뜻이었다. 잘난 척하는 와인 전문가들이 또 쓸데없이 어려운 단어를 만들어 나 같은 사람들이 뛰어넘어야 할 장벽을 하나 더 세운 모양이었다. 나는 심호흡을 했다.

이어서 검색창에 '와인의 종류는 모두 몇 가지인가?'를 입력했다. 답은 만 개였다. *만 개.* 나는 휴대폰을 들어 아침에 왔지만 내내 무시했던 헤더의 메시지를 다시 읽었다. 한가롭게 드러누워 흰색 침구가 어지럽게 구겨진 침대를 배경으로 찍은 다리 사진이 첨부돼 있었다. 사진 뒤쪽에는 가장자리에 담쟁이덩굴이 둘린

창문 밖으로 석조 발코니가 보였다. 아름다운 풍경이었지만 왠지
좀 외로워 보였다.

느긋한 하루 보내는 중. 잘 지내? 사촌은 어때?

애플 휴대폰의 날씨 앱을 확인하니 런던은 기온 17도에 비가
내리고 있었다. 나는 침대에서 내려와 내리닫이창 쪽으로 갔다.
당연히 이곳도 비가 오고 있었다. 나는 묵직한 창문을 위로 올리
고 창밖으로 전화기를 내밀어 보기 싫은 회색 구름을 찍었다. 어
딘지는 알아보지 못할 사진이었다. 나는 또다시 밀려드는 죄책감
을 삼키며 전송 버튼을 눌렀다.

영국은 봄이 도망가고 있어. 보고 싶다.

보내자마자 답문이 왔다.

여기는 죽이게 더워. 먹고 마시고 섹스하는 것 말고는 할 일이 없어.

여섯 살부터 친했던 친구의 섹스 이야기는 좀처럼 익숙해지지
않았다. 나는 헤더의 메시지를 무시하고 와인 책의 페이지를 넘
겼다. 내가 지금껏 본 피노 누아는 다 레드와인이었는데 피노 누
아 포도로 도대체 어떻게 화이트와인인 샴페인을 만드는지 찾아
보기 위해서였다.

이런 식으로는 안 된다.

다시 휴대폰을 흘낏 내려다봤다. *젠장! 그냥 다 말해 버리자.*

나는 작은 검은색 손잡이가 달린 이케아 서랍장과 방문 사이에 깔린 2.5미터짜리 카펫 위를 서성거리며 통화 버튼을 눌렀다. 헤더는 바로 전화를 받았다.

"안녕, 버디! 아, 너랑 얼마나 통화하고 싶었는지 몰라."

나는 헤더의 목소리를 듣자마자 걸음을 멈췄다.

"너도 왔으면 진짜 좋았을 텐데. 네 마음에도 쏙 들었을 거야. 맛있는 피자에 따뜻한 햇살에 흉볼 관광객도 엄청 많아."

"다 셀카 찍느라 정신없어?"

"응. 엄청나게 늦게 걷고."

"짜증 나겠네."

우리는 같이 킥킥 웃음을 터트렸다. 헤더의 따뜻한 웃음소리가 묵직한 담요처럼 나를 휘감았다. 굳었던 마음이 풀어지면서 진정됐다. 말할 수 없었다. *아직은.*

"어땠어?"

헤더가 물었다.

"뭐가?"

"사촌이 열었다는 파티 말이야."

"아, 그거. 꽤 좋았어. 네가 짝지어 준 와인도 다 잘 맞았고. 너, 그걸로 먹고 살아도 되겠더라."

"웃기네." 헤더는 내 농담을 받아줬지만 웃지는 않았다. "일 안 하니까 좀 이상해."

"크리스티안이랑은 잘돼 가?"

"어, 그럼. 좋아, 아주 좋아."

세 번의 긍정. 좋은 신호는 아니다.

"좋은 시간 보내고 있는 거지?"

"그럼." 헤더는 바로 답했다. "거의 매일 발코니에서 낭만적인 저녁 식사를 하고 있어. 담쟁이덩굴이 얼마나 울창하고 멋진지 몰라."

"낭만적인 저녁 식사도 하고 좋네."

나는 헤더의 눈치를 살피며 말했다.

헤더는 활기를 다소 되찾은 목소리로 말했다.

"진짜 좋아. 며칠 전에는 간만에 외식도 했어. 격식이 좀 떨어지는 트라토리아(싸고 대중적인 이탈리아 식당으로 가정식을 주로 제공한다—옮긴이)였지만 호박꽃 요리는 지금껏 먹어 본 중 최고였어."

"호박꽃?"

"응, 신선한 치즈랑 꿀로 속을 채워 튀기는 요리야. 덴푸라처럼 묽은 반죽을 입혀서."

"덴푸라?"

"일본식 튀김. 아, 버디. 너랑 음식 얘기하면 진짜 재미없어."

"미안."

알면서도 장난삼아 일부러 모르는 척했다. 나는 음식이 무척 흥미로우면서도 두려웠다. 저녁을 직접 해 먹어야 하는 어린 시절을 보낸 탓이었다.

잠시 침묵이 흐른 뒤 헤더는 전략적으로 화제를 바꿨다.

"내 얘기는 그만하자. 너는 어때? 사촌이랑은 잘 지내고 있어? 디너파티는 재미있었어?"

"실은 너한테 물어보고 싶은 게 있어."

나는 로크 돈 호텔과 러셀, 술을 좋아하는 우아한 빌과 애니스, 너무나 멋진 아이린에 대해 다 털어놓고 싶은 충동을 누르며 말을 꺼냈다.

"해 봐."

"와인 공부를 아주 빨리, 엄청 하고 싶은 사람이 있다면 어떤 방법을 제일 추천할래?"

"오…… 관심이 생겼구나! 드디어!"

헤더가 진심으로 흥분한 목소리로 말했다.

나는 침대 가장자리에 앉아 헤더가 바로 답을 주길 바라며《초심자를 위한 와인》을 획획 넘겼다. 그때 속살이 보이도록 물어뜯은 손톱이 눈에 들어왔다. 나는 여기 있는 동안 손톱을 꼭 길러서 나가자고 다짐했다. 불가능한 목표는 아니었다. 예쁘게 긴 손톱과 호텔과 숙소를 오가면서 언덕을 오르내리느라 5킬로그램쯤 가벼워진 몸으로 런던에 돌아갈 수 있을 것이다. 제일 친한 친구를 잃더라도 말이다.

"그래. 그동안은 별 관심이 없었는데 이번 파티 때 마셔 보니 관심이 가더라고. 좀 자세히 배우고 싶어졌어."

"우선은 마시고 비교해 봐야지."

헤더는 늘어지게 하품을 하며 말했다.

"마시고 비교하라고?"

"그래. 디너파티 때 손님들과 함께 리슬링이나 피노를 마셔 보고 다 같이 앉아 맛을 비교하는 거지. 그러면 연습이 꽤 많이 될 거야. 도움이 돼?"

"집중 프로그램 같은 건 없을까? 일주일 속성으로 할 수 있는 거 말야."

내가 입술을 깨물며 묻자 헤더는 웃음을 터트렸다.

"다른 건 몰라도 술을 배울 때는 너무 집중하면 안 돼. 그러다 죽어. 와인을 배우는 가장 좋은 방법은 직접 마셔 보는 거라고들 하는데 진짜 그래. 포도원 투어를 다녀도 좋아. 다음에 에인절에 갈 일 있을 때 내가 제일 좋아하는 작은 와인 가게에 가 봐도 좋고. 목요일마다 시음을 시켜 주거든. 투팅의 고급 와인 가게나 와인 클럽에서 직원들 비위 맞춰 가며 배우는 방법도 있고."

"그러니까 네 말은 벼락치기로 공부해서 실전에서 써먹는 건 불가능하다는 거네?"

"그렇지." 헤더는 약간 기분이 상한 어조로 말했다. "잠깐만. 무슨 일인데 그래?"

"실은," 불현듯 기막힌 핑계가 떠올랐다. "도널드가 정육점을 확장했어. 델리 음식이랑 와인이 추가돼서 내가 돕고 있거든."

"그건 좀 비위생적이지 않아? 죽은 돼지 살덩이 옆에서 술을 마시고 싶은 사람이 있을까?"

"정육 코너는 규모를 줄였어."

나는 얼른 답했다.

"음식은 누가 하는데?"

헤더의 질문을 듣고 나서야 나는 예상처럼 기막힌 핑계는 아니었음을 깨달았다.

"아, 요리사를 새로 들였어."

나는 대충 답했다.

"요리사? 와, 엄청 특별한 델리겠네."

"뭐, 아직은 실험 단계야."

"델리 음식 전문이라니 특이하네. 어떤 요리사야?"

"아, 그냥 북부 출신 요리사야."

나는 남부 출신의 입을 다물게 하는 가장 효과적인 방법을 써먹었다. 순간 런던의 작은 델리에서 제임스와 나란히 일하는 꿈같은 장면이 떠올랐다.

"이거 왠지 흥미로운데."

"요리사 얘기는 신경 쓰지 마. 이 일과 아무 상관 없어."

"근데 왜 그 사람 얘기를 꺼냈는데?"

아, 역시 헤더한테는 뭘 숨길 수가 없다.

"알았어." 나는 그냥 장단을 맞추기로 했다. "키가 아주 크고 잘생겼어. 게다가 같이 일해 보니 좋은 사람이더라고. 팀과 같은 부류가 아니라 평범한 인간 남자로서 아주 좋은 사람이야."

"거봐, 너도 언젠가는 평범한 사람을 찾을 거라고 했잖아."

헤더가 킥킥거리며 말했다.

"그러게 말이야."

나도 웃음이 새어 나왔다.

"그래서 내가 어떻게 도우면 돼?"

헤더는 신이 난 목소리로 집에서 시음하는 법과 읽을 만한 블로그를 알려 줬다. 헤더와 수다를 떠는 동안 얼른 구글을 검색해 보니 호텔에서 차로 30분 거리에 괜찮은 와인 할인점이 있었다. 하지만 이 중 어느 방법도 벼락치기에는 도움이 되지 않았다.

헤더가 보고 싶었다. 헤더의 런던 아파트에서 컵라면을 먹으면서 헤더가 직장에서 슬쩍해 온 고급 와인을 마시고 싶었다.

"참, 그 스코틀랜드 호텔에 전화해 줘서 고마워. 연락이 없는 걸 보니 대타를 찾았나 봐."

"어, 그래."

나는 더듬거리며 답했다.

"버디, 필요한 거 있으면 뭐든 꼭 말해, 알았지? 걱정이 돼서 그래."

"알았어, 약속할게."

"그래." 갑자기 헤더의 목소리가 작아졌다. "크리스티안이야. 그만 끊어야겠어."

전화를 끊자 잠시 생각할 틈도 없이 누군가가 내 방문을 두드렸다.

"헤더?"

빌이었다. 나는 이불 밑에 《초심자를 위한 와인》을 밀어 넣고 잠옷 매무새를 가다듬은 뒤 문을 열었다.

"왔어요?"

"안녕. 발은 어때요?"

"음, 좀 나아진 것 같긴 해요. 속이 다친 거라 잘 모르겠네요."

"한번 훑어보라고 와인 리스트 가져왔어요. 재미있는 읽을거리
는 아니지만요."

"이미 받아 놓은 게 있긴 하지만 고마워요."

"종류가 꽤 많죠?"

"볼 게 많긴 하더라고요."

나는 신중히 답했다.

"124개나 되니까요."

빌이 고개를 끄덕였다.

"아, 그만 좀 해요. 다 아니까 자꾸 들먹이지 말라고요."

나는 씩 웃으며 눈알을 굴렸다.

그때 문득 그런 생각이 들었다. *124개*. 원래 있던 리스트보다
종류가 많아 부담스럽긴 하지만 124개면 그렇게 많은 수는 아니
었다. 어쨌든 만 개보다는 훨씬 적지 않은가. 와인 리스트를 외우
는 정도는 할 수 있지 않을까? '*그냥 와인 리스트를 외워.*' 팀도
그렇게 말했다. 각각의 와인이 어떤 맛인지 외우고 거기에 나만
의 말발을 더하면 되지 않을까?

"그럼 저녁 영업 때 봐요." 나는 명랑하게 말했다. "걸음이 좀
불안할 수도 있지만요."

"다행이네요. 오늘 저녁에 새로운 메뉴가 나와 와인을 골라야
하거든요. '피그 & 위스키'의 미소 소스 연어 구이를 그대로 베낀
메뉴예요."

"네? 양고기랑 야생 마늘 요리 아니었어요?"

심장이 다시 두근대기 시작했다.

"러셀이 이것도 포함시키라네요. 이유이 많이 남는 요리도 있어야 한다면서."

"아."

"지금 주방에서 제임스랑 애니스가 시식하고 있을 텐데 합류하는 게 어때요? 몇 가지는 시음해 볼 수 있을 거예요."

"와인 시음이요?"

나는 쌉쌀한 담즙이 목구멍으로 넘어오는 걸 느끼며 되물었다.

"네. 일석이조잖아요." 빌이 와인 리스트에 이어 내 옆에 놓인 위스키병을 향해 고갯짓하며 말했다. "해장술도 마시고."

"아, 진짜, 여기는 사람을 쉬게 해 주질 않네요." 나는 낮게 중얼거렸다. "15분이면 돼요. 태워 주실 수 있죠?"

11장

다행히 두통이 가라앉아 나는 얼른 침대에서 몸을 일으켰다.
발을 디뎌보니 발목도 괜찮았다. 잠을 잔 나 자신에게 화가 났다.
꼬박 세 시간 동안 와인 리스트를 공부할 수 있었는데 자 버리다
니. 그래도 망할 연어 요리에 어울리는 와인을 찾을 지름길이 있
을지도 모른다.

서둘러 휴대폰을 꺼내 '피그 & 위스키'를 검색하니 미국의 엉
뚱한 곳이 떴다. 나는 크게 욕설을 내뱉고는 검색창에 '스코틀랜
드'를 추가로 입력했다. 드디어 찾았다. '피그 & 위스키'의 메뉴
가 떴고 신이 도우셨는지 연어 요리 밑에 추천하는 와인이 떡하
니 적혀 있었다.

이 기름진 요리에는 2016년산 게뷔르츠트라미너나, 더 투명하
지만 강렬한 그뤼너 벨트리너, 로트 94 피노 누아가 잘 어울린
다. 물론 살짝 차게 식힌 게 좋다!

"찾았다!"

나는 큰 소리로 외치고는 유니폼을 급히 걸치고 반쯤은 가짜로 발을 절뚝거리며 빌이 있는 골프 카트로 향했다.

식당에 도착해서는 경미하지만 부상을 입었고 극심한 피로로 정신이 혼미한 데다 위스키 냄새를 풀풀 풍기며 바 의자에 앉았다. 그 와중에도 나는 주방에서 일어나고 있는 일에 눈을 떼지 못했다.

제임스는 소매를 걷어붙이고 녹색과 빨간색, 갈색 얼룩이 어지럽게 튄 앞치마를 두르고는 2003년경 데이비드 베컴이 그랬듯 머리띠로 머리를 싹 넘긴 채 주방에 서 있었다. 이제는 알 것 같았다. 제임스는 사람을 상대할 때는 수줍음을 타지만 음식을 대할 때는 완전히 돌변했다. 열정적으로 몰두하는 모습이 더없이 섹시해 보였다.

제임스는 연어 요리를 두 가지 방식으로 조리 중이며 둘 중 하나를 정식 메뉴로 고를 거라고 설명했다. 빌이 말한 대로 '피그 & 위스키' 홈페이지에 올라온 요리와 거의 똑같아서 애니스와 제임스 둘 다 내키지 않아 하는 눈치였다. 조금 전 절뚝거리며 주방에 들어갔을 때도 둘이 메뉴를 두고 불평하고 있었다.

"물론 할 수는 있어. 서부 해안의 식당치고 이 요리를 안 내는 데는 없으니까."

제임스가 말했다.

"'피그 & 위스키'에 다시 가본 게 틀림없어요." 애니스가 투덜거렸다. "왜 그렇게 집착하는지 모르겠어요. 와사비랑 완두콩 퓌레, 절인 파래를 꼭 넣으래요. 그냥 대놓고 거기 거랑 똑같이 만드는 게 낫겠어요."

"이거 왠지 불만이 감지되는데요?"

내가 농담을 던지자 제임스는 불평하다 들킨 게 민망했는지 살짝 당황한 표정을 지었다.

"창의적인 요리를 만들 기회가 있는데도 자꾸 기존의 요리를 모방하려니 좀 우울해서요."

그랬지만 일단 불만은 제쳐 두기로 했는지 두 가지 조리법으로 연어 요리를 조금이라도 새롭게 변형하려 애쓰고 있었다.

"하나는 중탕으로 익혔고 다른 하나는 미디엄 레어로 프라이팬에서 살짝 튀길 거예요." 제임스가 말했다. "헤더는 어떤 게 좋아요?"

"어묵이요."

제임스는 소리 내 웃고는(드디어!) 주황색 연어 살을 능숙하게 양념하고 뒤집어 껍질에 오일을 바른 뒤 천일염을 뿌려 팬에 넣었다. 연어는 뜨겁게 달궈진 팬에서 지글지글 톡톡 소리를 내며 익어갔다. 몇 분 뒤 제임스는 연어를 작은 접시에 담아 오븐에 넣었다.

나는 휴대폰을 꺼내 '피그 & 위스키' 홈페이지에 올라온 추천 와인을 한 번 더 확인했다. 그런데 문제가 있었다. 이제야 깨달았지만 나는 두 와인의 이름을 발음할 줄 몰랐다. *게뷔르츠트라미너. 그뤼너 벨트리너.* 젠장!

"와인은 정했어요?"

제임스는 마치 극도로 불안한 내 마음을 감지라도 한 듯 내 무릎 위에 펼쳐져 있는 와인 리스트를 향해 고갯짓하며 물었다.

"네, 대충요. 이 두 개, 한 잔씩 갖다줄래요?" 나는 휴대폰을 허벅지 밑에 밀어 넣은 뒤 와인 리스트에서 두 와인을 손가락으로 가리키며 최대한 무심한 말투로 록시에게 부탁했다. "아, 참. 병도 갖다줘요. 라벨 좀 보게요."

"와, 저 게뷔르츠트라미너 좋아해요."

록시는 바로 와인 저장고로 향했다.

나는 죽었다 깨도 하지 못할 발음이었다.

"이제 미소 캐러멜 글레이즈를 만들 거예요."

제임스가 말했다.

"창의성은 떨어질지 몰라도 맛있을 것 같은데요."

나는 녹색 기름이 든 플라스틱병을 집어 들고는 손가락에 한 방울 떨어뜨려 맛을 봤다. 후추와 마늘 맛이 입안을 가득 채웠다.

"음. 이게 뭐예요?"

"아침에 딴 야생 마늘이에요." 주방 뒤쪽에서 비닐봉지에 담긴 익은 연어 살을 가져온 애니스가 말했다. 중탕으로 익혔다는 그 연어인 듯했다. "보통은 자고새(꿩과의 새로 메추라기와 비슷하다─옮긴이) 요리에 야생 마늘 기름을 썼는데 러셀이 요즘은 아무도 자고새를 안 먹는다고 하네요."

제임스는 애니스가 어깨를 으쓱하며 건넨 연어 봉지를 날랜 손놀림으로 열어 접시에 옮겨 담았다. 그런 뒤 오븐에서 다른 연어 살을 꺼내 접시에 담아 두 요리를 나란히 배치했다. 기름에 구운 연어는 좀 끈적해 보이는 중탕으로 익힌 연어보다 훨씬 먹음직스러워 보였다.

"이제 미림과 미소, 설탕을 섞어 끓일 거예요." 제임스가 할머니네 집 주방에 있던 플라스틱 주걱(11개가 있었다)처럼 생긴 도구를 집으며 말했다. "끓으면 설탕이 다 녹을 때까지 저을 겁니다."

제임스는 주걱을 매우 빠르게 젓다가 갑자기 멈추고는 팬을 스테인리스 스틸 조리대로 휙 옮긴 뒤 얼음이 담긴 볼에 넣었다.

"플레이팅 해, 애니스."

제임스가 근엄한 목소리로 지시를 내렸다. 왠지 자세를 똑바로 고쳐 앉게 만드는 목소리였다. 애니스는 두 접시에 녹색 퓌레와 파래라 불리는 어지럽게 엉킨 녹색 해조류를 추가했고, 제임스는 제과용 솔에 캐러멜 소스를 묻혀 연어에 바르고는 잠시 기다렸다 다시 발랐다.

그때 록시가 화이트와인이 4분의 1쯤 담긴 잔 두 개와 와인 두 병을 들고 돌아왔다. 어떤 와인이 어떤 잔에 담겨 있는지 몰라 잠시 당황했지만 록시가 연어 요리 옆에 병과 잔을 나란히 배치해 준 덕분에 확실히 알 수 있었다.

제임스가 제일 먼저 기름에 튀기고 오븐에 구운 연어 살을 포크로 조금 찍어 입에 넣었다. 애니스가 뒤를 이었고 나도 세 번째 포크를 들고 똑같은 방식으로 맛을 봤다.

"록시도 먹어봐요."

내 말에 록시도 환한 미소를 지으며 병에 꽂힌 네 번째 포크를 잡았다.

"음……"

제임스는 눈을 감고 맛을 음미했다. 그 모습이 너무 섹시해 다리가 절로 꼬였다.

연어 살은 포크로 찍기 좋은 크기로 딱 알맞게 떨어졌고 모서리는 거의 튀김처럼 바삭했으며 달콤하고 짭짤한 글레이즈로 덮여 있었다. 우리는 중탕한 두 번째 연어 요리도 시식했다. 두 번째 연어는 더 단단해 보였지만 입안에서 사르르 녹으면서 새콤하고 아삭한 파래무침과 환상의 조화를 이뤘다. 감탄이 절로 나오는 맛이었다.

"와인은 어떤 게 좋을까요?"

제임스는 게뷔르츠트라미너 앞에 놓인 잔을 들어 작게 한 모금 마신 뒤 전문가처럼 입안에서 굴렸지만 재수 없게 보일 정도로 과하게 굴리지는 않았다.

나도 제임스를 따라 한 모금 마셨다. *기억을 떠올려, 버디.*

"음, 시원하고 산뜻하면서도 연어의 맛에 밀리지 않을 정도로 강렬한 와인이 좋겠어요. 둘 다 그 기준에 맞지 않나요?"

'피그 & 위스키' 홈페이지에 올라온 설명을 위태롭게 뒤섞은 평이었지만 모두 눈 하나 깜짝하지 않고 귀를 기울였다.

"전 이게 좋아요."

애니스가 입에 든 와인을 싱크대에 뱉어 내고 말했다.

"록시 생각은 어때요?"

내가 물었다.

"저도 게뷔르츠트라미너가 좋은 것 같아요."

록시는 와인을 삼키고 말했고 나는 잘했다는 듯 고개를 끄덕였다. 솔직히 뱉어 내는 건 너무 역겨웠다.

"달콤한 맛이 미소 글레이즈의 맛을 상쇄해 주네요."

록시가 말했다. 친절한 설명이 고마워 남몰래 하이파이브라도 해 주고 싶은 심정이었다.

"살짝 튀긴 연어랑 봉지에 넣어 중탕한 연어 중에 뭐로 할 거예요?"

나는 마치 제임스의 답이 내 결정에 어떤 식으로든 영향을 미친다는 듯 물었다.

"수비드로 하는 게 좋을 듯해요."

애니스가 말했다.

"뭐라고요?"

록시가 나처럼 전혀 모르겠다는 표정으로 물었다.

"원래는 중탕이 아니라 수비드라고 해요."

애니스가 말했다.

"그래. 그게 낫겠네. 준비 시간도 단축될 테고 튀김 요리는 이미 커틀릿이 있으니까."

제임스가 말했다.

"맞아요."

"좋아요. 그럼 이걸로 하죠." 나는 게뷔르츠트라미너를 가리키며 말했다. 여전히 이 와인을 소리 내 발음할 자신은 없었다. "잘했어요, 록시."

의자에서 막 내려오려는데 러셀이 식당에 들어섰다. 카키색 리넨 정장과 감청색 넥타이 차림으로 휴대폰 화면의 무언가를 읽으면서 제임스를 향해 성큼성큼 걸어왔다. 제임스를 돌아보니 느긋했던 표정이 순식간에 어두워지고 어깨가 경직되는 게 보였다.

"이건가요?"

러셀이 묻자 애니스가 고개를 끄덕이며 연어 두 접시를 러셀 쪽으로 밀었다.

러셀은 접시 하나를 들어 똥을 쌌는지 보려고 아이의 기저귀에 코를 대는 엄마처럼 머뭇거리며 냄새를 맡았다. 그런 뒤 손가락으로 한 덩이를 떼어 내 입에 넣고는 마치 가시를 골라내려는 듯 입안에서 살점을 이리저리 굴린 뒤 싱크대에 뱉어냈다.

"별로예요."

러셀이 말했다.

"저희도 같은 생각입니다." 제임스가 조심스럽게 말했다. "다들 다른 걸 골랐습니다."

"이건가요?"

러셀은 다른 접시를 가리키며 물었다. 러셀이 역겨운 시식 과정을 반복하는 동안 우리 넷은 다 같이 숨을 깊이 들이마셨다.

"소금만 줄이면 나쁘지 않겠네요. 와인은요?"

"독일 와인으로 골랐어요. 일본 음식과는 늘 궁합이 최고죠."

나는 내가 와인의 이름도 발음하지 못하는 소믈리에라는 사실이 들통나지 않길 빌며 과하게 당당한 태도를 취했다.

효과가 있었다. 러셀은 나를 향해 미소를 지으며 고개를 끄덕인 뒤 제임스를 보고 말했다.

"양고기는요? 인스타그램에 올린 사진을 봤는데…… 소박하더
군요."

러셀은 '소박하다'는 말을 마치 '역겹다'는 말을 하듯 했다.

"네, 셰프."

제임스는 곧바로 답하고는 양고기를 가지러 갔다.

러셀이 다시 나를 돌아보며 물었다.

"다리는 괜찮아요? 숲에서 다쳤다면서요?"

"네, 셰프."

나는 소믈리에도 주방장을 '셰프'라고 불러야 하는지 확신이
없었지만 일단 답했다.

"빌한테 들었어요. 와인 리스트를 살펴보고 있는 중이라죠?"

"네, 셰프."

"좋아요. 다 끝나면 와인 협회 행사의 주제를 잡아 보죠."

러셀이 머리를 매끈하게 뒤로 넘기며 말했다.

"어, 발목이 좀 낫고 나서 제임스와 의논하면 될까요?"

나는 부상을 입었으니 좀 봐주라는 듯 발을 만졌다.

"다음 주나 그다음 주에는 협회에 와인 목록을 알려 줘야 해요.
홍보물에 실어야 하니까요."

"그렇군요. 바로 시작할게요."

"내일 아침에 스카이섬에 가나요?"

러셀이 플라스틱 용기를 한 아름 들고 돌아온 제임스에게 물
었다.

"수요일에 갑니다."

제임스가 답했다.

"그럼 헤더도 데려가서 의논해요."

"알겠습니다."

제임스는 고개를 끄덕이고는 시선을 떨궜다. 짜증이 난 걸까, 부끄러운 걸까?

"애니스는 이번 주에 사슴 고기 요리를 맡아요. 이번에는 훈제 기에 다른 나무도 넣어보고."

러셀의 지시에 애니스는 턱을 살짝 들어 올렸다. 놀랍도록 무표정한 얼굴이었지만 눈썹이 씰룩거리는 걸 보니 기쁜 게 분명해 보였다.

"네, 셰프."

애니스는 짐짓 침울한 어조로 답했다. 그 모습에 웃음이 나오려 했다. 나는 웃음을 참으려고 아야! 하는 비명을 작게 지르며 발목을 잡았다. 인상을 쓰는 러셀을 보니 이제 그만 가짜 부상에서 회복해야 할 것 같았다.

"좋아요. 이만하면 된 것 같군요."

"네, 셰프."

러셀에게 답하고 나니 아이린이 문을 박차고 들어와 손뼉을 쳤다. 나는 내심 조명이 켜지길 기대했지만 주방에는 설치가 안 된 모양이었다.

"헤더, 록시. 프런트에 일손이 필요한데 좀 도와줘요. 걸을 수 있겠어요?"

"살살 걸으면 돼요."

긍정적인 답에 아이린의 표정이 환해졌다.

"잘됐네요. 록시! 따라와요, 어서요."

"제임스는 자재 주문 건을 의논해야 하니 바 구역으로 와요."

러셀이 또 지시를 내렸다.

"양고기는요?" 제임스가 손에 든 용기를 들어 올리며 물었다. "보고 싶은 거 아니셨어요?"

"바로 와요. 지금 당장."

러셀은 교관처럼 아까 한 말을 반복했다.

재수 없는 자식. 나는 의자에서 내려오면서 제임스에게 연대의 미소를 지어 보였다. 누가 봐도 자기 일을 훌륭히 해내고 있는 사람한테 왜 저렇게 못되게 굴까?

나는 록시와 식당 홀로 나가서는 록시 옆으로 슬금슬금 다가갔다. 록시는 탁한 장밋빛 블러셔를 바른 듯 두 볼이 발그레했다. 내일은 컨실러라도 바르고 오자고 다짐하게 만드는 혈색이었다.

"오늘 저녁에 나 좀 도와줄 수 있어요?" 나는 조용히 말했다. "아이린이나 러셀한테는 걱정시키기 싫어 말하지 않았는데 실은 발이 좀 많이 아프거든요. 미안하지만 록시한테 기대야 할 것 같아요. 진짜로 기댄다는 건 아니고요. 아니, 조금은 기댈 수도 있겠네요."

"당연히 도와드려야죠. 지난번 소믈리에는 저한테 진짜 무례했어요. 헤더처럼 실력도 없으면서요. 웨이터랑 별 차이도 없는데 와인을 좀 아는 프랑스인이라는 이유로 뽑혔더라고요. 헤더가 와서 정말 좋아요. 게다가 같은 여자잖아요."

"같은 여자긴 하죠."

나는 웃으며 록시의 말을 반복했다.

"헤더 덕분에 힘이 나요. 저도 정말 간절히 소믈리에가 되고 싶거든요. 3년 전쯤에 법적으로 술을 마셔도 되는 나이가 된 뒤로 계속 부모님을 조르고 있어요. 정식으로 와인을 배우게 해 달라고요. 근데 학비가 너무 비싸요."

"맞아요, 너무 비싸죠. 월급이 저축할 정도는 돼요?"

"많지는 않지만 모으고 있어요." 록시가 고개를 끄덕이며 말했다. "아이린이 올여름 지나면 학비를 지원해 주겠다고도 했고요. 어쨌든 헤더한테 많이 배우고 싶어요. 필요한 게 있으면 말만 하세요."

12장

오늘 저녁은 순조롭지 않았다.

첫 손님은 대학 동창끼리 낚시 여행을 온 네 명의 캐나다 남자로, 고급 와인보다는 크나큰 잔으로 맥주를 마셔야 할 것 같은 무리였다.

"어서 오세요. 와인 리스트 드릴까요?"

나는 자신 있게 시작했다.

"여기서 제일 좋은 샴페인 주세요."

넷 중 가장 통통한 남자가 함박 미소를 띤 얼굴로 친구들을 둘러보며 말했다.

"괜찮으시겠어요? 저희 식당, 상당히 비싼데요."

나는 속마음을 불쑥 내뱉었다.

"괜찮습니다."

남자가 답했다.

나는 불안한 마음을 안고 곧장 빌에게 갔다.

"여기서 제일 좋은 샴페인으로 달래요. 리스트도 안 보고요."

빌은 미소를 지었다.

"덕분에 헤더가 할 일이 줄었네요."

고개를 끄덕이며 와인 리스트를 뒤져 보니, 가장 좋은 샴페인은 한 병에 360파운드인 돔 뤼이나르 블랑 드 블랑 2004년산이었다. 나는 구역질이 나는 걸 간신히 참았다.

빌은 샴페인병과 흰색 냅킨을 내게 건넸고 록시는 크리스털 샴페인 잔을 담은 쟁반을 들고 나를 따라왔다.

"신사 여러분."

나는 과장된 몸짓으로 샴페인의 라벨을 네 남자에게 보여줬다. 샴페인 잔이 차례로 놓이고 모두가 기대에 찬 표정으로 나를 지켜봤다. 할 수 있어, 버디.

그런데 코르크가 안 빠졌다. 아무리 해도 빠지질 않았다. 나는 있는 힘을 다해 코르크를 돌렸다. 두 손을 다 동원해도, 비틀어도, 냅킨으로 감싸 당겨도, 꿈쩍도 하지 않았다.

"다리 사이에 있는 게 뻣뻣하지 않길 바라기는 처음이네요."

나는 허벅지 사이에 병을 꽂은 채로 코르크를 당기면서 혼자 중얼거렸다. 볼품없는 자세였지만 물불을 가릴 처지가 아니었다.

"도와드릴까요?"

통통한 남자가 친절을 베풀려 했지만 이대로 패배를 인정하기는 싫었다. 나는 다리 사이에서 병을 꺼내 코앞까지 들어 올린 뒤 코르크의 상태를 살펴봤다. 코르크는 1밀리미터쯤 빠져 있었다. 바로 그때, 코르크가 엄청난 굉음과 함께 뽑히면서 내 얼굴에 명중했다.

"네, 코르크에 맞았어요."

나는 찬 수건을 눈에 댄 채 빌의 설명을 들었다. 텅 빈 식당에서 빌과 아이린과 함께 바에 앉아 오늘 일어난 일을 의논하는 중이었다. 아이린의 표현을 빌리면 '보고를 하고 듣는' 자리였다.

"제대로 적중했어요. 코르크가 너무 단단히 박혀 있긴 했어요."

"얼굴 앞에 대고 있었던 건 아니죠?" 아이린이 물었다. "설마 그랬어요?"

아이린은 말끝을 흐리며 나를 돌아봤다. 걱정과 당혹감이 뒤섞여 표정이 일그러져 있었다. 흑백 슬랩스틱 영화도 아니고 현실에서 샴페인병을 자기 얼굴에 갖다 댄 채 꽉 낀 코르크를 뽑으려 한 여자가 인간적으로 걱정되면서도, 세계 정상급 소믈리에가 어떻게 그런 초보적인 실수를 했는지 의아했을 것이다.

"실명했을 수도 있어요." 아이린이 말했다. "그보다 매클러스키 부부는 어떻게 된 거죠? 매클러스키 씨가 상당히 기분 나빠 하시던데요."

"그건," 빌이 나를 힐끗 보며 말했다. "따로 말씀드릴게요."

"계속하세요. 전 그만 가볼게요." 나는 의자를 뒤로 빼고 일어나며 말했다. "정말 미안해요, 아이린."

"괜찮아요." 아이린이 얼른 말했다. "정말 괜찮으니까 어서 가서 쉬어요. 우리가 너무 서둘렀어요. 짧은 시간에 너무 많은 걸 기대했나 봐요. 재개장이니 뭐니 해서 정신없었을 거예요."

"맞아요. 택시 타고 도착한 순간부터 쉴 틈이 없었죠. 그러고 보니 겨우 사흘밖에 안 됐네요."

빌이 동의했다.

"미안해요, 아이린. 솔직히 좀 피곤해요. 장거리 여행에 새 직장에 새 와인 리스트까지…… 부담이 컸나 봐요. 잠깐만 생각을 정리할 시간이 있으면 좋겠어요."

아이린은 아까보다 미간을 좀 더 찌푸렸지만 곧 표정이 부드러워졌다.

"그럼요, 그래야죠. 가서 좀 자고 쉬어요. 이틀 줄게요. 그리고 식당 홀 수리가 시작되면 몇 주는 한가할 테니 적응할 시간은 충분할 거예요."

나는 소심하게 미소를 지으며 고개를 끄덕였다. 그러고는 눈물이 따끔따끔 차오르는 걸 느끼며 절뚝거리는 걸음으로 식당을 나가 직원실로 향했다.

다른 직원들은 다 가고 없었다. 나는 직원용 화장실에 들어가 거울로 얼굴을 확인하면서 오른쪽 눈 위에 났다가 가라앉기 시작한 작고 붉은 혹을 지그시 눌렀다. 그런 뒤 코트 걸이에 아무렇게나 걸려 있는 재킷을 걸치고 숙소로 향하려던 순간, 아이린과 빌이 바 구역에서 언성을 높이는 소리가 들렸다.

나는 살금살금 식당 문으로 다가가 문틈에 귀를 갖다 댔다.

"다른 테이블에서는 시음만 권하지 않았어요."

빌이 말했다.

"다른 사람도 아니고 마크 매클러스키예요, 빌. 맥도널드 가문과 친한 사이라고요. 이게 어디 보통 일이에요? 아, 내가 있었어야 하는데. 러셀이 없기를 천만다행이네요."

"솔직히 시음 권하는 걸 깜빡한 것뿐이잖아요."

"빈티지 클라레였다고요, 빌!"

목덜미가 뜨겁게 달아올랐다. 정말 바보 같은 실수였다. 와인 리스트나 와인에 대해서는 무지할지 몰라도 와인을 주문한 사람에게 시음을 권해야 한다는 것쯤은 익히 알고 있었다.

"그렇긴 하지만 오늘따라 손님들이 잔으로 주문을 많이 해서……."

"소믈리에잖아요! 게다가 빈티지 클라레를 개봉하는 자리였다고요! 마크가 어떤 사람인지 알잖아요. 예법 준수에 얼마나 까다로운데요. 최근에 우리가 메뉴를 바꾼 것도 마음에 안 드는 눈치라고요. 아마 다시는 안 올 거예요. 이러다 우리 망할지도 몰라요."

"뭘 거기까지 걱정해요! 그냥 실수 한 번 한 거라니까요."

"사흘 만에 세 번이에요."

"좀 정신이 없어 보이긴 했어요. 그래도……."

"매기 말로는 200파운드짜리 말벡을 추천했다가 하우스 와인을 추천하더니 결국 내온 와인은 테이블에 툭 내려놓고 따라 주지도 않았대요. 그런 건 기본 중의 기본이잖아요, 빌."

나는 충격으로 얼어붙었다. 실수를 하긴 했지만 스토너웨이에서 온 사랑스러운 숙녀 매기는 내 앞에서는 전혀 불쾌한 표정을 짓지 않았다. 짜증을 내기는커녕 나와 같이 웃기까지 했다.

"게다가 전반적으로 자신감이 떨어져요, 빌. 평소 행동뿐 아니라 영업 중에도 그래요. 와인 시상식에서 만났을 때랑은 전혀 다른 사람 같다니까요. 그때는 진짜 자신만만해 보였거든요. 꽤 취한 상태긴 했지만요. 제대로 확인한 거 맞아요?"

"아이린도 헤더의 이력서 봤잖아요."

빌의 목소리에 약간 날이 선 게 느껴졌다. 공동 책임이라는 걸 상기시키려는 듯했다.

"화상 면접 때는 어땠는데요?"

"매력적이고 똑똑했어요. 완벽했다고요. 일단 며칠 시간을 줘 봅시다, 네?"

잠깐만, 화상 면접을 했다고? 헤더에게서 분명 그런 말은 듣지 못했다.

"모든 게 너무 부담스러워요, 빌. 개보수 비용이 장난이 아니에 요. 러셀이 이윤에 신경을 많이 쓰긴 하지만 알잖아요. 우리 단골 들과 한마디도 하지 않는 거. 관심도 없는 거 같다고요."

"잘하고 있잖아요."

"알죠. 그래도 너무 밀어붙이는 느낌이에요. 내가 알던 로크 돈 이 아닌 것 같다고요. 주방장도 바뀌고 소믈리에도 바뀌고 페인 트까지 새로 칠했어요. 단골손님들은 좋다고 말씀하시지만……. 중요한 건 새로운 손님이잖아요, 안 그래요? 제임스도 러셀한테 휘둘려 스트레스가 얼마나 큰지 몰라요."

"사랑하는 아들이니 걱정되시겠죠." 빌이 한결 부드러워진 목 소리로 말했다. "하지만 아이린도 내심 알고 있었잖아요. 제임스 는 아직 준비가 덜 됐다는 거."

"그럴지도 모르죠."

긴 침묵이 이어졌다. 들리는 거라고는 내 심장이 뛰는 소리뿐이었다. 나만 문제가 아니었다니 그나마 다행이었지만 이대로 가다가는 곧 재앙이 닥칠 게 분명했다. 해고될 수도 있을까? 해고되면 헤더는 어떻게 될까?

"보도 자료 내는 것도 취소했어요." 아이린이 말했다. "헤더가 자리 잡고 나서 내려고요."

보도 자료라니. 맙소사, 헤더가 온다고 언론에 보도 자료까지 낼 셈이었나?

"초창기에 누구나 겪는 사소한 문제일 뿐이에요."

빌의 목소리와 함께 잔이 부딪치는 소리가 들렸다. 아이린의 마음을 진정시키려고 빌이 위스키 한 잔을 따라 준 듯했다.

"사흘 만에 세 번이나 컴플레인을 받다뇨." 아이린이 또다시 말했다. "게다가 본격적인 영업은 시작도 안 했어요. 예약이 꽉 차기라도 하면 어떡하냐고요."

"그럼 다행이죠."

빌의 말에 아이린이 작게 웃는 소리가 들렸다.

"자, 사실만 따져 보자고요." 빌이 단호하게 말했다. "먼 길을 왔는데 쉬지 못했고 오늘 아침에는 넘어져서 다쳤어요. 극도로 피곤하고 불안한 상태에서 처음 몇 번 실수를 했고요. 이력서는 흠잡을 데 없고 제임스가 헤더를 많이 좋아해요……."

'제임스가 헤더를 많이 좋아해요.' 공포에 질린 심장에 아주 잠깐이지만 작은 전율이 일었다.

"제임스 일로 더는 마음 졸이기 싫어요." 아이린이 말했다. "또 상처받는 모습은 못 보겠어요."

"걱정 말아요. 헤더는 나한테 맡겨요. 내가 적응시킬게요."

빌이 말했다.

"정말 할 수 있겠어요?"

"내가 다 확인했다니까요. 헤더는 유능한 사람이에요. 추천인 세 명한테 다 전화해 봤는데 하나같이 칭찬 일색이었다고요."

"나도 처음 만났을 때부터 정말 마음에 들었어요. 매력 있는 사람인 건 알겠어요. 능력도 발휘해 주길 바랄 뿐이에요."

아이린이 한층 부드러워진 목소리로 동의했다.

"잘할 거예요. 재개장을 앞두고 2주 동안은 손님을 덜 받을 테니 그 사이에 적응할 거예요. 이틀은 완전히 쉬게 했으니 그동안 마음도 가다듬을 테고요. 한숨 돌리며 재정비하겠죠. 헤더 문제는 재개장할 때 다시 의논해요. 됐죠?"

그때 의자가 바닥에 끌리는 소리가 들렸다. 나는 얼른 문에서 물러나 마당으로 살짝 빠져나갔다. 어느새 오전 12시 3분이었고 날씨는 꽤 쌀쌀했다.

숙소로 걸어가면서 나는 생각에 잠겼다. 헤더는 정말 화상 면접을 봤을까? 그럴 리가 없었다. 봤다면 빌이 나를 바로 알아봤을 것이다. 아니다. 내가 헤더가 올린 고양이 사진과 닮지 않았다고 한 걸 보면 뭔가 알고 있는지도 모른다.

의문투성이였지만 너무 피곤해 더는 머리가 돌아가지 않았다.

게다가 자꾸 한 가지 생각이 침입해 머릿속을 맴돌았다. 빌은 제임스가 나를 좋아한다고 했다. 그것도 *많이*.

방문을 열고 들어가니 아직 짐을 안 푼 채 구석에 박아 둔 여행 가방이 보였다. 빌이 가져갔는지 위스키병은 없었다. 침대 가장자리에 털썩 앉으니 내내 터질 듯 말 듯했던 눈물이 마침내 차올라 볼을 타고 흘러내렸다. 나는 휴대폰을 들어 헤더의 연락처를 찾으려고 주소록을 뒤적거렸다. 그러나 수도 없이 고민해도 결론은 늘 같았다. 아직은 헤더에게 말할 수 없었다. 팀에게 메시지를 보내 볼까도 싶었지만 팀은 이런 상황에서 별 위로가 되지 않았다. 그리고 지난번 통화로 깨달았듯 이 일은 이제 더 이상 '버디와 팀의 프로젝트'가 아니었다. 처음에는 날 부추기는 데 재미가 들린 듯했지만 내가 실제로 이 일을 하자 흥미를 잃은 눈치였다.

콧물을 들이키며 꺽꺽 울다 보니 다시 여행 가방이 눈에 들어왔다. 그냥 다 때려치우고 신용 카드를 한도까지 긁어 런던으로 돌아갈까? 다시 사촌에게 연락해 볼까? 날 받아 줄까? 하지만 그랬다가는 헤더의 명성에 흠이 갈 게 뻔했다. 헤더에게 피해를 끼치지 않을 그럴듯한 변명을 아직 찾지 못했다. 게다가 불쌍한 빌과 아이린은 날 굳게 믿고 있지 않은가. 아, 정말이지 이번 일은 내가 지금껏 저지른 그 어떤 실수보다 끔찍했다.

나는 와인 리스트를 다시 집어 들며 원래 계획을 떠올렸다. *리스트를 외우자. 와인 124개만 외우면 된다.* 새삼 코웃음이 났다. 어차피 다 팔리지도 않을 걸 많이도 집어넣었다 싶었다.

나는 정말 와인 124개를 다 외울 수 있을까? 맛본 적도 없으면서 맛을 아는 것처럼 연기할 수 있을까? 고등학생 때 주기율표를 외운 적은 있었다. 베릴륨이나 붕소가 뭔지는 전혀 몰랐지만 두 원소의 주기율표상 숫자가 4번과 5번이라는 건 알았다. 제대로 써먹은 적은 한 번도 없지만 기억력은 꽤 좋았다.

나는 과연 이 산을 오를 수 있을까? 와인 리스트를 휙휙 넘기다 보니 글자가 중국어처럼 보였다. 아니, 불어처럼 보였다. 실제로 리스트에 적힌 글의 상당 부분이 불어였다.

124계단만 오르면 되는 산이야. 나는 '샴페인'이라고 적힌 첫 번째 페이지를 펼치며 생각했다. 그러고는 노트북이 부팅되는 동안 조용히 욕실로 가 세수하고 양치하며 눈가를 확인했다. 다행히 코르크에 맞은 부위는 가라앉고 있었다.

할 수 있어, 버디.

나는 새로운 활력과 각오로 무장한 채 침대에 뛰어올라 구글 검색창을 열고 '샴페인' 섹션의 첫 번째 와인을 입력했다. *2010년 루이 로드레, 랭스 브뤼.*

감귤, 꽃, 백색 광물, 과육이 흰 과일 향. 빵 맛. 과즙이 많고 균형 잡히고 세련된 풍미가 돋보인다. 톱노트 향은 민트.

빵 맛이라니. 말도 안 돼!

이어서 호텔 와인 리스트에 적힌 설명을 읽었다.

20퍼센트 오크 통에 숙성됐으며 생선 요리에 알맞은 맑고 균형 잡힌 와인.

그 옆에 '감귤, 꽃, 과육이 흰 과일 향. 톱노트 향은 민트. 과즙이 많다'를 추가했다.

그런 뒤 눈을 감고 반복해 외웠다. 15분 만에 항목 한 개를 완전히 암기했다. 손님을 덜 받긴 하지만 다시 영업이 시작될 때까지 내게 주어진 시간은 48시간, 수면과 휴식 시간을 빼고 집중할 수 있는 시간은 약 24시간이다. 지금 같은 속도로 머리를 식히고 자고 복습할 시간을 빼면 한 시간에 한두 개는 외울 수 있다. 영업이 시작되기 전까지 리스트의 3분의 1까지는 진도를 뺄 수 있다는 뜻이다.

할 수 있다.

헤더를 위해. 아이린을 위해. 빌과 제임스, 나를 믿는 모두를 위해 해야 한다.

하나 외웠으니 이제 123개 남았다.

13장

계획을 세우니 자신감이 한껏 올라갔다. 그날 밤에 나는 1시간 34분 동안 쉬지 않고 샴페인과 크레망(상파뉴 외 지역에서 생산된 샴페인)을 외운 뒤 침대에 웅크린 채 잠이 들었다. 말 그대로 완전히 곯아떨어졌다.

이틀 동안 나는 주방에 음식을 가지러 가거나 욕실을 쓸 때 말고는 한 번도 침실을 벗어나지 않았다. 등산을 가자거나, 근처 작은 농장에서 만드는 크림빵을 먹으러 가자거나, 점심으로 바닷가재를 먹자거나, 같이 인버네스의 클럽에 가자는 록시의 제안까지 모두 정중히 사양했다.

덕분에 진도가 꽤 많이 나갔다. 프랑스산 샴페인에 이어 이탈리아산 스파클링와인까지 외웠고 지금은 헷갈리는 '화이트 버건디' 섹션을 공부 중이다. 현재 암기 중인 와인은 42번이다.

오늘 아침에도 6시 15분부터 일어나 제임스가 스카이 출장 건으로 7시 2분에 문을 두드릴 때까지 리스트를 공부했다.

호텔 부지를 벗어나자 로크 돈에 도착하고 처음으로 편하게 숨이 쉬어졌다. 스카이 다리로 향하는 강변의 도로를 달리니 벼락치기 공부로 인한 스트레스가 풀리고 아주 잠깐이지만 해방감이 느껴졌다.

나는 제임스의 대형 SUV 조수석에 편히 앉아 아름다운 경치에 감탄하며 창밖을 내다봤다. 처음에는 텅 빈 들판과 구불구불한 푸른 언덕, 로크 돈보다 더 넓고 긴 호수가 펼쳐지더니 어느새 해안 지대가 나왔다. 남쪽으로 향하는 해안 도로를 따라 달리니 해변의 헝클어진 고기잡이 그물과 바위와 해초에 바닷물이 한가롭게 부딪치며 찰랑거리는 풍경이 선명히 보였다. 감청색 바닷물이 일렁이고 자작나무가 흩뿌려진 건너편 해안에는 푸른 언덕이 굽이쳤다.

"눈은 왜 그래요?"

제임스가 평화로운 침묵을 깨고 물었다.

"샴페인 코르크에 맞았어요."

"아, 그럼 소문이 사실이었군요?"

"네."

사고 당시 제임스는 주방에 있었지만 당연히 금방 소문이 퍼졌을 터였다. 나에 대한 제임스의 평가가 나빠졌을 생각을 하니 우울해졌다.

그러다 웃음을 참는 제임스를 포착하고는 잠시 후 나도 따라 웃었다.

"해가 안 나 아쉽네요."

제임스가 창밖을 향해 고갯짓을 하며 말했지만 상관없었다. 나는 이미 회색, 감청색, 부드러운 녹색으로 가득한 야생의 아름다움과 사랑에 빠져 있었다. 왁스 코트와 타탄 무늬 목도리로 몸을 감싼 제임스는 창문을 내린 채 차를 몰았고 밖은 쌀쌀했지만 딱 적당했다. 현관 옷걸이용 고리에 걸린 낡은 코트를 빌려 입었고 비니를 푹 눌러써서 별로 춥지 않았다. 창밖 쪽으로 몸을 조금 기울이니 차가운 바람이 얼굴을 때렸다.

"히터 켜도 돼요."

제임스가 두 번째로 말했다.

"안 추워요. 스코오오틀랜드 공기, 참 좋네요."

나는 스코틀랜드 사투리를 꽤 잘 흉내 내며 말했다.

"어디, 핀란드에서 왔어요?"

"꺼져요."

내가 웃으며 말하자 제임스는 어깨를 으쓱하며 전방의 도로를 보며 미소를 지었다. 제임스는 고맙게도 아무 질문도 하지 않았다. 다행히 아이린이 제임스에게는 별말을 하지 않은 모양이었다.

나는 내가 제임스에게 홀딱 반했다는 사실을 드디어 인정했다. 여태 아무도 언급하지 않은 걸 보면 여자 친구가 있는 것 같지는 않았다. 그러나 아이린의 걱정이 무색하게 제임스는 나를 친구로만 느끼는 게 분명했다. 그래도 괜찮았다. 다년간의 경험을 통해 나는 마음을 다 바치지 않고도 짝사랑하는 법을 터득했다. 감히 희망을 품지 않는 법도.

스코틀랜드는 거칠고 험준하기만 하다고들 하지만 이곳 서부 해안의 풍경은 어딘가 비범한 매력을 풍겼다.

"아름답네요."

"에일린 도난은 본 적 있어요?"

"누구요?"

"성 이름인데 진짜 멋져요. 조금만 돌아가죠. 보여 줄게요."

"시간이 돼요?"

휴대폰을 내려다보니 한 시간 전 호텔을 나설 때만 해도 없었던 팀의 메시지가 와 있었다.

빌어먹을 숙취 때문에 죽겠어. 아직 들통 안 났어? 전화 줘.

"그럼요. 8분이면 돼요. 잠깐만 들렀다 가요."

제임스가 내륙으로 차를 돌리자 평지가 펼쳐지며 서부 해안이 멀어졌다. 우리는 '매켄지스 민박'이나 '세 바다 여관' 같은 간판이 걸린 오두막이 100미터 간격으로 늘어선 이차선 도로를 달렸다.

"곧 크로프트가 나올 거예요."

"뭐요?"

"임대 농장 같은 거예요. 임차인이 작물을 재배하는 소규모 농지죠. 저기예요!"

제임스가 울타리 친 정원이 딸린 작은 흰색 돌집을 가리키며 말했다. 호기심이 생겨 잠시 멈췄다 가길 바랐지만 어느새 다리가 놓인 새로운 바닷물이 보이기 시작했다.

"롱호, 두이치호, 알쉬호, 세 호수가 만나는 곳에 있어요." 제임스가 내 마음을 읽기라도 한 듯 말했다. "저 앞 언덕 아래 보여요?"

"보여요!" 작디작은 섬을 연결하는 아름다운 아치형 다리 끝에서 드디어 돌로 된 성 하나가 모습을 드러냈다. "〈왕좌의 게임〉에 나오는 성 같아요."

"그 드라마는 꼭 봐야겠네요." 제임스가 더 가까이 보기 위해 길가에 차를 세우면서 말했다. "호텔에서 일하면 바깥세상의 문화와 동떨어진 기분이 들 때가 있어요. 여름에 새로운 직원이 올 때마다 호텔에서 좀 벗어나야겠다는 다짐을 하곤 하죠."

제임스는 웃으며 시동을 껐다. 우리는 잠시 앉아 성을 구경했다.

"건너가서 볼 시간이 되나요?"

"다음에 가죠." 제임스가 계기판의 시계를 힐끗 확인하며 답했다. "지금 가지 않으면 첫 회의에 늦을 거예요."

"포트리는 스카이의 수도 같은 건가요?"

"그렇게 부를 수도 있겠네요." 제임스가 또 웃으며 말했다. "포트리에는 여름 성수기가 시작될 때쯤 몇 번 가요."

제임스는 시동을 걸고 유턴을 해 다시 스카이 브리지 쪽으로 차를 몰았다.

"보통은 동행이 이렇게……."

"잉글랜드 출신이 아니었다고요?"

"재미있지 않다고요."

제임스는 나를 힐끗 보며 말했다. *재미있다.* 역시 친구 이상으로는 생각하지 않는 게 틀림없었다.

나는 뭐라고 말해야 할지 몰라 잠자코 있었다. 제임스가 나를 친구로만 본다 해도 상관없었다. 선하고 사려 깊고 친절한 남자와 시간을 보내는 것만으로도 좋았다.

우리는 별 특징 없는 건물 뒤에 차를 세웠다. 차에서 내리니 최고급 천일염과 생선으로 따귀를 맞은 기분이었다. 나는 숨을 깊이 들이쉬면서 매일 이런 냄새를 맡으면 어떨까 상상했다.

"냄새는 매일 달라요. 조수, 날씨, 바다의 상태, 바람에 따라 달라지죠."

제임스가 말했다.

"오늘 냄새는 자극적이네요. 코를 톡 쏘는데요?"

우리는 눈부시게 멋진 번화가, 키 스트리트를 거닐었다. 밝은 색 페인트로 벽을 칠한 테라스 딸린 상점과 식당들이 항구를 바라보며 길을 따라 늘어서 있었다. '부두 호텔', '핑크 게스트 하우스', '포트리 피시앤칩스'처럼 간단명료한 간판을 내건 가게들이었다. 어린 시절 내내 아빠가 피시앤칩스 가게를 한 터라 식초와 트랜스 지방과 선탠로션 냄새의 기억이 강하게 뇌리를 스쳤다.

갈매기가 머리 위를 맴돌고 배 몇십 척이 항구에서 물결을 따라 흔들거리는 걸 빼고는 별다른 움직임이 없는 고요한 아침이었다. 나는 피시앤칩스 가게 안을 뚫어져라 들여다봤다. 가게 안의 풍경은 신기하게도 헤더와 내가 어린 시절을 함께 보낸 플리머스 항구보다 더 짙은 향수를 불러일으켰다. 내가 가게 냉장고에서 콜라를 훔쳐 오면 헤더는 건성으로 꾸짖고는 나와 함께 부두 끝에 걸터앉아 콜라를 마시곤 했다.

그러나 플리머스가 그랬듯 이곳의 바닷바람도 옷을 뚫고 들어왔고 십 분도 안 돼 몸이 부들부들 떨렸다.

제임스는 바닷바람은 안중에도 없는 듯 선착장의 철제 난간에 기댄 채 한가득 쌓인 그물 더미를 싣고 계류용 밧줄을 피해 우리 쪽으로 다가오는 파란색 배를 바라보고 있었다. 나는 채집하러 갔을 때처럼 어딘가 느긋하고 태평해 보이는 제임스에게서 눈을 떼지 못했다. 웃을 때마다 눈가에 살짝 주름이 졌고 귓가를 스치는 꽤 긴 검은 머리카락은 당장이라도 부드러운 손길로 넘겨 주고 싶었다.

나는 제임스를 따라 난간에 기댔고 그렇게 우리는 말없이 서 있었다. 밑을 내려다보니 바닷물이 서서히 차올라 돌로 된 선착장 가장자리를 어루만지고 있었다. 그러다 슬쩍 옆을 보니 제임스가 나를 보고 있다가 들킨 듯 고개를 돌렸다. 나는 어색한 침묵을 참지 못하고 입을 열었다.

"여기서 납품업자를 만나나요?"

"네. 저기 한 명 오네요."

제임스가 항구를 향해 고갯짓을 하며 말했다.

"그래요? 지금 여기로 오고 있는 배에 타고 계신가 보네요."

잘 넘겼어, 버디.

"네. 벤지예요."

말랐지만 강단 있어 보이고 이마가 넓은 남자가 항구 벽 모서리를 쿡쿡 찌르는 파란 배에서 선착장으로 훌쩍 뛰어 올라왔다. 수염이 덥수룩한 그는 우리를 보고 반갑게 미소를 지었다. 초승달 모양의 작은 눈이 더할 수 없이 친절한 눈빛으로 반짝거렸다.

"제임스, 잘 지냈나?"

억양을 들으니 잉글랜드 출신이었다.

"그럼요, 벤지. 잘 지냈죠. 이분은 헤더예요. 새로 온 와인 담당이요."

"아, 헤더. 스코틀랜드분이시죠? 와인만큼 위스키도 잘 아시면 좋을 텐데요."

"더 잘 안답니다." 나는 농담인 양 웃으며 말했지만 진실이었다. "스코틀랜드 출신은 아니지만요."

"벤지는 가리비를 납품해요. 서부 해안에서 친환경 양식장을 운영하죠. 잠수부……."

"잠수부가 직접 수확해요." 벤지가 끼어들며 자랑스레 말했다. "우리 가리비는 추운 날 거시기처럼 팬에서 쪼그라들지 않아요."

"쪼그라든 걸 입에 넣고 싶은 사람은 없죠."

나는 농담을 던지고는 분위기 파악을 잘못했나 싶어 잠시 긴장했다. 다행히 벤지는 껄껄 웃음을 터트렸고 제임스는 두 손으로 얼굴을 가린 채 웃으며 고개를 저었다.

"이거 보통 분이 아닌데?"

벤지가 제임스를 힐끗 보며 말했다.

"서부 해안 최고의 가리비예요."

제임스가 둘둘 말린 장부를 뒷주머니에서 꺼내며 말했다.

"배송은 어떤 식으로 이뤄지나요?"

내가 물었다.

"이거 보내 줄게."

제임스가 장부에 적은 내용을 확인하면서 벤지가 말했다.

"가리비는 아침에 수확하자마자 바로 호텔로 배송돼요. 그래도 직접 식자재 마트에 와서 벤지와 칼, 그랜트를 만나요. 친환경 양식 어류는 케니······," 제임스는 하늘을 올려다보며 다시 말을 이었다. "꽃은 엘라, 홍합은 데니스와 데니즈를 만나죠. 처음에는 매주 왔는데 성수기 때는 그렇게 자주 못 와요. 기본적으로 현지 납품업자들은 다 직접 만나 거래하지만요."

"우리를 감시하느라 그래요."

벤지가 다시 키득거렸다.

제임스는 약간 당황한 표정으로 손을 들며 반박했다.

"아니, 아니에요. 그런 게 아니라 어떤 식자재가 좋은지, 뭘 쓰면 좋을지 가늠하러 오는 거예요. 다음 성수기 메뉴에 쓸 새로운 재료가 있나 보는 거죠."

"폼만 잡는 그 망할 주방장이 찾는 마이크로 허브나 값비싼 해초 스프링클 같은 거 구하러 오는 거죠." 벤지는 장부를 펴 보면서 고개를 가로저었다. "그냥 서부 해안에 작은 식당 하나 내는 게 꿈인 친구가 미슐랭 별점 맛을 보고 나니 호텔에서 벗어나질 못하네요. 엄마한테도 못 벗어나고. 안 그래, 제임스?"

"그런 거 아니에요."

제임스가 얼른 나를 돌아보며 말했다.

"아니긴 뭐가 아니야." 벤지가 말린 종이 한 장을 제임스에게 건네며 대꾸했다. 그러고는 제임스를 보며 고개를 젓고는 떠나려는 듯 내 어깨를 툭툭 치며 말했다. "반가웠어요, 헤더. 로크 돈에 새로 온 숙녀 분들은 언제든 환영이에요."

벤지는 난간을 훌쩍 뛰어넘어 배에 올라타 시동을 걸었고 우리는 키 스트리트로 다시 향했다.

"벤지랑은 알고 지낸 지 20년쯤 됐어요." 제임스가 해명하려는 듯 말을 꺼냈다. "열한 살 때부터 알았죠."

"정말이에요? 떠나고 싶어요?"

"떠나요? 아뇨, 그런 거 아니에요. 아니, 그럴지도 모르죠." 제임스는 아무 일도 아니라는 듯 어깨를 으쓱했다. "요리사라면 누구나 자기 식당을 차리는 게 꿈이니까요. 커피 마실래요?"

"아, 너무 좋죠."

작은 카페 문을 밀어 여니 딸랑! 하며 듣기 좋은 종소리가 울렸다. 들어가니 생각보다 많은 현지인과 관광객이 다양한 부스와 테이블에 옹기종기 앉아 식사를 즐기고 있었다. 제임스는 자주색 양털 스웨터와 긴 장화 차림의 남자에게 손을 흔들었다. 연한 적갈색 곱슬머리와 주름졌지만 팽팽한 피부를 지닌 오십 대 중반쯤 돼 보이는 남자였다. 우리는 비좁은 테이블 사이로 걸어가 남자가 앉아 있는 끝 쪽 부스에 합석했다.

몇 분 뒤 제임스와 남자는 차를 마시며 납품 시간과 어획 할당량, 낚싯대로 잡은 농어의 품질을 주제로 대화를 나눴고 나는 라테를 마시며 대화 내용을 이해하려 애썼다. 특히 식당의 식재료가 납품되고 완벽한 대구를 찾는 과정이 흥미로웠다. 모든 생선이 그렇지만 대구는 물 밖에 나와 있는 시간이 길어질수록 살이 솜처럼 물러져서 신선도가 특히 더 중요한 듯했다.

"이 시간은 안 돼요, 프레이저." 제임스가 말했다. "일정상 수요일밖에 안 돼요."

"알았어. 수요일로 할게." 프레이저가 홍차를 한 잔 더 따르며 말했다. "어때요, 서부 해안은 마음에 들어요?"

"네, 마음에 드네요."

오늘만큼은 진실이었다.

30분 뒤 카페를 나와 거리로 나오니 햇살이 구름을 뚫고 내리쬐고 있었다. 일주일 만에 처음 맞는 햇볕이었다. 나는 곧바로 외투를 벗고 하늘을 향해 얼굴을 내밀었다.

"태양이여, 사랑하는 내 오랜 친구여, 그리웠다오."

"첫인상이 나빴겠네요. 두고 봐요." 제임스가 말했다. "여름이 석 달밖에 안 되지만 정말 멋질 거예요."

"석 달이라." 나는 웃으며 말했다. "이렇게 추운 데서는 못 살 것 같아요."

진심은 아니었다. 다들 하는 말이라 했을 뿐이다. 사실 나는 추위를 싫어하지 않았다. 몸 자체가 추위에 적합했다. 너무 더운 날씨는 싫기도 하지만 선탠을 하면 창백한 피부에 군데군데 붉은 반점만 생겼다. 한여름에 헤더와 마드리드에 갔을 때도 그랬다. 결국 나는 아침을 먹을 때와 해가 진 뒤에만 겨우 나가고 사흘간 블라인드를 내린 채 호텔 방에 박혀 〈크레이지 엑스 걸프렌드〉를 몰아서 봤다. 그때 이후로 헤더와 나는 한 번도 같이 휴가를 가지 않았다.

"익숙해져요."

제임스가 약간 상처받은 목소리로 말했다.

"다들 말은 쉽게 하죠. 뭐든 다 익숙해질 수 있다고요." 나도 모르게 튀어나온 말에 제임스는 아무 답도 하지 않았다. 나는 침묵을 깨고 덧붙였다. "만날 분이 또 있나요?"

"아뇨. 오늘 아침은 이걸로 끝이에요. 점심 영업 때문에 돌아가야 하기도 하고요."

다소 딱딱해진 제임스의 말투를 들으니 후회가 밀려왔다. 추울 때 얼굴에 닿는 햇볕을 좋아한다고, 스카이와 항구, 아치형 다리가 딸린 작은 성도 정말 좋았다고 말하고 싶었다. 그러나 이제 와 그런 말을 하면 진심으로 들리지 않을 것 같았다.

"그렇겠네요."

나는 차로 향하는 제임스를 뒤따라갔다.

가면서 어깨 너머로 돌아보니 포트리 항구의 다채로운 풍경이 눈에 들어왔다. 나는 소금기를 머금은 비린내 나는 공기를 깊이 들이마시고는 걸음을 멈추고 휴대폰을 꺼내 얼른 항구의 풍경을 몇 장 촬영했다. 인스타그램에 올리지 못하는 게 아쉬웠지만 기념으로 간직해도 좋았다. 서둘러 가니 제임스는 이미 차에 도착해 있었다.

"미안해요, 사진 몇 장 찍느라."

나는 코트를 트렁크에 넣으며 말했다.

"그렇게 나쁘진 않았나 보네요."

제임스가 논쟁에서 이겼다는 듯 나를 보며 말했다.

그때 제임스가 또다시 내 눈을 가만히 들여다봤다. 나는 뭐라 해야 할지 몰라 말없이 미소를 짓고는 바닥으로 시선을 돌렸다.

잠시 후 제임스가 트렁크 문을 닫고 운전석으로 향했고 우리는 함께 차에 올라타 거의 동시에 안전벨트를 맸다.

돌아가는 길, 차 안에는 묘한 긴장감이 흘렀다. 첫날 밤에 느꼈던 바로 그 긴장감이었다. 나만 느끼는 건지도 몰랐다. 긴장감이 흐르려면 꼭 두 사람의 감정이 일치해야 하나? 한쪽에서 일방적으로 상상해 느낄 수도 있지 않을까?

스카이 다리를 건너 호텔로 향하는 주도로에 들어서자 제임스가 카스테레오를 틀었다.

식당과 관련된 일은 다시 헤더의 연기를 해야 하니 말하기 싫었다. 그러다 문득 와인 협회 행사를 의논해야 한다는 사실이 떠올랐다.

"와인 협회 행사 말인데요."

"이런, 깜빡했네요. 주제부터 정해야 해요."

"영국산 와인으로만 구성하는 건 어때요?"

나는 그때 갔던 와인 시상식을 떠올리며 말했다. 영국 와인에 대해 내가 아는 거라고는 시상식이 있으며 요즘 영국산 와인이 유행이라는 것뿐이었다.

"영국 와인이요?"

"네. 요즘 유행이거든요."

"네, 그렇긴 하죠." 제임스가 나를 힐끗 보며 말했다. 농담인지 아닌지 확인하려는 듯했다. "음식 준비하기는 확실히 쉽겠네요."

"그렇죠. 부담은 내가 다 져야 하지만 괜찮은 생각 아닌가요?"

나는 내가 자신감이 없어 보인다는 아이린의 말을 떠올리며 말했다. "가두 축제처럼 꾸미는 거예요. 바 구역에 귀여운 장식용 깃발도 달고 소시지 롤 같은 걸 고급스럽게 만들어 내놓고요. 후식은 화려하게 꾸민 트라이플 어때요?"

제임스가 웃자 나는 너무 바보 같은 말을 했나 싶어 움찔했다.

"왜요?"

"고급스러운 분위기를 요하는 행사지만," 제임스는 천천히 말을 이었다. "그렇게 해도 재미있을 것 같네요. 거리 축제를 미슐랭 별점을 받을 만하게 고급화하는 거죠. 지금까지는 카베르네나 바하우산 와인이 주제였는데 그 주제도 뭔가 장난스럽고 좋네요. 요리하기도 재미있을 테고요."

"마음에 들어요?"

"흥미롭긴 해요."

"그런데요?"

"러셀이 문제예요. 러셀을 납득시킬 수 있을지 모르겠어요. 워낙 자기만의 기준이 확고한 사람이거든요. 사소한 부분까지요."

"러셀은 나한테 맡겨요." 나는 자신 있게 말했다. "제임스만 괜찮다면요."

"난 괜찮을 것 같아요. 멋진 생각이에요. 당신답네요."

제임스가 말했다.

"나답다고요?"

나는 슬쩍 미끼를 던졌다. 제임스는 나를 어떻게 생각할까? 나는 늘 남이 보는 내 모습이 궁금했다. 내 눈에는 내가 좀처럼 보이지 않았다.

"뭐랄까…… 예측을 못 하겠어요."

제임스가 답했다. 나는 칭찬 비슷한 말을 들은 기쁨에 젖어 아무 말도 하지 않았고 그렇게 잠시 침묵이 흘렀다.

"실은 나, 스카이가 정말 좋았어요."

내가 먼저 침묵을 깼다.

"그랬어요?"

제임스가 좁은 코너를 빠르게 빠져나오느라 기어를 바꾸며 물었다. 그 바람에 차가 차선을 살짝 벗어났고 나는 팔걸이를 부여잡은 채 창밖을 내다보며 두려움을 감추려 애썼다. 다행히 곧바로 속도가 줄었다.

"네."

나는 안도의 숨을 내쉬며 말했다.

"다행이네요."

대답하는 제임스를 힐끗 보니 커브 길이 또 나왔는데도 나를 슬쩍 훔쳐보고 있었다. 제임스는 전방으로 시선을 돌렸다가 다시 나를 바라봤다. 그의 눈길에 얼굴이 붉게 달아올랐다.

이보다 더 완벽한 남자는 없다고 느낀 순간, 라디오에서 필 콜린스의 구닥다리 노래가 흘러나오자 제임스가 볼륨을 높였다. 뭐, 이 정도는 눈감아줄 수 있었다.

아직 정오도 안 됐는데 차는 벌써 호텔로 이어지는 바람 부는 작은 숲길에 들어섰다. 아쉬웠다. 아무도 말하지 않는 상황이 이렇게 편하다니 이상했다. 나는 늘 침묵이 두려웠다. 무언가 곧 터지리라는, 상대방이 말하기 싫은 무언가를 생각 중이라는 불안한

예감 때문이었다. 지나치게 자기중심적 사고라는 걸 알면서도 나는 상대가 내 생각을 하고 있을지 모른다는 두려움을 떨치지 못했다. 어린 시절 엄마는 불길한 침묵의 달인이었다.

엄마는 침묵으로 사람들을 물리쳤다. 특히 *나*를 물리쳤다. 엄마가 입을 다물면 "텔레비전은 어디로 갔어요?"나 "앞 울타리에 왜 구멍이 났어요?" 같은 질문을 할 수 없었다. 엄마가 진실을 감추기 위해 느릿느릿 증거를 치우고 있는 주방에 감히 들어갈 수 없었다.

"나쁜 일이 벌어진 걸 설명하는 것보다는 차라리 침묵하는 게 나아"라고 열두 살의 헤더는 속삭였다. 통금 시간이 없는 토요일이면 나는 주머니에 용돈을 두둑이 채운 채 헤더와 놀러 나가곤 했다. 아빠가 나쁜 일을 저지른 날은 뜻밖의 용돈이 생겼다. 아빠가 좀 나아지면 받지 못하는 그 돈을 나는 '입막음용 용돈'이라 불렀다.

그러나 한쪽에는 굽이치는 언덕이, 다른 한쪽에는 짙은 색 바다가 펼쳐진 도로를 달리는 지금 이 순간의 침묵은 그때의 침묵과 전혀 달랐다.

14장

숙소 앞에 도착했지만 제임스는 시동을 끄지 않았다.

"내려도 돼요."

제임스가 말했다.

"제임스는 옷 안 갈아입어요?"

"유니폼이 사물함에 있어서요. 호텔 뒤쪽에 차를 주차하기도 해야 하고요." 제임스는 미소 띤 얼굴로 말을 이었다. "당분간 손님을 덜 받는 건 알죠? 이번 주는 한가할 거예요. 오늘 같이 가 줘서 고마웠어요."

그러고는 손을 뻗어 내 손에 갖다 댔다. 손이 닿자마자 짜릿한 전율이 일었다. 나는 그제야 확신할 수 있었다. 제임스도 나에게 끌리고 있었다. 제임스는 잠시 그대로 있으면서 나와 같이 수줍게 미소 짓다가 손을 거뒀다.

"즐거웠어요."

나는 차에서 내리면서 더듬거리며 말했다. 그런데 문을 닫으려는 순간 제임스가 다시 나를 불렀다.

"헤더."

제임스는 핸드 브레이크를 보다 나를 잠깐 쳐다본 뒤 다시 시선을 돌리며 말했다.

"쉬는 날에 스카이섬에서 점심이나 먹을까요? 섬 끝 쪽에 괜찮은 해산물 식당이 하나 있거든요……."

데이트 신청인가? 무릎에 힘이 빠졌다. 비유적인 표현이 아니라 정말로 힘이 빠지고 어지러웠다. 육체 기능이 모두 마비된 것 같았다.

제임스는 긴장한 듯 내 시선을 피하며 두리번거리더니 내 옆을 보다 핸드 브레이크를 보다 다시 나를 봤다. 나는 시간을 끌거나 바보 같은 말은 하기 싫었지만 얼떨떨한 상태로 되물었다.

"점심이요?"

팀이었다면 "왜, 저녁 사는 건 아까워?"라고 하거나 "남들이 다 보는 앞에서 당신이랑 밥을 먹자고?"라고 받아쳤을 것이다. 하지만 제임스는 그런 농담에 웃을 것 같지 않았고 무엇보다 너무 진심을 담아 물어서 나도 진지하게 답해야 할 것 같았다.

"다른 걸 해도 돼요." 제임스가 불편해 보이는 표정으로 말했다. "플라이 낚시는 어때요? 인버네스로 드라이브를 가도 좋고요. 다른 직원들이랑 다 같이 가도 돼요. 난 그냥 헤더는 이 지역이 처음이고 나는 속속들이 잘 아니까…… 스카이가 좋았다고 했으니 좀 더 보면 어떨까 해서요……."

제임스의 목소리가 점점 작아졌다. 아마 태어나서 이렇게 길게 말하기는 처음일 것이다. 아, 나는 제임스가 정말 좋다. 하지만 데이트를 할 수는 없다. 나에 대한 관심이 진심이라 해도 제임스는 나를 헤더라고 생각한다. 이건 재앙이다. *재앙.*

문득 한 가지 생각이 스쳤다. 제임스는 스코틀랜드 서부 해안 지역에서 평생을 살았고 성인이 되고 대부분의 시간을 외딴 호텔에서 일하며 보냈다. 문화 활동을 아예 안 하지는 않았겠지만 이곳을 벗어난 적은 거의 없을 터였다. 내게 관심이 생긴 게 당연했다. 나는 올여름에 만날 수 있는 유일한 여자니 말이다. 다른 대안이 없지 않은가.

그러나 자기혐오와 두려움이라는 익숙한 감정을 오가면서도 내 마음은 이미 부인할 수 없는 사실을 받아들이고 있었다. 제임스는 나를 좋아한다. 제임스 같은 남자가 나를 좋아하기는 처음이었다. 기적적으로 런던에 삼십 대 독신남이 아직 남아 있다 해도 이들이 원하는 여자는 자기들만큼 안정적인 여자다. 그러나 나는 내세울 게 아무것도 없다. 직업도, 돈도 없고 서식스에 큰 고향집도 없다.

"당신 같은 남자는 런던에 가면 산 채로 잡아먹힐 거예요."

나는 작게 중얼거렸다.

"뭐라고요?"

제임스가 이제는 대놓고 괴로운 표정으로 물었다. 어서 답을 줘야 했다.

"낚시가 재밌겠네요."

나는 다시 현실로 돌아와 차분하게 말했다. 나는 제임스가 좋다. 그것도 많이. 제임스는 내가 헤더인 줄 안다. 제임스를 비롯해

• 190 •

호텔의 모두를 속이고 있는 내가 제임스와 불장난을 벌이는 건 재앙을 부르는 행위다. 그러나 낚시는 괜찮을 것이다. 최소한 테이블을 사이에 두고 앉아 서로의 눈을 응시할 일은 없지 않은가.

"아, 좋아요." 제임스는 나를 올려다보며 말했다. "낚시하러 가요. 기꺼이 모실게요."

"그럼 월요일에 갈까요?"

"네, 월요일에 가요. 이따 주방에서 브리핑할 때 봐요."

"그래요."

제임스가 떠나고 나는 구름 위를 걷는 걸음으로 현관에 다가가 더듬거리며 열쇠를 넣어 돌렸다. 문을 여니 빌이 문틀에 기대 간신히 몸을 지탱하고 있었다. 술 때문이었다. 구역질이 날 정도로 위스키 냄새가 진동했다. 울었는지 눈은 심하게 충혈되고 부어 있었다. 바지 앞 지퍼는 열려 있었고 흰색 셔츠 끝부분이 열린 지퍼 틈으로 삐죽 나와 있었다.

"일단 안으로 들어가요."

나는 보는 사람이 없는지 주위를 둘러보며 황급히 말했다. 다행히 주변에는 아무도 없었다.

"일하러 가야 해요."

빌이 말했다.

"이대로는 못 가요."

"가야 해요."

저항하는 빌을 현관 쪽으로 밀어보려 했지만 축 늘어진 팔다리 때문에 너무 무거워져 도통 밀리지 않았다.

"얼른요." 나는 조급하게 말했다. "계단으로 올라가라고요."

빌은 비틀거리며 발을 떼려다 바닥에 철퍼덕 쓰러져 석고 걸레 받이에 머리 옆을 부딪쳤다.

"빌! 얼른 일어나요."

빌은 간신히 두 손과 무릎으로 몸을 지탱했다. 무섭도록 익숙한 장면이었다. 주방에서 네발로 기는 자세로 엎드려 있는 아빠와 어색하고 새된 목소리로 웃는 엄마. 엄마는 내가 보면 안 되는 끔찍한 일이 벌어진 듯 나를 주방 밖으로 내몰면서도 "아무 일도 없다"는 말만 반복했다.

나는 빌의 팔을 잡아 비틀거리는 몸을 일으켜 세웠다. 부딪친 머리 부위에 어느새 진보라색 멍이 들고 있었다.

"일하러 가야 하는데…… 다음 주에 재개장하는데…… 제이슨인가 저스틴인가 하는 음식 평론가도 오고……."

빌은 정신을 차리려 애썼지만 눈이 풀려 내 얼굴을 똑바로 보지도 못했다.

"갈 필요 없어요. 망할 칵테일은 내가 따라 줘도 돼요. 아이린한테는 아프다고 할게요."

"마지막 기회까지 날릴 순 없어요."

빌은 혀 꼬부라진 소리로 말하고는 간신히 계단을 올라갔다.

나는 난간을 돌면 제일 먼저 나오는 빌의 방문을 열려고 손을 내밀었다.

"열지 말아요."

빌이 막아서려 했지만 물러설 내가 아니었다. 나는 빌의 팔 밑으로 몸을 숙이고 손잡이를 돌려 문을 열었다.

　방 안은 난장판이었다. 그야말로 엉망진창이었다. 쓰레기통에는 빈 와인병이 처박혀 있고 바닥에는 옷이 널브러져 있었으며 침대보는 구겨지고 시트는 더러웠다. 침대 옆에는 포르노 잡지가 보란 듯 펼쳐져 있었다(약한 강도의 신체 결박 사진이었다). 본관에서 가져온 온갖 유리잔이 여기저기 놓여 있고 서랍장 맨 위 칸은 타탄 무늬 잠옷 바지 하나가 모서리에 덩그러니 걸쳐진 채 열려 있었다. 무엇보다 방 안 가득 악취가 진동했다.

　나는 바로 창가로 직행해 시원한 바람이 쏟아져 들어오도록 창문을 활짝 열었다. 돌아보니 빌이 겸연쩍은 표정으로 고개를 떨군 채 한쪽 발로 잡지를 툭 쳐 침대 밑으로 밀어 넣고 있었다.

　"포르노 잡지 처음 보는 거 아니에요." 나는 최대한 감정을 드러내지 않고 말했다. "컴퓨터나 휴대폰으로 보든가 해요. 그쪽이 들킬 위험이 적으니까."

　빌은 민망해하며 킥킥 웃었다. 측은하기 짝이 없는 모습이었다. 나는 얼른 침대를 가리키며 빌에게 누우라고 말했다.

　"진짜 창피하네요."

　빌은 갑자기 명료한 발음으로 말하고는 침대 가장자리에 털썩 앉아 두 손에 머리를 묻었다.

　"우리 아빠도 술 많이 마셨어요." 나는 무미건조하게 말했다. "다른 사람들도 다 알아요?"

　"아이린은 알아요."

　"술 깨고 내일부터 새출발해요. 금주 첫날로 삼는 거죠."

"난 중독자가 아니에요."

"알아요. 아빠도 그 말 자주 했어요. 사연이 뭐든 내일부터 새로 시작해요. 직장에서 계속 이런 식으로 마실 순 없어요."

"이제 더는 기회가 없을 거예요." 빌은 내 얼굴에 초점을 맞추려 애쓰면서 미소를 지었다.

"바보 같은 소리 말아요."

"나도 헤더 또래의 딸이 있어요. 서른 살쯤 됐죠? 엘로이즈도 그 나이예요. 애 이름을 왜 그렇게 지었을까. 그 여자가 짓게 두는 게 아니었는데. 뭐든 다 그 여자가 고르게 됐거든요."

"참 친절하셨네요."

"헤더는 누가 이름을 지어줬어요?" 빌은 트림을 하고는 입을 가렸다. "미안해요."

"아, 그게, 엄마요."

나는 빈 접시들을 쌓고 먹고 남은 홍차가 담긴 머그잔을 치우며 말했다.

"하지만 당신은 진짜 헤더가 아니잖아요."

빌이 말했다.

나는 하던 일을 멈추고 한 손으로 입을 가렸다. 심장이 마구 뛰었다. 방금 뭐라고 했지? 내가 진짜 헤더가 아니라고? 이름이랑 안 어울린다는 뜻인가? 빌은 침대에 웅크리고 누워 잠에 빠져들고 있었다. 내가 '헤더'답지 않다는 뜻일까, 진짜 헤더가 아니라는 뜻일까?

"이름을 내 마음대로 고를 순 없잖아요."

내 말에 빌이 눈을 감은 채 알아듣지 못할 말을 중얼거렸다.

"네? 뭐라고 하셨어요?"

"실수예요." 빌은 다시 웅얼거렸다. "실수가 있었어요."

내 이름이 실수라는 건가? 나는 몸을 숙여 빌의 어깨를 잡고 흔들었다.

"무슨 말을 하는 거예요?"

"와인은 이제 그만요."

빌은 중얼거리다 몸을 축 늘어뜨렸다.

"그만 자요."

나는 바닥에 널브러진 옷을 집어 세탁물 바구니에 던져 넣은 뒤 또 뭘 해야 이 난장판이 조금이라도 수습될지 둘러봤다. 뭘 하든 몇 시간은 족히 걸릴 일인 데다 점심 영업도 해야 하고 아이린에게도 가 봐야 했다.

벼락치기로 와인을 공부할 기회는 이미 물 건너갔다. 잠시 미뤄야 했다.

"별일 없을 테니 걱정 말아요."

빌에게 말했지만 빌은 이미 코를 골고 있었다.

15장

　헤더의 몸에 맞는 유니폼을 더 큰 사이즈로 바꿔 입으니 한결 말쑥해진 느낌이었다. 다른 직원들처럼 영업 전에 몇 시간씩 공들여 화장하고 머리를 단장할 시간은 없었지만 스킨 틴트 정도는 바를 수 있었다. 머리는 감고 그냥 마르게 뒀다. 새로 자라난 뿌리 부분은 어쩔 수 없지만 내 곱슬머리에는 그게 최선이었다. 뒤태는 원래도 꽤 괜찮은 편이었고 앞치마로 살짝 나온 뱃살을 가리니 자신감이 한층 더 올라갔다.

　나는 검은색 노트를 앞치마 앞주머니에 쏙 집어넣고 아이린을 찾으러 바 구역으로 향했다. 아이린은 바 카운터 끝자리에 러셀과 앉아 심각해 보이는 대화를 나누고 있었다. 빌의 부재보다 심각한 사안을 의논 중일지도 몰라 일단 때를 기다리기로 했다.

　주방에 들어가니 록시와 제임스, 나머지 팀원들이 메뉴를 점검하고 있었다. 나는 그제야 팀 회의를 깜박했다는 걸 깨닫고 경악했다. 빌 때문에 정신이 없었던 탓이었다.

　"이런! 미안해요."

나는 록시 뒤에 서며 말했다.

"괜찮아요. 오늘의 생선 요리를 설명하는 중이에요. 웬 야생 동물들이 딜을 다 먹어 치워 딜 에멀션이 없어요. 직원 한 명이 지금 메뉴판을 다시 인쇄하고 있어요."

제임스가 말했다.

"아, 포트리에서 사 오면 되겠네요."

내가 말했다.

"괜찮아요. 록시 말로는 원래 짝지었던 와인을 그대로 써도 괜찮다던데 확인해 볼래요?"

"아뇨. 솔직히 록시가 나보다 더 잘 아는걸요."

내 말에 록시가 수줍은 표정으로 나를 돌아봤다.

"괜찮으니까 하던 말 계속해요."

"죄송해요."

록시가 입 모양으로 내게 말했다. 나는 짐짓 화난 척하는 표정을 장난스럽게 지어 록시를 웃겼다.

"오늘은 후식을 많이 팔아요. 후식이 별로니까."

러셀이 아이린과 주방으로 들어오며 굵은 목소리로 말했다. 아이린은 나는 처음 보는 묘하게 심란한 표정을 짓고 있었다. 손에는 명세서가 한가득 들려 있었다.

"개조 공사 중이라 메뉴가 간소화되겠지만 모든 음식은 새 메뉴에 있는 걸로 내야 해요. 앞으로 2주 동안 다들 정신 똑바로 차리고 프로답게 임해 주세요. 열정과 헌신, 완벽한 서비스를 보여 주세요."

"예약이 생각보다 많이 늘지 않았어요."

러셀이 매우 가소로운 연설을 한 이유를 설명하려는 듯 아이린이 끼어들었다. 왜, 당신 이름을 내걸면 다들 줄을 설 줄 알았는데 아니라 자존심에 상처라도 입으셨나, 러셀?

러셀은 다시 말을 이었다.

"모두 호텔을 나서면 친구나 삼촌, 돈 많은 사촌이나 조부에게 로크 돈이 서부 해안 최고의 식당이라고 홍보하세요. 이번 시즌만 지나면 무조건 미슐랭 별점을 받을 거라고 해요. 식당을 살릴 수단을 줬으면 제발 좀 쓰라고요."

나는 콧방귀를 뀌고는 러셀과 눈이 마주치자 기침 소리인 척 연기했다.

"자, 11시 45분이네요."

아이린이 귀엽고 우아한 작은 손목시계를 보며 말하자 직원들이 자동으로 흩어졌다.

"빌은 어디 있죠? 재고 조사 중인가요?"

"아, 네. 그게, 그 일로 말씀드릴 게 있는데요."

내가 말했다.

나는 러셀과 제임스 앞에서는 말하기 싫어 아이린에게 '아주 중요한 일'이라는 신호를 표정으로 보냈고 아이린은 곧바로 알아차렸다.

"알겠어요. 홀로 가죠. 마무리는 록시가 할 수 있을 거예요."

아이린은 스트레스가 심해 보였다. 며칠 전만 해도 흐릿했던 눈썹 사이의 주름이 깊어졌고 목소리도 잠겨 있었다. 식당 홀에 가니 가구를 모두 치우고 하나 남겨 놓은 테이블에 파란색, 은색, 회색 직물 견본과 설계도가 펼쳐져 있었다.

"빌이……." 아이린은 목소리를 낮추며 말했다. "술을 마셨나요?"

나는 움찔했다. '술을 *마셨나요?*' 실망한 목소리였다. 아니, 참담한 목소리였다. 마지막 기회를 날릴지도 모른다는 빌의 말은 사실이었다. 아빠도 마지막 기회라는 게 있었을까? 기회가 많기는 했다. 몇 달씩 술을 마시지 않고는 했는데 이상하게도 나는 그때가 더 껄끄럽고 불편했다. 술을 안 마실 때는 갑자기 내가 하는 일, 아니면 나에게 관심을 보였다. 나는 솔직히 그냥 내버려두는 게 좋았다. 차라리 술에 취해 불소 음모론이나 켐트레일 음모론(화학chemical과 비행운contrail을 합친 말로 항공기가 지나간 뒤에 생기는 비행운이 정부나 비밀조직에 의해 뿌려지는 독성 물질이라는 음모론–옮긴이)을 떠들며 한 시간씩 고함을 지르는 게 나았다. 어색한 사과를 하거나 나랑 친해지려고 어설픈 시도를 하는 건 도저히 참을 수가 없었다. 아빠가 다시 술을 마시면 안도감을 느낄 정도였다.

4년 전쯤 마지막으로 집에 전화를 걸었을 때 아빠는 혀 꼬부라진 발음으로 소리를 질렀다. 엄마는 수화기를 빼앗아 당황한 목소리로 말했다.

"여보세요? 아, 엘리자베스구나. 아니, 아니야. 아빠는 괜찮으셔. 오늘 일이 많으셨나 봐."

아빠는 10년 전 채권자들에게 피시앤칩스 가게를 빼앗긴 뒤로 계속 백수였다.

나는 딱 부러지게 엄마의 말을 정정했다.

"음, 아빠는 일 안 하고 질병 수당을 받고 계시잖아요."

"그게 무슨 말버릇이니, 엘리자베스." 엄마는 목소리를 높였다. "네가 감히……."

나는 그대로 전화를 끊었고 그 뒤로 다시는 연락하지 않았다. 헤더에게는 나를 받쳐주던 너덜너덜한 안전망의 마지막 실오라기마저 끊어진 기분으로 차분하게 말했다. *이젠 뒤돌아보지 않을 거야.*

"아니, 그런 거 아니에요." 나는 나도 모르게 엄마의 역할을 떠맡으며 아이린에게 말했다. "장염에 걸리신 거 같아요. 진짜예요. 변기를 싹 다 청소해야 했다니까요."

아이린은 들고 있는 거의 동일한 연회색 직물 견본 두 개에 눈을 떼지 않은 채 말했다.

"알았어요." 내 말이 거짓이라는 걸 눈치챈 표정이었다. "숙소의 누구도 알아서는 안 돼요. 방 청소는 안 해도 되겠어요?"

"네, 그럴 것까지는 없어요. 그냥 뭘 잘못 드신 것 같아요."

"말이 새 나갈지도 모르니 장염보다는 위장염으로 하죠. 식중독이라고 소문나면 식당에 좋을 게 없으니까요."

아이린은 나를 쳐다보며 고맙다는 듯 부드러운 미소를 지었다. 갑자기 거짓 연기가 거북하게 느껴졌다.

"바 구역은 누가 맡죠?"

나는 다소 뾰족해진 말투로 물었다.

"브렛에게 부탁하면 돼요. 할 수 있을 거예요."

아이린은 완벽하게 그린 눈썹을 찡그리며 나를 다시 쳐다봤다.

"어때요, 빌이 없어도 괜찮겠어요? 혼자 재고 조사 한번 해 볼래요?"

그날 밤 아이린이 나에 대해 걱정스럽게 털어놓던 말들이 떠올라 다시 죄책감이 밀려왔다. 빌은 내가 당혹스러운 실수를 더는 하지 않도록 나를 감시하는 역할이었다. 나는 이제 거의 사라진 눈가의 혹을 나도 모르게 만지며 얼른 말했다.

"할 수 있어요. 시작이 순조롭지 않았다는 거 알아요. 정말 죄송해요. 처음이라 적응하느라……."

아이린은 손을 흔들며 살짝 얼굴을 붉혔다.

"당연히 그랬겠죠."

"아이린을 위해서라도 최선을 다할게요. 약속해요."

나는 단호히 말했다.

"우리 다 같이 재개장 멋지게 성공시켜요."

아이린은 옅은 미소를 지었지만 슬픈 눈빛으로 말했다.

"이 모든 일의 책임은 나한테 있으니 너무 부담 갖지 말아요."

나는 고개를 끄덕이고는 내 능력이 닿는 한 최고의 모습을 보여 주자고 또 한 번 다짐하며 말했다.

"와인 협회 행사의 주제를 생각해 봤는데요."

아이린은 그제야 환한 미소를 지었다.

"아, 잘했네요. 어떤 주제예요?"

"아이린도 마음에 들 거예요. 아침에 얘기해 봤는데 제임스도 좋대요."

"그래요?"

"네. 브리티시 와인을 주제로 하면 어떨까 해요. 장식용 깃발을 달아 장식하고 트라이플이나 고급스러운 스카치 에그 같은 걸 내놓는 거죠."

"브리티시보다는 잉글랜드 느낌인데요."

"스코틀랜드 와인을 내도 좋고요."

아이린은 인상을 찌푸렸다.

"최초의 스코틀랜드 와인은 평단의 혹평을 받았어요. '파이프(스코틀랜드 와인 산지-옮긴이)는 루아르 밸리(프랑스의 와인 산지-옮긴이)가 될 수 없다'는 와인계 소식이 남쪽에는 퍼지지 않았나 보죠?"

"어⋯⋯."

나는 말을 더듬었다.

"그게 끝이 아니에요. 이번에는 샤토 글렌코브에서 와인을 만들었어요. 와인 시상식 때 글렌코브의 소유주도 왔었는데 기억나요? 킬트(체크무늬 스커트 형태의 스코틀랜드 남성 전통 예복-옮긴이)를 입고 할 일 없는 영주처럼 어슬렁거리며 다니더군요. 와인 업계의 수치였어요. 사람은 자고로 제일 잘하는 걸 해야 해요. 스코틀랜드 사람은 망할 포도를 키우지 말아야 한다고요."

"미안해요, 아이린. 미처 그 생각은 못 했네요."

내가 끼어들었지만 아이린은 계속 말을 이었다.

"잉글랜드 와인 파티가 나쁘다는 건 아니에요. 협회 사람들, 아마 신이 나서 잉글랜드 와인의 결점을 눈에 불을 켜고 찾아낼 거예요. '브리티시 와인'이라고만 하지 말아요. 러셀한테는 내가 얘기할게요."

개방형 주방을 힐끗 보니 제임스가 (나는 이제야 뜻을 안) '패스', 즉 음식 픽업 카운터에서 무언가를 배열하고 있었다. 나는 제임스와 가기로 한 데이트 비슷한 낚시 여행이 떠올라 얼굴이 달아올랐다.

제임스는 내 시선을 느끼기라도 한 듯 나를 돌아보며 미소를 지었다. 나는 제임스의 엄마에게 한 소리 듣고 있다는 것도 잊은 채 십 대 아이들처럼 제임스와 눈을 마주치며 빙그레 웃었다. 제임스를 향한 마음이 점점 더 커지고 제임스도 내게 관심이 있다는 게 밝혀지니 왠지 마음이 더 복잡해졌다.

"자자, 이제 영업 준비해야죠."

아이린이 우리 사이를 반대하는 척하는 표정을 장난스럽게 지으며 말했다.

아니, 진짜로 반대하는지도 모른다. 나는 그날 밤 아이린이 빌에게 한 말을 떠올리며 생각했다.

아이린의 말에 서둘러 가 보니 록시가 바 카운터 끝에 놓인 고풍스러운 냉장고에 샴페인 몇 병을 넣으면서 메뉴판을 살펴보고 있었다.

"헤더." 록시는 방금 출력해 카운터에 올려둔 메뉴판을 향해 고갯짓을 하며 근심 어린 목소리로 말했다. "정말 이대로 짝지어도 괜찮을까요? 색다르게 하려고 조금 바꿨거든요."

"내가 보기에는 다 훌륭한데요?" 나는 메뉴판을 제대로 보지도 않고 적당히 답했다. "저녁에도 같은 메뉴판이 나간다니 다행이에요. 재개장 준비에 더 신경 쓸 수 있겠어요."

"얼굴을 보니 정말 사고가 나긴 했었나 보네요……."

록시가 예쁜 얼굴을 걱정으로 일그러뜨리며 말했다.

"직업상 재해죠, 뭐. 처음 겪은 일도 아니에요."

내가 별거 아니라는 듯 손을 흔들며 말하자 록시가 웃음을 터트렸다. 바 구역을 힐끗 둘러보니 식당 홀에 있던 테이블보다 적은 수의 임시 테이블이 배치돼 있었다.

"오늘 예약은 여섯 건이에요. 점심에 두 건, 저녁에 네 건이요."

록시가 내 시선을 따라가며 말했다.

그 정도면 일에 치이지 않고 여유 있게 서빙 예법을 관찰할 수 있었다. 잘하면 점심 영업이 끝나고 와인 리스트를 공부할 시간을 확보할 수도 있었다.

"어제 빌이 와인 재고 조사를 해야 한다고 하던데요. 도와드릴까요? 도움이 필요하시면요."

"아, 맞다! 그랬죠." 재고 조사를 깜빡했네. 이놈의 일은 끝이 없군.

"전에 일한 곳은 와인 저장고가 작아 와인이 서른다섯 가지 정도밖에 안 됐지만 제가 재고량도 파악하고 주문도 넣었어요. 여기서도 도운 적 있고요. 물론 그때는 지금처럼 와인이 많지 않았지만요."

"그랬겠죠."

나는 맞장구를 친 뒤 본론으로 들어갔다.

"실은 부탁이 하나 더 있어요. 오늘 점심때 나 대신 소믈리에 역할을 맡아 줄 수 있겠어요? 록시가 하는 거 관찰하면서 메모 좀 하려고요."

"아, 그럼요." 록시는 얼굴을 살짝 붉히며 말했다. "근데 굳이 그럴……."

"식당마다 방식이 다르거든요. 경험이 아무리 많아도 새로운 건 배워야 하고요. 록시가 처음부터 끝까지 어떻게 하는지 보고 싶어요."

"그럼 도와드려야죠."

"근데 다른 사람들은 모르게 좀 해 줄래요? 안 그래도 스트레스가 많을 텐데 아이린한테 괜한 걱정 끼치기 싫어서요."

"그럼요!"

"좋아요. 그럼 재고 조사 끝나고 저녁 영업 때까지 좀 쉴 수 있겠네요."

나는 휴대폰 시계를 보며 말했다. 점심 영업은 2시에 끝나니 두 시간쯤 재고 조사를 하고 나면 나머지 두 시간 동안은 방에 숨어 와인 리스트를 외울 수 있었다. 암기 전략도 바꾸기로 했다. 와인 리스트의 전체 내용을 더 빨리 파악할 수 있도록 순서대로 외우지 않고 각 섹션마다 두 항목씩 외우기로 했다. *하루가 너무 짧게 느껴졌다.* 평소 해가 지기만을 기다렸던 내게는 낯선 느낌이었다.

"우리 아빠 말로는 리스트가 멋지긴 한데 좀 길대요."

록시가 말했다.

"터무니없이 길죠."

16장

나는 록시를 유심히 관찰했다.

메뉴판을 건네는 법과 식전주를 제공하는 법을 관찰했다.

록시는 내 시선이 의식되는지 초조하게 나를 돌아봤다. 나는 관찰한 내용을 노트에 적었다. 호텔에 처음 온 날에도 빌과 수다를 떨 시간에 이랬어야 했다. 샴페인 코르크에 맞아 기절할 뻔했던 그 끔찍한 날에도 무턱대고 나서지 말았어야 했다. 록시의 서빙 예법을 처음 보는 건 아니었다. 나도 고급 식당에서 서비스를 받아본 적이 있었다. 그러나 손님이 아닌 직원의 입장에서 서비스를 단계별로 관찰하니 각 단계의 목적이 보였다.

첫 번째 테이블에서 록시는 식전주로 샴페인 한 잔을 권했고 신혼여행을 온 듯한 캐나다 부부는 사양했다.

록시는 다음으로 생수와 탄산수 중 뭘 마실지 물었다. 이제 와인을 정할 차례였다. 커플은 로제와인의 하나인 위스퍼링 에인절을 골랐다. 내가 공부한 와인이었다. 섬세하고 뒷맛까지 '매우 드라이'한 와인이라고 했다. 나는 '매우 드라이'한 맛이 어떤 건지 확인해 볼 수 있도록 커플이 와인을 조금이라도 남기길 빌었다.

록시가 지나가면서 내가 뭘 쓰고 있는지 보려 했고 나는 감추는 티는 내지 않으면서 최대한 노트를 가렸다.

"왠지 시험 보는 기분이네요."

"물은 보통 웨이트리스가 챙기나요, 소믈리에가 챙기나요?"

"얼마나 바쁜지에 따라 달라요. 러셀이 전통 예법에 집착하지 않는 편이라 누가 됐든 제일 먼저 물을 권해요. 테이블에 최소한 물이라도 있게 하래요.

"수돗물도 제공하나요?"

"러셀이 하지 말래서 안 해요."

"서빙은 왼쪽부터 하고 치우는 건 오른쪽부터 하나요? 그리고 소믈리에가 서빙도 도와야 해요?"

의도치 않게 다소 불평하는 듯한 말투가 튀어나왔다.

"가끔은요. 격식을 차린 실버 서비스까지는 아니니까요. 아이린은 상황에 맞게 하라고 해요. 예를 들어 두 손님이 대화 중이면 그 사이에 있는 그릇은 치우지 않아요."

"그렇군요. 편안한 서비스네요."

나는 록시가 와인병을 돌려 남자에게 라벨을 보여 주는 모습을 관찰했다. 남자가 고개를 끄덕이자 록시는 운 좋게도(!) 코르크가 아닌 뚜껑을 열어 소량을 따라 시음을 권했다. 시음을 한 남자는 어깨를 으쓱하며 여자를 보고 웃고는 록시에게 따라도 된다는 손짓을 했다. 록시는 여자의 잔을 먼저 채웠다. 나는 '여자 먼저'라고 적었고 록시는 메모지 묶음을 꺼내 주문을 받아 적었다.

록시는 바로 돌아와 얼음통에 얼음을 채운 뒤 바 옆에서 거치대를 꺼내 얼음통을 끼웠다. 그러고는 흰색 리넨 천을 와인병의 목 부위에 깔끔하게 둘러 접은 뒤 얼음통에 조심스럽게 넣었다.

"늘 이렇게 하는 건 아니에요." 록시가 속삭였다. "그래도 일행이 둘이면 차갑게 유지하는 게 좋아요. 대부분 천천히 마시거든요."

두 시간 뒤 점심 영업이 끝나자 나는 저녁 영업을 준비하는 록시에게 재고 조사를 시작할 거라고 알린 뒤 와인 저장고로 내려갔다. 이 정도는 나도 할 수 있다. 술집에서 재고 조사를 도운 적도 있고 어려워 봤자 얼마나 어렵겠는가? 저장고에 들어가니 아무리 어두워도 냄새만으로 알 수 있는 스틸턴 치즈 향이 코를 찔렀다.

"내 오랜 친구 어둠이여, 안녕."

속삭이며 전등 스위치 줄을 당기자 칠흑 같은 어둠 속에서 레드와인이 담긴 잔을 앞에 두고 앉아 있는 애니스가 보였다.

"안녕."

애니스가 심드렁하게 말했다.

"애니스!" 나는 너무 놀라 꽥 소리를 질렀다. "깜짝이야. 아, 미안해요. 누가 있을 줄 몰랐어요. 쉬고 있는 거예요?"

"평소에도 이러는 건 아니니 오해 말아요." 애니스가 딱딱한 말투로 말했다. "오늘 승진을 좀 했거든요."

"아, 난 재고 조사를 할 참이었어요. 록시가 곧 도우러 내려올 거예요. 파악해야 할 게 한두 개가 아니에요. 신고식을 제대로 치르네요."

나는 웃으며 말했다.

"아, 웃음거리가 됐다는 얘기는 들었어요."

애니스는 코르크를 뽑는 모습보다는 남자가 자위하는 모습에 가까운 손짓을 하며 말했다.

"네, 그랬네요. 실력이 녹슬었나 봐요." 나는 인상을 찌푸리며 말했다.

"그동안 실직 중이었어요?"

내 말이 끝나기 무섭게 애니스가 물었다.

"아니, 아니요. 그냥 말이 그렇다고요."

나는 작게 중얼거렸다.

"곧 익숙해질 거예요."

아, 진짜 무서운 여자다.

"할 거 하세요."

애니스가 건너편 벽에 설치된 큰 선반을 향해 고갯짓하며 말했다. 나는 또다시 벌거벗은 심정으로 선반을 멍하니 바라봤다. 그냥 개수를 세면 되나?

"저게 필요할 텐데요."

애니스가 모서리가 잔뜩 접히고 제본용 스프링에 볼펜이 꽂힌 큼지막한 책을 향해 고개를 까닥했다.

"컴퓨터에 입력돼 있지 않나 보죠?"

나는 인상을 쓰며 말했다. 컴퓨터로 작업하면 더 쉬울 텐데. 록

시, 빨리 와 줘요.

"얘기 좀 해봐요." 나는 무심한 척 장부를 집어 들면서 물었다. "고향이 어디예요? 어디에서 교육받았고 어쩌다가 여기 오게 됐어요?"

"글래스고 출신이에요." 애니스는 짧게 답하고 되물었다. "당신은요?"

"아, 됐어요. 내 얘기는 재미없어요."

나는 손을 흔들고는 록시가 어서 나타나길 빌면서 장부에 바짝 머리를 묻었다. 흘깃 보니 애니스가 와인 통을 테이블 삼아 앉은 채로 와인 잔을 비우고는 다시 따르려는 듯 와인병을 들고 있었다.

"마셔요."

나는 애니스의 권유가 명령처럼 느껴져 장부를 내려놓고 순순히 옆 선반에 놓인 먼지투성이 잔에 와인을 따랐다. 그러고는 뭔지 모를 병의 라벨을 보면서 한 모금 마셨다.

"외부 출장 서비스 때 쓰고 남은 거예요." 애니스가 구석에 놓인 상자 몇 개를 향해 고개를 까딱했다. "다 계산이 된 거죠."

"좋은 정보네요."

나는 애니스의 잔에 내 잔을 기울여 부딪치며 말했다.

"제임스랑 일하는 거 좋아요?"

애니스가 의미심장한 질문을 던졌다.

"네. 친절한 분이잖아요."

"맞아요. 섬세한 사람이죠. 2년 전 여름에 호주 출신 여자 직원한테 차여 상처받은 적이 있어요. 여자가 제임스와의 관계를 스코틀랜드에 온 김에 잠깐 한 불장난 취급하고는 떠나 버렸죠. 상처가 아무는 데 오래 걸렸어요."

나에게 하는 경고로 들렸다. 나는 아무 답도 하지 않고 잘 알아들었다는 듯 고개만 끄덕였다.

"런던에 남자 친구 있지 않아요?"

애니스가 다시 날카롭게 물었다.

"아, 음, 있어요." 나는 자주 가는 소호의 버터밀크 닭튀김 집보다 덜 그리운 팀을 떠올리며 말했다. "정식으로 사귀는 사이는 아니지만요. 그 남자도 그럴 생각 없을 거예요. 대충 어떤 사이인지 답이 나오는 관계죠."

나도 모르게 변명이 튀어나왔다.

"빌은 어떤 것 같아요?"

나는 웃음이 터져 나오려는 걸 간신히 참았다. 지금 뒷담화를 하자는 건가? 나도 같이하라는 명령인가?

"아, 진짜 친절하게 잘해 주세요."

"게이는 아니에요."

애니스가 보고하듯 말했다.

"아. 그렇군요."

나는 다시 웃음을 참아야 했다.

"그냥 부티가 나는 잉글랜드 사람일 뿐이에요." 애니스는 빌이 게이처럼 보이는 건 출신지 때문이라는 듯 말했다. "런던에서 알아주는 바텐더였어요. 뉴욕의 팩스턴 그룹에서 교육받아 런던에서 일했대요. 러셀과는 그때 친해졌고요. 아내가 떠나지 않았으면 여기 올 일 없었죠."

애니스는 말을 마치고 와인 잔의 테두리를 톡톡 두드렸다. 자기는 모르는 비밀이 없으니 있으면 지금 바로 털어놓으라고 돌려 말하는 것 같았다. 그때 애니스가 자리에서 일어나 와인 선반으로 걸어가더니 와인병 뒤로 손을 뻗어 말보로 한 갑을 꺼냈다.

"공동 소유예요."

애니스는 이렇게 말하고는 저장고 끝으로 가서 또 다른 전등을 켰다. 불이 켜지니 오븐처럼 생긴 거대하고 둥근 금속 장치가 보였다.

"저건 뭐예요?"

"오래된 위스키 증류기예요. 구리로 만들었죠. 러셀은 이걸 떼서 별관의 벽난로로 개조하고 싶어 해요."

애니스는 담배에 불을 붙여 천장에 난 작은 환기구에 갖다 댔다. 나름 연기를 밖으로 빼려는 듯했지만 전혀 효과가 없었다.

훈제한 고기와 치즈 덩어리가 가득한 곳에서 담배를 피우다니 믿기지 않았다. 나도 모르게 인상을 쓰고 있었는지 애니스가 담배 한 개비를 내밀었다.

"피울래요?"

"하! 아뇨. 아홉 살 때 이후로 한 번도 안 피워 봤어요." 손목시계를 힐끗 보니 계획을 실행할 시간이 점점 줄어들고 있었다. "요리사는 담배 피우면 안 되는 거 아닌가요? 미각에 안 좋지 않아요?"

"일주일에 세 대만 피워요."

"두 남자 밑에서 일하려니 힘들겠어요."

나는 와인을 삼키다 헛구역질을 하며 말했다.

"아뇨, 제임스와 러셀 정도는 얼마든지 감당할 수 있어요. 내가 반은 말레이시아 혈통이거든요. 영국 육군에서 4년간 복무한 경험도 있고요."

"하, 그럼 걱정 없겠네요."

그때 문이 휙 열리는 소리가 들렸다. 드디어 록시가 온 줄 알고 안도했지만 록시라기에는 발걸음 소리가 너무 육중했다. 나는 허둥지둥하다 메뉴판을 어색하게 켠 채 마시던 와인을 최대한 가리고 섰다. 러셀은 진녹색 트위드 골프 반바지와 소매통이 넓은 흰색 면 셔츠 차림으로 나타났다.

"누가 여기서 담배를 피웠죠?"

호언장담과 달리 애니스는 파랗게 질려 있었다.

"저요."

나는 손가락을 하나 들어 올리며 답하고는 내키지는 않았지만 최대한 온순하고 순종적인 표정을 지어 보였다. 애니스보다는 '아직 규칙을 잘 모르는 신입'이 혼이 나더라도 덜 날 터였다.

"여기서는 담배 피우면 안 돼요." 러셀이 날카롭게 말했다. "여기가 무슨 스코틀랜드 주류 밀매점인 줄 알아요? 둘 다 알 만큼 아는 사람들 아닌가요?"

"정말 죄송해요. 이전 직장에서는 저장고에서 피웠거든요. 안 그래도 애니스한테 한 소리 듣고 있었어요."

러셀은 내 표정을 살피고는 고개를 숙이고 있는 애니스를 돌아봤다. 전직 군인도 거만하기 짝이 없는 대장은 감당이 안 되는 모양이었다.

"미안해요, 러셀. 제 실수예요, 다시는 안 그럴게요."

"당연히 그래야죠. 인버라레이 도매점의 톰이 왔어요. 구매 리스트를 보고 싶다네요. 안 바쁜 거 같은데 괜찮죠?"

러셀은 내가 가리려 애썼던 와인을 보고 쏘아붙였다.

"나머지 남은 와인은 스페셜 목록에 올려서 이번 주에 다 팔아요. 알겠죠?"

"아, 같은 와인을 두 번 파시려고요?"

내 말에 러셀은 눈을 가늘게 뜨고 나를 노려봤다. 러셀의 눈썹 사이에 생길 듯 말 듯 하는 주름을 보니 어처구니없게도 러셀이 보톡스를 맞았는지 갑자기 궁금해졌다.

"아이린한테 방금 들었는데 와인 협회 행사 주제로 브리티시 와인을 제안했다죠? 나쁘지 않네요. 톰한테 관련 와인을 공급받을 수 있는지도 알아봐요."

"아, 잘됐네요. 제 제안이 마음에 드세요?"

"자, 그만 갑시다."

러셀이 계단을 향해 손짓하며 내뱉었다.

"네, 셰프."

우리는 주방으로 들어가 바 구역 쪽으로 빠져나왔다. 나는 거의 뛰다시피 했지만 러셀의 걸음을 따라가지 못했고 러셀은 멈춰서서 짜증 난다는 듯 나를 노려봤다. 정말 놀랍다, 버디. 일주일도 안 됐는데 벌써 상사 눈 밖에 난 거야? 기록을 세우셨군.

러셀은 우리 쪽으로 등을 돌리고 작은 테이블에 앉아 있는 남자에게 나를 안내했다. 테이블 위에는 팸플릿이 가득했고 내 것보다 더 오래돼 보이는 노트북이 덮개가 열린 채 놓여 있었다.

"톰. 헤더는 알죠?"

러셀이 말했다.

"안녕하세요, 헤더."

톰이 환한 미소를 지으며 인사를 건넸다. 턱수룩한 금발에 뺨이 발그레한 꽤 잘생긴 남자였다. *잠깐만, 나를 안다고?*

"안녕하세요, 톰."

심장이 빠르게 뛰기 시작했다. 나는 내 양쪽 볼에 입을 맞추는 톰에게서 풍기는 진한 향수 냄새에 잠시 움찔했지만 애써 표정을 관리했다.

톰은 내게서 몸을 떼고는 고개를 갸웃하며 내 얼굴을 바라봤다.

"만난 줄 알았는데 아닌가 보네요." 톰이 미소를 지으며 말했다. "제가 실수했네요."

"죄송해요. 저도 낯이 익지 않네요." 나는 톰의 맞은편 가죽 의자에 앉아 씩 웃으며 말했다. "만났다면 분명 기억했을 텐데요."

나는 내키지 않았지만 일부러 추파를 흘렸다. 지금 내가 쓸 수 있는 무기는 그것뿐이었다.

"나는 아이린과 할 말이 있어서요. 두 분께 맡겨도 되겠죠?"

"그럼요. 고마워요, 러셀."

나는 안도하며 말했다.

"고마워요, 러셀."

톰은 러셀에게 인사한 뒤 기대에 찬 함박 미소를 지으며 나를 돌아봤다.

나는 바빠서 수다를 떨 시간이 없다는 듯 자꾸 뒤를 돌아봤다. 정말 시간이 없었다. 한가하게 바이어와 앉아 있을 때가 아니었다. 재고 조사를 해야 필요한 와인이 뭔지 알아 주문할 텐데 시작도 못 한 데다 빨리 숙소에 가서 리스트를 외워야 했다. 나는 조급한 마음에 무릎을 떨며 다시 톰을 바라봤다.

"진짜 만난 적 있는 줄 알았어요." 톰이 추파 섞인 웃음을 지어 보이며 말했다. "제가 바보 같은 실수를 했네요."

"아니에요." 나는 몸을 앞으로 기울여 톰의 손을 살짝 건드리며 말했다. "죄송하지만 빨리 끝내야 할 것 같아요. 오늘 너무 정신이 없어서요."

"그렇군요, 알겠습니다." 톰은 씩 웃고는 바지의 주름을 매만져 편 뒤 팸플릿의 첫 장을 가리켰다. "아시겠지만 요즘 와인계의 화두는 자연 와인이라 그쪽 상품을 늘렸어요. 모두 장인의 솜씨로 빚은 와인을 찾는 사람들이 좋아할 상품이에요. '천연 효모'나 '최소한의 가공' 같은 유행어를 쓰면 최신 와인을 찾는 손님들에게 잘 먹힐 겁니다."

톰은 잠시 말을 멈추고 내 반응을 기다렸다. 무슨 말이든 해야 할 분위기였다.

"유행 따지는 부류가 꼭 있죠."

내가 계속하라는 듯 톰에게 고갯짓을 하자 톰은 멈칫했다가 긴장한 듯 억지웃음을 웃었다. 문득 러셀의 제안이 떠올랐다.

"실은 브리티시 와인을 찾고 있어요. 왜, 그런 거 있잖아요. 현지 와인을 마시자는 주의요."

그때 곁눈으로 록시가 보였다. 나는 재빨리 록시에게 오라는 손짓을 했다. *천만다행이었다.* 눈코 뜰 새 없이 바쁜 사람들은 위임을 한다는, 나도 익히 아는 전략을 실행에 옮길 때였다.

"록시, 인버라레이에서 오신 톰인데 만난 적 있어요?"

나는 다정하게 말문을 열었다.

"네, 만난 적 있어요."

록시는 얼굴을 살짝 붉히며 말했다.

"와인 협회 행사가 열리는 건 알죠? 브리티시 와인을 주제로 할 건데 두 분이 한 열두 개쯤 리스트를 작성해 줄 수 있겠어요?"

"아, 네. 그럼요." 톰이 허리를 펴고 앉으며 달려들었다. "잉글랜드 남동부산 와인이 괜찮은 가격에 나왔어요."

톰이 손가락으로 화이트와인 세 개를 죽 훑었지만 라벨이 현대식 디자인이라 글씨가 너무 작아 알아볼 수가 없었다. 그런데 그중 하나가 묘하게 익숙했다.

"아," 나는 신이 나서 말했다. "이건 몇 주 전에 먹어 봤어요. 소비뇽 블랑, 맞죠?"

"네, 경연 대회에서……."

"은상을 탔죠!" 나는 내게도 나눌 지식이 있다는 데 흥분해서 외쳤다. "고양이 오줌 냄새가 나잖아요."

"네, 맞아요. 확실히 그 냄새가 나죠."

톰이 고개를 끄덕이며 말했다.

"그럼 두 분께 맡길게요. 괜찮죠?"

"네. 정말 고마워요, 헤더."

록시가 말했다.

나는 떠나기 전 록시의 어깨에 손을 얹고 살짝 움켜잡았다. 진심으로 기뻐하는 록시가 정말 사랑스러웠다.

식당을 나서자마자 호텔 뒷길을 맹렬한 속도로 달려가 숙소에 도착한 나는 방문을 휙 열고 침대에 뛰어 올라갔다. 그러고는 바로 노트북과 휴대폰을 꺼내고 노트를 폈다. 48개를 외웠으니 이제 76개 남았다. 루아르 밸리의 톡 쏘는 상세르 와인을 외울 차례다.

펜을 멍하니 바라보다 보니 문득 옛날 일이 떠올랐다. 주방의 작은 탁자에서 학교 숙제를 했을 때의 일이었다. 그날 나는 열두 살이 쓰기에는 너무 작은 어린이용 탁자에서 반성문을 썼다. 같은 문장을 50줄 써야 했다. '다시는 선생님에게 말대꾸하지 않겠습니다.' 나는 공을 들여 모든 문장을 다르게 썼다. 알파벳 'O'자마다 꽃잎을 두르거나 대문자로만 쓰거나 위아래를 뒤집어쓰거나 맨 뒤부터 거꾸로 썼다. 엄마의 화장용 거울을 이용해 모든 글자를 좌우가 반전된 모양으로 쓰기도 했다. 다음 날 자랑스레 숙제를 건네자 선생님은 반성하는 태도를 보이기는커녕 건방지게 굴었다며 나를 꾸짖었다. 그러고는 숙제를 다시 제대로 해 오라고 했다. 내가 부당함을 지적하면서 안 하겠다고 하자 선생님은 나를 교장실로 보냈고 교장 선생님은 엄마를 불렀다. 내가 반항적인 아이라는 게 이유였다. 그러나 엄마는 집에 돌아와서도 나를 혼내지 않았다. 엄마의 반응은 무관심에 가까웠다.

"튀려고 애쓰지 말고 그냥 좀 평범하게 지내면 안 되겠니?"

적어도 지금 이 상황에서는 상당히 유용한 조언이었다. 나는 다시 공부에 집중했다. 빨간색 피노 누아 섹션으로 넘어가 첫 번째 와인을 암기했다.

오후 5시 45분, 슬슬 자신감이 붙기 시작했다. 제임스와 애니스, 다행히도 술이 깬 빌과 록시가 네 건의 예약이 잡힌 저녁 영업 준비를 위해 직원실에 모일 시간이었다.

17장

누군가가 내 방문을 부드럽게 두드렸다.

"헤더?"

끙 소리가 절로 났다. 나는 제임스가 나를 헤더라고 부르는 게 정말 싫었다. 헤더의 별명인 척하고 실제 내 별명인 버디라고 부르게 할까도 싶었지만 죄책감에 포기했다. 거울에 비친 내 모습을 바라봤다. 꽤…… 괜찮았다. 너무 티가 나지 않길 바라며 평소보다 화장을 훨씬 진하게 했다. 낚시와 어울릴 것 같진 않았지만 과감하게 새빨간 립스틱을 발랐다.

"들어와요!"

들통날 단서를 혹시나 치우지 않았을까 봐 얼른 방 안을 둘러봤지만 깨끗했다. 노트는 침대 매트리스와 프레임 사이에 끼워뒀으니, 혹시 오늘 내가 제임스와 배를 타다 사고로 죽어도 아무도 찾지 못할 것이다. 거짓을 숨기려고 사고사까지 대비하다니 기분이 묘했다.

제임스는 부츠까지 다 챙겨 신고 갈 준비를 마친 상태로 문을 열었다. 채집하러 간 날처럼 녹색 왁스 재킷과 트위드 목도리 차림이었다. 그로서는 최선의 복장이었다.

"오늘 참……."

제임스는 내 외모를 언급하려다 바로 시선을 피하고는 문장을 끝내지 못했다.

"립스틱이 너무 과한가요? 물고기가 놀라 도망치는 거 아닌가 모르겠네요."

농담을 던졌지만 괜히 애를 쓴 것 같아 조금 민망했다. 확실히 너무 과했다. 이래서 나는 뭘 하든 애쓰지 않는다. 나아지려고 애쓸수록 창피당할 일만 늘어나니까.

"아뇨, 괜찮아요."

나는 내 유일한 운동용 스웨터를 잡아당겨 붉어진 얼굴을 가렸다. 그러고는 제임스를 따라 현관으로 가 코트 걸이에 걸린 낡은 남자 재킷을 다시 빌려 입었다.

밖으로 나가니 사륜구동 지프차가 현관 앞에 이미 주차돼 있었다. 제임스는 일어난 지 꽤 된 모양이었다. 차 뒷자리에는 낚싯대와 타탄 담요 그리고 녹색, 혹은 녹색 타탄 무늬의 야외용품이 실려 있었다.

"가죠."

제임스가 말했다.

"어디로 가요? 로크 돈 호수에 가는 거 아니었어요?"

"아뇨." 제임스가 시동을 걸며 말했다. "여기서 좀 벗어나고 싶어서요. 헤더만 괜찮다면요."

"난 괜찮아요."

낚시가 그렇게 하고 싶은 건 아니었지만 짐을 챙겨 차를 타고 모험을 떠나는 기분은 좋았다.

차는 서서히 움직여 이른 아침 어스름 속에 호텔을 벗어나는 주도로를 탔다. 손을 뻗어 라디오 버튼을 만지작거렸지만 작동이 되지 않았다.

"고장 났어요." 제임스가 말했다. "미안해요. 길이 좀 험해서 이 차를 몰 수밖에 없었어요. 그리고 어차피 강변도로를 타면 신호가 잡히지도 않아요."

"당신이 연쇄 살인범이 아니길 천만다행이네요."

얼마 지나지 않아 차선이 거의 보이지 않는, 구불구불한 강변도로가 나왔다. 나는 울퉁불퉁한 도로 때문에 좌우로 쏠리는 몸을 가누려고 차 위쪽에 달린 손잡이를 움켜잡았다.

"불편해 보이는데 괜찮아요? 금방 가니까 조금만 참아요."

"열 살 때 작은 사고가 났었어요."

"저런! 정말요?"

"아, 심각한 건 아니고 그냥 가벼운 사고였어요. 후진하다 차고에 부딪쳤어요."

나는 제임스가 웃길 기다렸다. 다들 이 이야기를 하면 웃었다. 제임스도 잠시 웃고는 물었다.

"열 살에 무슨 일로 운전을 했어요?"

"그냥 장난꾸러기였어요."

문득 제임스에게만은 그날의 진실을 털어놓고 싶어졌다. 그날 내가 운전대를 잡은 건 아빠가 직장까지 차로 데려다 달라고 했기 때문이다.

"왠지 상상이 되네요."

제임스가 미소 띤 얼굴로 말했다.

우리는 대충 주차장이라 부를 만한 곳에 차를 세웠다. 길 같지 않은 길이 끝나고 숲이 시작되는 지점이었다. 돌아갈 때 다시 이 길을 탈 생각을 하니 끔찍했다.

먼저 차에서 내린 제임스가 뒷좌석에서 도구를 꺼내 강가에 펼쳤다. 뒤따라 내리면서 휴대폰을 확인하니 아직 오전 7시 전이었다. 제임스는 공들여 점검한 낚싯대를 차 뒤에 기대 세웠다. 영화를 보러 가거나 커피를 마시러 가기에는 너무 늦었을까?

"뭐가 뭔지 하나도 모르겠네요. 그거 알고 데려온 거죠?"

제임스는 씩 웃으며 내게 낚싯대를 건네고 묵직한 배낭을 둘러메고는 차에서 5미터쯤 떨어진, 유심히 봐야 보이는 작은 길을 향해 고갯짓을 했다.

나는 순순히 따라갔다.

"휴일에 이러고 있으니 참 어색하네요. 보통은 침대에서 베이컨을 먹으며 〈프렌즈〉를 몰아 보거나 야간 지하철에서 졸고 있을 시간이거든요."

제임스는 늘 그렇듯 혼자 빙그레 웃고 있었다.

"지하철에서 존 건 딱 네 번뿐이에요."

내 말에 제임스가 다시 피식 웃었다.

"계속 가요. 조금만 올라가면 강둑이 나올 거예요."

나는 우리가 플라이 낚시를 하러 가고 있다는 사실을 그제야 깨달았다. 파라솔을 친 배를 호수에 띄우고 제임스와 유유자적 노니는 환상은 여지없이 깨졌다. 제임스가 배를 기울이는 척하면 비명을 지르면서 그의 팔에 안기는 상상을 했건만.

"플라이 낚시하러 가는 거예요?"

"네. 진정한 낚시라 할 수 있죠."

"설마 〈왕좌의 게임〉 시대로 돌아가려는 건 아니죠? 제발 아니라고 해 줘요."

제임스는 웃으며 고개를 젓고는 손을 내밀었다.

"잡아요."

나는 제임스의 든든하고 강한 손길을 즐기며 안전하게 강둑을 내려가 바위 위에 앉았다. 바위는 차가웠다. 차갑고 축축했다.

제임스는 배낭에서 낚싯대 두 개를 꺼내 낚시할 준비를 했고 나는 편안히 앉아 그런 제임스를 지켜봤다. 내가 낚시에 별 관심이 없다는 걸 알아챘겠지만 그럼에도 분위기는 나쁘지 않았다. 애초에 제임스의 점심 제안을 거절하고 낚시를 택한 건 나였으니 불평할 자격도 없었다.

"헤더."

제임스가 그 이름을 말하니 또 몸이 움츠려졌다. 나는 제임스가 건넨 낚싯대를 든 채 제임스가 자기 낚싯대를 꺼내길 기다렸다. 하지만 제임스는 낚싯대 대신 플라스틱 상자를 뒤져 작은 곤충처럼 생긴 인조 미끼를 꺼냈다. 그러고는 내 낚싯대 끝을 제 쪽으로 당겨 미끼를 끼우기 시작했다.

그때 우리 밑에서 느닷없이 큰 물고기 한 마리가 공중으로 뛰어올랐다. 나는 물고기의 엄청난 크기에 놀라 비명을 질렀다.

"세상에, 저것 좀 봐요!"

제임스는 웃으며 내 낚싯대를 당겼다.

"연어예요. 뭐 하러 온 건지는 알죠?"

"알 낳으러 왔잖아요."

알지만 직접 보는 건 처음이었다. 내 말이 끝나기 무섭게 또 다른 연어가 첫 번째 연어보다 더 높이 뛰어올랐다.

"하느님 맙소사!"

제임스는 또 웃으며 잠시 하던 일을 멈췄다.

"이건 아닌 것 같아요. 애 낳으러 온 엄마를 잡는 거잖아요!"

"걱정 말아요. 엄마 연어는 잡혀도 놓아줄 거예요. 부담되면 잠깐 구경하고 있을래요?"

"네, 그럴게요."

제임스는 집중력을 발휘해 내 낚싯대를 마무리한 뒤 자기 낚싯대에도 미끼를 끼웠다. 그러고는 내가 "이건 윤리적으로 문제가 좀 있네요"라고 말하려는 순간 낚싯줄을 던졌다. 낚싯줄은 허공에 한참을 머물렀다. 처음에는 일반 낚시와 다를 바 없어 보였지만 낚싯줄이 흐르는 물 위를 스치며 날아다니는 게 마치 춤을 추는 것 같았다. 나는 장화를 신고 바위 사이를 가볍게 뛰어넘으며 줄을 던지는 제임스를 지켜봤다.

"제임스……."

"쉿. 낚시할 때는 큰 소리 내면 안 돼요."

나는 바위 위에 자리를 잡고 또다시 줄을 던지는 제임스를 관찰했다. 20분쯤 지나자 제임스가 낚시를 멈추고 플라스틱 상자가 있는 곳으로 돌아왔다.

"미끼를 바꿔 끼우려고요." 제임스는 미끼를 바꾸다가 나를 올려다보고는 몹시 당황한 표정으로 외쳤다. "이런! 미안해요, 헤더. 내가 너무 낚시에 빠져 있었네요."

"차 한 잔 마실 수 있나요?"

"그럼요. 브렛이랑 왔으면 위스키를 가져왔겠지만 오늘은 차를 가져왔어요."

내가 살짝 실망한 듯한 표정을 짓자 제임스가 바로 알아채고 말했다.

"실은 둘 다 가져왔어요. 차부터 마시죠."

타탄 담요로 덮인 소풍 바구니에는 보온병과 주방에서 가져온 듯한 플라스틱 용기가 들어 있었다.

"점심이에요?"

"점심 먹으러 가기는 싫다고 해서 내가 직접 해 왔어요."

제임스가 내 옆에 무릎을 꿇고 앉으며 말했다. 나는 제임스가 보온병을 꺼내 따라 준 차를 한 모금 마셨다. 우유와 설탕을 넣은, 딱 내 취향의 홍차였다.

"음."

"밖에서 마시면 더 맛있어요." 제임스는 나를 빤히 바라보며 말했다. "밖에서는 뭐든 더 좋죠."

추파를 던지는 걸까? 오늘따라 평소답지 않은 행동을 하는 걸 보니 그런 듯했다. 그러나 제임스는 내가 돌아보자 곧바로 두려움과 후회가 밀려온 듯 얼른 고개를 돌렸다. 그러고는 곧바로 다시 나를 돌아보다 나와 눈이 마주쳤다. 나는 순수하기 그지없는 이성적 끌림이 빚어낸 달콤한 전율을 잠시 즐겼다. 그러다 문득 나답지 않게 부끄러워져 재빨리 제임스의 시선을 피했다.

"런던이 그립지는 않아요?"

잠시 침묵이 흐른 뒤 제임스가 물었다.

"그립죠. 어떤 것들은요."

나는 차를 한 모금 더 마시며 말했다. 제임스는 내 옆 바닥에 담요를 펼치고 내게 앉으라고 손짓했다. 앉으니 차가운 돌보다는 한결 편안했다.

"어떤 거요?"

"주말 아침의 사우스 뱅크요. 단, 아주 이른 아침이어야 해요. 여름에는 새벽 5시쯤이요. 런던 버러 마켓의 활기찬 분위기도 좋고요. 어제도 그곳 생각이 나더라고요. 뭐든 구할 수 있는 곳이거든요."

"뭐든요?"

"뭐, 대부분은 구할 수 있어요. 전문 요리사면 몰라도 평범한 식도락가 기준으로는 뭐든 다 있어요. 돼지감자나 포시니 같은 것도요. 룸메이트가, 어, 좋아하는 재료였어요. 난 그런 재료가 좀 겁나지만요. 아빠가 망할 피시앤칩스 가게를 했거든요."

"튀김 가게가 뭐가 어때서요. 어쨌든 믿기지가 않네요. 와인 전문가면서 음식을 모른다는 게요. 농담으로 한 말이겠지만요."

"그럼요." 순간 실망감이 밀려들었다. 제임스와 있을 때도 나는 늘 긴장을 유지하며 연기를 해야 했다. 방심하다 너무 많은 정보를 누설할 수도 있었다. "물론 대부분의 사람보다는 많이 알겠죠. 근데 요리는 진짜 젬병이에요."

돌아보니 제임스가 미소 띤 얼굴로 나를 바라보고 있었다. 뱃속이 또다시 간질거렸다. 순간 팀이 떠올랐다. 제임스는 팀과 달라도 너무 달랐다. 시끄럽고 정신없고 변덕스러운 팀과 달리 차분하고 신중하고 사려 깊었다. 그래서 좋았다. 그냥 제임스와 잠깐 불장난을 하면 안 될까? 제임스는 빠진 치아가 하나도 없는 건강하고 꽤 괜찮은 남자다. 내가 몇 달 뒤면 떠난다는 사실도 알고 있다. 임시 직원과 연애를 하는 게 이번이 처음도 아니고 말이다. 아니다. 다 억지스러운 자기 합리화일 뿐이다. 제임스가 상처받았었다는 애니스의 말도 떠올랐다.

"당신은요? 무슨 사연이에요? 왜 아직 집을 떠나지 않았죠?" 나는 웃으며 물었다. 하긴, 아이린이 엄마였다면 나도 절대 집을 떠나지 않았을 것이다. "안 그래도 궁금했어요! 왜 두 분이 같이 일하죠? 어쩌다 그렇게 됐어요?"

"엄마는 내가 어릴 때 서부 해안 곳곳의 호텔에서 일했어요."

"아빠는요?"

제임스는 나를 돌아보며 웃었다.

"바로 본론인가요?"

"너무 궁금했거든요."

"아빠는 엄마랑 같이 안 살았어요."

"그럼요?"

"다른 여자와 살았어요. 엄마는 한 번도 정확히 말해 주지 않았지만 그런 것 같아요."

"너무하네요." 나는 검은색에 가까운 몸통과 밝은 녹색 이파리가 눈부신 너도밤나무를 빤히 바라보며 말했다. "미안하지만 아빠가 쓰레기였네요. 그럼 여기는 어떻게 오게 됐어요?"

"엄마가 로크 돈 호텔에 취직해서 지금 있는 숙소에 엄마랑 살게 됐어요. 당신이 쓰는 방이 원래 엄마 방이었죠. 그러다 호텔 끝의 또 다른 숙소로 옮겼어요. 엄마가 지금 지내는 집이 바로 거기예요. 호텔 주인인 맥도널드 씨가 어린 나를 잘 챙겨 줬어요. 그런데 아내가 아프면서 호텔에 자주 오지 않았고 그러면서 호텔이 황폐해졌어요. 아내가 죽고 나서는 맥도널드 씨가 호텔을 팔려고 했는데 엄마가 21세기에 맞는 호텔로 바꾸겠다며 맡겨 달라고 사정했어요. 이젠 로크 돈이 집 같아요."

"아, 그럼 개조하는 건 아이린의 생각이었군요?"

"네. 러셀이나 디자이너 등등은 아니지만요. 엄마는 당신한테 맡겨 주길 원했고 맥도널드 씨도 그럴 생각이었는데 담당 변호사한테 무슨 조언을 들었다면서 생각이 달라졌어요."

제임스는 잠시 말을 멈췄다.

"알고 보니 그 변호사가 러셀의 변호사이기도 했더라고요. 애초에 다 러셀의 계획이 아니었나 싶어요. 어쨌든 빌이 보증인으로 나섰고 그래서 여기까지 오게 된 거예요."

"어쩌다 황폐해질 지경까지 갔어요? 지금 모습만 보면 전혀 상상이 안 돼서요."

"운영비가 많이 들었어요. 유지비도 그렇고요. 그러다 보니 맥도널드 씨가 의욕을 상실했어요. 나쁜 분은 아니에요. 우리 모자한테 참 잘해 주셨어요. 다만 호텔은 계속 투자하고 손을 보지 않으면 활기를 유지할 수 없어요. 로크 돈에 여름마다 오는 분들은 점점 나이를 먹고 있어요. 부유층이지만 나이가 많죠. 출장 연회 의뢰도 줄고 있고요. 한 건이 들어왔긴 하지만요."

"출장 연회요?"

"대규모 파티나 결혼식, 영화 개봉 기념행사 같은 데서 서비스를 제공하는 거죠. 이번에 들어온 건도 영화 행사예요."

"와, 흥미로운데요?"

"궁금하겠지만 난 무슨 영화인지, 누가 나오는지 하나도 몰라요. 그냥 실수 없이 잘해야 한다는 것만 알죠. 우리 식당 한 달 치 수입보다 더 버는 행사거든요. 그보다 헤더는 왜 여기 왔어요?"

"무슨 뜻이에요?"

"이력서를 봤거든요. 굳이 여기 올 경력이 아니던데요."

나는 적당한 이유를 찾아 머리를 굴리다가 결국 사실대로 말했다.

"변화가 필요해서요. 다른 삶의 선택들이, 어, 만족스럽지 못했거든요."

"일이 끝나면 어디로 가요?"

"프랑스요."

나는 다시 헤더의 가면을 쓰고 슬프게 말했다. 순간 제임스의 표정이 달라졌다. 실망한 걸까?

"러셀에 대해서는 어떻게 생각해요? 애초에 왜 당신이 있는데 다른 총주방장을 들였죠?"

"난 총주방장이었던 적이 한 번도 없어요. 러셀이 오기 전에는 피터 피어스, 그전에는 믹 윌리엄이라는 사람이 총주방장이었죠. 둘 다 오래 못 갔어요. 아내들이 이곳 생활이 지루하거나 만족스럽지 못하다고 불평했거든요. 식당은 뒤에서 관리만 하고 글래스고에 사는 러셀은 그럴 일이 없지만요."

"맙소사! 그래서 통 코빼기도 내밀지 않았던 거군요."

제임스는 웃으며 말했다.

"러셀은 문제없어요. 진짜예요."

"하지만 실질적인 총주방장은 당신이잖아요."

"뭐," 제임스는 내 말에 살짝 수줍은 표정을 지었다. "그렇게도 볼 수 있겠네요."

"식당을 차리고 싶어요?"

"그럼요. 하지만 엄마를 떠나고 싶지는 않아요. 적어도 지금 당장은요."

"왜요?"

"그냥 그럴 수가 없어요."

제임스는 바구니 안에서 신선한 딸기가 가득 든 통을 꺼냈다.

"먹을래요?"

"네."

나는 윤기가 흐르는 통통한 딸기를 하나 집으며 말했다. "누구나 언젠가는 집을 떠나요. 무슨 사연이 있든 그게 정상이라고요. 게다가 서른 살이나 됐잖아요. 중국으로 가라는 것도 아니고 에든버러 정도는 괜찮지 않아요? 프랑스로 갈 수도 있고요. 아니면 스페인은 어때요? 세계 최고급 식당인가 뭔가도 스페인에 있지 않나요?"

제임스는 다시 웃었고 우리는 잠시 말없이 앉아 있었다. 나는 제임스를 더 알고 싶어 아까보다 더 오래 이어진 침묵을 깨고 물었다.

"요리는 왜 하게 된 거예요?"

제임스는 하늘을 올려다보다 고개를 옆으로 기울였다.

"흥미진진해서요. 꿈꾸던 로큰롤 스타는 못 됐지만 바쁜 주방에서 냄비와 팬을 막 휘두르면 무대에 설 때만큼 신이 나더라고요." 제임스는 웃으며 말을 이었다. "한창 바쁠 때의 그 긴장감이 좋아요. 새로운 음식을 만드는 것도 좋고요. 무엇보다 수많은 재료가 모여 하나의 요리가 되는 게 짜릿해요. 천일염부터 오징어 먹물까지 온갖 재료가 많은 사람의 땀과 노력을 거쳐 하나의 접시에 담겨요. 날씨가 도와줘야 하긴 하지만 누군가는 새벽 4시에 자명종이 울리면 배를 타고 나가요. 누군가는 토양의 완벽한 상태와 물과 햇볕의 적정량, 그 양을 유지하는 법을 알아야 해요. 그 많은 과정을 거친 재료들이 완벽한 순간에 내 앞에 도달해요. 그렇게 케일 다발이나 다 자란 가리비가 도착하면 나는 그에 걸맞은 경의를 표해야 해요."

제임스는 양 무릎을 두 팔로 껴안았고 나는 한마디도 놓치지 않고 그가 하는 말에 귀를 기울였다.

"정성을 다해 재료를 변형하죠. 재료의 있는 그대로의 완벽한 상태를 살리면서 익히거나 절이거나 말려요. 거의 손을 안 댈 때도 있어요. 양념을 해 팬에 아주 살짝만 익히거나, 뭐 그렇게요. 그런 다음 접시에 담죠. 생전 처음 보는 사람들을 위해 하는 일이지만 요리를 해 준다는 건 더없이 친밀한 행위예요. 누군가에게 수많은 과정과 노력을 거친 결과물을 먹이는 행위죠. 그 누군가는 어느 날 저녁, 어느 식당에 앉아 벤지의 친환경 양식장에서 잡아 프라이팬에 살짝 튀긴 가리비와 현지에서 재배하고 수확해 살짝 데쳐 버터로 볶은 서양 우엉을 먹으며 삶을 축하해요. 약혼을 축하하고 기념일을 축하하고 불륜을 축하하죠." 제임스는 씩 웃으며 덧붙였다. "요리는 모든 게 창의성과 열정의 사슬로 엮여 있어요. 관심과 사랑의 사슬이기도 하죠."

제임스는 말을 마치고 자세를 살짝 고쳐 앉았다. 할 수만 있다면 바위 밑으로 사라지고 싶었다. 제임스가 어떤 질문을 할지 예상이 됐기 때문이다.

"당신은 어때요? 와인도 비슷하지 않나요?"

"와인은……."

나는 다시 강을 바라보며 말문을 열었다. 연어 한 마리가 또 웅덩이에서 튀어 올라 몸을 비틀며 위쪽 웅덩이로 뛰어들었다. 낚시는 왠지 내 취향이 아니었다.

"다들 그러잖아요. 좋아하는 일로 먹고살라고요. 내가 술을 좀 많이 좋아하거든요."

나로서는 이 정도가 최선이었지만 참 성의 없는 답변이었다. 어떻게든 솔직히 말하고 싶었지만 그건 불가능했다.

"그럴 리가요. 와인은 굉장히…… 복잡하고 아주 사소한 것까지 신경 써야 하잖아요. 웬만큼 매달리지 않고서는 소믈리에가 못 됐을 텐데요."

"영화 〈사이드웨이〉를 진짜 좋아하긴 했어요."

나는 나무 뒤에서 불쑥 고개를 내민 태양이 제임스의 얼굴에 빛을 내리쬐는 모습을 보면서 말했다. 제임스는 더없이 느긋하고 잘생겨 보였다. 모델처럼 잘생긴 게 아니라 훈훈하게 잘생긴 얼굴이었다. 편안하고 사려 깊고 매력적이었다.

"영업시간 틈틈이 방에 틀어박혀 재개장 준비를 하고 있잖아요. 얼마나 열심히 노력하는지 다 보인다고요! 웬만한 헌신과 열정이 없으면 그렇게 못 하죠."

대참사를 피하려는 의지가 강한 동기를 부여한 덕분이다.

"잘하고 싶으니까요."

이 말은 진심이었다. 나는 얼른 화제를 다시 제임스 쪽으로 돌렸다.

"요리는 진짜 좀 잘하고 싶어요. 할 때마다 스트레스만 받고 망치거든요. 토스트도 제대로 못 만들어요. 무엇보다 난 요리에 휘둘리는 게 싫어요. '어이쿠, 타네'나 '젠장, 찢어지네' 같은 말만 하다 끝나죠. 음식은 내 시간에 맞춰 기다려 주질 않아요. 화장실을 가거나 메시지를 확인하다 보면 어느새 엉망이 돼 있어요. 뭘 만들든 곤죽이 되고 말죠."

"그래도," 제임스는 미소를 지으며 말했다. "뭐라도 만들긴 하네요."

"하!"

"완벽한 죽은 만들기 어려워요." 제임스가 몸을 앞으로 기울이면서 진지하게 말했다. "서두르면 안 돼요. 때를 기다려야 하죠."

"지금 나한테 딱 필요한 좌우명 같네요. 난 아직 그 때라는 게 안 온 것 같아요. 솔직히 영영 안 올 것 같기도 해요. 백상아리 암컷은 새끼를 낳을 준비가 되는 데 30년이나 걸린다는 거 알아요? 인생의 절반이 걸리는 셈이죠."

연어가 또 한 마리 튀어 올랐다. 문득 오직 하나의 목적에 매달리는 연어보다 못한 존재가 된 기분이 들었다. 연어의 단순한 생물학적 본능이 부러웠다. 제임스가 요리를 하는 것도 생물학적 본능 때문이 아닐까. 와인을 향한 헤더의 열정도 이미 헤더의 유전자에 각인돼 있는지도 모른다.

나도 그 무언가를 찾기만 하면 될까?

"기본적인 건 내가 가르쳐 줄 수도 있어요." 제임스가 말했다. "요리를 배우고 싶다면요."

"에이, 됐어요."

나는 제임스의 터무니없는 제안에 손사래를 치며 웃었다.

"난 재미있을 것 같은데요."

"고맙지만 사양할게요. 안 그래도 할 일이 많아서요."

나는 웃으며 제임스를 돌아봤다. 그때 제임스가 내 머리로 손을 뻗어 머리카락 한 가닥을 귀 뒤로 넘겼다. 나는 생각지도 못한 제임스의 친밀한 행동에 너무 놀라 몸을 뒤로 뺐다.

"미안해요."

"괜찮아요."

애써 표정을 관리했지만 얼굴이 붉어지는 건 막을 수 없었다.

"머리가 원래 더 짙은 색이에요?"

"네, 염색한 거예요."

나는 당황한 기색을 숨기며 말했다.

"예쁘네요."

나는 숨을 깊이 들이마셨다. 몸과 마음이 더는 버틸 수 없을 정
도로 제임스에게 끌리고 있었다. 위험했다.

"아, 제임스." 일단 입 밖으로 내뱉어 상황을 진정시켜야 했다.
"저기, 당신은 정말 좋은 사람이에요. 내가 시골에 살거나 했다면
당신은 딱 내 이상형일 거예요. 지금까지 봐 온 바로는 지극히 정
상인 것 같고요. 물론 대부분의 남자처럼 당신도 이상한 면이 없
지는 않아요. 함부로 평가하려는 건 아니지만 누구나 그런 면을
갖고 있잖아요. 99퍼센트 확신하는데 당신은 마더 콤플렉스가 있
어요. 나는 그런 당신한테 확실히 끌리고 있고요. 다만……."

"왜요, 곧 떠날 사람이라서요? 뭘 벌써 거기까지 걱정해요."

제임스가 웃으며 말했다.

우리는 잠시 말없이 앉아 있었다. 나는 포효하는 강물 소리에
무뎌지는 감각을 되살리려 애썼다. 마음 한구석에는 여전히 제임
스에 대한 의심이 도사리고 있었다. 늘 나를 따라다니는 내면의
목소리가 다시 속삭였다. 내게 관심이 있는 걸 보면 어딘가 문제

가 있는 남자가 틀림없다고. 그럼에도 나는 제임스와 나란히 앉은 지금 이 순간의 쾌락을 거부할 수 없었다.

나는 담요 너머로 손을 뻗어 제임스의 손을 잡았다. 돌아보지는 않았지만 제임스도 나를 보지 않고 있는 게 곁눈으로 보였다. 제임스의 손은 찻잔을 들고 있었던 터라 내 손보다 따뜻했다. 제임스도 그걸 느꼈는지 손을 빼 내 손 위에 얹었다. 그러고는 내 손가락을 폭 감싸 쥐었다. 열다섯 살로 돌아간 기분이었다. 믿기지 않을 정도로 달콤했다. 그러나 그 순간 헤더가 머릿속을 비집고 들어왔고 내 입에서는 낮은 신음이 새어 나왔다.

"왜 그래요?"

내가 손을 빼내자 제임스가 물었다.

제임스가 정말 좋은 남자라면 더더욱 이런 식으로 여지를 줘서는 안 됐다. 제임스는 내가 헤더인 줄 안다. 어떻게든 거리를 둬야 했다.

"실은 만나는 사람이 있어요."

나는 불쑥 내뱉었다.

제임스는 당황한 표정으로 마치 나와 접촉한 증거를 없애려는 듯 두 손을 바지에 문질렀다.

"이런, 나는……."

"아이린도 그 남자를 만났어요."

나는 차마 제임스를 마주할 수 없어 강물을 보며 말했다.

"아, 알아요. 당신이 그날 밤 누군가와 있었다는 말은 엄마한테 들었어요. 하지만 엄마가 보기에는……."

제임스는 말끝을 흐렸다.

"좀 복잡해요." 나는 애써 더 단호하게 말했다. "그래도 진작 말했어야 했는데 미안해요."

나는 마음과 다른 말을 하려니 목이 메었지만 이를 악물고 다시 말을 이었다.

"당신과 친구 이상의 감정인지 확신도 없었고 전에 만나는 사람이 있다고 말한 것도 같아서……."

나는 말끝을 흐렸다. 말도 안 되는 거짓말이었다. 나는 내 감정을 정확히 알고 있었다.

"이거 참 민망하네요."

제임스가 말했다.

"아뇨, 그럴 거 없어요." 나는 재빨리 말했다. "사실 좀 애매한 관계거든요. 뭐랄까, 그 사람 부모님을 만나거나 한 적은 없어요. 솔직히 앞으로 어찌 될지 모르는 관계지만 그래도 말해야 할 것 같았어요."

"그렇군요." 제임스는 여전히 민망한 표정으로 어색한 미소를 지었다. "낚시나 할까요? 하기로 한 건 해야죠."

제임스는 잠시 머뭇거리다 일어나 손을 내밀어 나를 일으켜 주었다.

나는 연어 한 마리를 잡아 트렁크에 실은 제임스와 함께 관자놀이에 실핏줄이 불거진 채로 숙소에 돌아왔다. 낚시는 별로 즐겁지 않았다. 물 위로 껑충 뛰어오르는 순간 낚아채여 생선 파이

신세가 되는 아름다운 연어들이 불쌍했다. 낚시를 즐기는 제임스가 이해되긴 했다. 제임스 같은 사람에게 낚시는 자연과 가까워지는 길일 터였다. 남자 친구가 있다는 내 어색한 고백을 들은 뒤로 제임스는 다시 편안해졌고 나도 제임스를 편하게 대했다.

"곧 재개장할 텐데 자신 있어요?"

제임스가 물었다.

"방에 틀어박혀 와인 리스트 좀 더 살펴봐야 해요. 그럼 준비될 거예요."

"이런 게 열정 아닌가요?"

제임스가 씩 웃으며 말했다.

열정보다는 생존에 가까웠다.

"오늘 고마웠어요. 즐거웠어요."

"즐겁지 않았잖아요."

제임스가 웃으며 말했다.

"즐거웠어요."

나는 제임스 때문에 즐거웠다는 말을 하고 싶은 충동을 누르며 말했다.

"전에 내가 스카이섬에서 일한 적 있다고 했던 거 기억나요?"

"네."

"오래전에 로크 돈에서 총주방장으로 일했던 분이 스카이섬에 작은 해산물 식당을 열었는데 거기서 일했어요. 다들 그렇겠지만 열여덟 살 때는 엄마랑 사이가 안 좋았어요. 그때 그분이 오라고 해서 갔었어요."

"엄마를 떠났었군요!"

절로 미소가 지어지는 고백이었다.

"그런 셈이죠. 오래는 못 갔지만요. 어쨌든 내가 요리와 진지하게 사랑에 빠진 건 그해 여름이었어요. 섬 곳곳의 납품업자들을 만나면서…… 빠져들었죠."

"이거 격려 연설인가요?"

나는 반항하는 척 눈썹을 치켜올리며 말했다.

"아뇨, 그런 거 아니에요." 제임스는 고개를 저으며 부끄러운 듯 손으로 입을 가렸지만 눈은 여전히 웃고 있었다. "그냥 열정을 쏟을 대상을 찾은 게 그때였다고 알려 주고 싶었어요."

"나한테도 아직 희망이 있으면 좋겠네요."

18장

　재개장을 나흘 앞둔 금요일 점심, 어느덧 꽤 자신감이 생겼다. 그동안 간소화된 메뉴로 바 구역에만 손님을 받으면서 경험을 쌓은 덕분에 이제는 몰래 록시를 따라다니며 배울 필요가 없어졌다. 와인 리스트도 절반을 훨씬 넘게 외운 덕분에 몇 차례 위기가 있긴 했지만 모두 무사히 넘길 수 있었다. 더는 즉흥적으로 제안하거나 '잠시만 기다려 주시면 추천할 만한 와인을 가져오겠습니다'와 같은 얕은수를 쓰지 않았다.

　단골 고객층의 대부분을 차지하는 노인들은 모험심이라고는 없는 부류였다. 애버딘 출신의 점잖은 은퇴자, 아만딥 싱과 얇고 짧은 시가를 즐겨 피우고 레몬 조각이 들어간 맑은 수프를 식사로 즐기며 날쌘 사냥개처럼 생긴 그의 아내, 야스민이 바로 그랬다. 목소리가 쩌렁쩌렁하고 팁을 후하게 주며 면 셔츠와 카키색 바지를 즐겨 입는 '스코틀랜드계' 미국인들도 자주 오는 단골이었다.

　오늘 저녁은 예약이 여섯 건뿐이니 어려울 게 없었다.

그때 나이가 많아 보이는 존 씨와 그의 비교적 젊어 보이는 아내, 리지 카디프가 식당에 들어섰다. 차로 15분 거리에 있는 주말 별장에서 온 부부였다. 카디프는 오스트리아 레흐에서 겨울 방학을 보내면서 학비가 비싸기로 유명한 페테스 칼리지를 다녔으며 캐시미어를 온몸에 두르고 특권 의식에 흠뻑 빠진 여자로 과하게 자신감이 넘쳤다. 반면에 두툼한 황록색 울 스웨터에 겨자색 바지를 입은 존 씨는 은퇴한 화학 교사 같은 이미지였다. 돈 많은 스코틀랜드 노부부였다.

리지 카디프는 곧 내 능력을 시험하기 시작했다.

"이 상세르, 좀 덜 자극적인 걸로 바꿔 주시겠어요?"

"자극적이세요?"

나는 얼음통에서 와인병을 빼며 말했다.

"이런, 손님도 그러시네요. 요즘 자꾸 상세르가 퇴짜 맞는 일이 많아서요. 더 부드러운 걸로 갖다 드릴까요?"

얼른 방향을 틀어야 했다.

"뉴질랜드 와인은 어떠세요? 다들 좋아하시더라고요."

"솔직히 말하면 진이 더 끌리네요. 진을 마시면 최소한 운전은 할 수 있을 테니까요. 진으로 주세요."

"여기 사람들은 다 술 마시고 운전하나 보죠?" 나는 자극적인 상세르를 들고 바 카운터에 가서 빌에게 물었다. "고급차를 모는 사람들은 정부가 음주 운전 기준을 따로 정하기라도 했대요?"

내가 아는 한 빌은 지난주 이후로 금주 중이었다. 물론 나는 빌이 그날을 마지막으로 영영 술을 안 먹을 거라는 희망을 가질 만큼 어리석지 않았다. 아이린은 도대체 왜 빌에게 계속 바 구역을 맡길까?

"농부들도 음주 운전을 하니 조심해요." 빌이 말했다. "새벽이나 해 질 녘에는 산울타리를 따라 걸으면 안 돼요. 자, 마셔 봐요."

나는 빌이 따라 준 마지막 남은 상세르를 아주 조금만 맛봤다. 내 능력으로는 청량한 산도를 지녔다고밖에는 표현하지 못할 맛이었다. 암기 노트에는 구스베리 맛이라고 적혀 있었지만 솔직히 냉장고에 일주일쯤 내버려둔 맛 같았다.

"잘되고 있는 것 같죠?" 록시가 우리 옆으로 슥 다가와 빈 탄산수병을 빌에게 건네고는 한 병 더 달라는 듯 고개를 끄덕이며 말했다. "셰리주는 거의 다 떨어졌어요."

"그럼 오리 요리는요!"

"그러니까요. 새로 배송될 때까지 다른 와인을 짝지어야 해요." 록시는 답을 기다리는 듯 나를 바라봤고 나는 얼른 대꾸했다.

"록시가 한번 해봐요. 뭘 추천하고 싶어요?"

록시는 함박 미소를 지으며 말했다.

"내일 저녁 영업시간 전까지 골라서 알려 드릴게요."

그때 젊은 종업원 한 명이 4번 테이블에 나갈 주요리가 담긴 큰 검은색 쟁반을 들고 지나갔다. 맛있는 냄새가 침샘을 자극했다. 세 가지 방식으로 요리하고 포시니와 보리를 곁들인 사슴 고기 요리였다. 나는 사슴 허릿살 위에 얹은 흰색 거품 소스가 뭔지 애니스에게 꼭 물어봐야겠다고 다짐했다. 배에서 꼬르륵 소리가 났다.

이 요리는 정말 배우고 싶었다. 한두 가지라도 요리법을 배워 데이트 상대에게 해 주거나 헤더를 감동시키고 싶었다.

"주방에 가서 조금만 구경하고 와도 돼요?"

나는 진홍색 살코기의 겉면을 어떻게 저렇게 먹음직스럽고 거무스름하게 지졌는지 알고 싶은 마음에 록시에게 말했다.

"4번과 5번 테이블은 주문 나갔어요. 아, 맞다! 토닉을 아주 조금만 넣은 진 토닉 한 잔만 카디프 부인에게 가져다주면 돼요. 상세르랑 영 안 맞으시나 봐요."

나는 카운터에 놓인 거의 바닥 난 와인병을 가리키며 인상을 썼다.

"여기서부터는 제가 맡을게요."

록시는 포니테일로 묶은 머리를 잡아당겨 더 단단하게 조였다. 록시에게는 손가락 마디를 우두둑 꺾는 것과 같은 행동이었다.

주방에 들어간 나는 한창 바빠 땀투성이에 볼이 발그레해진 제임스를 지나쳐 애니스에게 다가갔다. 애니스는 아직 여드름이 날 정도로 앳된 요리사가 매우 우아한 라벤더색 아이스크림 후식을 제대로 만드는지 감독하고 있었다. 안타깝게도 젊은 요리사는 손을 덜덜 떨었고 애니스가 큰 소리로 지시를 내릴 때마다 안 그래도 큰 흰색 유니폼 속으로 점점 쪼그라들었다. 일주일은 *자위도 못 할 게* 분명했다.

애니스는 날 돌아보고는 목례로 알은체를 했다. 미소를 짓지는 않았지만 이제는 그 무심한 표정에서도 은근한 온정과 호감이 느껴졌다.

"반응이 어때요?"

"좋아요. 사슴 요리는 다들 좋아하네요. 재개장하면 이 메뉴가 대박을 칠 것 같아요."

"그건 한 접시에 너무 많은 게 들어가요. 게다가 그 망할 거품 은……."

"부탁 하나 해도 돼요?"

"난 부탁 같은 거 안 들어주는데요." 애니스는 곧 눈을 가늘게 뜨며 물었다. "뭔데요?"

"그 요리, 어떻게 만드는지 알려 줄 수 있어요?"

애니스는 자세를 똑바로 하고는 의심스러운 눈빛으로 나를 보며 눈살을 찌푸렸다.

"왜요?"

나는 좌우를 살피고 가까이 다가가서는 목소리를 한껏 낮춰 말했다.

"요리를 너무 못하거든요."

"집에서 하기에는 꽤 번거로울 텐데요." 애니스가 무표정한 얼굴로 말했다. "소스만 만들려 해도 몇 시간씩 뼈를 고아야 하는데 할 수 있겠어요?"

"마녀의 가마솥 같은 그 큰 냄비에서 맨날 젓고 있는 게 그거예요?"

"네."

"힘들겠네요."

나는 애니스의 말에 동의하고는 다시 말했다. "그래도 시도라도 해 보고 싶어요."

"그만하면 됐어. 보내."

애니스의 말에 젊은 요리사가 안도하는 표정으로 총총 사라졌다.

"둘이 뭘 그렇게 속삭여요?"

게걸음으로 다가온 제임스가 음식 픽업 카운터에 태평스럽게 몸을 기댄 채 바람이 통하도록 상의의 맨 위 단추 두 개를 풀면서 물었다.

"헤더가 요리를 배우고 싶대요."

제임스는 재미있다는 듯한 표정으로 고개를 끄덕였다.

"나도 알아. 아마 꽤 힘든 도전이 될 거야."

"무슨 도전이요? 우리 또 도전하는 거예요?"

록시가 들어와 물었다. 록시는 앞치마를 벗고는 러셀이 장인의 솜씨를 발휘해 만든 작은 롤빵을 하나 집어 거의 한입에 먹어 치웠다.

"지난여름에 다 같이 정원에서 식용 채소를 기르는 도전을 했거든요. 브렛이 엄청나게 굵은 오이를 키워 이겼어요."

"엄청나게 굵은 오이는 누구나 좋아하죠."

나는 고개를 끄덕이며 말했다.

"제임스는 당근을 키웠는데 져서 엄청 속상해했어요." 록시가 놀리듯 말했다. "근데 최악은 빌이었어요. 아무 채소도 안 자랐거든요."

"다들 주방에 모여서 뭘 하는 거예요? 파티라도 열렸어요?"

아이린이 손뼉을 치며 말했다. "2번 테이블에 후식 나가야죠, 애니스!"

"헤더가 요리를 배우고 싶대서요."

제임스가 설명했다.

"저기, 여러분. 진정들 하세요. 난 그냥 사슴 고기 요리 하나만 만들고 싶을 뿐이라고요."

"집에서는 못 만들어요." 애니스가 걱정스러운 어조로 말했다. "가정식 요리를 하고 싶은 거면 스파게티용 라구 소스나 양념을 듬뿍 넣은 카레를 해봐요."

"누구 만들어 주게요?"

제임스도 끼어들었다.

"그런 거 아니라니까요." 나는 버럭 외쳤다. "나 참, 왜들 이래요. 망할 조리법 하나 배우고 싶은 게 다라고요."

"요리를 못 한다던데 진짜예요?"

어슬렁거리며 들어온 빌까지 소동에 합세했다.

"그만들 좀 해요!"

나는 급기야 웃음을 터트리며 말했다.

"설마 하나도 못 하지는 않겠죠. 와인을 그렇게 잘 아는데 볼로네제 스파게티 하나 못 만들려고요." 빌이 말했다. "기본부터 확인해 보죠. 통조림통은 딸 줄 알아요?"

이젠 모두가 웃었다. 평소였다면 좀 발끈했겠지만 놀림을 당하면서도 왠지 온기가 느껴졌다.

"달걀은 삶을 줄 알아요?"

록시가 물었다.

"피시앤칩스는 만들 수 있어요."

"그거 꽤 어려운데요. 튀김 옷도 만들어야 하고 감자튀김은 최소한 두 번은 튀겨야 해요. 나름 비법이 필요하죠."

애니스가 너그럽게 말했다. 실은 미리 반죽을 입힌 냉동 대구 살을 튀길 수 있다는 뜻이었지만 잠자코 있기로 했다.

그때 거대한 형상이 문을 열고 출입구를 꽉 채우면서 주방 안으로 거센 바람과 환한 햇볕이 쏟아져 들어왔다. 브렛이었다. 브렛은 거칠고 다부진 얼굴로 바람을 맞아 헝클어진 머리를 한 채 클로버처럼 생긴 식물이 가득 든 굉장히 우아한 디자인의 바구니를 들고 있었다. 매우 대조적인 광경이었다.

"괭이밥이에요."

브렛이 바구니를 카운터 위에 조심스럽게 올려놓으며 말했다.

"요리는 관두고 채집하는 법이나 배워야겠어요."

내가 말했다.

"애니스한테 배워요. 애니스보다 이 근방 식물을 더 잘 사람은 없거든요."

브렛의 말에 애니스는 못 말리겠다는 듯 눈알을 굴렸지만 볼을 살짝 붉혔다.

"요리부터 가르쳐야 한다고요."

애니스가 말했다.

"그러게 내가 가르쳐 주겠다고 했잖아요."

제임스가 한쪽 어깨에 마른행주를 아무렇게나 툭 걸치며 말했다. 제임스의 놀림에 달콤한 전율이 일었다. 바로 답하지는 않았지만 온 얼굴에 절로 미소가 번지는 게 느껴졌다.

"그거 잘됐네요." 애니스가 괭이밥을 씻으러 싱크대로 가져가며 말했다. "안 그래도 바빠 죽겠다고요."

"자, 여러분. 정리할 시간이에요."

아이린의 말에 모두 흩어졌다. 나도 자리를 뜨려 하자 아이린이 내 팔을 잡아 세웠다.

"헤더, 은행 관련 자료 좀 얼른 줘요. 전산에 등록해야 해서요."

"아, 네. 다음 주에 정리해 드릴게요."

나는 고개를 끄덕이며 말했다. 며칠 전부터 아이린에게 은행 자료를 달라는 요청을 받았지만 방법이 없었다. 여기 있는 동안은 집세를 낼 필요가 없으니 석 달 월급을 꼬박 모으면 헤더에게 밀린 집세도 갚고 따로 나가 살 아파트 보증금이 생길 수도 있었다. 그러나 헤더의 은행 정보를 제공할 수 없으면 아무 소용이 없었다.

"그래요. 아니면 현금으로 줄 수도 있어요." 아이린이 말했다. "유럽에서 온 직원들은 가끔 현금으로 지급하거든요. 여름 몇 달만 일하는 거라 전산에 등록하는 것보다 그게 편하고 빨라서요."

"그럼 그러죠, 뭐. 그게 편하면요."

그제야 조여들었던 가슴이 편안해졌다.

"좋아요. 그리고 저녁 영업 때까지 쉬어야 하는 건 알지만 잠깐 조언 좀 구할 수 있을까요?"

"그럼요."

아이린과 바 구역을 지나가면서 보니 록시가 리지 카디프의 테이블을 치우고 있었다. 카디프는 시끌벅적한 댄스파티라도 다녀온 듯 심하게 비틀거렸고 남편은 금방이라도 곯아떨어질 것처럼 졸려 보였다. 창가에는 또 다른 부부가 앉아 있었다. 휠체어에 앉은 노부인에게 더 젊어 보이는 노신사가 라벤더색 아이스크림을 숟가락으로 떠먹여 주고 있었다.

"젤다와 찰스예요." 아이린이 속삭였다. "사랑스러운 부부죠. 그런데 저래 보여도 젤다 혼자 힘으로 얼마든지 먹을 수 있답니다."

아이린을 뒤따라 복도로 가니 이번에는 적어도 오십 대는 돼 보이는 독일 여자가 몸을 비비 꼬며 우리를 불러 세웠다.

"디 투알레튼(화장실은 어디인가요)?"

여자는 걸음마를 배우는 아기처럼 한 발 한 발 떼며 크게 외쳤다.

"복도로 쭉 가시면 왼쪽에 있어요, 슈나이더 부인."

아이린은 슈나이더 부인이 외국인인 데다 청력에 문제가 있는 듯 큰 소리로 답했다.

"실은," 창가의 둥글고 작은 테이블에 앉으며 아이린이 말문을 열었다. "다른 직원들한테도 이미 조언을 구했어요. 그래도 헤더는 런던에서 일한 경험이 있으니 더 좋은 아이디어가 있을 것 같아서요."

"말씀하세요."

나는 아이린의 옆자리에 털썩 앉으면서 제발 와인에 대한 질문만 아니기를 빌었다.

"개조 공사가 마무리 단계라 젊은 고객층을 끌어들일 방법을 찾고 있어요."

아이린은 안경을 쓰고 기대에 찬 눈빛으로 나를 바라보며 말하고는 늘 갖고 다니는 작은 가죽 노트를 테이블에 펼치고 펜을 꺼냈다.

나는 열심히 고개를 끄덕였다.

"좋은 생각 있어요?"

이건 나도 답할 수 있는 질문이었다.

"떠오르는 대로 말하자면 일단 홈페이지부터 바꾸셔야 할 것 같아요."

"아, 그건 다음 주에 마무리될 거예요. 러셀이 이용하는 회사가 있어요."

"아, 잘됐네요. 이전 홈페이지는 업데이트가 하나도 안 된 상태더라고요. 그거 보고 찾아온 사람들은 엄청나게 충격받을 거예요. 두 호텔이 전혀 다르니까요."

의도치 않게 다소 짜증이 실린 말투가 튀어나왔지만 경험에서 우러나온 답이었다.

"그래도 좋은 의미의 충격이지 않을까요?" 아이린은 인상을 찌푸리며 말했다. "어쨌든 그 문제는 처리될 거예요. 다른 아이디어는 없나요? 그냥…… 뭐랄까…… 헤더는 경험상 도체스터 호텔이나 소호 하우스처럼 부유층이 즐겨 찾는 호텔에서 어떤 전략으로 고객을 유치하는지 알 것 같아서요."

"음……. 직원들이 소셜 네트워크 서비스를 이용하나요?"

"제임스가 인스타그램을 하긴 하지만 개인 계정이에요. 러셀도 물론 자기 계정이 있을 테고요."

"식당 이름으로 계정을 만들 필요가 있어요. 러셀에게 부탁하면 되지 않을까요? 그리고 런던의 홍보 업체를 통해 인플루언서 몇 명에게 연락해 무료 숙박권을 제공하는 건 어때요?"

"인플루언서요? 평론가 같은 건가요?"

나는 웃음이 터지려는 걸 참으며 말했다.

"아, 그렇지는 않아요. 그냥 젊은 사람들이 동경하는 젊은 사람이에요."

"그럼 유명인이네요."

"좀 달라요. 인터넷에서만 유명하거든요. 팝 스타 같은 게 아니라 그냥 평소 자기 모습을 보여 주면서 유명해진 사람들이에요."

"정말요?"

"진짜 웃기는 현상이지만 효과가 있긴 해요. 팔로워가 엄청 많은 사람들이라 잘 이용하면 홍보가 많이 될 거예요."

"인터넷 유명 인사군요." 아이린이 고개를 끄덕이며 받아 적었다. "그 사람들을 초대해 공짜로 묵게 하라는 거죠?" 아이린은 다시 고개를 끄덕였다. "어떤 목적을 위해서요?"

"그 사람들이 자기 계정에 우리 호텔 사진을 올리면 결과적으로 홍보가 되는 거죠."

어설픈 지식을 부풀려 운 좋게 얻었던 디지털 미디어 일자리 경력이 이렇게 쓸모를 발휘할 줄은 몰랐다. 나도 호텔에 보탬이 될 수 있다니 뿌듯했다.

"진짜 솔직하게 말해도 돼요?"

"그럼요. 호텔을 위해서라면요."

"그게······ 음식 말인데요. 지금 메뉴가 정말 근사하긴 하지만 더 간편한 메뉴도 제공할 생각은 없으세요? 바 구역과 테라스에서 먹을 수 있게요. 아침으로 간단히 따뜻한 컬런 스킨크(스코틀랜드식 훈제 생선 수프-옮긴이)나 훈제 청어를 먹고 싶은 관광객들을 겨냥하는 거죠. 실은 저도 기차 타고 올 때 스코틀랜드 음식을 찾아보면서 기대를 잔뜩 했었거든요."

"아뇨, 그건 불가능해요. 이번 재개장에서 가장 크게 개선된 부분은 러셀이 주도한 인테리어뿐 아니라 메뉴예요. 러셀은 미슐랭 별점이니 뭐니 그런 걸 매우 중시해요. 무엇보다 맥도널드 씨가 러셀을 적극 추천하셨고요."

"아, 그렇군요."

"난 우리 호텔이 뭐랄까······ 현대적이고 고급스러우면서 다양한 부류의 고객이 드나들었으면 좋겠어요. 카디프 부인 같은 분들이 와인을 마시며 쓰는 돈으로는 부족해요. 그분들이 호텔 운영비의 상당 부분을 책임져 주고는 있지만 전부는 아니거든요."

"계속 고민해 볼게요."

나는 그만 일어날 준비를 하며 두 손을 테이블에 올렸다.

"부탁해요, 헤더." 아이린이 미소 띤 얼굴로 말했다. "이제 시작이에요. 오랫동안 공들인 계획이 이제 곧 실현되는 거예요. 〈더 스코츠맨〉에 좋은 평이 실리고 입소문이 나기만 하면 돼요. 자신 있어요."

"잘될 거예요."

"빌이 그러던데 많이 익숙해졌다면서요?"

"네, 이제 좀 파악이 되고 있어요."

"다행이네요. 그리고 헤더," 아이린은 안경을 벗어 접으면서 다소 진지해진 목소리로 말했다. "제임스가 요리 수업을 제안하던데 배울 건가요?"

나는 당황해서 자세를 조금 고쳐 앉았다.

"글쎄요. 제임스가 바쁘고 아이린이 반대하면……."

"반대하는 건 아니에요."

아이린은 잠시 말을 멈추고 새끼손가락에 끼운 반지를 내려다보다 반지를 돌렸다. 아이린이 이렇게 불편해 보이기는 처음이었다. 나는 곧 그 이유를 깨달았다. 아이린은 제임스를 걱정하고 있었다.

"아이린, 걱정할 필요 없어요……."

나는 적당한 답변을 찾아 머리를 굴렸지만 찾지 못했다. 아이린은 제임스가 또 상처받을까 걱정하는 게 분명했다. 걱정하는 게 당연했다.

"우리 집에서 하는 건 어때요?" 아이린이 제안했다. "우리 집은 가정용 주방이 잘 갖춰져 있고 어차피 지금 지내는 숙소에서는 안 되잖아요. 제임스 말로는 오븐을 제대로 쓰려면 그릴이 있어야 한다더라고요……."

나는 무슨 말을 해야 할지 몰라 고개만 끄덕였다. 아이린은 제임스를 아직도 보호가 필요한 십 대 소년으로 생각하는 듯했다.

하지만 오히려 그 덕분에 제임스와 나, 둘 다 정신을 차릴 수 있을지도 몰랐다. 무엇보다 나는 요리를 꼭 배우고 싶었다.

"정말 좋은 생각이네요."

내가 의욕적으로 답하자 아이린은 안도하는 표정을 지었다.

"좋아요. 대신 재개장 이후에 하는 걸로 해요. 괜찮죠? 다음다음 주 월요일 어때요?"

"아주 좋아요! 왠지 예비 신부 학교에서 교육받는 느낌인데요? 스코틀랜드 말도 배우고 류트 연주법도 배워서 잉글랜드로 돌아가 법조인이랑 결혼이라도 해야겠어요."

"그러게요."

아이린은 속내가 전혀 드러나지 않는 표정으로 말했다.

19장
6월

　일요일 오후, 화요일 재개장을 앞두고 마지막 영업을 마쳤다. 다들 주방에서 일하거나 식당을 대청소했다. 록시와 나는 재고 조사를 막 끝낸 참이었고 록시는 주중에 톰을 만나 와인 협회 행사용 와인을 살펴보기로 했다. 협회장인 매슈 헌트 씨가 '잉글랜드 와인' 아이디어를 매우 흡족하게 여긴다는 소식이 전해져 러셀과 아이린도 전적으로 지원하기로 했다.

　"휴일에 뭐 하실 거예요?"

　록시가 물었다.

　"내일이랑 화요일은 느긋하게 시간 보내면서 리스트를 완벽하게 숙지했는지 점검하고 다음 주 월요일부터는 제임스한테 요리를 배우기로 했어요."

　나는 너무 기뻐하는 티를 내지 않으려 애썼다.

　"와, 배우기로 하셨군요."

　"근데 솔직히 아직은 쉴 자격이 없는 것 같아요."

　진심이었다. 생전 처음 느껴보는 신기한 기분이었다.

"평소처럼 그 노트에 코를 박고 지내시겠죠."

록시가 놀리듯 하는 말에 나는 얼른 청바지 주머니에 노트를 꽂아 넣었다.

"안 그러면 어떻게 외워요?" 나는 다소 방어적인 어조로 말했다. "와인의 종류가 만 개가 넘잖아요. 이 식당의 와인만 해도 130개 가까이 되고요."

"아, 죄송해요." 록시는 바로 사과하고는 입술을 깨물었다. "제가 너무 바보 같은 소리를 했네요. 죄송해요."

"사과 좀 그만해요. 잘못한 것도 없잖아요."

나는 한숨을 쉬며 말했다.

"죄송해요."

록시는 또 사과를 하고는 곧바로 눈을 동그랗게 뜨고 입을 가렸다. 웃음이 나왔다. 어쩌면 저리도 풋풋할까.

"어떤 소믈리에가 좋은 소믈리에라고 생각해요?"

나는 최대한 무심한 말투로 물었다.

"음……." 록시는 나와 내 뒤의 와인 선반을 차례로 보고는 말했다. "좋은 소믈리에는 각각의 요리와 어울리는 와인을 추천할 수 있어야 한다고 생각해요. 두 개는 해야겠죠? 모험을 즐기는 고객에게는 약간 색다른 와인을 추천하면 좋으니까요. 그리고 고객의 예산을 추측해서 추천하기보다는 고객이 부담을 느끼지 않을 가격대의 와인을 안내해 주고 직접 고르도록 해야 해요." 록시는 잠시 말을 멈추고 바닥을 내려다봤다. "지금까지 본 바로는 헤더가 그걸 아주 잘하더라고요."

록시의 칭찬에 마음속 깊숙이 온기가 가득 퍼졌다. 손님들을 편안하게 해 주려고 노력한 건 사실이었다. 그러나 그건 내가 일을 잘해서라기보다는 주눅 드는 기분을 누구보다 잘 알기 때문이었다.

"가난한 기분이 들면 싫잖아요. 실제로 가난하면 더 싫고요. 물론 여기 오는 사람들은 아무도 가난하지 않지만요."

"어떻게 그렇게 사람 마음을 잘 읽으세요?"

"무슨 뜻이에요?"

"직감이 뛰어나신 것 같다고요. 아이린도 그래요. 아이린이 손님을 딱 보기만 해도 다 맞히는 거 보셨어요? 비결이 뭔지 언제 한번 물어보세요."

록시는 휴대폰을 챙겨 들고 재고 장부를 다시 선반에 놓으면서 말했다.

"어떻게 하는데요?"

"손님이 도착하면 얼마나 쓸지 10파운드 오차 범위 내에서 맞혀요. 얼마나 마시고 어디 출신이고 왜 우리 식당에 왔는지까지요. 진짜 신기해요. 빌이 고가의 메뉴를 팔아 아이린의 예측이 엇나가게 하려고 아무리 애를 써도 성공한 적이 거의 없다니까요."

"그건 참 신기하네요."

"내일 정말 숙소에서 그냥 쉴 거예요?"

록시가 다시 물었다. 무언가 제안하고 싶어 하는 눈치였다.

"네. 이것저것 다 좀 제대로 숙지하려고요. 한숨 돌리면서요."

"말 타러 한번 가 보세요. 브렛이랑 제대로 만난 적 있으세요?"

"네. 발목 삐었을 때 치료해 주셨어요."

나는 주방으로 향하는 계단을 뒤따라 올라가며 말했다.

"정말 좋은 분이에요. 교도소에 있었다는 말을 들었을 때는 진짜 믿기지 않더라고요."

"설마요! 왜요?"

"열여덟 살 때쯤에 글래스고에서 상점을 털었대요. 소문은 그래요."

"맙소사."

"아, 겁낼 필요는 없어요. 진짜 제가 아는 사람 중에 제일 친절해요. 브렛도 다른 직원들처럼 이 호텔, 그러니까 '마지막 기회의 집'에서 일자리를 얻었어요. 애니스가 붙인 별명이에요."

"왜요?"

"대부분 도망 중이거나 막다른 길에 몰린 사람들이거든요. 아이린은 갈 곳 없는 사람들을 거두는 게 취미예요."

"록시도 그래요?"

"아직은 아니에요." 록시는 활짝 웃으며 말했다. "진짜 꼭 말 타러 가세요! 브렛한테 부탁해서 태워달라고 해요. 호수 길을 따라 타면 얼마나 멋진데요. 브렛도 아마 시간이 될 거예요."

"아, 난 못 해요. 너무 무서워요."

"무서워할 거 없어요. 늙은 말을 타면 아무 문제 없어요. 해 보세요!" 록시가 다시 환한 미소를 지으며 말했다. "장담하는데 진짜 재미있을 거예요."

"알았어요, 록시."

나는 적당히 장단을 맞춰 줬다. 말을 마친 록시는 깡충거리는 걸음으로 언덕을 내려가 숙소로 향했다.

오후가 되니 햇빛이 꽤 강렬해 공기가 훈훈했다. 나는 트렌치코트를 벗어 어깨에 걸쳤다. 발밑의 땅은 축축해 진흙투성이가 돼 있었다.

휴대폰을 꺼내 보니 팀에게 문자가 와 있었다.

런던은 거지같아. 데이모가 이번 주에는 술을 안 마시는 데다 철도를 새로 깐다고 로즈 & 크라운이 문을 닫았어.

즐겨 가는 술집이 문을 닫으면 런던에서 할 일이 하나도 없다니 참 팀다웠다. 내가 있었다면 같이 투덜거리며 어정거리다 마켓 포터에 갔을 것이다. 팀은 알코올 도수가 너무 약하고 관광객용 바가지요금이 매겨진 맥주를, 나는 맛이 변질된 화이트와인 스피릿츠를 마셨을 것이다. 헤더와 내가 툭하면 가는 버러 마켓이 그립긴 했다. 토요일 아침에 어슬렁거리며 가는 것도 좋지만 금요일 밤에 퇴근하고 갈 때가 제일 좋았다. 헤더는 직원들과 친한 식당이 몇 군데 있어서 언제든 자리 잡고 앉아 취할 장소가 있었다.

팀이 가는 술집은 오로지 로즈 & 크라운뿐이었다. 그리고 술에 취하면 어김없이 웃기는 짓을 했다. 템스강에서 다 벗고 헤엄치다가 타워 브리지 남쪽에서 길을 잃고 헤매던 관광객들의 눈에 떠어 사진이 찍히기도 했다. 아마 관광객들은 〈다운튼 애비〉나 〈메리 포핀스〉에 나오는 귀족과는 전혀 다른 영국인도 있다는 사실에 놀랐을 것이다.

아래쪽으로 내려가니 울타리를 친 직사각형 모양의 정원이 비탈에 꾸며져 있었다. 채소가 무성하게 자란 주방 정원이었다. 정원을 따라 늘어선 여섯 개의 테라스 옆에는 사람이 많이 다니는 작은 통로가 나 있었다.

여기서 보니 숙소가 강둑에 가려 거의 보이지 않았다. 마구간 뒤에서 한가롭게 풀을 뜯는 말 두 마리와 숙소 한 채의 지붕만 간신히 보였다.

나는 강둑을 따라 계속 걷기로 했다.

얼마 전 제임스와 산책을 시작한 지점에서 보니 강 상류 쪽으로 골짜기가 나 있었다. 길이 있다는 뜻이었다. 허리 높이의 덤불을 힘겹게 뚫고 나가니 역시 길이 나왔다. 나는 길이 어디까지 이어져 있는지 보고 싶어 뒤로 돌아 강 하류 쪽으로 걸음을 옮겼다. 호수가 있는 건 알지만 아직 실제로 본 적은 없었다. 바람은 꽤 불었으나 등산객을 위해 길이 깔끔하게 치워져 있었다. 아래로 비탈진 길이었지만 나무뿌리가 천연 계단 역할을 해 쉽게 내려갈 수 있었다.

길을 따라가니 나무의 수가 점점 줄어들었고 가장자리가 돌투성이인 강물의 폭이 넓어지고 얕아졌다. 물줄기는 조약돌 사이사이를 빠르게 흘러 시원해 보이는 거대한 쪽빛 물웅덩이에 도달했다. 흐르는 강물을 따라 걸음을 재촉해 둑에 올라선 순간, 나는 숨이 멋었다.

아름다운 짙은 색 야생 호수가 눈앞에 펼쳐졌다. 호수는 초록 빛이 드문드문 섞인 회색 언덕으로 둘러싸여 있었다. 발목을 감싸며 부는 부드러운 바람이 약한 돌풍이 되어 몸을 타고 올라왔다. 천천히 움직이는 회색 구름과 흰색 구름이 한 번씩 태양을 가릴 때마다 한기가 느껴졌다. 나는 내 오른쪽에 있는 크고 평평한 바위에 잠시 앉아 경치를 구경하기로 했다. 내가 꿈꾸는 나를 돌아보게 만드는, 그런 절경이었다.

마음이 한없이 평온해졌다.

문득 런던의 와핑에 있는 오래된 술집, 프로스펙트 오브 휫비 근처 부두에 헤더와 나란히 앉아 템스강을 바라보던 날이 떠올랐다. 헤더가 만 열여덟 살이 돼 드디어 아빠의 유산을 상속받은, 묘하게 달콤쓸쓸했던 날이었다.

헤더는 소원대로 술을 마시면서 아빠의 이야기를 했다. 헤더에게 진심으로 공감하려면 매우 애를 써야 하는 이상하고 지리멸렬한 대화였다. 나는 아빠가 죽는 상상이 잘 되지도 않았고 죽는다 해도 그리 슬플 것 같지 않았다. 5세대 이동통신과 빌 게이츠가 백신 다음으로 인류에게 가장 큰 위협이라고 믿는, 아니 진심으로 믿는 사람에게 무슨 애정이 있었겠는가. 그러나 헤더에게 아빠의 죽음은 헤더만의 잘생긴 왕자님을 잃는 것이나 마찬가지였다. 헤더의 모든 것이 사라졌다는 뜻이었다.

헤더의 아빠가 심장 마비로 세상을 뜬 뒤 헤더는 새엄마와 플리머스에 남았다. 새엄마는 친절하긴 했지만 양육에는 그다지 소질이 없었고 딸까지 상속받은 데 대한 억울함을 공공연히 드러냈다. 그 시절 헤더와 나는 다른 아이들과는 달리 정해진 귀가 시간이나 규칙 같은 게 없었고 그 덕분에 떼려야 뗄 수 없는 단짝이 됐다.

헤더가 열세 살에 기숙학교로 떠났을 때는 잠시 우정이 흔들리기도 했다. 헤더가 첫 방학을 맞아 분홍색 매니큐어를 바르고 돌아오자 나는 헤더가 매니큐어를 지울 때까지 심하게 놀려댔다. 바로 미안해진 나는 엄마 돈을 훔쳐서 산 분홍색 매니큐어를 헤더와 같이 손톱에 발랐었다.

헤더 덕분에 나는 내 부모를 이해할 수 있었다. 아빠를 이해하기는 쉬웠다. 아빠는 그냥 술고래였다. 그러나 엄마는 어려웠다. 박쥐 똥에 관한 음모론에 집착하기도 했고 내가 아는 현실과는 다른 현실을 사는 것처럼 보여 도통 속을 알 수 없었다.

"네 엄마가 선생님한테 또 지각한 게 네 잘못이라고 말한 건 학교에서 사회 복지국에 연락할지도 모르기 때문이었을 거야"라고 헤더는 말했다. 나는 무슨 일을 하는지는 몰랐지만 사회 복지국이 무서웠다. 내게는 아빠가 가끔 술에 떡이 되는 것과는 비교도 할 수 없이 겁나는 존재였다. 게다가 나는 살 집도 있었고 굶지도 않았다. 방치된 건 아니었다.

헤더가 냉장고에 자랑스레 붙여 놓은 성적표를 새엄마가 청소한다고 치워 버렸을 때는 내가 대신 축하해 줬다. 우리는 가족이었다. 헤더와 나는 서로의 삶에 난 구멍을 시시때때로 막아주는 하나뿐인 가족이었다.

이후 헤더의 삶이 얼마나 바뀌었는지는 중요하지 않았다. 아무리 큰 성공을 거둬도 헤더는 언제나 내게 돌아왔다. 당연했다. 물리적으로나 심리적으로 늘 헤더의 곁을 지킨 사람은 나뿐이었다.

헤더가 여기에 왔어야 했다. 왔다면 죽은 엄마가 더 친밀하게 느껴졌을 것이다. 나는 문득 헤더가 왜 그렇게 갑자기 이 일을 그만뒀는지 궁금해졌다. 정말 크리스티안 때문만이었을까? 확실히 그때 헤더는 평소 같지 않았다. 내가 모르는 뭔가가 있는 걸까?

돌멩이를 하나 집어 던지니 어두컴컴한 물속으로 가라앉으면서 육중하고 듣기 좋은 소리가 났다.

헤더가 외로움을 달랠 기회를 빼앗았을지 모른다는 후회가 새삼 들었다. 버팀목이 필요한 사람은 둘 중 언제나 나라고만 생각했다. 끔찍한 부모를 둔 쪽은 나였으니까. 그러나 헤더도 다른 의미에서는 나 못지않게 외로웠다. 헤더의 집에서 크리스티안을 두고 나눴던 대화가 떠올랐다. 이제는 한 달도 넘게 지난 그날, 헤더의 얼굴에는 헤더가 그토록 그리워했던 무조건적인 사랑을 드디어 찾았을지 모른다는 초조한 희망이 서려 있었다.

이번에도 나는 개입하지 않았다. 개입하려 할 때마다 헤더가 마음을 닫고 멀어졌기 때문이다. 무조건 헤더를 응원하기로 마음먹은 뒤로 헤더는 무슨 일이 생기든 마음 놓고 내게 돌아왔다. 부모가 할 역할을 내가 대신한 것이다.

헤더에게 전화하고 싶었지만 지금은 헤더의 목소리를 들을 자신이 없었다.

나는 고개를 흔들어 잡념을 떨치고는 자리에서 일어났다. 그러고는 더러워진 운동화를 벗고 바지 자락을 걷어 올린 뒤 물가까지 발끝으로 살금살금 걸어갔다. 그러다 물이 닿지 않을 안전한 지점에 멈춰 섰다.

"다이빙하기 좋은 곳은 아닌데요."

빌이었다.

"안녕하세요!"

혼자만의 시간이 끝난 건 좀 아쉬웠다.

"고맙다는 인사를 아직 못 했네요." 빌이 호수의 수평선을 내다보며 말했다. "그날 말이에요."

"별말씀을요."

그날 이야기는 별로 하고 싶지 않았다. 그리고 어차피 빌이 무슨 말을 할지는 이미 알고 있었다. 분명 *미안하다*고 할 것이다.

"미안했어요, 그날은⋯⋯."

빌이 말문을 열었다.

"빌. 진짜 괜찮아요."

나는 긴말은 필요 없다는 표정을 지어 보였다.

"요즘 잘하던데요."

잠시 후 빌이 말했다.

"자신감이 생겼어요."

나는 얼른 대꾸했다.

"아주 딴사람이 된 것 같아요⋯⋯."

"네, 네, 알아요." 나는 팔짱을 끼며 말했다. "처음 와서는 엉망이었던 거 알아요. 그건 죄송하게 생각해요. 하지만 이제는 자신 있어요. 빌이나 아이린을 실망시키는 일은 더 이상 없을 거예요. 약속해요."

빌은 '믿어 의심치 않는다'는 표정으로 진지하게 고개를 끄덕이고는 몸을 숙여 돌을 하나 집어 들었다. 물수제비를 뜨려는 듯했지만 두 번밖에 튕기지 못했다. 나는 얼마 전 엿들은 빌과 아이린의 대화가 떠올라 빌을 돌아보며 미소를 지었다.

"왜요?"

빌이 물었다.

"아무것도 아니에요. 그냥," 나도 돌을 하나 들어 매끄러운 표면을 손가락으로 쓰다듬으며 말했다. "응원해 줘서 고맙다고요."

나는 심호흡을 하며 호수를 내다보았다. 확 트인 호수의 풍경은 그야말로 장관이었다. 야생의 모습을 그대로 간직하고 있었다.

"이곳이 많이 좋아질 것 같아요."

나는 동경에 젖은 눈빛으로 말하고는 돌멩이를 호수에 던졌다. 돌은 한 번, 두 번, 세 번, 네 번, 다섯 번 튕겼다.

"서부 해안에 일하러 오는 사람들은 대부분 무언가로부터 도망치거나 숨거나 둘 다인 경우가 많아요."

"서부 해안 사람들이요, 이 호텔 사람들이요?" 나는 빌을 돌아보며 물었다. "록시한테 들었어요. '마지막 기회의 집'이라면서요. 길 잃은 영혼을 받아 주는 아이린의 집이요."

빌은 웃으며 말했다.

"뭐, 틀린 말은 아니죠. 원래 갈 곳 없는 사람들을 돕는 걸 좋아해요."

"그렇군요."

나는 벗어 둔 양말과 신발을 찾으며 말했다. 날씨가 점점 추워지고 있었다.

"여기는 왜 왔어요?"

"네? 이 호수에요?"

"이 호텔에요. 여기 온 진짜 이유가 뭐예요?"

빌이 외투의 단추를 채우며 물었다. 나는 몸을 부르르 떨며 운동화에 발을 집어넣었다.

빌을 돌아봤다. 빌은 내게 무슨 답을 듣고 싶은 걸까.

"마음의 평화를 위해서요."

나는 가볍게 답하고는 빌에게 미소를 지어 보이며 길을 향해 발을 내디뎠다.

20장

재개장 당일, 영업 개시가 코앞인데도 묘하게 마음이 평온했다. 할 수 있는 준비는 다 했다. 개조 공사가 진행된 2주 동안 와인 리스트에 실린 모든 정보를 벼락치기로 외웠고 영업 중 잊어버릴 경우를 대비해 외운 내용은 작은 노트에 모두 적어 뒀다. 혹시 모를 상황이 벌어지더라도 기회만 되면 소믈리에 역할을 하고싶어 하는 록시가 있어 안심이었다. 빌도 틈날 때마다 약속한 대로 나를 '그림자'처럼 따라다니며 내가 조금이라도 주저하면 다정하게 추천할 만한 와인을 알려 줬다. 나를 감시하는 듯한 느낌이 약간 들었고 그럴 만도 했지만 불친절하거나 짜증 난 어조로 말한 적은 한 번도 없었다. 고맙게도 빌은 진심으로 나를 도우려애썼다.

이상한 게 하나 있다면 사람들이 내 말을 그냥 믿는다는 점이었다. 다들 내가 헤더고 와인 전문가라고 믿었다. 엘리자베스 핀치(친구들은 버디라고 부르는)는 전혀 보이지 않는 모양이었다. 자격증과 경험은 없고 온갖 하찮은 일자리를 전전했으며 모험을 즐기고 거짓말을 일삼고 헛소리를 지껄이는, 음모론을 맹신하는 부모 밑에서 자란 서른한 살 펀치는 보이지 않는 듯했다. 아니면 내 바람이지만 헤더와 내가 조금씩 섞인 나를 보는지도 몰랐다.

아이린은 새 단장한 식당 홀로 직원들을 안내했다.

"여러분, 모두 모이세요!" 아이린이 외쳤다. "드디어 정식으로 점심 영업을 시작하게 됐네요. 환영합니다! 정말 멋지지 않나요?"

모두 조용히 한 차례 박수를 쳤다. 만난 지 얼마 되지 않았지만 내가 보기에 아이린은 개조한 식당이 그렇게 멋지다고 생각하는 것 같지 않았다. 물론 나쁘지는 않았다. 남성적인 느낌은 그대로였고 전보다 덜 귀엽고 더 모던해진 느낌이었다. 리넨으로 덮어 씌웠던 의자와 테이블은 짙은 색 나무와 가죽 소재의 의자와 테이블로 교체됐다. 맨 끝 벽에서 가장 눈에 잘 띄는 자리에는 반갑게도 맥도널드 씨의 초상화가 다시 걸려 있었다.

"여름이 코앞으로 다가왔습니다. 이번 시즌에는 중요한 행사가 몇 건 있는데요. 잘 알다시피 매우 중요한 하일랜드 와인 협회 행사가 다가오고 있고요. 영화 개봉 뒤풀이 파티도 곧 열릴 겁니다. 영화계 주요 인사들이 다수 참석할 텐데요. 새 단장을 마친 로크돈 호텔이 세계 정상급 행사를 얼마나 잘 치를 수 있는지 보여 주자고요."

젊은 직원들이 흥분한 듯 웅성거렸다.

"자자, 진정들 하세요." 아이린이 씩 웃으며 말했다. "무엇보다 아주 특별한 손님이 몇 주 내로 우리 식당을 방문한다고 합니다. 정확히 언제 오실지는 모르지만요."

"지난번에는 톰 하디 부부라고 하셨어요."

록시가 속삭였다.

"맙소사, 완전 내 이상형인데."

"너무 늙었어요." 록시가 대꾸했다. "저는 노아 센티네오가 좋아요."

"눈빛이 너무 촉촉해요."

내가 고개를 저으며 말했다.

"제 아래도 촉촉해지죠."

록시가 자기 대답에 킥킥 웃음을 터트리자 아이린이 인상을 찌푸렸다. 나는 록시의 야한 농담에 짐짓 화난 표정을 지었다.

"신임 총주방장이신 러셀의 뛰어난 지휘 아래 공사와 재개장 준비가 완료됐으니 곧 〈더 스코츠맨〉에 기고하시는 조시 리펀이 방문할 겁니다. 모두 잘 알겠지만 만족시키기가 굉장히 어렵기로 악명이 높은 분이죠……."

"잘 못 들어서 그런데," 나는 록시에게 속삭였다. "누구라고요?"

"조시 리펀이요. 가장 웃긴 식당 평론가로 유명하잖아요. 가장 잔혹하기도 하고요. 웩! 그 사람이 올 때까지는 매일매일이 지루할 거예요. 오려면 빨리 와야 할 텐데."

"아, 큰일이네요."

"평론가라면 엄청 많이 겪어 보셨을 텐데요."

"침대에서는 좀 겪어 봤죠."

농담할 때가 아니었다. 평론가라고? 와인 리스트를 겨우 외우긴 했지만 실전은 아직 한 번도 치르지 않았다. 그런데 평론가가 온다고?

"어머나, 헤더. 그건 너무 심하잖아요."

록시가 킥킥거리며 말했다.

아이린이 또 인상을 찌푸렸다.

"자, 여러분. 친절하되 호들갑 떨지 말고 사슴 고기 요리 많이 파세요." 아이린은 말을 마치고는 록시가 웃음을 멈추길 기다렸다. "거기 숙녀분들! 다 알아들었나요?"

나는 아이린에게 입 모양으로 '죄송해요'라고 말했다.

"조시 리편," 록시가 자신 있게 말했다. "친절하되 호들갑 떨지 말고…… 어, 양고기 요리를 많이 팔아라?"

"사슴 고기요."

"죄송해요." 록시는 아이린에게 두 엄지를 치켜들어 보였다.

"이상입니다. 모두 6시 정각에 봐요."

아이린이 손뼉을 치고 모두 흩어지는 가운데 록시가 내 팔을 잡았다.

"같이 놀래요?"

"와인 리스트, 마지막으로 한 번 더 봐야 해요."

"와인 저장고에 같이 가서 도와줄까요?"

"전화도 한 통 해야 해서요."

나는 짐짓 실망한 표정을 지어 보였다.

헤더와 며칠째 통화를 못 했다. 왓츠앱으로 계속 소통하긴 했지만 갑자기 목소리를 듣고 싶어졌다. 크리스티안과 무언가 문제가 생긴 게 분명했다. 헤더는 별말 하지 않았지만 늘 그랬듯 직감으로 알 수 있었다.

나는 와인 저장고로 내려가는 계단에 자리를 잡았다. 신호가 제일 잘 잡히는 차가운 네 번째 계단에 앉아 헤더에게 전화를 걸었다. 통화 연결음이 세 번 울리자 헤더가 전화를 받았다.

"버디."

헤더는 숨죽인 소리로 내 이름을 불렀다. 내 진짜 이름을 부르는 헤더의 목소리를 들으니 헤더를 향한 애정이 울컥 차올랐다.

"잘 지내?"

"그럼."

놀랍게도 내 전화에 깬 목소리였다. 시계를 보니 오후 6시였다.

"피곤해?"

"낮잠 자고 있었어. 미안, 넌 어때?"

"난 뭐 보고할 게 하나도 없어. 네 얘기나 해봐. 목하 열애 중이잖아. 어때? 좀 김이 빠진 것 같은데 맞아?"

"아니, 아니야. 괜찮아. 이탈리아 와인에 관한 지식은 좀 부족한 것 같아 공부 중이야. 이탈리아어도. 시간이 남아도는 드문 호사를 누리고 있으니 이 정도는 해야지."

"이탈리아어 잘하잖아."

"식당에서 쓰는 용어만 알지. 음식만 주문할 수 있는 수준이야." 헤더가 웃으며 말했다. "넌 아일랜드어 억양으로 인사만 해도 2개 국어 할 줄 안다고 하잖아."

나도 따라 웃었다. 헤더의 말이 맞다. 나는 언어에는 정말 소질이 없다. 와인 리스트를 외울 때도 온갖 유럽산 와인의 발음을 익히는 게 제일 어려웠다.

"그냥 네가 진짜 괜찮은지 확인하고 싶었어. 잠시만이라고는 했지만 이제 막 알게 된 사람이랑 이탈리아에 간 게 보통 일은 아니잖아. 그것도 여자 친구가 있는 남자랑."

"그렇긴 하지."

헤더는 내 말에 동의했지만 크리스티안이 여자 친구와 헤어졌는지 아닌지까지는 말하지 않았다. 나도 더 이상은 몰아붙이고 싶지 않았다.

"좋아, 어쨌든 괜찮다는 거지? 크리스티안도 좋고 이탈리아도 마음에 들고?"

"뭐, 물론 다 좋지는 않아." 헤더는 한숨을 쉬었다. "어려움을 좀 겪고 있긴 하지만 크리스티안이 잘 챙겨 주고 있어. 거의 매일 만나."

"다행이네. 그래도 꼭 하고 싶은 말이 있는데 들어 줄래? 이 말을 안 하면 진정한 친구라고 할 수 없을 것 같아서 그래."

"음, 해 봐."

"네가 크리스티안을 많이 좋아하는 것도 알고 그때 당시에는 최선의 선택을 했을 거라는 것도 알아. 그랬지만 혹시라도 뒤늦게 의심이 생기거나 내 도움이 조금이라도 필요해지면 언제라도 전화해. 당장 비행기에 올라탈 테니까. 알았지?"

잠시 침묵이 흘렀다. 선을 넘은 게 아니어야 할 텐데. 나는 헤더의 선택을 존중하지만 혹시 모를 상황이 벌어지면 헤더에게 안전망이 돼 주고 싶은 내 마음이 잘 전달됐길 빌었다.

"이 말은 꼭 해야 할 것 같았어."

나는 얼른 덧붙였다.

"알았어." 헤더가 조용히 말했다. "그런 일이 생기면 말할게. 약속해."

나는 안도의 숨을 작게 내쉬고는 얼마 전 호숫가에서 떠오른 뒤로 계속 마음이 쓰였던 질문을 던졌다.

"그리고 요새 갑자기 든 생각인데, 어, 물어보고 싶은 게 있어. 왜, 네가 하기 싫다고 했던 그 스코틀랜드 일자리 말이야."

"로크 돈 호텔? 그러고 보니 대신 전화해 줬는데 고맙단 말도 못 했네."

"그건 그렇고 왜 그랬는지 물어봐도 돼?"

"뭘 왜 그래?"

"왜 가기 싫어졌어? 그것도 갑자기? 물론 크리스티안 때문이 겠지만 그것 말고 다른 이유는 없어?"

헤더는 한숨을 쉬었다. 또다시 긴 침묵이 흘렀다.

"모르겠어. 넌 어딘가 멀리 떠나서 처음부터 다시 시작하고 싶은 적 없었어?"

"당연히 있지. 난 늘 그래. 너도 알잖아."

나는 웃으며 말했다.

"난 그냥 내가 잘할 수 있을지 궁금했어……."

헤더는 말끝을 흐렸다. 스코틀랜드를 말하는 건지, 이탈리아로 떠난 걸 말하는 건지는 알 수 없었다.

"나 외로운가 봐, 버디. 마음속 어딘가에 구멍이 뻥 뚫린 것만 같아."

역시 이번에도 망할 크리스티안 얘기였다.

"사람은 누구나 사랑받고 싶어 해."

내가 말했다.

"맞아. 날 자랑스럽게 생각하는 사람도 필요하고."

"내가 있잖아. 네가 그동안 이룬 것들, 얼마나 대단하다고 생각하는데."

"알아."

말은 그렇게 했지만 나로는 충분하지 않다는 목소리였다. 헤더가 원하는 사람은 엄마와 아빠였다.

"부모님을 말하는 거라면 두 분도 하늘에서 이 모든 일을 해낸 널 넘치게 자랑스러워하고 계실 거야. 네 동영상을 이 사람 저 사람한테 강제로 보여 주는 못 말리는 부부가 되셨을걸."

"진짜 그럼 좋겠다. 아예 없는 것보단 사랑하다 잃는 게 낫다고 하기도 하고……."

크리스티안을 두고 하는 말인지, 부모님을 두고 하는 말인지는 알 수 없었다.

"난 절대 안 사라질 테니 걱정 마."

"그건 확실히 알지." 헤더는 또 한숨을 쉬었다. "미안해. 자다가 깨서 그런지 좀 우울하네. 생리도 곧 시작되려는 것 같고. 넌 어때?"

"아, 나? 난 걱정할 거 없어." 나는 치솟는 죄책감을 애써 억누르며 말했다. "아마 최악으로 기록될 내 최근 얼간이 짓은 다음에 들려줄게."

"뭐야, 뭐. 무슨 일인데?"

헤더가 재빨리 물었다.

"다음에 런던이든 어디든 직접 만나서 맥주를 마시며 할 이야
기야."

"알았어. 그때 꼭 해 줘."

"당연하지."

나는 헤더에게 전부 다 털어놓겠노라 다짐했다. 물론 성공을
거뒀을 때의 이야기다. 무사히 이 일을 마치고 가면 헤더도 날 용
서해 줄 수 있을 것이다.

"사랑해."

헤더가 말했다.

"나도. 아, 깜짝이야!"

저장고 문이 열리는 소리에 놀라 내가 외쳤다. 록시가 머리 위
출입구에 나타나 속삭였다.

"첫 번째 예약 손님이 곧 도착한대요."

"그만 끊을게!"

"알았어." 헤더가 다정하게 말했다. "또 통화하자."

나는 한 번에 두 계단씩 뛰어 올라가 셔츠 매무새를 가다듬었
다. 그런 뒤 어깨를 펴고 똑바로 서서 주방 문을 열고는 제임스를
향해 잠시 미소를 지어 보였다. 제임스도 날 보며 고개를 끄덕였
다. 요 며칠 제임스와의 요리 강습을 앞두고 흥분되는 마음을 억
누르려 애썼지만 번번이 실패하던 참이었다. 제임스와 눈이 마주

칠 때마다 나와 똑같이 기대에 찬 제임스의 눈빛에 자꾸만 마음이 들떴다. 그러나 오늘은 예외였다. 오늘은 다른 일에 집중해야 했다.

자, 이제 시작이다.

아이린이 손님 네 명을 내닫이창 앞의 작은 테이블로 안내했다. 아이린은 내 쪽으로 미끄러지듯 걸어와 귀에 대고 속삭였다.

"샴페인을 원하는 것 같은데 하나 추천해 줄래요?"

"맡겨 주세요."

나는 손님들이 앉은 테이블 쪽으로 걸어갔다.

자주 오는 손님들보다 조금 젊은 축에 속하는 무리였다. 서비스에 대한 기대치가 훨씬 낮고 관대한 연령대라 보자마자 마음이 놓였다. 남자들은 청바지와 데님 셔츠, 운동화 차림에 수염을 길렀고 여자들은 중간 길이의 원피스를 차려입고 마치 두꺼운 검은색 펠트펜으로 그린 듯 완벽한 눈썹을 뽐냈다. 내가 가끔 애정을 담아 '얼굴 덤불'이라 부르는 내 눈썹과는 너무 비교되는 눈썹이었다.

"샴페인으로 하실래요?"

내 오른쪽에 앉은 남자에게 물으니 남자가 애인을 보며 고개를 끄덕였다.

"네, 부탁해요."

여자가 답했다.

"조금 비싼데요." 나는 와인 리스트 첫 페이지를 펼치고 손가락으로 죽 훑어 내려갔다. "뤼이나르 브뤼 로제를 추천해도 될까요? 아주 감미롭고 복숭아처럼 연분홍색이랍니다."

"와, 멋지네요."

여자가 좋아하며 속삭였다.

"훌륭하죠." 나는 미소를 지으며 말했다. "데귀스타시옹 메뉴도 적극 추천해 드려요. 다섯 가지 코스와 일곱 가지 코스 중 선택하실 수 있는데요. 스카이섬에서 오늘 아침에 벤지라는 어부가 갓 잡아 올린 신선한 가리비가 일품이고요. 사슴 고기 요리는 죽어도 좋을 만큼 맛있어요. 물론 불쌍한 사슴은 죽은 건 자기라고 하겠지만요."

모두 웃음을 터트렸고 나는 훈훈한 분위기를 한껏 즐겼다.

"샴페인은 바로 갖다드릴게요. 주문은 담당 웨이터가 곧 와서 받을 거예요. 혹시 또 추천받고 싶으시면 언제든 불러 주세요."

나는 곧바로 빌이 있는 바 카운터로 걸어갔다. 빌은 미소를 지으며 고개를 끄덕였다.

"이게 누구야! 너무 잘하는 거 아니에요?"

"계속 샴페인만 주문하면 좋겠어요."

나는 씩 웃으며 답했다.

"코르크는 내가 따 줄까요?"

빌이 놀리면서 카운터 위로 샴페인을 쓱 밀어 건넸다. 아이린도 다가와 내 등을 다정하게 두드리며 말했다.

"손님을 참 잘 다루네요. 타고났어요."

"이거 좀 덜 시원하네요." 나는 눈썹을 살짝 들어 올리며 말했다. "냉장고 뒤쪽에 있는 걸로 주실 수 있어요?"

"그럼요."

빌은 아이린을 힐끗 보며 말했다. 아이린은 입술을 깨물고 얼굴 가득 흐뭇한 미소를 지으며 다음 손님을 맞으러 갔다.

대성공이었다.

영업이 시작되고 한 시간쯤 뒤 도착해 사사건건 트집을 잡던 러셀도 직원들의 탁월한 서비스에 감동한 눈치였다.

영업이 끝나고 모두 바 구역으로 모였다. 아이린이 잔에 프로세코를 따르는 사이 하나같이 땀범벅에 얼굴이 붉게 달아오른 주방 직원들도 느릿느릿 걸어 나와 합류했다. 아이린은 의기양양한 표정으로 잔을 들어 올렸다.

"아주 잘했어요. 모두 재개장 날에 걸맞게 눈부신 활약을 해 줬어요. 여러분 모두가 정말 자랑스럽습니다."

아이린은 나를 건너보며 내가 특별히 자랑스럽다는 듯 고개를 끄덕였다. 뿌듯함에 전율이 흘렀다.

"새로워진 로크 돈을 위하여."

아이린이 말했다.

"새로워진 로크 돈을 위하여."

모두 아이린의 말을 반복하며 잔을 부딪쳤다. 나는 록시와 아이린을 차례로 껴안았다.

"빚은 사라지고 경쟁자는 꺼지기를!"

내 농담에 모두 웃음을 터트렸다. 그때 제임스와 눈이 마주쳤다. 제임스는 내가 껴안아도 될지 고민하는 사이에 벌써 내 쪽으로 다가오고 있었다. 두 팔로 나를 감싸안은 제임스는 내 귀에 대고 "잘했어요"라고 속삭였다. 나는 제임스의 따뜻한 숨결이 목에 닿자 갑자기 부끄러워져 몸을 뒤로 뺐다.

"당신도 잘했어요!"

나는 얼굴을 붉히며 프로세코를 한 모금 마셨다.

"오늘 진짜 잘하지 않았어?"

빌이 제임스에게 말하고는 씩 웃으며 내 등을 다정하게 두드렸다.

"축하해요. 결국 해냈네요."

감격스럽게도 빌은 축하주를 마시지 않았다.

"그동안 여러모로 도와줘서 고마워요, 빌."

나는 식당을 둘러보며 생전 처음 느껴보는 감각에 젖어 들었다. 행복하기도 했지만 행복감과는 다른 감각이었다. '소속감'인가 싶었지만 그것과도 또 달랐다. 나는 자석처럼 이끌리는 제임스를 애써 떼어 내고는 안도감에 바 카운터에 쓰러지듯 엎드려 있는 아이린에게 다가가 다정하게 물었다.

"괜찮으세요? 잔 채워 드릴까요?"

"아, 네. 채워 줘요." 아이린이 미소 띤 얼굴로 말했다. "다음 주 목요일 저녁에 열릴 영화 뒤풀이 파티 때도 다들 오늘처럼 활기차게 해 주면 걱정할 필요 없겠어요."

"중요한 행사인가 보죠?"

"엄청 중요하죠. 여름 성수기 때 행사를 잘 치르고 나면 입소문이 나서 다음 해에 열릴 대규모 결혼식이나 다른 행사 예약이 잡히거든요. 매출에 아주 큰 도움이 되는 수익원이에요."

"잘 치를 수 있을 거예요."

"아, 헤더는 안 가도 되니 걱정 말아요. 와인이 몇 개 안 돼 소믈리에는 필요 없거든요. 헤더는 식당에 있어야 하기도 하고요."

"다들 잘할 거예요."

"그럼요, 알죠. 다들 얼마나 자랑스러운지 몰라요. 눈물이 날 정도예요. 여기 오기까지 모두 정말 열심히 해 줬어요. 몇 명은 경험도 별로 없었거든요. 다 이 동네 아이들이었죠. 그런데 좀 보세요! 이건 기적이에요."

"대단하네요." 나는 아이린의 잔을 채우며 답했다. "모두 멋지게 해냈어요."

'그 모두에 나도 포함된다'는 생각이 들자 온 얼굴에 서서히 미소가 번졌다.

나는 그제야 마음속 깊이 차오른 새로운 감각의 정체가 무엇인지 깨달았다. 그건 조직의 일부가 됐다는 단순한 소속감이 아니었다. 자긍심이었다. 나 자신에 대한 조용한 믿음이었다.

기분 좋은 느낌이었다.

21장

아이린의 숙소는 내가 기대했던 모습과 정확히 일치했다. 선명한 보석 빛깔 직물과 작고 특이한 아르 누보 장식품을 배치해 개성이 돋보였고, 새끼 양가죽과 캐시미어 소재의 덮개가 깔려 있어 아늑했으며, 가구와 바닥은 육중하고 단단한 나무로 돼 있어 실용적이었다. 제임스의 차를 타고 가면 8분이면 도착하는 거리였지만 아이린은 주중에는 대부분 호텔에 머물렀다. 그렇게 자주 비어 있는 게 애석할 정도로 근사한 집이었다.

제임스는 청바지와 검은색 티셔츠 차림에 흰색과 검은색 줄무늬 앞치마를 두르고 있었다.

"흰옷을 입고 오다니 참 용감하네요."

제임스가 말했다.

"피가 튀면 더 잘 보일 테니까요."

나는 옆에 놓인 나무 소재의 칼 보관함에서 커다란 정육용 칼을 꺼내며 말했다. 다행히 제임스는 웃음을 터트렸다. 나는 얼굴이 뜨겁게 달아올라 얼른 고개를 돌렸다.

"농담은 그만하고 현재 요리 실력이 어느 정도예요?"

"토스트를 태우는 법은 알아요."

내 대답에 제임스는 고개를 저었다.

"믿기지가 않네요. 식당에서 일하잖아요! 런던에서는 어떻게 먹고 살았어요?"

"조리 식품을 사다 먹었죠. 그리고 같이 사는…… 친구가 요리를 잘했어요."

"진짜요? 남자 친구는 그래도 괜찮대요?"

"아." 또다시 얼굴이 붉어졌다. "뭐, 그 사람은 집에 가는 길에 케밥 하나 사 먹으면 만족하는 스타일이라서요."

그것도 아주 좋게 표현한 거였다. 팀과는 버몬지의 작은 싸구려 식당에서 밥을 먹은 게 마지막이었다. 팀은 늘 그랬듯 1번 메뉴를 골랐는데, 달걀 두 개와 베이컨 두 개, 소시지 두 개, 토마토, 버섯, 튀긴 토스트, 늘 손도 대지 않는 블랙 푸딩(영국식 순대-옮긴이)으로 구성된 메뉴였다. 나는 구운 콩을 얹은 토스트와 달콤한 홍차를 먹었다. 그날 팀은 숙취 때문에 땀을 뻘뻘 흘렸고 냄새나고 퉁명스러웠다.

"알았어요, 제대로 말할게요." 나는 팀의 우중충한 안색을 기억에서 애써 밀어내며 말했다. "오븐에 통닭을 넣고 조리법대로 구울 수는 있어요. 감자랑 당근도 깎을 줄 알고요. 하지만 굽고 나서 보면 항상 닭 껍질은 눅눅하고 가슴살은 퍽퍽해요. 달걀흰자로 거품 내는 것도 잘 못 해요. 오븐의 계기판도 뭐가 뭔지 모르겠어요. 동그라미가 쳐진 팬 버튼이랑 그냥 팬 버튼은 어떻게 다르죠?

그리고 솔직히 조리 식품이라고 다 기름진 건 아니에요. 하루는 카레를 먹고 다음 날은 소시지랑 으깬 감자를 먹으면 꽤 괜찮은 식사를 할 수 있다고요."

"아, 진짜 우울하네요." 제임스는 고개를 저으며 말했다. "당신이 요리를 좋아하게 만들겠다고 장담은 못 하지만 한번 해 볼게요."

제임스는 처음부터 날 곤경에 빠트릴 작정인지 수플레 만드는 법을 가르치겠다고 선언했다.

"아까 내 얘기 못 들었어요? 수플레 못 만든다니까요."

나는 제임스에게 다시 한번 알려 줬다.

"만들 수 있어요."

제임스가 앞치마를 던져 주며 말했다.

"아, 난 수플레가 뭔지도 몰라요. 뭔가 고급 음식이라는 건 알지만요. 그리고 요즘같이 바쁜 세상에 누가 저녁으로 수플레를 휘젓고 있어요."

"달걀은 깰 줄 알아요?"

"네."

"냄비에 넣고 끓이며 저을 줄은 알아요?"

"네."

"시계 볼 줄 알고 알람 소리 잘 듣죠?"

"어, 그럴걸요?"

"그럼 수플레 만들 수 있어요. 먼저 작은 냄비에 버터 넣어요."

제임스의 말투가 갑자기 명령조로 바뀌었고 나는 그런 제임스가 좋았다.

가스레인지 아래에서 작아 보이는 냄비를 꺼내자 제임스는 내가 든 냄비를 가져가고 우유 두 잔 이상은 못 끓일 듯한 작지만 꽤 무거운 냄비를 건넸다.

"미안해요."

"괜찮아요."

제임스가 웃음을 참으려는 듯 아랫입술을 깨물었다. 분명 이 시간을 즐기고 있었고 나도 그런 제임스를 보는 게 좋았다. 제임스는 크리스마스 선물로 제격인 색다른 앞치마를 내게 건넸다. 전사분체, 등심, 우둔 등 소의 부위별 명칭이 그려진 앞치마였다.

"이건 어떻게 켜요?"

나는 모르는 척하며 물었다.

제임스가 내 위로 몸을 숙인 채 점화 손잡이를 눌러 불이 붙기를 기다렸다. 그러면서 그의 팔뚝이 내 어깨에 닿았다. 닿은 부위가 뜨거웠다. 다른 곳도 닿고 싶었다. 제임스와 밀착한 상태에 너무 정신이 팔려 요리에 통 집중이 안 됐다.

"수플레 만들기에 최적의 환경은 아니네요."

나는 가만히 중얼거렸다.

"이제 냄비를 불에서 떼고 밀가루를 저어요. 그렇죠. 그렇게요. 그걸 루라고 해요."

"어때요, 루처럼 보이나요?"

"집중해요." 제임스가 명령조로 말했다. "이제 냄비를 다시 불에 올리고 저온으로 2분 동안 계속 휘저어요. 아뇨, 그건 휘젓는 게 아니라 젓는 거죠. 힘 있게 빨리 저어야 해요. 이렇게요."

제임스가 내 손에 들린 거품기를 가져가면서 손가락이 닿았다. 스트레스와 성적 화학 반응이 뒤섞여 감당할 수 없을 만큼 감정이 고조됐다. 흥분을 가라앉힐 겸 한잔하자는 제안을 하고 싶었지만 현명한 생각 같지는 않았다.

제임스가 강하게 루를 휘저었다. 그러면서 팔 근육이 아주 살짝 수축했다. 이제부터 내가 제일 좋아하는 남자의 신체 부위는 팔이 되리라는 확신이 들었다.

제임스는 휘젓기를 마치고 대형 스테인리스 스틸 냉장고에서 훈제 해덕(대구의 일종-옮긴이)을 꺼내 포장지를 벗겼다.

"엄마는 언제 오세요?"

"몇 시간 뒤에나 오세요."

"집에 계실 줄 알았는데."

"내가 우리끼리 하게 잠시 나가달라고 부탁했어요. 비스킷 냄새 나요?"

"아뇨, 훈제 생선 냄새 나는데요?"

"아니, 루 말이에요. 냄비에 있는 거요."

"아, 네. 그런 것 같아요. 좀 나는데요? 색깔이 연갈색 비슷하게 변했어요."

"좋아요! 이제 우유 넣어요."

나는 제임스가 건네는 작은 스테인리스 스틸 주전자를 받아 한 번에 다 냄비에 부었다.

"아…… 다시 해야겠네요." 제임스가 냄비를 내 손에서 가져가며 말했다. "천천히 부어야 해요."

"아, 이런! 미안해요."

제임스는 덩어리진 루를 싱크대에 버린 뒤 냄비를 닦아 다시 건넸다. 나는 형편없는 학생인 양 입을 삐죽 내밀며 불쌍한 눈빛으로 제임스를 바라봤다.

"그러지 마요."

제임스가 웃음을 꾹 참고는 고개를 저으며 말했다.

"뭘요?"

"요리하러 왔잖아요."

제임스는 내 팔을 잡아 냄비를 다시 손에 쥐여 줬다.

"버터 넣어요."

제임스의 명령에 나는 희색이 넘쳐흐르는 표정으로 입술을 깨물었다.

가스레인지를 향해 몸을 돌리니 진짜로 요리를 배워 잘하고 싶은 마음이 되살아났다. 그러나 버터 덩어리를 들고 밀가루 통을 봤지만 방금 한 일이 하나도 기억나지 않았다.

"어……." 나는 제임스를 돌아보며 말했다. "밀가루를 얼마나 넣으라고 했죠? 난 진짜 소질이 없나 봐요."

"그런 말 하지 말아요. 기본적인 규칙만 제대로 배우면 뭐든 만들 수 있어요. 재미없다는 거 알아요. 그래도 수플레를 만들다 보면 다양한 요리법을 배울 수 있어요."

나는 힘차게 고개를 끄덕이고 다시 시작했다. 우유를 넣는 단계에 이르자 이번에는 한꺼번에 붓지 않고 잠시 멈춰 방법을 물었다.

"완전히 섞일 때까지 조금씩 나눠 부으면서 휘저어요. 걸쭉하고 윤기 나는 흰색 소스가 돼야 해요."

"알겠어요."

나는 내심 못하는 척하면서 제임스의 시범을 다시 보고 싶었다.

"이제 집중해야 해요. 곧 바뀔 거예요."

제임스의 말에 나는 냄비에 온 신경을 집중했다.

"이 정도면 됐나요?"

놀랍게도 냄비 속에는 제임스의 묘사와 정확히 일치하는 액체가 완성돼 있었다. 걸쭉하고 윤기 나는 흰색 소스였다. 제임스는 후식용 스푼 뒷부분에 소스를 묻혀 맛을 봤다. 나도 무슨 맛인지 궁금해 손가락으로 소스를 찍어 천천히 핥아먹었다. 치즈 맛이 살짝 나는 걸쭉한 우유음료 같을 뿐 특별한 맛은 아니었다. 맛을 다 보고는 입술을 핥았다.

"그거 하지 말아요."

제임스가 내 손에 들린 냄비를 가져가며 말했다.

"미안해요. 비위생적이었죠."

나는 손가락을 수돗물에 헹궜다.

"뭐, 그것도 그렇고요."

제임스는 고개를 저으며 말했다.

"축하해요, 헤더. 루는 마더 소스예요. 베샤멜소스와 에스파뇰소스, 벨루테소스의 기본이고 어떤 수프나 스튜든 걸쭉하게 만들어 줘요."

"마더 소스라고요?"

"네."

"와, 엄청 다재다능하네요." 나는 감탄하며 말했다. "소스계의 마돈나군요."

"마돈나만큼 끈적끈적하진 않죠."

제임스가 바로 받아쳤다.

"오, 농담도 할 줄 아네요?"

나는 놀림조로 말했다.

"나중에 연습할 수 있게 조리법을 적어 줄게요."

나는 제임스의 지시대로 화강암 조리대에 냄비를 올려 '식게' 됐다. 그러고는 달걀을 깨 노른자만 분리한 뒤 살짝 식은 루에 노른자를 넣어 휘저었다. 소금과 후추까지 넣으니 이제 거의 마무리 단계였다.

"피시앤칩스보다 고급스러운데도 생각보다 쉽네요."

나는 손을 씻고 앞치마에 닦으며 말했다.

그때 브렛이 격자무늬 반바지와 올리브색 장화 차림으로 작은 코커스패니얼 두 마리와 함께 우당탕탕 뛰어 들어왔다. 개들이 제임스와 내 다리로 마구 기어오르면서 맛있는 걸 찾아 킁킁대고 귀를 긁고 하느라 난장판이 벌어졌다.

"나가! 보비, 잭슨, 나가!"

제임스가 약한 발길질로 새까만 개를 쫓아내며 외쳤다. 그사이 다른 황금빛 개는 내 가랑이 냄새를 맡으며 킁킁댔다. 내가 킥킥 웃으며 밀어냈지만 어찌나 끈질긴지 떨어지질 않았다.

"애들이 너무 예쁘네요!"

"착한 애들이에요."

흥분한 개들이 계속 헐떡이고 뛰어오르고 짖어대는 와중에 브렛이 제임스를 향해 고갯짓을 하며 말했다.

"냄비 휘두르는 법 배우나 보죠?"

브렛은 문 옆 바구니에서 사과를 하나 슬쩍 집었다.

"네, 맞아요."

나는 브렛에게 내용물이 흐르기 직전까지 냄비를 기울여 안을 보여 줬다.

"이것 좀 보세요! 내가 루를 만들었어요!"

"잘했네요."

브렛은 제임스를 돌아보며 말했다.

"남은 물푸레나무 두 그루도 베어 냈는데 감염은 안 됐더군."

"그래도 없애는 게 나아요."

"그렇지." 브렛이 고개를 끄덕였다. "잘라 낸 건 장작으로 쪼개 놓을게."

제임스가 고개를 끄덕이고 브렛이 귀청을 찢을 듯한 휘파람을 불자 개들이 다시 짖으며 작은 주방 안에서 미친 듯 원을 그리며 뛰었다.

"나가!"

제임스가 다시 외치자 브렛은 한 손에 한 마리씩 목줄을 잡고 사과 하나를 통째로 입에 문 채 주방을 나갔다.

"브렛이 여기 일도 돕나요?"

나는 문이 닫히고 반갑게도 주방이 다시 고요해지자 물었다.

"아주 가끔요. 재주가 많거든요. 엄마가 가꾸는 장미 정원도 관리해 줘요."

제임스는 곧바로 섹시한 요리사 모드로 돌아가 작은 오븐용 그릇, 라메킨에 버터를 바르라고 지시했다. 다음은 해덕을 졸일 차례였다. 어느새 다음 지시를 기다리며 행복한 기대에 부푼 나는 귀 뒤로 머리를 넘기고 온 신경을 집중했다.

"됐어요. 이제 끓는 크림에 생선을 넣어요."

요리가 이렇게 큰 만족감을 주는 활동이었다니 놀라웠다. 나는 냄비 속에서 해덕이 부글부글 끓고 제임스가 라메킨의 가장자리에 간 콩테(고급 프랑스 치즈) 가루를 능숙하게 뿌리는 모습을 경이로운 눈길로 바라봤다.

"견과류 맛과 쿰쿰한 맛이 날 거예요."

제임스가 칼날에 묻은 작은 치즈 조각을 먹여 주며 말했다.

"다 너무 기름지네요." 나는 고개를 저으며 말했다. "버터에 크림에 치즈까지. 우리 엄마가 봤으면 심장 마비를 일으켰을 거예요. 수플레를 먹으면 일주일은 굶을걸요."

"가끔 한 번씩만 먹으면 되죠!" 제임스가 충격적이라는 듯 외쳤다. "아, 다이어트 때문에 수플레를 먹지 못하는 삶이라니, 생각만 해도 싫네요."

나는 웃었지만 살짝 기분이 나빠져 빈정거리는 투로 말했다.

"다들 그러죠. 제대로 먹어야 한다고. '제대로 된' 음식이 뭔데요? 뼈 국물과 팔레오 와인인가요? 채식주의자를 위한 음식이나 채소 위주의 음식인가요? 저지방이나 고지방, 저칼로리 식단인가요? 아니면 간헐적 단식이 좋은가요? 난 다 겪어 봤어요. 엄마가 평생 다이어트를 했거든요. 하루도 빠짐없이요. 아빠가 운영한 식당 음식에 대한 반발심에 그랬겠지만 어쨌든 엄마가 먹지 않는 음식은 나도 못 먹었어요."

"그런 식으로 생각하지 말아요."

제임스는 잠시 나를 빤히 바라보다 입을 열었다.

"음식 말이에요. 그러면 평생 음식을 즐길 수 없어요."

"남자는 이해 못 해요."

제임스는 고개를 젓고는 생선 상태를 확인하러 내 옆으로 다가왔다. 골반이 나란히 밀착된 데다 가스레인지의 열기가 전해져 땀이 나기 시작했다. 나는 마른행주를 집어 이마를 닦았다.

"난 그냥 무언가를 박탈당하는 것 같아 싫어요." 제임스가 조용히 말했다. "뭐랄까, 화가인데 노란색을 쓰면 안 되는 규칙이 생긴 것 같다고 할까요."

나는 웃음을 참으며 입술을 깨물고는 고개를 끄덕였다.

"아, 네."

제임스는 살짝 창피한 표정을 지었고 나는 제임스를 놀린 나 자신을 저주했다. 정말 못된 행동이었다.

"이제 해덕을 얇게 저미고 달걀흰자를 휘저어요."

제임스는 다시 지시를 내렸고 나는 순순히 따랐다. 생선을 끓인 크림을 냄비에 부었고 해덕은 포크로 살살 분해했다. 할 일을 마치자 제임스가 내게 거품기를 건네고는 고개를 저으며 조용히 말했다.

"내가 화가 같다고 생각하는 건 아니에요."

창피했던 게 분명했다. 두 팔로 꼭 끌어안고 토닥여 주고 싶었지만 그러지 않는 게 내가 할 수 있는 전부였다. 무언가에 열정을 쏟는 걸 부끄러워하게 만들다니. 나 때문에 제임스가 자긍심에 상처를 입었다는 사실이 견디기 힘들었다.

"아뇨, 화가랑 같아요." 나는 제임스를 돌아보며 말했다. "예술가죠. 요리는 예술이잖아요, 아닌가요?"

나는 왜 이렇게 진심을 표현하는 게 어색할까? 제임스는 잠시 내 표정을 살피더니 고개를 끄덕이며 미소를 지었다. 그거면 충분했다.

"부드러운 봉우리예요!"

제임스가 흰자 거품을 가리키며 외쳤다. 거품기를 드니 정말 봉우리가 부드럽게 구부러졌다. 엄마가 생각났다. 엄마가 늘 우울했던 건 다이어트 때문이지 않았을까. 엄마의 다이어트는 아마 아빠와 관련 있을 것이다. 절망적인 상황에서도 체면과 평정심을 유지하는 수단이었을 것이다.

제임스는 뒤에서 두 팔로 나를 감싸는 자세로 볼에 담긴 재료를 주걱으로 부드럽게 섞기 시작했다. 제임스의 가슴이 내 등에 스쳤다. 제임스가 너무 붙지 않으려 조심하고 있는 게 느껴졌다.

나는 아주 살짝 몸을 뒤로 젖혀 제임스의 가슴에 기댔다. 제임스의 목 부근에 내 머리를 안착시켰다. 눈을 감고 제임스의 단단한 가슴이 내뿜는 온기를 받아들였다. 우리는 잠시 그대로 서 있었고 나는 제임스의 몸에서 전해지는 뜨거운 온기를 만끽했다. 소리와 냄새, 주변의 모든 게 사라지고 그와 나 사이의 열기만 느껴졌다.

제임스는 내 어깨에 올리려는 듯, 한 손을 들었다가 멈추고는 다시 옆으로 떨어뜨렸다. 아슬아슬했다. 제임스의 손이 내 몸에 거의 닿을 뻔했다. 그의 숨결이 귓가에 아른거렸다. 내 호흡과 달리 느리고 깊고 안정된 호흡이었다.

그때였다. 육중한 현관문의 경첩이 끼익하며 움직이는 소리가 들렸다.

"제임스? 아직 둘 다 집에 있어요?"

아이린이 현관에서 불렀다.

나는 얼른 몸을 떼고 제임스를 돌아보고는 숨죽여 말했다.

"엄마 오셨어요."

"괜찮아요."

제임스는 내 손을 잡으려는 듯 손을 뻗으며 말했다.

"안 돼요."

나는 화들짝 놀라며 뒤로 펄쩍 뛰었다. 제임스에게서 시선을 돌려 치즈로 뒤덮인 라메킨과 방금 뒤섞은 생선 맛이 나는 반죽을 내려다봤다. 그러고는 눈을 질끈 감았다.

"왔군요, 헤더!" 아이린이 날 보고 환하게 웃으며 채소가 가득 든 바구니를 카운터 위에 올려놓았다. 아이린은 제임스와 나를 차례로 보며 증거를 찾는 듯 표정을 살폈다. 자녀의 일거수일투족에 상관하는 부모를 둔 십 대 아이가 된 기분이었다. "수업은 잘되고 있어요?"

"지금 막 수플레를 오븐에 넣으려던 참이었어요." 제임스가 말했다. "아주 열심히 배우고 있어요."

"맞아요. 잠깐도 쉴 틈이 없네요. 진도가 얼마나 빠른지 몰라요."

나는 아이린을 안심시키려 최대한 평소와 다름없는 말투를 썼다.

"오, 그거 다행이네요."

아이린은 만족스러운 어조로 대꾸한 뒤 유리 장식장 선반에서 진이 담긴 큰 병과 크리스털 잔 세 개를 꺼내 왔다. 그러고는 손목시계를 보고 말했다.

"브렛이 차로 데려다주면 되겠네요."

그 말에 갑자기 제임스가 행동을 개시했다. 라메킨에 지금까지 만든 음식을 담아 오븐에 밀어 넣은 뒤 카운터 위에 놓인 까만 달걀 모양 타이머를 맞췄다. 타이머는 요란한 소리를 내며 째깍거렸다.

"영화 뒤풀이 파티 장소를 점검하려고 킨도르 캐슬에 다녀왔어요."

아이린은 큼지막한 병에 담긴 더블 진을 따른 뒤 산펠레그리노(이탈리아산 탄산수-옮긴이)와 얇게 썬 오이, 레몬을 넣고 바구니에 든 작은 자주색 꽃으로 장식했다.

"화장실이 설치돼 연회장으로 딱 좋더라고요. 끔찍한 이동식 화장실을 설치할 필요가 없으니 다행이죠. 전체적으로 아주 근사했어요. 잘되길 빌 뿐이에요."

"아, 좋은 소식이네요."

내가 말했다.

"이번 행사는 기대가 커요. 잘 치러야 할 텐데 걱정이에요."

아이린은 잠시 표정이 어두워지다 나쁜 생각을 떨치려는 듯 고개를 저으며 나를 돌아봤다.

"미안해요. 쉬는 날인데 괜한 얘기를 했네요. 스코틀랜드는 어때요, 헤더. 마음에 들어요?"

그 순간 주문이 깨졌다. 나는 낯선 사람들 사이에서 적응하려 애쓰는 헤더로 돌아가 고개를 끄덕였다.

"아주 마음에 들어요."

나는 따뜻하고 친절하고 멋진 아이린과 그녀의 세심하고 친절한 아들, 제임스를 차례로 바라보며 이곳이 내 진짜 집이길 바랐다. 엄마와 아빠가 이 둘의 온정과 진솔함을 반이라도 닮았었다면. 내가 뭘 좋아하고 싫어하는지 알고 싶어 하고 나와 함께하는 시간을 즐거워하는 엄마였다면. 내가 무언가에 관심을 보이면 진심으로 응원해 주어 내 어깨를 절로 으쓱이게 만드는 아빠였다면. 무엇보다 헤더가 여기 나와 함께 있다면 얼마나 좋을까.

"완전히 적응했네요."

아이린은 진을 작게 한 모금 마시고는 모든 잔에 레몬을 추가로 넣었다.

"이제야 했죠."

나는 겸손하게 답했다.

"다 잊었어요." 아이린이 손사래를 치며 말했다. "그러고 보니 이거 환영주네요! 진작 마셨어야 하는데 너무 늦었네요. 자, 뭐에 건배할까요? 보자……. 알겠네요. '헤더를 위해'."

아이린은 잔을 들어 올리며 환하게 미소 지었다.

"헤더를 위해."

제임스가 부드럽게 말했다.

22장

나는 화들짝 놀라며 잠에서 깼다. 몽롱한 상태로 얇은 커튼을 젖혀 보니 밖은 아직 어두웠다.

입에서 진의 재료인 두송실 맛이 났다. 간밤에 브렛이 트랙터를 타고 도착해 나와 제임스를 숙소에 데려다준 일이 떠올라 웃음이 났다.

"마차 대령했습니다, 마님."

브렛이 대령한 트랙터의 조수석에 올라타려 했지만 몸이 말을 안 들어 결국 제임스가 뒤에서 나를 밀어 줘야 했다. 그렇게 나는 '뜨끈한' 브렛과 섹시해서 뜨거운 제임스 사이에 끼인 채 강둑을 가로질러 숙소까지 트랙터를 타고 달렸다. 물론 길로는 가지 않았다.

"내가 원래 차 타는 걸 무서워하거든요. 근데 진을 많이 마셔서 그런가 트랙터는 하나도 안 무섭네요!"

나는 트랙터가 울퉁불퉁한 언덕과 작은 개울을 마구 덜컹대며 통과할 때 큰 소리로 외쳤다.

"꽉 잡아요."

브렛이 개울을 가로지르며 이렇게 외쳤을 때는 물이 튀어 셋다 흠뻑 젖기도 했다.

어제 나는 생전 처음 내 손으로 만든 수플레를 먹었다. 내가 만들었다는 게 믿기지 않을 정도로 환상적인 맛이었다. 짭짤하고 생선 맛이 났으며 겉은 바삭하고 속은 사르르 녹았다. 그야말로 천상의 맛이었다! 제임스가 어딘가에서 잽싸게 만들어온 후추 향나는 샐러드와 내가 만든 수플레를 차리는 동안, 아이린과 나는 좋은 린스의 장점에 관해 수다를 떨었다. 나는 다시는 차디찬 시판 샐러드와 빵 없는 햄버거로 배를 채우지 말자고 다짐했다.

눈을 감고 잠시 제임스를 떠올렸다. 숙취로 의식이 흐릿했지만 내 마음이 제어할 수 없는 지경에 이르고 있다는 건 알 수 있었다. 어제 아이린이 오지 않았다면 무슨 일이 벌어졌을지 모른다. 제임스를 향한 이끌림이 너무 강해 이제는 안간힘을 써야 겨우 억누를 수 있었다.

숙소에 도착했을 때도 제임스에게서 떨어져 잠자리에 들기까지 얼마나 큰 자제력을 발휘했는지 모른다. 그나마 빌이 있어 다행이었다. 제임스와 비틀거리며 들어서니 빌이 거실에 앉아 있었다. 무슨 내용이었는지는 기억나지 않지만 빌과 수다를 떨다 보니 취기로 인한 흥분이 가라앉으면서 하품이 났다. 그러다 곧 간신히 몸을 일으켜 안전한 침실로 들어갔다.

제임스는 팀과 전혀 달랐다. 허세나 가식이 없었고 술집이나 담배, 마약 얘기도 하지 않았다. 온화하면서도 강하고 소심하면서도 대담한, 완벽하게 균형 잡힌 인간이었다. 상쾌하면서도 후추 향과 달콤한 맛이 동시에 나는 블랑 드 블랑처럼 말이다. *하, 와인 에 비유하다니 공부를 많이 하긴 한 모양이다.*

나는 다시 천장을 올려다봤다. 제임스는 아마 저 천장 위에 있을 것이다. 나는 한 번도 들어간 적 없는 방에서, 한 번도 본 적 없는 침대에 누워 있을 것이다.

나는 제임스가 밤중에 내려와 며칠 전 아침에 그랬듯 내 이름을 부르면서 방문을 부드럽게 두드리는 장면을 상상했다.

"버디."

제임스가 문을 열면서 내 이름을 부른다. 상상 속의 제임스는 내 진짜 이름을 안다. 내가 누군지 안다. 내가 어떤 짓을 저질렀는지 알면서도 나를 좋아한다. 제임스가 내 몸 위에 올라타 부드러운 매트리스가 짓눌린다. 아, 그에게 짓눌리고 싶다.

"당신이 누구든 상관없어요."

제임스가 내 귀에 대고 속삭인다. 그의 손이 내 목을 타고 가슴으로 내려온다. 나는 그의 손길을 막지 않는다. 원하는 대로 나를 갖게 내버려둔다.

"그런데," 그러다 내가 이의를 제기한다. "팀은 어쩌죠?"

"팀은 신경도 안 쓰이잖아요."

제임스가 내 귀에 대고 나직이 속삭인다.

제임스와는 사랑에 빠지면 안 돼. 이곳은 직장이야. 와인 리스트나 외워, 버디. 맡은 일이나 잘하라고. 더 사고 치지 말고 여기서 무사히 빠져나갈 생각만 해. 네 망할 인생부터 수습하란 말이

야, 제임스한테 빠지는 건 절대 안 돼.

게다가 제임스는 너를 헤더로 알고 있잖아.

아드레날린이 솟구쳐 가만히 누워 있을 수가 없었다. 뭐든 해야 했다. 나는 운동화를 신고 나른한 걸음으로 주방으로 가 불을 켜고 차를 끓였다.

그러고는 입구에 걸린 흉물스러운 재킷을 집어 들었다. 주황색에 남자 사이즈였지만 상관없었다. 나는 한 손에 홍차가 담긴 머그잔을 든 채 다른 손으로 현관문 손잡이를 돌려 열고는 살그머니 어둠 속으로 나갔다. 이제 안개는 깔리지 않았지만 아직 꽤 쌀쌀했다. 두 손으로 머그잔을 감싸 쥐고 온기를 느끼니 마음이 편안해졌다.

나는 살금살금 마구간을 지나갔다. 멀리 보이는 창문으로 희미한 불빛이 새어 나왔고 가끔 발 끄는 소리가 날 때를 빼고는 사방이 오싹할 정도로 고요했다.

정신이 맑아지는 산들바람을 맞으며 걷다 보니 어느새 강둑 아래였다. 강물은 로크 돈 호수를 향해 조용히 흐르고 있었다.

나는 이유도 모른 채 호수를 향해 걸어갔다. 마디진 뿌리와 미끄러운 바위를 조심히 밟으면서 지붕 모양으로 우거진 강가의 수풀 속으로 걸음을 내디뎠다. 사방이 짙은 남빛으로 물들어 앞이 보일 듯 말 듯 위험했지만 이제 미끄러지는 건 두렵지 않았다. 무언가가 머리 위를 지나가는 느낌이 들어 머리를 휙 수그리고 보니 부엉이 한 마리가 날개를 펄럭이며 가지에 앉아 부엉부엉 울었다.

나는 호숫가에 도착해 좌우를 살펴보고는 호텔 부지와 외부로 통하는 길 중 사람들이 많이 다니지 않는 듯 보이는 길을 택했다. 걷다 보니 끝이 보이지 않는 작은 오솔길이 나왔다. 오솔길을 걷던 도중 발을 헛디뎌 걸쭉하고 끈적한 진흙에 빠졌다. 진흙에서 빠져나오려다 운동화가 벗겨질 뻔하면서 다리에 온통 진흙이 튀었다. 싫지 않았다. 진흙이 달라붙는 느낌이 좋았다. 런던의 콘크리트와 유리창에 오랜 시간 길들여 살다 보니 더럽고 투박한 흙의 느낌이 좋았다.

어느덧 여명이 밝아 왔지만 하늘 가득 흩뿌려 놓은 듯한 별들이 여전히 반짝이며 호수로 향하는 길을 안내해 줬다. 차를 한 모금 마시니 이미 식어 가고 있었다. 나는 남은 차를 한 번에 들이키고는 머그잔을 재킷 안쪽 주머니에 쑤셔 넣었다. 적막뿐인 이 순간을 온전히 느끼고 싶었다.

산토끼로 보이는 큰 토끼 한 마리가 내 앞으로 휙 뛰어갔다. 하얗고 둥근 꼬리가 구름 뒤에서 낮게 떠오른 보름달 빛에 비쳤다. 나는 토끼의 그림자가 물 위에 비친 순간 헉하고 숨을 들이켰다. 길게 드리워진 그림자가 은빛 길이 되어 내 발끝에 닿았다.

걸음을 멈추자 발걸음 소리가 아침의 소음 속으로 사라졌다. 새들은 잠에서 깨고 귀뚜라미는 잠들기 시작했다. 호수 표면에서는 원인 모를 첨벙 소리가 간간이 들렸다.

주머니에 든 휴대폰에서 알림음이 울렸다. 나는 울컥 치솟는 짜증을 달래며 주머니에서 휴대폰을 꺼냈다. 휴대폰의 밝은 불빛이 예민해져 있던 오감을 무디게 만들어 새벽 여명이 다시 어둠

게 느껴졌다.

며칠 동안 통화도 채팅도 하지 않은 팀의 메시지였다. 눈에서 멀어지면 마음도 멀어진다더니.

잠이 안 와서. 어디야? 통 연락이 없네. 잘 지내?

헤더의 메시지도 와 있었다. 간밤에 온 모양이었다.

우리 같이 어디로 주말여행 가면 어떨까 싶은데…… 비용은 내가 대고. 갈래? 마드리드 같은 데서 만나면 되지 않을까?

나는 안 된다는 걸 알면서도 좋다고 답하고 싶은 심정으로 헤더의 문자를 빤히 바라봤다.

그래도 오늘 아침에는 희망이 조금 생겼다. 이 난관을 무사히 극복할 수 있으리라는 희망이었다. 어쩌면 맥주를 마시며 헤더에게 그간의 일을 다 털어놓을 수 있을지도 몰랐다.

바닥의 흙을 만져 보니 생각보다 많이 축축하지 않았다. 나는 잠시 앉아 해돋이를 구경하기로 했다.

호수 저 멀리서 태양이 모습을 드러내기 시작했다. 낮게 깔린 구름이 떠오르는 태양과 함께 핏빛으로 물들었다가 곧 주황색으로 변했다. 작게 감탄사를 내뱉으니 그 소리가 언덕에 반사돼 호수 주변에 메아리쳤다. 그리고 다시 고요해졌다.

나는 더 크게 감탄사를 내뱉고는 귀를 기울였다. 나의 '와' 소리가 물수제비를 뜨는 돌처럼 호수 주변의 언덕을 스치고 튕겨 나왔다.

하지가 되려면 아직 몇 주 남은 6월인 데다 최북단 지역이라 귀하디귀한 어둠이 쉽사리 걷히지 않았다. 새벽 5시가 되니 드디어 아침 첫 햇살이 언덕 너머로 솟아올라 얼굴에 비쳤다. 바닥의 찬 기운에 갑자기 몸이 부르르 떨리던 차라 반가웠다.

나는 호수 주변을 한 바퀴 돌고 호텔로 돌아가기로 했다. 자리에서 일어서니 엉덩이가 조금 축축했다. 호수 주변에 투숙객들이 즐겨 찾는 오솔길이 있다는 말을 들은 기억이 났다. 폐허가 된 돌집을 지나가는 길이라고 했다. 나는 잠시 호수 전체를 한눈에 담고는 길어야 두 시간이면 다 돌 수 있으리라는 마음으로 걸음을 뗐다.

느리게 시작한 걸음이 점점 빨라지더니 어느 순간 갑자기 달리기로 변했다. 나는 달리고 또 달렸다. 호수 끝에 도착해서야 걸음을 멈추고 호텔 쪽을 돌아봤다. 심장이 미친 듯 뛰었고 햇볕이 온 얼굴에 따뜻하게 내리쬐었다. 살아 있는 기분이었다.

나는 숨이 가빠 헐떡거리며 몸을 수그렸다. 호흡이 진정되자 박하와 똑 닮은 풀 한 다발이 바위 사이에 삐죽 자란 게 보였다. 야생 박하라는 게 있었나? 나는 맨 위 작은 이파리를 뜯어 냄새를 맡아 봤다. 이파리 끝을 조금 잘라 맛을 보려는 순간 뒤에서 따가닥거리는 말발굽 소리가 들렸다.

"헤더?"

갑자기 이게 무슨 소리지? 이 시간에 깨어 있는 사람이 있으리라고는 생각지도 못했다. 무엇보다 제임스를 이렇게 빨리 다시 만날 줄은 몰랐다. 브렛이 탄 거대한 종마는 멈출 마음이 없어 보였다. 나를 향해 긴 목을 기울이고는 브렛이 고삐를 잡아당기자 살짝 발길질을 했다.

"안녕하세요."

나는 수그린 몸을 일으키며 인사했다. 얼굴이 빨개진 데다 땀범벅이 돼 꼴이 말이 아닐 텐데 하필 이럴 때 만나다니. 나는 소매로 얼른 땀을 닦았다.

제임스가 고삐를 당기자 브렛의 말보다 약간 작은 적갈색 말이 원을 그리며 돌다 멈춰 나와 마주 섰다.

"그거 먹을 건 아니죠?"

제임스가 걱정스럽다는 듯 이마를 찌푸렸다. 그때 제임스가 탄 암말이 구보로 울타리 이쪽에서 저쪽까지 뛰다 다시 멈춰 섰다. 뭐든지 다 잘할 것 같은 제임스가 승마는 서툰 걸 보니 내심 기뻤다.

"안 먹어요."

풀줄기를 바닥에 버리고 나니 손가락에 타는 듯 뜨거운 감각이 느껴졌다.

"다행이네요. 그거 쐐기풀이거든요. 채집 중이었어요?"

"겸사겸사 왔어요."

"채집하기 좋은 아침이긴 하죠."

제임스가 씩 웃으며 말했다.

"아까 하늘이 붉은 게 진짜 그림 같았는데, 해가 뜨는 거 봤어요?"

브렛이 물었다.

"네."

갑자기 머리가 멍해졌다. 햇빛 때문인지 목도 말랐다.

"태워 줄까요? 안색이 좀 창백한데요."

"아뇨."

나는 괜찮다는 뜻으로 팔짱을 꼈다.

"물을 갖고 오지 그랬어요."

제임스가 말에서 내려 길가로 끌고 가자 말은 곧바로 긴 관목을 뜯기 시작했다. 제임스는 안장에서 가죽끈을 풀어 물통을 꺼냈다. 침이 절로 고였다.

"고마워요. 이렇게 멀리 올 생각은 없었거든요."

나는 물통을 받아 단숨에 반을 비웠다. 숙취가 약간 있는 데다 즉흥적으로 달리기까지 해 물이 너무 반가웠다. 얼음처럼 차가운 물이 목구멍을 타고 내려가니 어쩌나 황홀한지 신음 소리가 새어 나올 뻔했다.

"진짜 안 타고 갈래요?"

제임스는 다시 묻고는 승마용 가죽 장화 한 짝을 벗어 근처 나무 그루터기에 올려놓고 양말 속에 박혀 거슬리는 나뭇가지를 빼냈다. 그런 뒤 나를 돌아봤다. 제임스의 매혹적인 눈에 아침 햇빛이 비치니 온 계곡이 고요해진 느낌이었다. 제임스는 손을 들어 해를 가리면서 한 발짝 가까이 다가왔다.

"돌아가는 길에 채집을 좀 더 할 생각이었어요."

"그래요?"

제임스가 못 믿겠다는 표정으로 물었다.

"네."

오전 6시가 다 됐을 시간이었다. 제임스는 계속 나를 바라봤고 나는 제임스가 보고 있을 내 모습을 잠시 그려봤다. 얼굴은 숙취가 가시지 않아 벌겋고 땀투성이에 진흙투성이일 것이다. 섹시해 보일까? 그럴 리는 없었다. 방금 떠올린 단어로만 보면 딱 돼지 꼴이었다.

그때 반쯤 올라가 엉덩이 사이에 끼인 팬티를 잡아 빼고 싶은 충동이 갑자기 치밀었다. 나는 초인적인 자제력을 발휘해 팬티를 빼는 대신 물통을 돌려줬다.

"머리는 어때요?"

"숙취로 지금 이 꼴로 서 있는 거, 다 당신이랑 당신 엄마 때문이에요."

"그러지 말고 같이 타고 가요. 그러다 또 발목에 경상 입으면 어쩌려고 그래요."

브렛이 씩 웃으며 말하고는 타고 있는 말의 길고 두꺼운 목을 어루만졌다.

제임스가 자기 말에 타라고 손짓했지만 나는 어찌해야 좋을지 몰라 안장만 바라봤다.

"브렛이랑 같이 탈 거 아니면 어서 타요."

제임스가 말했다.

결국 나는 제임스가 말을 진정시키는 사이 등자에 한쪽 발을 걸친 뒤 제임스의 도움을 받아 말에 올라탔다. 떨어질 듯 말 듯 비틀거리며 간신히 몸을 들어 올릴 때 내 큼지막한 엉덩이가 어때 보였을지 상상이 갔다. 말은 왜 이렇게 빌어먹게 키가 클까?

"난 뒤에 탈게요."

제임스는 단번에 내 뒤에 올라타 두 팔로 나를 감싼 채 고삐를 잡고 호텔을 향해 출발했다.

제임스를 향한 사랑의 열병을 식히는 데 승마는 전혀 도움이 되지 않았다. 커다란 말 위에 다리를 벌리고 올라타 제임스의 믿음직한 두 팔에 안긴 채 그의 가슴이 등에 닿을 듯 말 듯한 자세로 리드미컬하게 몸이 흔들리는 경험은 우습기는 했지만 몹시 자극적이었다. 가는 도중에 제임스는 머리 위를 맴도는 물수리나 솔개, 검독수리를 손으로 가리켰다. 나는 최대한 잡담을 늘어놓으려 애썼다. 제임스와 가슴 저미도록 친밀하고 뜨겁게 밀착한 이 순간의 달콤한 쾌감에 너무 몰두하지 않기 위해서였다.

○　○　○

마구간에 도착할 때쯤 나는 기진맥진했다. 허벅지가 쑤셔 얼른 침대로 다시 기어들어 가 저녁 영업이 시작되기 전까지 쉬고 싶은 마음뿐이었다.

제임스의 도움을 받아 말에서 내린 나는 내 몸에서 날 악취를 두고 농담을 던졌다. 그러자 제임스는 고개를 저으며 말했다.

"당신 냄새인지 말 냄새인지 구별이 안 돼 괜찮아요."

"지금 농담한 거 맞아요? 혹시 진담 아니에요?"

제임스는 내 말에 웃음을 터트렸다. 그때 뒷주머니에 넣어둔 휴대폰이 윙 하고 울렸다. 꺼내서 보니 아이린의 부재중 전화가 네 번 와 있었다. 네 번이나. 문제가 생긴 게 분명했다.

"제임스, 엄마한테 전화 왔었어요?"

나는 통화 버튼을 누르고 기다리면서 물었다. 제임스가 자기 전화기를 확인하고 고개를 끄덕인 순간 아이린이 전화를 받았다.

"헤더. 아, 하느님, 감사합니다. 지금 내가 좀 아파요."

아이린은 급하게 말을 쏟아 내면서 기침을 했다.

"저도 마찬가지예요. 더블 진토닉을 그렇게 마셨는데 당연하지요."

"아니, 그게 아니에요. 독감인지 뭔지 모르지만 열이 나요."

"저런! 뭐 필요한 거 없으세요?"

내가 휴대폰의 마이크 부분을 가리고 입 모양으로 '아프시대요'라고 하자 제임스가 인상을 찌푸렸다.

"집으로 와 줄 수 있어요? 오늘 밤에 해야 할 일, 전부 다 브리핑해 줄게요."

"오늘 밤에 해야 할 일이요?"

"영화 개봉 뒤풀이 파티요. 헤더가 맡아 줘야 해요. 빌한테 맡길 수는 없어요."

"제가요?"

"네. 알려 줄 게 많아요. 지금 당장 올 수 있어요?"

23장

하나도 쉬지 못했지만 뭐, 어떤가. 아드레날린이라는 약에 취한 사람에게 휴식 따위는 필요 없다.

나는 흰색 티셔츠에 빳빳하게 풀을 먹이기는 했지만 비교적 편안한 옷을 챙겨 입고 앞치마를 둘러맸다. 웅장한 회색빛 폐허인 킨도르 캐슬은 우아하게 꾸며져 있었다. 상아색 백합으로 만든 대형 화관과 서양담쟁이덩굴로 장식돼 있었고 곧 해가 질 때라 거대한 흰색 양초가 불을 밝히고 있었다.

좌석은 벤치로 준비됐고 메뉴는 젖먹이 돼지 꼬치와 으깬 햇감자, 호텔에서 직접 설탕에 졸인 사과 소스, 데친 채소였다. 와인은 러셀이 무슨 이유에선지 직접 고른 두 가지가 제공됐다. 빌이 하는 말로는 둘 다 러셀의 친구가 하는 회사에서 납품받았다고 했다. 와인은 각자 따라 마실 수 있도록 긴 오크 테이블에 배치됐다. 대형 천막의 기둥에도 담쟁이덩굴이 감겨 있었고 소박한 통나무 테이블은 야생화와 솔잎, 엉겅퀴로 꾸며져 있었다.

전체적으로 아주 아름다웠다.

그리고 와서 보니 야외 출장 연회에 왜 소믈리에가 필요 없는지 알 수 있었다. 그럼에도 아이린이 내게 행사 관리를 맡긴 이유도 알 것 같았다. 신경 쓸 일이 한두 개가 아니라 정신이 하나도 없었다.

빌은 바 구역을 관리하면서 나를 도와 와인 뚜껑을 땄고 임시로 고용된 웨이터들은 바쁘게 돌아다니며 마무리 작업을 도왔다.

"6시에 도착할 거예요."

나는 앞치마에서 휴대폰을 빼 시간을 확인했다.

"알아요. 벌써 몇 번이나 말했잖아요." 빌이 레드와인병의 코르크를 느슨하게 풀어 뺐다가 다시 살짝 꽂아 넣으며 말했다. "다 잘되고 있으니 이제 긴장 풀어요."

"유명 인사도 오나요?"

"앤디 머리의 엄마는 확실히 와요. 다른 스코틀랜드 인사들도 올 거예요."

"와, 앤디 머리의 엄마라니 기대되네요. 근데 무슨 영화예요?"

"역사 스릴러래요. 주연은 무슨 소도시 형사물 시리즈에 나온 배우라던데. 누군지는 기억 안 나요."

"영국에 배우가 얼마나 많은데 그렇게 말하면 어떻게 알아요. 여자인지 남자인지도 모르고. 다른 사람은요?"

"솔직히 잘 몰라요."

빌이 어깨를 으쓱하며 말했다.

"진짜 도움 안 되네요. 어쨌든 몇 명은 아는 얼굴이겠죠."

나는 두 손을 마주 비비며 말했다.

"결혼식이면 좋았을 텐데. 훨씬 재밌거든요."

"나도 결혼식이 좋아요. 보다 보면 빠져들거든요. 온갖 맹세에 부푼 기대에⋯⋯."

"첫날밤이 기대되긴 하겠죠."

"웩, 분위기 깨지 말아요!"

"뭐야, 헤더, 낭만이랑은 거리가 먼 사람 아니었어요?"

빌과 천막 뒤 보관 공간으로 가니 애니스가 손질한 그라브락스 (염장 연어-옮긴이)가 절로 시선이 갈 정도로 먹음직스러운 자태를 드러내고 있었다. 제임스는 호텔로 돌아갔고 그래서 다행이었다. 제임스와 같이 있으면 집중이 안 됐을 것이다.

"뭐, 낭만적인 편이 아니긴 하죠."

나는 제임스 생각을 떨치려 고개를 저으며 말했다.

"부모님의 결혼 생활이 빌어먹게 끔찍했거든요. 아빠는⋯⋯ 문제가 있었고 엄마는 아무 문제 없는 척하며 삶을 낭비하셨어요. 현실과 동떨어져 딴 세상에 사셨죠. '엄마, 내 클라리넷 어디 있어요? 네가 잃어버렸겠지. 네 잘못이야. 네 아빠가 빚을 갚으려고 아침에 팔아먹었다는 사실을 인정할 순 없거든. 그걸 인정하면 네 아빠가 망할 알코올 중독자라는 것도 인정해야 하니까. 그건 안 돼. 차라리 아홉 살짜리 딸이 잃어버렸다고 우겨서 아이가 그렇게 믿게끔 조종하는 게 나아.'"

빌은 하던 일을 멈추고 충격받은 표정으로 미간을 찡그렸다.

"진짜예요?"

"네, 클라리넷 연주한 거 진짜예요."

이 이야기를 할 때 내가 늘 하는 농담이었다.

"아니, 엄마 말이에요. 정말 그랬어요?"

"네."

평소와는 달리 오늘은 이 이야기로 상대를 충격에 빠트리는 게 별로 재미있지 않았다. 왠지는 모르겠지만 빌에게 털어놓고 나니 벌거벗은 기분이 들었다. 빌은 아직도 인상을 쓰고 있었다.

"그런 일이 있었다니 힘들었겠네요."

나는 빌의 말에 가슴이 조금 찌릿했지만 고개를 저으며 손사래를 쳤다.

"자, 어서 일이나 해요."

나는 다음 와인 상자의 테이프를 커터 칼로 잘라 남은 와인의 개수를 확인한 뒤 빌과 대형 천막으로 돌아갔다. 천막에 들어가니 임시직 웨이터들이 주빈석 옆에서 웅성거리고 있었다.

나는 인상을 찌푸리며 빌에게 말했다.

"무슨 일인지 보고 올게요."

가까이 다가가니 젊은 웨이터 하나가 큰 키친타월 두루마리를 피가 흐르는 코에 대고 있었고 다른 웨이터들은 주머니에 손을 꽂은 채 빈둥거리고 있었다. 그중 한 명은 코피가 난 웨이터를 휴대폰으로 찍고 있었고 다른 한 명은 담배를 말고 있었다.

"무슨 일이죠?"

담배를 말던 웨이터가 치아를 훤히 드러내고 웃으며 나를 쳐다봤다.

"프레이저가 내기에서 졌어요."

그러고는 목덜미를 움켜잡아 성을 둘러싼 해자에 던져 넣고 싶을 정도로 얄밉게 히죽거렸다. 그렇다. 이 성에는 해자가 있었다.

"그게 무슨 뜻이죠?"

나는 두 손을 허리에 얹고 물었다. 웨이터들은 서로 눈치를 보며 꼼지락거렸다. *이거 볼만하겠군.*

"무슨 일이 있었던 거죠?"

나는 더 확실하게 물었다.

"자기 항문은 자기가 카메라로 못 찍는다고 했더니 해 보겠다고 하더라고요. 바지를 벗고 촬영하다가 고꾸라져 테이블 다리에 부딪쳤어요."

코피가 터진 웨이터는 창피해 어쩔 줄 모르는 표정이었다.

웃고 싶었다. 웃는 게 당연한 웃기는 상황이었다. 그러나 평소의 나답지 않게 좀 화가 났다. 현장에서 일일이 챙기지 못해 불안해하고 고열에 시달리며 집에 틀어박혀 있을 아이린이 생각났다. 노닥거릴 시간 따위는 없었다. 오늘 행사는 로크 돈에 너무나 중요한 기회였고 이런 얼간이들 때문에 일을 망칠 수는 없었다. 아이린을 위해, 우리 모두를 위해 꼭 성공시켜야 한다.

"여러분, 여기 일하러 온 거 알죠?"

"네."

촬영 중이던 웨이터가 휴대폰을 앞치마 주머니에 집어넣으며 답했다.

"그냥 좀 논 거예요."

'히죽이'가 말했다.

"노는 건 나중에 해요. 각자 자유 시간에요." 나는 히죽이를 노려보며 말했다. 저런 부류는 겪을 만큼 겪어 봐 익숙했다. 나는 코피가 터진 웨이터를 돌아보며 말했다. "차에 가서 닦고 와요."

"네."

'코피'가 멋쩍은 표정으로 답했다.

"그리고 빈둥거리지 말아요." 나는 날카롭게 말했다. "돈 벌러 온 거 맞죠?"

"네." 히죽이는 아까보다 훨씬 풀죽은 표정으로 말했다. "죄송합니다."

모두 곧바로 흩어졌지만 걱정스러운 건 여전했다. 나는 천막 뒤로 돌아가 와인 상자를 열고 있는 빌을 도우며 물었다.

"어디 출신들이에요?"

"그런 거 안 보고 뽑았어요." 빌이 웃으며 말했다. "그냥 상 잘 치우고 문제만 안 일으키면 돼요."

"그게 쉽지 않을 것 같은데요."

나는 얼굴을 찌푸리며 답했다.

"다 동네 애들이에요." 빌이 날 안심시키며 말했다. "일자리가 많이 없는 동네라 아이린이……."

"무슨 뜻인지 알겠어요."

나는 어떤 상황인지 바로 이해돼 고개를 끄덕였다. 동네 아이들을 고용한 아이린의 마음이 이해됐다. 아이린이 있었다면 다소 거친 이 아이들을 잘 통제했을 것이다. 나는 직원들을 돌아보며 좀 더 상냥하게 대하기로 다짐했다. 단, 이번 행사를 조금이라도 위험에 빠트리면 단호하게 개입해 통솔할 수 있도록 매의 눈으로 지켜보기로 했다.

곧이어 킬트에 주머니를 차고 검은색 정장 재킷을 입은 노신사가 천막 입구에 나타났다. 드디어 그들이 도착했다.

나는 아이린이 그랬듯 본능적으로 손뼉을 쳤다.

"모두 제자리로 가요." 나는 입구의 직원들에게 속삭였다. "사려 깊고 친절하게, 무엇보다 예의 바르게 행동해요."

히죽이가 안심하라는 듯 고개를 끄덕였다.

나는 입구에서 목례를 하고 미소를 지으며 손님을 맞았다. 좌석을 찾지 못하는 손님들은 자리로 안내했고 자리를 찾은 손님에겐 외투를 받았다. 손님마다 샴페인과 오렌지주스, 탄산수 중 하나를 고르게 했다. 특히 긴장한 표정의 부모를 대동한 두 아역 배우, 데이비드와 알바에게는 법석을 떨며 시중을 들었다. 둘 다 여덟 살도 채 안 돼 보였다.

"우리는 아빠가 왕의 외아들을 죽인 대가로 산 채로 불에 타 죽었어요."

데이비드가 자랑스럽게 말했다.

"엄마는 저기 저분이에요." 알바가 반짝이는 은색 드레스를 입은 아름다운 금발 여인을 가리키며 말했다. "내가 보는 앞에서 맞아서 돌아가셨어요."

"정말 재밌었겠구나."

나는 아이들을 자리로 안내하고 갓 짠 사과주스를 대접했다.

그때 백파이프 소리에 맞춰 도착한 주연 배우진이 느린 걸음으로 입장했다.

"저 사람이 주연 여배우예요." 배우가 지나가자 빌이 내 귀에 속삭였다. "여배우 오른쪽에 있는 사람이 감독인데 밥 아무개고 왼쪽에 있는 남자는 그 댄싱 프로그램인가 뭔가에 나왔던 사람이에요."

"아, 빌! 그건 그냥 모르는 거잖아요."

나는 웃으며 말했다.

여배우는 우아하고 아름다웠다. 어디에선가 본 것 같긴 한데 정확히는 기억나지 않았다. 머리카락은 묶지 않고 내려뜨려 얼굴과 등을 감싸며 하늘거렸고 머리에는 작은 흰색 꽃으로 만든 화관이 얹혀 있었다. 우아한 암청색 드레스의 짧은 소매에 달린 작고 고상한 물고기 꼬리 모양 레이스가 걸어가는 여배우의 뒤에서 살랑거렸다. 눈부신 자태였다.

여배우를 자리로 안내하려니 문득 앞치마와 티셔츠 차림에 염색한 머리칼은 푸석푸석한 내 모습이 너무 평범하게 느껴졌다. 나는 여배우에게서 풍기는 향수와 헤어스프레이 향을 맡으며 머리를 매만졌다. 내 머리도 손질하면 좀 나아질까? 발톱에 매니큐어도 칠하면 좋을 것이다.

주연 남배우도 미남이었다. 무대에서 마지막 곡을 부르는 라스베이거스의 가수처럼 헝클어진 머리에 세련된 턱시도, 풀어 놓은 보타이 차림이었고 미소도 지나치게 달콤했다.

식사가 시작되자 연회장의 템포와 볼륨이 높아졌다. 영화의 한 장면에 출연하기도 했다는 밴드는 16세기 선술집 밴드 스타일로 현대곡을 연주했다. 특히 보컬 부분을 아코디언 연주로 대체한 레이디 가가의 '포커페이스'는 비현실적이었지만 마음에 들었다.

웨이터들은 제 할 일을 잘해 줬다. 코피는 꽤 효율적으로 상을 치웠고 와인 마개도 능숙하게 땄다. 그런데 다들 와인을 너무 많이 마셔댔다. 천막 뒤로 가니 빌이 작은 위스키 바를 차려놓고 등을 돌린 채 위스키를 마시고 있었다. *아, 빌. 또 시작이군요.* 빌이 좋아질 거라고 믿었던 나 자신에게 욕설을 퍼붓고 싶었다. 누구보다 잘 알면서 또 속다니.

"헤더!"

빌은 술을 마신 티를 안 내려고 은근슬쩍 얼굴을 닦았다.

"다 봤으니까 애쓰지 말아요."

나는 빌을 쏘아보며 말했다.

"다 공짜잖아요."

빌이 윙크하며 말했다.

"아뇨. 저들이 다 지불한 거죠."

나는 반박했다.

"너무 그러지 말아요." 빌은 창피한 듯 눈을 깜박거렸다. "이런 재미도 있어야죠."

"취하지만 말아요." 나는 날카롭게 말했다. "그보다 나머지 와인은 어디 있어요? 이 사람들 엄청나게 마시네요."

"급식 텐트 옆에 있는 게 다예요."

"화이트와인은 한 박스밖에 없던데요. 설마 그게 전부겠어요? 러셀이 몇 상자 주문했죠?"

빌은 인상을 찌푸렸다.

"난 모르는데 어쩌죠."

"와인이 떨어지면 안 되는 거 아니에요? 그럼 안 되죠. 아이린이 와인이 모자라게 둘 리 없잖아요."

"그런 적이 없지는 않았어요."

빌이 빈 병을 치우면서 말했다.

"아!"

나는 한숨을 쉬고는 이미 어둠이 짙게 내려앉은 연회장 텐트로 돌아갔다. 지나가면서 테이블을 하나씩 살펴보니 다들 화이트와인만 마셔 레드와인이 남아도는 상황이었다. 돼지고기 요리니 당연한 일이었다. 왜 아무도 와인 수량을 확인하지 않았지? 내가 했어야 했나?

급식 텐트에 가니 애니스가 짐을 정리하고 있었다.

"화이트와인이 떨어지면 어떻게 해야 하죠, 애니스?"

"네? 말도 안 돼! 아직 9시도 안 지났는데요?"

애니스가 벌떡 일어섰다.

"그러니까요. 빌한테 물어봤더니 다 마신 것 같대요. 다들 화이트와인만 찾아요."

바로 그때 히죽이가 급하게 뛰어 들어왔다.

"화이트와인 없어요?" 히죽이는 발을 동동거리며 물었다. "그 유명한 남자가 화이트와인 한 병 더 달라는데 없다니까 매니저 데려오래요. 그리고 참, 방금 앤디 머리 엄마 만났어요."

"젠장, 젠장, 젠장!"

나는 입술을 깨물며 내뱉었다.

애니스는 하얀 요리사 유니폼에 두 손을 문지르고는 주머니에서 자동차 열쇠를 꺼냈다.

"난 자리 못 비워요. 후식을 내야 해서요."

"제일 가까운 시내가 얼마나 멀죠?"

"포트윌리엄일 거예요. 차로 한 20분쯤 걸려요."

"문 연 가게가 있을까요?"

"'엉겅퀴와 왕관'이라는 술집으로 가요." 애니스가 손목시계를 보며 말했다. "포트윌리엄보다 가까워요. 로크 돈의 애니스가 보내서 왔다고 해요. 정산은 내일 하면 돼요. 아니, 지금 바로 내가 전화해서 헤더가 간다고 말할게요."

"알았어요."

나는 애니스에게 고개를 끄덕이고는 히죽이를 돌아봤다.

"내가 돌아올 때까지 손님들 불만 없게 잘할 수 있죠?"

히죽이의 얼굴이 빨개졌다. 겁먹은 표정이었다.

"제가 가면 안 될까요? 길은 잘 알아요. '엉겅퀴와 왕관'도 어디 있는지 알고요. 우리 동네니까요."

나는 그래도 될지 몰라 히죽이와 애니스를 차례로 봤다.

"제가 다녀올게요." 히죽이가 집요하게 말했다. "와인 가져오면 되죠? 여섯 상자쯤 가져올까요?"

"그 정도면 돼요. 하우스 와인으로 가져와요. 총비용이 선납된 상태라 술이 떨어지더라도 비싼 건 살 여유가 안 돼요."

"어차피 하우스 와인밖에 안 팔아요." 애니스가 말했다. "'피그

& 위스키'도 아니고 '엉겅퀴와 왕관'이잖아요."

"좋아요. 자, 어서 가요."

나는 히죽이에게 고갯짓을 하며 말했다.

"정말 고마워요. 그럼 나는 저 귀하신 남자분들 최대한 오래 만족시켜 볼게요."

"어떻게 하려고요?"

애니스가 물었다.

"계획이 있어요."

나는 아직 개봉하지 않은 증류주 상자를 돌아보며 말했다.

잠시 후 나는 잔 여섯 개와 얼음, 생수 한 병을 챙겨 들고 주빈석으로 향했다. 가까이 가니 라스베이거스 가수 스타일의 주연 배우가 와인이 떨어져 화가 난 왕 연기를 하고 있었다.

"내 와인은 어디 있느냐!"

남배우가 옛날식 영어 억양을 흉내 내며 말하자 폭소가 터졌다. 남성 전용 클럽 분위기가 물씬 나는 테이블이었다. 공동 주연인 여배우는 화장실과 가까운 테이블 한쪽 끝에 앉아 두 아역 배우의 부모와 대화를 나누고 있었다.

테이블에 앉은 남자들은 옆 사람을 복사한 것처럼 비슷비슷했다. 영화계 사람들은 다 같은 스타일리스트가 꾸며 주는 모양이었다. 다들 치아는 눈이 부실 정도로 새하얐고 희끗희끗한 머리는 살짝 헝클어뜨렸으며 불룩한 배가 드러나게 딱 붙는 셔츠를 입고 있었다.

나는 잔 여섯 개를 테이블에 배치했다. 하나는 주연 남배우 앞에, 나머지는 주변의 다섯 남자 앞에 놓았다. 남자들은 일제히 대화를 멈추고 말없이 나를 바라봤다. 밴드도 하필 그 타이밍에 연주를 멈춰 나이프와 포크, 스푼이 부딪치는 소리와 얼큰해진 사람들이 떠드는 소리만 들렸다. 나는 조용히 심호흡을 했다. 그러고는 오반 위스키 18년을 테이블에 턱 놓으며 말했다.

"진정한 술을 마실 준비들 되셨나요?"

남자들은 잠시 서로를 바라봤고 나는 숨죽인 채 답을 기다렸다. 이들도 내가 아는 대부분의 남자들과 같다면 내 제안을 거부하지 못할 터였다. 무리 중 한 사람이라도 마시겠다고 하면 내키지 않아도 마실 것이다. 그게 남자들의 생리였다.

"스카치위스키 좋죠." 나이가 가장 많아 보이는 남자가 느릿한 미국 남부 억양으로 말했다. "아가씨가 내 마음을 읽었나 보군."

"나는 이 테이블에서 유일한 스코틀랜드 출신이니 나도 마셔야겠네요." 주연 배우가 와인 잔을 치우며 말했다. "누구든 얼음 따위를 넣거나 하면 한 소리 들을 각오하세요."

"나도 아무것도 안 타 마셔요."

다른 일행이 말했다.

"물은 좀 넣어야지."

또 다른 남자가 고환을 주물럭거리며 말했다.

나는 뒷걸음질로 테이블에서 서서히 멀어진 뒤 담쟁이덩굴에 둘러싸인 기둥에 잠시 몸을 기댔다.

"'엉겅퀴와 왕관' 직원이 중간에서 만나 와인을 전해 주기로 했어요." 애니스가 내 귀에 대고 속삭였다. "해냈네요. 진짜 잘했어요!"

해냈다. 나, 버디 핀치가 해냈다. 당황하지 않고 침착하게 계획을 실행했다. 안도감과 뿌듯함에 가슴이 한껏 부풀었다. 나는 밴드가 중세 스타일의 〈원더월〉을 연주하기 시작한 뒤에야 참았던 숨을 내쉬었다.

24장

어느덧 이 일이 편안하고 익숙해졌다. 인생이 원래 그렇지 않은가. 아무리 낯선 상황에 처해도 결국에는 모든 게 일상이 된다.

샤워를 하고 유니폼으로 갈아입는다. 록시와 제임스와 애니스와 메뉴를 점검한다. 요리와 와인을 짝짓는다. 이 일과만큼은 여전히 매우 부담스럽지만 최소 두 시간 전에는 메뉴를 알려달라고 했고 덕분에 이제는 다 같이 의논하기 전에 꼼꼼히 검색해 볼 시간이 생겼다. 가끔 잘못된 와인을 짝지을 때도 있었지만 겪어 보니 틀려도 괜찮았다. 와인 시음은 일정 부분 개인의 취향에 달린 문제였다. 와인을 잘못 고르더라도 틀린 게 아니라 '대담'하거나 '예상 밖'의 선택을 한 척 연기하면 걱정할 필요가 없었다.

두렵기 그지없는 재고 조사는 다행스럽게도 내 감독하에 록시가 기꺼이 맡아서 해 주고 있다. 오늘은 록시가 휴가를 내고 인버네스의 병원에 가서 내가 했지만 말이다.

마음에 걸리는 건 빌이었다. 빌은 내가 잘하고 있는지 수시로 확인하곤 했다. '재고 조사는 했어요? 손님에게 물 권하는 거 잊

지 말아요.'

무언가 문제가 있는 듯했지만 꼬집어 말할 수는 없었다. 술 문제는 아니었다. 일할 때는 대부분 멀쩡했다. 영화 개봉 뒤풀이 파티 때 술 마시는 모습을 내게 들키긴 했지만 감추려면 감출 수도 있었다. 그날 빌에게 날카롭게 굴긴 했지만 이제는 나도 어찌할 도리가 없다. 내가 빌의 심리 치료사도 아니지 않은가. 게다가 지금은 내 문제만으로도 골치가 아프다.

어쨌든 나는 매일 다른 팀원들과 의논해 요리와 어울리는 와인을 골랐고 와인이 정해졌다는 사실에 안심하며 손님을 맞았다. '예상 밖'의 와인으로 친구나 연인에게 뽐내고 싶어 하는 과시형 남자들이나 즉흥적인 질문에 대비해 와인 리스트를 암기한 내용이 적힌 노트도 늘 갖고 다녔다.

경험이 쌓일수록 자신감이 커지니 신기하게도 일부 와인, 특히 식당에서 파는 와인은 좀 알 것 같았다.

나는 어느새 이 일을 즐기고 있었다. 손님을 만나는 것도, 연기이기는 했지만 전문가가 된 것 같은 기분도 좋았다. 손님을 웃게 하는 게 좋았고 손님을 상대할 때 마음이 편했다. 창의력을 발휘해 메뉴를 짜는 것도, 사람들이 행복한 기분으로 식당을 나서는 것도 좋았다.

그리고 제임스가 있었다.

제임스.

제임스와는 그 뒤로 낚시를 하거나 데이트 비슷한 활동을 하지 않았다. 제임스는 내가 팀에 대해 고백한 뒤로 적당히 거리를 두며 예의를 지켰다. 물론 여전히 내게 신경을 썼고 기회가 될 때마다 나와 함께할 구실을 찾았으며 가끔 나와 눈이 마주치면 불꽃이 튀었다. 그러나 그럴 때면 둘 중 한 명이 먼저 시선을 피했다. 둘 다 팀을 언급한 적은 한 번도 없지만 팀은 늘 우리 사이에 존재했다. 한 달째 거의 연락조차 안 한 사이지만 제임스와 내가 선을 넘어 누군가를 배신하지 못하게 막는 작은 장벽이었다.

아이린의 제안으로 제임스의 요리 수업은 오전으로 옮겨졌다. 저녁에 하면 매주 한 번씩 불가피하게 술을 마셔 실수라도 저지를까 봐 걱정된 모양이었다. 어차피 아이린이 수시로 드나들어 추파를 흘릴 기회도 없었지만 그럼에도 나는 하루하루 손꼽아 가며 그날을 기다렸다. 제임스도 그 시간이 기다려지는 눈치였다.

그동안 배운 요리는 초콜릿 무스와 새우 칵테일, 비프 부르기뇽이었다. 이 엘리자베스 핀치가 분에 넘치게도, 맛있는 차우더(수프의 일종-옮긴이)를 만드는 법과 어떤 화이트와인이 가재 요리와 가장 잘 어울리는지 알게 된 것이다.

지난 월요일에는 아이린과 정원에 앉아 박하차를 마시며 시간 가는 줄 모르고 수다를 떨었다. 아이린은 로크 돈의 초창기 시절을 들려줬고 제임스는 우리가 끝없이 지껄이는 모습을 웃으며 지켜봤다.

등산도 좋아졌다. 내가 등산을 다 하다니! 믿기지 않는다. 르네상스적 인간, 아니 르네상스적 버디로 탈바꿈한 기분이다.

제임스가 꼼꼼히 주석을 달아 놓은 《스코틀랜드의 먹거리》라는 오래된 책을 숙소에서 발견했을 때는 나중에 나도 뭔가를 채

집하고 싶어서 갖고 다니며 읽기 시작했다. 제임스는 애니스와
툭하면 버섯 철에 관한 이야기를 했다. 늦여름에 축축한 땅에서
삐죽 자라난 포시니를 우연히 발견해 한 아름 따면 얼마나 좋을
까. 책을 읽어 보니 버섯은 다 비슷비슷하지만 포시니는 줄기의
표면에 그물 모양의 무늬가 있는 게 특징인 듯했다. 호텔을 떠나
기 전에 포시니가 자라면 꼭 찾아 채집하고 싶었다.

모든 게 잘되고 있었다. 불가능할 것 같았던 계획이 실현되고
있다는 게 믿기지 않았다. 단 하나 안 풀리는 게 있다면 로크 돈
호텔이었다. 재개장 이후 처음에는 잘되는 것 같더니 시간이 갈
수록 예약이 생각보다 많이 잡히지 않았다. 숨 막히는 불안이 서
서히 로크 돈 직원들의 정신을 잠식하고 있었다.

오늘은 주방 한구석에서 마지막 후식을 접시에 담고 있는 애니
스의 표정이 안 좋아 보였다. 제임스는 급속 냉동고에서 아티초
크를 세고 있었고 다른 두 요리사는 청소 중이었다.

"도와줄까요, 애니스?"

"샹티이 좀 갖다줘요."

애니스는 내 말에 퉁명스럽게 답했다.

"네, 셰프."

나는 냉장고를 뒤져 샹티이라고 적힌 통을 꺼내 건넸다. *샹티*
이: 바닐라 설탕 휘핑크림.

"힘들었어요?"

"조금요." 애니스는 짜증 난 표정으로 구운 헤이즐넛을 접시
에 조심스럽게 올렸다. "재개장했다고 입소문이나 좀 났으면 좋

겠어요."

"곧 날 거예요. 차 한잔 마실래요?"

"네."

애니스가 고개를 끄덕였다.

그때 제임스가 들어왔다. 요리사 유니폼은 단추가 풀려 있었고 스트레스를 받은 듯 얼굴은 살짝 붉어져 있었다.

"나는 그만 가려고요. 4시에 봐요."

제임스는 씩 웃으며 말하는 내게서 눈을 떼지 않았다. 어딘가 평소와 다른 표정이었다. 제임스는 진지한 눈빛으로 계속 나를 응시했고 나도 눈을 가늘게 뜨며 제임스를 바라봤다.

"얘기 좀 할 수 있어요?"

제임스가 낮은 목소리로 말했다.

"그럼요. 차 끓이려던 참이었어요."

"중요한 얘기예요."

제임스는 주방 뒤쪽을 향해 손짓했다. 표정이 너무 심각해 보여 불안했다. 무슨 일이 생겼나? 다 알아버렸나? 한동안 잠잠했던 공포가 보란 듯 강렬하게 치솟았다.

나는 고개를 끄덕이며 앞치마에 떨리는 손을 닦고는 와인 저장고로 향하는 제임스를 뒤따라갔다. 제임스는 우리 말고는 아무도 없자 준비실에서 걸음을 멈췄다. 나는 내심 더 안전한 저장고로 가길 바랐지만 포기하고 불안한 마음을 다잡았다.

"평론가 조시 리펀이 오늘 밤에 온대요."

제임스가 날카롭게 말했다.

"정말요? 이런 젠장!" 나는 날 도와줄 록시가 휴무라 없다는 사실을 뒤늦게 깨닫고 나도 모르게 외쳤다. "난 뭘 하면 될까요?"

"글쎄요. 엄마는 쉬는 시간에 식당에 남아 홀을 대청소할 거고 나는 한 시간쯤 쉬었다 와서 주방 상황을 다시 확인할 거예요."

"그렇군요."

나는 고개를 끄덕이고는 소플리에가 너무 법석을 떨지 않으면서 특별 손님을 만족시키려면 뭘 어떻게 해야 할지 고민했다.

"나도 단단히 준비해야겠네요. 그렇죠?"

"네." 제임스는 한숨을 내쉬며 말했다. "드디어 그날이 왔어요! 너무 긴장돼요."

"잘할 거예요." 나는 손을 뻗어 제임스의 손을 잡았다. "진심이에요. 당신은 정말 멋진 요리사예요. 이번 주에 러셀은 거의 얼굴도 비치지 않았잖아요. 당신을 완전히 믿고 있다는 뜻이에요."

"러셀은 지금 출발해도 제시간에 못 와요. 지금 당황해서 씩씩대고 있는 모양이에요."

"너무 부담 갖지 말아요. 러셀이 없어도 당신은 충분히 잘할 수 있어요."

제임스는 내 손을 내려다보다 천천히 엄지로 내 손마디를 쓰다듬었다. 그러면서 이래도 괜찮은지 묻는 듯한 눈길로 나를 바라봤다. *괜찮아요, 제임스. 나도 좋아요.* 나는 속으로 생각하며 제임스가 내 손을 꽉 잡아도 내버려뒀다. 그러나 곧 죄책감과 수치심이 뒤섞여 올라와 손을 빼냈다.

"헤더."

제임스가 머뭇거리며 나를 불렀다. 잠시 숨을 죽이며 다음 말을 기다렸지만 제임스는 말없이 시선을 바닥으로 떨어뜨렸다.

"이럴 때가 아니에요."

나는 부드럽게 말했다.

제임스는 고개를 들어 나를 보고는 입술을 오므렸다.

"맞아요. 지금 말고," 그러고는 내 입술을 힐끗 보며 중얼거렸다. "조만간 할게요."

"네?"

나는 다시 숨을 죽이며 물었다.

"곧 한다고요."

제임스는 이 말을 마지막으로 뒤돌아 떠났다.

"빌?"

나는 빌이 직원용 화장실에 있는 걸 알고 문을 두드렸다. 답이 없자 급한 마음에 또다시 문을 두드렸다.

"헤더! 나 지금 변기에 앉아 있거든요?"

"죄송해요. 제가 너무 무례했네요. 기다릴게요."

"설마 거기서 기다릴 거예요?"

"네."

"나 참, 알겠어요."

직원실을 서성거리고 있자니 드디어 변기 물을 내리고 수도꼭지를 트는 소리가 들렸다. 잠시 후 빌이 화장실에서 나와 찌푸린 얼굴로 나를 바라봤다. 혈색도 좋고 눈빛도 맑은 게 몸 상태가 좋아 보였다. 다행이었다. 오늘은 빌의 도움이 꼭 필요했다.

"도대체 무슨 일이에요?"

"그 평론가가 오늘 밤에 온대요. 근데 록시가 없어서 와인 리스트를 같이 살펴볼 사람이 빌밖에 없어요. 오늘은 실수하면 절대 안 돼요. 아이린과 제임스, 우리 모두를 위해서요."

빌은 잠시 나를 바라봤다. 빌의 얼굴에 얼핏 뭔지 모를 표정이 스쳤다. 연민인가? 아마 그럴 것이다.

"진정해요."

빌은 직원실 구석에 있는 의자에 앉으라며 내게 손짓했다. 나는 와인 리스트를 빌에게 쑥 내밀며 말했다.

"물어봐요. 리스트에 있는 와인, 아무거나 다요."

"리스트를 외우는 것보다는 다른 데 신경 쓰는 게 나을 텐데요. 그냥 헤더가 잘하는 걸 해요. 그자의 마음을 사로잡으라고요."

빌은 고개를 저으며 말했다. 그러고는 의자에 앉아 내 옆에 놓인 의자를 두드리며 나도 앉으라는 몸짓을 했다.

"못 앉겠어요. 제발 좀 물어봐 줘요. 아무 데서나 시작해요."

빌은 리스트를 받아 들고 휙 펼쳤다.

"알겠어요. 그래야 자신감이 생긴다면 도와줘야죠."

"네, 고마워요."

심장이 뛰고 가슴이 조여들었다.

"2014년 페리코네 델 코레."

"강렬하고," 나는 엄지손톱의 가장자리를 깨물며 답했다. "진하며 묵직하고 백후추 맛이 나요."

"다 맞아요. 근데 리스트에는 없는 표현이에요."

"제 노트와 상호 참조해 주세요."

앞치마 주머니에 손을 넣어 노트를 잡으려는 순간 잠시 고민이 됐다. 노트를 보고 의심하지 않을까? 설마, 아닐 것이다. 그냥 꼼 꼼하게 준비한 것처럼 보이지 않을까? 됐어, 그냥 하자! 나는 노 트를 빌에게 던지며 말했다.

"리스트와 순서가 똑같아요. 그것도 같이 확인해 주실래요?"

"헤더." 빌은 다시 고개를 저었다. "뭘 이렇게까지 해요. 괜찮을 거예요."

"확인해 주세요. 부탁이에요."

나는 호흡을 가라앉히려 애쓰며 말했다.

"알았어요." 빌은 노트를 획획 넘기며 해당 와인을 찾았다. "백 후추 맛이 나고 강렬하댔죠? 맞았어요. 산딸기 맛이 나 수렵육 요 리와 잘 어울린다고도 쓰여 있네요."

"네, 알고 있어요. 수렵육." 나는 고개를 끄덕였다. "좋아요, 다 음이요."

"2016년 피노 그리, 맨오워, 뉴질랜드산."

"정확히는 와이헤케섬이 산지예요. 생강과 감귤류 맛이 나고 갈증을 풀기에 좋고 맛있어요. 그리고 매운 음식과 어울려요. 칠 리소스를 넣은 해산물 요리 같은 거요. 아직 못 찾았어요?"

"잠깐만요."

빌은 내 노트를 다시 넘겨 보고는 고개를 끄덕였다.

"맞네요."

"헤더라면 단순히 와인만 외우고 있지는 않을 거예요. 빌이 평론가인 척하면서 어울리는 요리와 관련된 질문을 해 보세요."

실수였다. 뒤늦게 깨닫고 힐끗 보니 빌이 이마와 입매를 잔뜩 찌그러뜨리며 근심이 짙게 어린 표정으로 나를 보고 있었다.

"어머, 내가 삼인칭으로 말했네요. 너무 몰두했나 봐요."

나는 얼른 말했다.

"자, 어서 물어보세요."

"알겠어요. 자, 오늘 메뉴는 여름 채소를 곁들인 가재 요리인데요. 무슨 와인을 추천할래요? 데귀스타시옹 메뉴에는 뫼르소가 추천돼 있던데 그건 싫어요."

"좋아요. 좋은 질문이에요."

나는 격렬하게 고개를 끄덕였다.

"빈티지 샴페인을 드시는 건 어떨까요?"

"내가 샤르도네 품종을 싫어하거든요. 샴페인 못지않게 근사한 와인은 없을까요?"

나는 두 번째 테스트가 아주 마음에 든다는 뜻으로 고개를 끄덕였다. 그러고는 천천히 깊게 심호흡을 하고는 기억을 떠올렸다. "프로방스산 로제와인은 어떠실까요? 바스티드 드 라 시젤레트 2016년산을 추천드립니다. 진하고 세련된 풍미가 돋보이는 와인이죠."

"여운도 길고요." 빌이 내 노트를 보며 말했다. "시기상 지금 마시면 좋은 와인이라고도 쓰여 있네요."

"네, 알고 있어요. 다음이요. 어서요."

"세계 최고의 소믈리에도 모르는 게 있어요. 아무리 헤더 존스라도 다 알 수는 없다고요."

호흡을 가다듬었는데도 머리가 핑 돌았다. 빌의 말대로 좀 진정할 필요가 있었다.

"2시 45분이에요. 조금만 더 테스트해 주세요." 나는 손을 들어 빌의 이의 제기를 막으며 말했다. "좀 더 하고 나서 명상을 하든 심호흡을 하든 요가를 하든 할게요."

25장

아이린은 평론가를 맞이할 준비를 완벽히 하겠다는 단호한 의지로 또각또각 소리를 내며 분주히 돌아다녔다. 아직 만나지도 않은 그 평론가라는 작자가 싫어질 지경이었다.

빌과는 거의 완벽한 수준에 다다를 때까지 한 시간가량 연습했다. 이렇게 열심히 공부하기는 내 평생 처음이었다. 뿌듯함과 자신감이 은근히 차올랐다.

"빨리, 빨리, 서둘러요!"

아이린이 젊은 직원의 등을 툭 치며 말했다. 뭔가 실수를 저질렀다 싶을 때마다 사슴처럼 화들짝 놀라는 직원이었다. 아이린을 저렇게 무서워한다는 게 신기했다. 하지만 다시 생각해 보니 스무 살 때는 상사가 두려운 게 당연했다. 아무리 아이린처럼 다정하고 자애로운 상사라도 무서울 나이였다.

"창문도 다 닦아요. 어디 가요, 헤더?"

"다 잘되고 있는지 제임스 좀 잠깐 보고 오려고요."

"주방 사람들은 건들지 말아요. 안 그래도 스트레스가 많을 거예요!"

스트레스를 제일 많이 받고 있는 사람은 아이린 같았지만 나는 잠자코 고개를 끄덕였다.

"평론가는 친구분과 함께 올 거예요."

아이린의 말이 끝나기 무섭게 바 카운터 위에 있던 꽃병이 넘어져 여름용 꽃다발이 바닥으로 쏟아졌다.

"조심 좀 해요, 빌!"

나는 모든 와인이 적정 온도로 냉각되고 제자리에 있는지 재확인하고 매무새를 가다듬는 게 내가 할 수 있는 최선이라고 판단했다.

"15분 뒤에 첫 번째 예약 손님이 오십니다!"

아이린이 새된 목소리로 외쳤다. 아이린이 히스테리를 부릴수록 왠지 긴장이 풀어졌다. 아이린이 테이블을 오가며 5분 만에 또다시 냅킨과 잔의 위치를 살짝 바꿀 때는 웃음이 터지려는 걸 애써 참아야 했다.

거울을 보고 단장하러 직원실 문을 열고 들어가니 아이린이 빌에게 하는 말이 들렸다.

"망할 유행가 좀 끄고 어른스러운 음악 좀 틀어요."

이번에는 참지 못하고 웃음을 터트렸다. 직원실로 들어가 화장실 문을 여니 손을 닦고 있는 제임스가 보였다. 나는 곧장 제임스에게 다가갔고 우리는 잠시 서로를 바라봤다. 더는 참을 수 없었다. 나는 두 팔로 제임스를 휙 끌어당겨 안고는 그의 목에 얼굴을 묻었다.

이렇게 바싹 붙은 건 함께 말을 탄 이후로 처음이었다. 제임스의 늑골에 밀착한 가슴 속에서 심장이 뛰는 게 느껴졌다. 제임스에게서 레몬과 로즈메리 냄새와 시큼한 땀 냄새가 났다. 파묻혀 뒹굴고 싶은 기분 좋은 냄새였다.

"잘할 거예요."

나는 제임스의 손을 꽉 움켜잡으며 말했다.

몸을 떼려는 순간 제임스가 내 어깨에 두 팔을 둘러 끌어당겼다. 그러고는 말없이 고개를 숙여 내 이마에 부드럽게 입을 맞췄다. 제임스는 입맞춤마저 달콤했다. 내가 고개를 들어 올려다보자 아주 잠깐 내 입술을 내려다봤지만 자제력을 발휘했다.

"미안해요." 제임스는 작게 속삭이고는 내게서 떨어졌다. "행운을 빌어요."

"당신도요."

제임스는 내 말을 듣고 서둘러 주방으로 향했다. 나는 잠시 눈을 감고 제임스의 부드러운 입맞춤을 세세하게 떠올렸다. 그러다 고개를 젓고는 거울을 들여다봤다. 그때 휴대폰이 울렸다. 모르는 번호였다.

"여보세요?"

"헤더예요?"

여자 목소리에 나는 재빨리 머리를 굴렸다. 누구지? 왜 나를 헤더라고 부르지?

"록시?"

"안녕하세요. 네, 저 맞아요."

"잘 지내요?"

"네, 다 좋아요. 그보다 평론가가 오늘 저녁에 온다는 말을 들었어요. 정말 죄송해요. 왜 하필 오늘인지 모르겠어요! 한 시간쯤 뒤에 출발할 수 있긴 한데 제시간에는 절대 못 도착할 거예요!"

"그럴 거 없어요. 괜찮으니까 걱정 말아요, 록시."

"아, 고마워요, 헤더. 진짜 속상해요!"

거울을 다시 보니 피부가 좀 푸석푸석해 보였다. 영업이 시작되기 전에 단장을 좀 해야 할 것 같았다.

"행운을 빌어요! 헤더는 그런 거 필요 없지만요. 멋지게 잘할 거예요. 엄마한테도 헤더가 얼마나 대단한지 말했어요."

"고마워요."

나는 민망함에 얼른 전화를 끊고 싶었다.

"아 참, 하나만 더요. 헤더의 페이스북 계정에 친구 신청을 했어요. 주제넘었다면 죄송해요. 그래도 언젠가는 할 것 같아서 그냥 했어요."

처음에는 화장을 해야 하는데 록시가 전화를 안 끊어 좀 짜증이 났다. 그러다 드디어 록시가 한 말이 무슨 뜻인지 깨달았다.

뭘 했다고?

"뭐요?"

"저기, 아까도 말했지만 죄송해요. 헤더도 애니스처럼 공과 사를 구분하고 싶을 수도 있는데……. 제가 괜한 짓을 했나 봐요. 그런 거면 그냥 무시하세요. 아, 너무 부끄럽네요."

나는 잠시 말없이 있었다. 또다시 심장이 죄어들었다. 나는 천장을 보며 입 모양으로 "젠장!"이라고 내뱉었다.

"그만 끊어야겠어요, 록시." 나는 최대한 밝은 목소리로 덧붙였다. "내일 봐요."

전화를 끊고 보니 네 시간 전에 헤더에게 메시지가 와 있었다.

보고 싶다. 솔직히 이곳 생활이 좀 지루해졌어. 내일 시간 잡아 수다나 떨자. 통화한 지 너무 오래됐어.

나는 바로 전화를 걸었다. 헤더는 연결음이 두 번 울리자마자 받았다.

"안녕, 헤더. 뭐 해?"

"엘리자베스!" 지루하기는커녕 생기 넘치는 목소리였다. 음악 소리가 들리는 걸 보니 밖에 나온 모양이었다. "진짜 뭐야, 너! 잘 지내고 있는 거야? 잠깐만, 라디오 소리 좀 줄이고."

"뭐 해?"

나는 당황한 티를 안 내려고 안간힘을 쓰며 다시 물었다.

"내 메시지 확인했나 보네?"

"어, 했어."

겨드랑이에서 땀이 나 공기가 통하도록 셔츠의 단추를 풀었다. 소리가 새 나가지 않게 화장실 문도 살살 닫았다.

"길게는 통화 못 해. 그냥 네가 잘 있는지 궁금해서 메시지 보냈어. 연락한 지 오래됐잖아."

"너 괜찮아?"

"괜찮아. 너한테 메시지 보내고 나서 크리스티안이 왔어. 저녁 먹으러 가자고. 지금 나랑 같이 있어. 바로 옆에서 운전 중이야."

지금은 아무 말이나 하지 말라는 신호였다. 어차피 무슨 말을 할지도 몰랐다. 페이스북 친구 신청 일을 언급할 수는 없었다.

"와, 멋지네. 사진 많이 찍어. 소셜 미디어에는 올리지 말고."

나는 별 이상한 지시를 다 내린다는 생각에 자괴감이 들었지만 얼른 덧붙였다.

"안 올려. 크리스티안도 잘 단속했고. 근데 그 일 그만둔 지 오래돼서 이제 상관없을 거야. 분명 딴 사람이 냉큼 채 갔을걸."

"채 갔다고?"

나는 당황해 헤더의 말을 반복했다. 지금 이 순간만큼은 나도 헤더의 인생을 통제하려는 크리스티안과 다를 게 없었다. 그 사실에 구역질이 났다.

"괜찮아, 버디? 목소리가 좀 안 좋은데?"

"응, 괜찮아."

"정말 괜찮아?"

"미안, 난 그냥 네가 걱정돼서……." 나는 눈을 질끈 감고는 세상의 모든 신에게 용서를 빌면서 말했다. "네 평판 말이야."

"내일쯤 다시 전화 줄래? 크리스티안이 지금 차 지붕을 열었거든. 네 목소리도 자꾸 끊기고."

바로 그때 누군가가 화장실 문을 급하게 두드렸다.

"헤더! 얼른 나와요. 첫 번째 예약 손님이 도착했어요!"

빌이었다.

"누구야? 방금 내 이름 부르지 않았어?"

헤더가 큰 소리로 외쳤다.

"아무도 아니야! 그냥 내 사촌이야!"

나는 얼른 답하고 전화를 끊었다. 문을 여니 빌이 걱정스러운 표정으로 서 있었다.

"무슨 일 있어요?"

"아무것도 아니에요. 잠깐 단장할 시간 좀 주세요."

"서둘러요. 리뷰어이 도착했어요. 소믈리에가 자리에 없으면 평론 글에 무조건 언급할 거예요."

나는 머리를 바짝 뒤로 넘겨 쪽을 찌고 가볍게 세수를 했다. 그러고는 사물함으로 달려가 새 셔츠와 깨끗한 앞치마를 착용하고 볼에 스킨 틴트를 조금 문질렀다. 다른 화장은 못 했지만 그래도 곧 죽을 사람처럼은 보이지 않았다.

나는 심호흡을 한 뒤 심판의 순간을 맞이하러 갔다.

식당 홀은 평소보다 조용했다. 아이린이 음악 소리가 시끄럽지 않게 조절한다는 게 너무 작게 줄인 모양이었다. 3번 테이블의 유리잔이 부딪히는 소리와 5번 테이블의 대화 소리가 선명히 들릴 정도였다.

"볼륨 조금만 키우세요."

내가 속삭이자 빌은 바 카운터 밑으로 슬쩍 몸을 숙여 잔잔한 분위기가 조성될 정도로만 볼륨을 높였다.

"좋아요, 전 준비됐어요."

차분하게 말했지만 머릿속은 엉망진창이었다. 헤더가 걱정스러웠다. 목소리는 멀쩡했지만 어딘지 모르게 조마조마한 느낌이 있었다. 페이스북 친구 신청도 문제였다. 최대한 빨리 록시를 만나 해결해야 했다.

"왔어요." 아이린이 나와 빌을 지나치면서 노래하듯 멜로디를 넣어 말했다. "올 것이 왔어요!"

빌은 곧바로 바 카운터 끝으로 가서 브랜디 잔을 닦아 광을 냈다. 잔을 공격적으로 닦는 걸 보니 빌이 초조할 때 하는 행동인 듯했다.

나는 차렷 자세로 미소를 지은 채 홀에 들어서는 남자를 지켜봤다. 남자는 속내를 전혀 알 수 없는 무표정한 얼굴로 새로운 실내 장식을 휙 훑어봤다. 조시 리펀이 맞는지 확인하러 빌을 돌아보니 빌이 살짝 고개를 끄덕였다.

조시와 같이 온 남자는 갸름하고 긴 얼굴에 머리가 벗겨졌으며 배가 볼록했다. 남은 머리카락은 붕괴된 위스키 숙성 창고에서 막 구조돼 먼지를 뒤집어쓴 듯한 은발이었다. 조시는 키가 작고 혈색 좋은 지식인 스타일의 미남으로 검은 테 안경을 쓰고 갈색 터틀넥 스웨터를 입고 있었다.

"좋아, 가자."

나는 아이린이 두 남자를 예약한 테이블로 안내하는 걸 보며 혼잣말로 중얼거렸다. 테이블로 걸어가면서 헤더와 이 웃기는 상황에 대한 생각은 애써 떨쳐 버렸다. 배 속이 부글거리고 가슴이 조여들었다. 나는 내 안의 모든 배짱과 용기를 끌어모으고 가장 환한 미소를 지으며 테이블에 도착했다.

"환영합니다. 식전주부터 드릴까요?"

"아, 네."

평론가와 함께 온, 나이가 더 많아 보이는 남자가 콧속에 뭐가 낀 듯 계속 코를 찡긋거리며 말했다.

"김렛(진과 라임즙을 섞은 칵테일로 짜릿한 맛이 난다─옮긴이)은 어떠세요, 손님?"

어제 종일 짠 신선한 라임주스로 빌이 끝내주는 김렛을 만들 수 있었다.

"저는 그냥 탄산수 마실게요. 메뉴판은요?"

조시가 물었다. *젠장! 물을 권하는 걸 깜박했다.*

"하일랜드 쿼리와 몰던 슈피리어가 있습니다만?"

나는 탄산수의 종류를 보란 듯 읊어 조금이라도 실수를 만회하려 애썼다. 조시는 대답은 하지 않고 신기한 듯 나를 쳐다봤다.

"뭐든 상관없습니다."

잠시 후 조시는 지극히 예의 바르게 답했다.

"알겠습니다."

나는 조용히 바 카운터로 돌아가 가죽으로 된 메뉴판 두 개를 집어 들고는 빌에게 탄산수 한 병을 달라고 했다.

"물을 안 권했어요. 제기랄! 둘이 한 팀으로 움직일 때 늘 록시가 하던 일이라 한심하게 깜박했어요."

"걱정 말아요. 긴장해서 그래요. 저 사람도 이런 실수는 수도 없이 겪었을 거예요. 만회할 수 있어요."

"메뉴판도 안 갖고 갔어요."

나는 심각한 표정으로 말했다.

"심호흡해요. 할 수 있어요. 와인만 완벽하게 골라서 따라 주기만 해요. 그다음은 아이린이 알아서 할 거예요."

나는 고개를 끄덕이고 테이블로 돌아가 조시의 오른쪽에서 잔에 물을 따라 채운 뒤 똑같은 동작을 수행하러 맞은편 자리로 이동했다.

"나는 김렛 마실게요."

조시의 친구가 다정한 목소리로 말했다. 내가 긴장한 걸 감지했는지 고맙게도 연대의 미소를 지어줬다.

"알겠습니다. 웨이터가 곧 대령할 겁니다. 그동안 메뉴판을 살펴보시죠. 맨 앞에는 데귀스타시옹 코스와 그에 맞는 와인이 함께 적혀 있습니다. 궁금한 게 있으시면 언제든 물어보시기를 바랍니다. 잠시 후 뵙겠습니다."

"지금 하나씩 설명해 줄 수 있나요?"

조시가 물었다.

"네? 전부 다요?"

"아뇨, 데귀스타시옹 와인이요."

조시는 과장되게 한숨을 내쉬고는 친구를 향해 기막히다는 듯 눈동자를 굴렸다.

"저기요. 그냥 우리끼리 결정할 시간을 주시죠. 이따 주문하겠습니다."

나는 겁먹은 객실 청소부처럼 종종걸음으로 자리를 떠났다.

짜증이 났다. 아니, 속이 부글부글 끓었다. 분노가 걷잡을 수 없이 치밀어 생선용 나이프로 조시를 찌르면 얼마나 기분이 좋을까 하는 생각만 자꾸 났다.

나는 쾅 소리가 날 정도로 문을 세게 밀면서 주방으로 들어갔다. 제임스가 기대와 흥분에 찬 표정으로 서 있었다. 그 표정을 보니 더 화가 났다. 제임스는 어떻게 됐는지 궁금해하는 순진무구하고 바보 같은 얼굴로 나를 향해 미소를 지었다. 주방은 썰고 튀기고 끓이는 소리가 요란했고 애니스가 메추라기와 해기스 전채 요리를 그릇에 담고 있었다. 나는 그 요리를 조시의 머리에 쏟아붓는 상상을 했다.

"터틀넥을 입은 꼴이 꼭 변비에 걸린 거북이 같아요."

나는 호흡을 가다듬으며 주방 뒤쪽 구역을 왔다 갔다 하면서 제임스에게 말했다. 제임스는 전채 요리를 내는 데 정신이 팔려 있으면서도 계속 나를 돌아봤다. 나 때문에 집중하지 못하고 있는 게 분명했다. 제임스까지 일을 그르치게 할 수는 없었다.

"헤더?"

빌이 주방으로 들어오며 나를 불렀다. 나는 자세를 바로잡으며 애써 분노를 떨쳐 냈다.

"네?"

"와인 리스트에 대해 설명을 듣고 싶대요."

"아, 진짜 재수 없는 작자예요."

나는 험악한 표정으로 내뱉었다.

"잘할 수 있어요."

말은 그렇게 했지만 나만큼 확신이 없는 표정이었다. 빌도 나를 믿지 못하고 있었다.

"갈게요."

나는 다시 당당하게 주방 앞쪽으로 걸어가 얼빠진 표정으로 나를 보는 제임스를 지나치며 문을 밀었다. 순간 메뉴판을 쥔 채 믿고 의지하는 눈빛으로 나를 보며 바 카운터 옆에 서 있는 아이린이 눈에 들어왔다. 갑자기 분노가 가라앉고 정신이 번쩍 들었다. 오늘 이 판에 얼마나 많은 게 걸려 있는지 새삼 와닿았다. 내가 아니라 저들을 위한 판이었다.

눈을 감고 단전 밑바닥까지 천천히 숨을 내쉬었다. 아직 기회는 있었다.

나는 실수를 만회할 태세로 천천히 조시를 향해 걸어갔다. 작은 실수였을 뿐이라고 스스로를 다독였다. 누구나 할 수 있는 실수다. 다 긴장 때문이다. 조금 긴장했을 뿐이다.

"절 찾으셨다고요? 데귀스타시옹 메뉴의 설명을 듣고 싶으시다죠?"

나는 나 자신도 놀랄 만큼 편안해진 목소리로 물었다.

"아뇨, 와인 리스트 때문인데요."

조시가 답했다.

나는 조시를 가만히 바라봤다. 많이 배운 자의 오만함과 우월감이 가득 서린, 저 의기양양한 작은 얼굴이 너무 싫었다. 다시 분노가 거세게 솟구쳤다.

"데귀스타시옹 메뉴와 함께할 다른 와인은 없을까요? 나는 리슬링을 안 좋아하고 홀랜드는 화이트와인 자체를 싫어하거든요."

조시는 내가 마음에 안 드는 게 분명했다. 확실했다. 처음 겪는 일은 아니었다. 내 목소리. 내 몸가짐. 저런 부류는 상대방이 풍기는 계급의 냄새를 바로 알아챈다. 내가 자기들과 같은 부류가 아님을 눈치챘을 것이다.

나는 숨을 들이마시고 내 모든 지식을 동원했다. 제임스와 아이린은 머릿속에서 지우고 정답을 찾으려 애썼다.

"리슬링 대신 그뤼너 벨트리너는 어떠실까요? 로제와인도 많고요."

"좋습니다. 추천할 게 그뤼너 벨트리너뿐이라면요."

"레드와인만 마시는 사람은 어떻게 하나요?"

홀랜드가 물었다.

"그럼 운이 참 없으시네요. 환상적인 데귀스타시옹 메뉴 일곱 가지 중 세 가지가 레드와인에 푹 담근 요리거든요."

헛나온 말이었다. 할 수만 있다면 다시 입 속에 집어넣고 싶었다. 재치 있지도 재미있지도 않은, 조롱과 냉소가 뒤범벅된 말이었다. 평생 실패와 실망을 짊어지고 산 두 달 전의 버디로 다시 돌아간 기분이었다. 나는 여전히 너그럽지 않은 세상이 원망스러웠다.

홀랜드는 껄껄 웃었지만 내게는 충격과 무안이 뒤섞인 웃음으로 들렸다. 조시는 달콤하기 그지없는 크림을 얻은 고양이 같은 표정을 지었다. 이 식당이 얼마나 형편없는지 실체를 간파했다는 듯한 표정이었다. 분명 스코틀랜드의 서부 해안 지역이 얼마나 교양 없고 천박한 곳인지를 논하는, 형편없는 800단어짜리 글을 신이 나서 쓸 터였다. 내가 다 망친 것이다.

"풍미가 가벼운 보졸레로 대체하면 괜찮을까요?"

조시가 내가 할 일을 가로채며 제안했다.

"이미 답을 다 알고 계시는군요?"

나는 터진 입을 막지 못하고 쏘아붙였다.

나는 왜 이럴까? 열심히 노력하다 왜 막판에 꼭 실패할까? 그리고 왜 실패할 기미가 보이면 더 밀어붙여 나락으로 떨어질까?

김렛을 들고 도착한 빌이 테이블 너머로 나를 쳐다봤다. 날 진정시키려는 듯한 눈짓을 했지만 부담만 커질 뿐 효과는 없었다. 나는 빌이 서빙을 끝내길 기다리면서 이 재수 없는 놈에게 한 방 먹일 방법을 떠올리기 위해 열심히 머리를 굴렸다.

"좋네, 나는 보졸레로 할게요."

홀랜드가 말했다. 얼마나 오래 서 있었는지 감도 오지 않았다. 모든 게 비정상적으로 느껴졌고 급기야는 시야가 극도로 좁아지는 터널 시야 현상이 나타났다. 불안 발작이 임박했다는 뜻이었다.

"조시는 리슬링만 그뤼너 벨트리너로 바꿀게요. 맞지, 조시?"

"맞아. 그러면 딱 좋겠네요."

조시가 메뉴판을 내게 돌려주며 말했다. 조시의 말투가 어딘가 달라졌다. 동정심인가? 나는 안간힘을 쓴 뒤에야 간신히 메뉴판을 받아 들고 미소를 지었다. "감사합니다." 그러고는 휙 돌아서서 아이린이 초조하게 서성이고 있는 바 카운터로 걸어갔다. 아이린을 보니 속이 메슥거리면서 구역질이 났다.

"잠시만 실례할게요. 토할 것 같아서요."

나는 직원실로 들어가 와락 울음을 터트렸다.

26장

아이린의 무궁무진한 인내심이 드디어 고갈됐다.

아이린은 직원실로 들어와 자애로운 두 팔로 나를 껴안았지만 평소보다 끌어안는 힘이 약했다. 다 잘될 거라고 위로하면서도 저녁 영업 마무리는 자기가 하겠다고 했다. *내가 못 하겠다면 말이다.*

"못 하겠으면 오늘은 쉬어요." 아이린이 말했다. "지나간 일은 어쩔 수 없어요."

내가 그렁그렁한 눈을 깜박이며 애써 눈물을 참자 아이린의 말투가 다소 부드러워졌다.

"우리도 다 겪어 본 일이에요. 원래 너무 긴장하면 일이 잘 안 돼요. 숙소로 가서 따뜻한 물로 샤워하고 한숨 자요. 알았죠?"

나는 고개를 끄덕이고는 아이린이 떠나자 셔츠를 치마 밖으로 빼고 노트가 든 앞치마를 벗어 세탁물 바구니에 던졌다. 앞으로 어떻게 되든 다 관두고 싶었다. 저들끼리 알아서 하게 두고 당장 사표를 내고 싶었다.

그러나 그럴 수 없었다. 나는 의자에 앉아 두 손에 머리를 묻은 채 꼼짝하지 않았다. 좀 진정이 되고 손목시계를 보니 제임스가 후식을 준비하고 있을 시간이었다. 아, 제임스!

그때 문이 열리는 소리가 들렸다. 애니스가 들어와 내 옆에 앉았다.

"무슨 일이에요?"

"평론가한테 욱해서 터트렸어요."

"아." 애니스는 고개를 끄덕이며 말했다. "훌륭한데요."

나는 웃는 대신 손을 뻗어 신발을 벗었다. 애니스를 마주 볼 용기가 안 나 신발이 멋져 눈을 뗄 수 없는 양 애꿎은 뒷굽만 빤히 바라봤다.

"그렇게 심각하지는 않았죠?"

"모두 날 믿고 있는데 내가 다 망쳤어요."

"나 참, 모르는 소리 말아요. 록시는 니컬라 스터전(스코틀랜드 국민당 대표 겸 자치정부 수반-옮긴이)한테 서빙을 하다가 그레이비소스 그릇을 그분 무릎에 떨어뜨렸어요. 지난여름에는 포르투갈 출신의 이네스라는 직원이 손님이랑 뒹굴다가 객실 청소부한테 들켰는데 그 손님이 완전 이상한 놈이라 이네스한테 엄청 집착했어요. 그다음 날 밤에 숙소 맨 위층 창문으로 몰래 들어가려다 브렛한테 딱 걸려 다리가 부러졌죠."

"정말요?" 나는 훌쩍이며 물었다. "브렛이 부러뜨렸어요?"

"아뇨. 브렛은 그놈 코를 부러뜨렸고 다리는 그자가 창턱에서 밖으로 떨어지면서 부러진 거예요." 애니스는 손마디를 우두둑

꺾으면서 말했다. "내가 밀었거든요."

"파란만장한 밤이었겠네요."

나는 다시 훌쩍이며 말했다.

"그랬죠. 접객업은 팀워크가 중요해요. 군대처럼요. 프런트 서비스가 아무리 세계 최고라도 질척한 빵을 주면 무슨 소용이겠어요. 최고급 요리를 휠 캡에 담아내는 것과 마찬가지죠."

"내가 그 휠 캡이네요."

나는 옅은 미소를 지으며 조용히 말했다.

애니스는 나와 눈이 마주치자 씁쓸한 미소를 지으며 내 어깨를 두드렸다. 애니스에게는 포옹과 같은 제스처였다.

"너무 마음 쓰지 말아요. 제임스가 잘했을 거예요. 그리고 그럴 일은 없겠지만, 손님한테 성질을 부린 이상한 소믈리에라는 평이 신문에 실리면 그 미친 소믈리에 보려고 손님들이 더 몰릴걸요?"

나는 희미한 미소를 지으며 말했다.

"그냥 막말이 막 터져 나왔어요. 그자가 너무……."

"알아요." 애니스가 끼어들었다. "완전 재수 없는 자식이죠. 걱정 말아요. 헤더가 생각하는 만큼 심각한 상황은 아닐 거예요. 아니길 빌어야 해요. 정말 중요한 기회거든요."

불행히도 심각한 상황이었다. 애니스는 잠시 가만히 앉아 있다가 한 손을 내 다리에 살짝 올리고는 다리를 꽉 움켜잡았다.

이후 한 시간 동안 다른 직원들은 영업을 마무리했다. 대부분 무슨 일이 있었는지는 잘 몰라도 일이 잘 안 풀렸다는 사실은 눈치챘는지 내가 있는 직원실을 조용히 오갔다. 모든 게 고요했고 나는 여전히 같은 자리에 앉아 있었다. 록시에게 문자를 보낼 생각도 해 봤지만 얼굴을 보고 말하는 게 맞을 것 같았다. 휴대폰을 확인하니 팀의 문자가 와 있었다.

전화해!

왜 갑자기 난리람?

나는 화면 끄기 버튼을 누르고 휴대폰을 주머니에 넣었다. 문득 제임스가 아직 주방에 있는지 궁금했다. 주방에 있다면 가서 안부를 물어도 될까? 너무 스토커 같지는 않을까? 그렇지는 않을 것 같았다. 어차피 미안하다는 말은 해야 했다. 몸을 일으켜 주방으로 들어가니 제임스가 안 보였다.

제임스는 야간 등만 켜 놓은 채 어두컴컴한 바에서 혼자 맥주를 마시고 있었다. 옷은 다른 데서 갈아입었는지 까만 티셔츠를 입고 있었고 샤워까지 한 듯했다. 주방에서 남은 음식도 먹고 있었다. 폴렌타(옥수수 가루를 끓인 죽 형태의 이탈리아 요리-옮긴이) 같기도 하고 트러플 오일을 넣은 으깬 감자 같기도 했다.

"제임스?"

나는 소심하게 이름을 부르며 다가갔지만 앉지는 않았다.

"왔어요?" 제임스는 나를 보고 미소를 지었다. "좀 괜찮아요? 엄마도 무슨 일인지 말을 안 해 주고 방해될까 봐 안 갔어요."

"아, 네."

늘 그랬듯 제임스는 화를 내지 않았다. 내가 얼마나 심각한 짓을 저질렀는지 모르기 때문이겠지만 그래도 사과는 하고 싶었다.

"평론가 일은 미안해요."

"무슨 일이 있었는데요?"

"멍청한 말을 했어요. 감정을 주체 못 했어요."

나는 솔직히 말했다.

"헤더만 그런 거 아니에요. 엄마는 클라레 한 병을 통째로 바닥에 떨어뜨렸어요."

"맙소사."

"나도 엉망이었어요."

제임스가 고개를 저으며 말했다.

"당신도요?"

"네. 도미를 너무 오래 익혔어요. 비둘기 고기는 질겼고요. 완전히 망쳤어요."

동지애가 느껴져 한편으로는 위로가 됐지만 제임스의 실수는 본인이 주장하는 것처럼 심각하지 않을 것이다.

"설마요."

제임스는 내가 옆에 앉길 바랄까? 아니면 혼자 있고 싶을까?

"진짜예요."

제임스는 어깨를 으쓱하고는 의자에 앉은 채 빙그르르 돌아 나와 얼굴을 마주 봤다. 신발을 들고 서 있으려니 완전히 무방비 상태가 된 기분이었다. 제임스는 달랐다. 긴장이 풀려 편안해 보였고 수심에 잠기긴 했지만 방어 태세를 취하지는 않았다. 자신에 대해 실망하면서 오히려 느긋해진 듯했다. 제임스가 실패를 받아

들이는 방식은 본받을 만했다.

"제임스?"

나는 나를 지그시 올려다보는 제임스를 조용히 불렀다.

"네?"

제임스는 이번만큼은 시선을 피하지 않았다.

나는 눈을 감았다가 내 맨발을 내려다봤다. *지금은 아니다. 때가 아니다. 나는 지금 너무 불안한 상태다. 재앙은 피해야 한다.*

"발이 자꾸 아프네요."

나는 발가락을 꿈틀거리고 민망함에 몸을 움츠리며 애써 화제를 돌렸다.

"이리 와요."

제임스의 말에 고개를 드니 내 쪽으로 포크를 내밀고 있었다.

"고맙지만 괜찮아요. 못 먹겠어요."

"내가 그쪽으로 가길 원해요?"

제임스는 세상에서 가장 부드러운 미소를 지으며 말했다. 목소리는 낮고 부드러웠으며 나를 향한 시선은 흔들림이 없었다.

"네."

그때 뒷문이 닫히는 소리가 들렸다. 아이린이 사무실을 떠나는 소리 같긴 했지만 우리 말고 다른 사람이 있을지도 몰랐다. 나는 천천히 주방으로 들어갔다. 제임스가 뒤따라오는 게 느껴졌다. 냉장고 돌아가는 소리와 세제 냄새만 가득할 뿐 아무도 없었다. 제임스는 주방을 천천히 가로질러 내 코앞까지 다가왔다. 나는 작게 헉 소리를 내고는 잠시 눈을 감았다. 제임스는 내가 용기를 내 눈을 뜰 때까지 조용히 기다렸다. 내가 이 순간에 집중하길 기다 렸다.

"비둘기 고기의 질긴 육질에 대해 논할 거예요, 나한테 키스할 거예요?"

무슨 짓이야, 버디.

제임스의 얼굴에 미소가 확 번지고 그의 손가락이 내 손에 닿 을 듯 말 듯 스쳤다. 흥분이 파도처럼 밀려왔다. 숨이 막히도록 신 경이 바짝 곤두섰다.

"생각해 보니 나는 와인 추천을 망치고 당신은 음식을 망쳐서 차라리 다행이다 싶어요. 둘 다 책임이 있는 거잖아요. 아무도 당 신을 해고하지 않을 테고 그러면 나도 해고하지 못할걸요. 그나 마 안심이 된다고요. 저기, 지금 이 상황에 대해 결정을 내려 주면 좋겠는데요. 난 사람 마음을 잘 못 읽거든요."

"내가 결정을 내리라고요?"

제임스의 손가락 끝이 내 두 팔과 어깨를 지나 목까지 부드럽 게 타고 올라왔다. 그러는 내내 제임스의 시선은 내 눈에 고정돼 있었다.

"결정권이 있는 사람은 당신······."

"헤어졌어요." 나는 얼른 말했다. "아직 얘기한 건 아니지만 지금 당장 문자라도 보낼까요? 휴대폰이 어디 있더라. 지금 바로 보낼게요. 팀은 끔찍한 남자 친구였어요. 아니, 제대로 된 남자 친구 노릇을 한 적이 한 번도 없어요. 몇 주째 통화도 거의 안 했 다고요."

"끝났다면……."

제임스는 확신을 얻기 위해 내 눈빛을 살폈다.

"끝났어요. 진짜예요. 끝났다고요."

심장이 덜컹 내려앉고 온몸의 마디마디가 기대감으로 찌릿찌릿 저려 왔다. 그리고 사실이었다. 내 마음은 이미 팀을 떠난 지오래였다. 제임스가 다시 말했다.

"정말 끝났다면……."

그때였다. 제임스의 입술이 부드럽게 내 입술에 포개졌다. 눈을 뜨고 있을 때 벌어진 일이라 너무 충격적이었다. 제임스의 코가 내 볼에 가볍게 스쳤다. 생각보다 부드러운 입맞춤이었다. 부드러우면서 단호했다. 머릿속이 바쁘게 돌아갔다. 나는 왜 이런 순간조차 즐기지 못하고 분석 따위를 하고 있을까?

제임스는 두 팔로 나를 껴안았다. 그의 손이 내 등을 타고 척추 맨 아래까지 내려왔다. 제임스는 나를 더 가까이 끌어당기고는 입술을 더 벌리며 강하게 입을 맞췄다. 나는 눈을 감고 그의 리드에 몸을 맡긴 채 두 손으로 제임스의 목을 감쌌다.

제임스는 몸을 떼고는 문을 향해 고갯짓했다.

"나갑시다."

몇 분 뒤 우리는 호텔 뒷길을 걸었다. 나는 제임스의 손을 잡은 채 차가운 자갈길을 맨발로 앞장서서 걸었다. 제임스는 천천히 걸으면서 장난스러운 미소가 어린 얼굴로 내가 걷는 모습을 지켜봤다. 계속 침묵이 이어지니 한층 더 발가벗은 기분이 들었다.

"춥네요." 나는 걸음을 늦춰 제임스와 나란히 걸었다. "왜 이렇게 늦게 걸어요?"

"아직 시간 많잖아요. 아닌가요?"

"난 기다리는 거 싫어해요."

온갖 끔찍한 생각이 머릿속을 휘젓기 시작했다. 내 벗은 몸을 제임스가 어떻게 생각할지, 제임스의 몸 위에 올라타야 할지, 즐 겁기는 할지 걱정됐다.

"욕구 충족이 지연되면 불안해진다고요."

제임스는 걸음을 멈추고 나를 끌어안은 채 한 번 더 입을 맞췄 다. 문득 제임스가 여름 한 철이나 오늘 하룻밤만 즐기고 싶어 하 는 건 아닐지 두려워졌다. 그러나 나는 곧 두려움을 떨쳐 내고 제 임스의 입맞춤을 즐겼고 나도 같이 입을 맞췄다.

이제는 제임스가 나를 이끌었다. 나는 따뜻하고 축축한 제임스 의 손을 잡은 채 그의 뒤를 따랐다. 저 멀리 숙소에 불이 켜진 게 보였지만 누구 방의 불빛인지는 알 수 없었다. 산들거리는 밤바 람에 살랑이는 오크 나무 이파리가 두껍고 오래된 몸통에 비해 작고 연약해 보였다. 갑자기 이파리가 친근하게 느껴졌다. 내 주 변의 모든 게 온기와 햇볕을 받아들여 쑥쑥 자라는 느낌이었다.

우리는 살금살금 현관에 들어섰다. 집 안은 쥐 죽은 듯 고요했 다. 제임스는 나를 2층으로 이끌었다. 빌의 방을 지날 때는 입술 에 손가락을 대며 조용히 하라는 신호를 했다. 그러고 보니 제임 스의 방은 한 번도 본 적이 없었다. 너무 깨끗한 건 아닐까? 오아 시스(영국 록 밴드-옮긴이)나 형편없는 지역 축구팀 포스터로 괴상 하게 꾸며져 있지는 않을까? 방이 가까워질수록 불안이 밀려왔다. 이유는 생각하기 싫었지만 포스터 때문은 아니었다.

제임스는 방문의 잠금장치를 최대한 살살 해제하고 문을 밀었다. 전반적으로는 깨끗하지만 표면은 지저분해 청결과 더러움이 완벽한 조화를 이루고 있었다. 소년의 느낌이 물씬 나는 방이었다. 대형 할인점에서 흔히 볼 수 있는 가는 세로줄 무늬의 감청색 이불도 그 느낌에 일조했다. 쿠션은 이불을 사면 공짜로 주는 같은 무늬의 정사각형 쿠션 하나뿐이었다. 구석에는 어쿠스틱 기타가 있었고 침대맡에 놓인 책갈피가 끼워진 소설을 포함해 책도 몇 권 있었다. 훌륭했다. 다행스럽게도 벽에는 아무 포스터도 걸려 있지 않았다.

제임스는 조금 민망한 표정으로 이불을 털어 펼치고 세탁물 바구니 뚜껑을 닫았다.

"손님이 올 줄은 몰랐네요." 제임스의 볼이 너무나 달콤한 분홍빛으로 물들었다. "내 물건은 대부분 여기 없지만요."

"나 좀 겁나요."

나는 불쑥 내뱉었다.

내뱉자마자 후회했지만 진심이었다. 주방에서 제임스의 방까지 오는 10분쯤 되는 시간 동안 흥분이 다소 식었는지 갑자기 그걸 해야 한다는 부담이 밀려왔다. 밤에 유흥을 즐기다 만난 남자들과도 그랬다. 나에게 끌리는 남자를 만날 때의 짜릿함과 서로의 옷을 마구 벗길 때의 흥분은 좋았지만 그다음 단계는 실망스럽기 일쑤였다. 어떤 남자는 내가 쾌감을 찾아 꿈틀거릴 때 자기 이두박근을 보며 감탄하기도 했다. 내가 정말 좋은 건 섹스 전후에 하는 일들이었다. 관계 전에 하는 친밀한 행위가 좋았다. 남자의 티셔츠를 입고 사 온 음식을 먹거나 내 부탁으로 남자가 커피를 타오는 게 좋았다. 그러나 지금은 제임스가 이미 티셔츠를 벗고 있어서 그런 것들을 생각할 겨를도 없었다.

나는 제임스를 빤히 바라봤다. 제임스는 벗은 티셔츠를 손에 든 채 잠시 당황한 표정을 지었다. 나는 그를 향해 한 걸음 다가갔다. 내가 편안한 것보다 제임스가 편안한 게 더 중요했다. 내가 확신이 없더라도 계속해도 된다는 신호를 주고 싶었다. 그러나 제임스는 내가 느끼는 갈등을 눈치채고 행동을 멈췄다. 순간 새로운 걱정이 뇌리를 스쳤다. 섹스를 하지 않는다면 제임스는 나와 방에 갇히는 꼴이 된다. 이 상황을 어떻게 빠져나가야 할지 난감했다.

"미안해요. 그냥 주방에 있을 걸 그랬나 봐요. 내가 원래 생각을 너무 많이 하면 이래요."

"헤더."

제임스는 티셔츠를 옆에 던져 놓고 걸어와서는 내 손을 감싸 쥐었다. 나는 헤더의 이름에 움찔하며 뒤로 살짝 물러섰다.

"못 하겠어요."

내 말에 제임스는 곧바로 내 손을 놓고 물러났다. 나는 제임스의 창백한 쇄골과 두껍고 둥근 어깨를 따라 지극히 야하게 입을 맞춰 제임스의 신음을 끌어내는 상상을 했다. 당장이라도 그 상상을 실현하고 싶었지만 그럴 수 없었다.

"영화 볼래요?"

제임스가 제안했다.

"영화요?"

"넷플릭스 어때요?"

"그럼 그냥 놀아도 돼요?"

나는 혹시 실망했을까 봐 제임스의 표정을 살폈다.

스물두 살 때 반년 동안 혼자 좋아했던 피터 포크너가 생각났다. 그러나 크로이던에서 열린 파티에서 막상 피터가 접근하자 긴장이 된 나는 그냥 얘기만 좀 하면 안 되느냐고 했다. 피터는 마지못해 알겠다고 하고는 그 시간에 유일하게 문을 연 지하철역 근처 가게에서 케밥을 사자고 했다. 주문한 치킨 되너 케밥을 카운터에서 종업원에게 받고 나니 피터는 이미 우버 택시를 부른 뒤였고 작별 인사도 제대로 하지 않고 떠났다. '너는 노던 라인 타면 되지? 6분 뒤에 올 거야.' 피터는 환하지만 경멸 어린 미소를 지으며 말했다.

"네. 그냥 놀아도 돼요."

제임스의 대답이 진심인지 확신할 수는 없었지만 마음이 놓였다.

"좋아요."

둘 사이의 긴장감이 사라지는 게 느껴졌다.

"우리 영화 봐요."

제임스는 고개를 끄덕이고는 미소 띤 얼굴로 벽장으로 다가가 문을 열었다. 문을 여니 대형 평면 텔레비전이 숨겨져 있었고 선반에는 리모컨이 두 개 놓여 있었다. 나는 제임스가 여전히 맨가

숨이라 조금 불안했지만 날 돌아보는 제임스를 향해 씩 웃었다.

"영화는 내가 고를 수 있게 해 줘요. 들어가도 돼요?"

나는 침대를 향해 고갯짓을 했다.

"그럼요. 차 끓여 올까요? 아니면 와인?"

"와인은 지긋지긋해요."

나는 웃으며 말했다.

"그럼 차로 하죠."

제임스는 티셔츠를 다시 입고 아래층 주방으로 내려갔다. 나는 잠시 고민하다 치마와 셔츠를 벗어 세탁물 바구니 위에 조심스럽게 걸쳐 놓은 뒤 탱크톱과 팬티 차림으로 이불 속으로 뛰어들었다. 텔레비전을 켜고 넷플릭스에서 제공하는 영화를 획획 넘겨봤다. 제임스는 내가 세 번째로 좋아하는 영화, 〈다이하드〉를 끝까지 볼까? 남자들은 〈다이하드〉를 다 좋아하지 않나?

잠시 후 제임스가 생강 비스킷 두 개를 위에 올린 머그잔 두 개를 들고 돌아와 조용히 문을 닫았다.

"〈다이하드〉를 골랐어요?"

"왜요, 의외예요? 오락 영화로는 최고잖아요. 앨런 릭먼도 나오고요."

"믿고 볼게요."

제임스는 바지를 벗고 사각팬티 차림으로 침대 위로 올라왔다. 나는 옆으로 움직여 제임스가 앉을 자리를 만들었다.

"〈다이하드〉 처음 봐요?"

"네." 제임스가 웃으며 말했다. "솔직히 텔레비전만 켜면 바로 곯아떨어지거든요. 늘 너무 피곤해서요."

"이 영화는 안 본 사람이 없던데 신기하네요."

나는 재생 버튼을 누르고 제임스의 큼지막한 베개에 몸을 기 댔다.

한 시간 뒤 나는 제임스의 어깨에 머리를 파묻었고 제임스는 잠이 들었다. 잠든 제임스의 느린 숨소리를 들으니 졸음이 몰려왔다. 나는 몰래 침대에서 빠져나가 아래층의 내 방으로 갈까 잠시 고민했다. 그러다 그냥 눈을 감았다.

27장

한밤중, 휴대폰 진동 소리에 잠이 깼다. 언제부터 울렸는지는 알 수 없었다. 나는 황급히 침대에서 내려와 휴대폰을 찾아 어둠 속을 더듬거렸다. 머릿속이 바삐 움직였다. 누굴까? 아빠 꿈을 꿨는지 제일 먼저 떠오른 사람은 아빠였다. 헤더일까? 록시랑 벌써 채팅을 했나? 피곤하고 당황한 탓에 가방에서 폰을 꺼낼 때는 속이 다 메슥거렸다.

다행히 팀이었다. 나는 얼른 설정을 무음으로 바꿨다. 그렇다. 아직 팀이 남아 있었다. 조만간 팀과의 관계를 확실히 정리해야 했다. 무엇보다 제임스에게 그러겠다고 약속했으니 미룰 수 없었다. 페이스북 친구 요청 건도 오늘 내로 록시에게 말해 해결해야 했다. 남은 시간 동안 더는 사고가 터지지 않도록 정신을 가다듬고 납작 엎드려 지내야 했다. 그냥 다 관두고 떠나고 싶은 마음이 다시 고개를 들었다. 지금 당장 택시를 불러 누가 깨기 전에 떠날 수도 있었다.

그러나 나는 그럴 수 없었다.

그때 제임스가 뒤척이다 몸을 굴려 자세를 바꿨다. 숨소리가 다시 느리고 깊어졌다. 나는 제임스의 가슴이 오르락내리락하는 모습을 잠시 지켜봤다. 저 편안한 오르내림에 얼굴을 묻고 싶었다.

나는 휴대폰을 내려다보며 팀에게 메시지를 보내기로 마음먹었다. 제대로 관계를 정리할 때까지 더는 귀찮게 굴지 못하도록 조치를 취해야 했다. 팀은 예측 불가능한 데다 내가 헤더의 신분으로 이곳에 있다는 걸 아는 유일한 사람이었다.

안녕, 무슨 일이야? 미안, 너무 바빠서.

팀은 곧바로 답을 보냈다.

버디! 난 또 자기가 위스키에 취해 네스호 괴물한테 잡아먹힌 줄 알았잖아.

나는 기가 막혀 눈알을 굴렸다. 아직도 이런 썰렁한 스코틀랜드 농담을 하다니.

하, 설마. 열심히 일하고 있어. 여긴 다 괜찮아.

아직도 네가 헤더라고 믿어?

아직까지는.

죽이네. 역시 당신은 대단해. 유후!

무슨 일 있어?

있지! 글래스고에서 결혼식이 있어서 당신을 보러 갈 거야!

온몸이 얼어붙었다. 이런 개 같은 소리가 다 있나.

결혼식?

그래. 가는 길에 같이 거기 하룻밤 들러서 당신 보고 결혼식에 가려고.

같이? 누구랑 같이 간다는 거지? 예전의 버디가 되살아났다. 나를 초대할 생각은 없었던 건가?

누구 결혼식인데?

채팅창에 작은 말풍선이 나타났다 사라진 뒤 다시 나타났다.

당신은 모르는 사람이야. 먼 사촌.

사촌이라면 가족이 모이는 자리라는 뜻이었다. 그런데 보아하니 나는 초대받지 못한 모양이었다. 가고 싶은 건 아니지만 그래도 서운했다.

그때 제임스의 숨소리가 멈췄다. 폰 화면을 끄니 다시 방 안 가득 어둠이 깔렸다. 제임스는 뒤척이다 다시 깊은 호흡에 빠지기 시작했다. 나는 제임스의 실루엣을 잠시 응시하다 다시 폰을 꺼냈다.

와도 못 만나. 여기 엄청 바쁘거든. 그리고 어차피 숙박도 못 해. 성수기잖아.

기다렸지만 팀은 바로 답을 보내지 않았다.

그러니까 오지 마. 어디 중간쯤에서 만나든가.

다른 데서 만나면 팀이 로크 돈에 오는 대참사는 피할 수 있을 것이다.
몇 분 더 기다려도 답이 없어 다시 메시지를 보냈다.

다른 데서 보는 거 어때?

드디어 팀의 답이 왔다.

그래도 갈 거야. 우리 완전히 기대하고 있단 말이야. 당신이랑은 모르는 사이인 척할게.

빌어먹을! 더는 둘러댈 말이 생각나지 않았다. 나는 그냥 있는
그대로 솔직히 말하기로 했다.

팀. 안 돼. 절대 안 돼.

나는 두근거리는 심장을 달래며 어둠 속에서 답을 기다렸다.
젠장. 안 돼. 젠장!

안 돼. 오지 마. 말도 안 되는 짓 하지 마.

제임스가 기침을 하고는 다시 몸을 뒤척였다.
"헤더?"
심장이 덜컹 내려앉았다.
"무슨 일 있어요? 몰래 가려는 거 아니죠?"
"아니, 아니에요. 그냥 메시지 확인하고 있었어요."
폰을 보니 팀의 답은 아직이었다.
"미안해요. 엄마한테 연락이 왔는데 걱정돼서요."
또 거짓말을 하다니 나 자신이 증오스러웠다.
제임스가 자세를 바꾸는 소리가 들렸다.
"정말 괜찮은 거죠?"
"네, 그럼요. 다 괜찮아요."

심장이 미친 듯 쿵쿵거렸다.

나는 폰을 가방에 넣고 제임스 쪽으로 천천히 다가가 침대밑에 멈춰 섰다. 열린 블라인드 틈으로 쏟아져 들어온 유난히 밝은 달빛에 제임스의 얼굴이 비쳤다. 제임스도 나를 바라보고 있었다. 제임스는 졸리고 따뜻해 보였고 나는 어깨의 맨살이 드러나 한기가 돌았다. 제임스는 미소 띤 얼굴로 손을 뻗어 내 손을 잡았다. 서로의 손가락이 엉켜들자 제임스가 다른 손을 뻗어 내 허벅지를 만졌다. 막고 싶으면서도 막고 싶지 않았다. 나는 어느새 제임스의 손길에 취했다. 제임스의 손가락이 내 다리를 매만지고 그의 엄지가 내 손을 부드럽게 쓰다듬는 순간 다른 모든 건 뒤로 밀려났다.

제임스의 손이 내 팬티의 허리 밴드까지 타고 올라와 나를 조심스럽게 잡아당겼다. 그의 구부러진 손가락이 아랫배를 타고 내려왔다. 쾌감과 불안의 파도가 마구 몰아쳐 정신을 차릴 수가 없었다.

나는 침대에 올라가 제임스의 몸 위에 올라탔다. 제임스에게 무게가 다 실리지 않도록 두 팔에 힘을 줬다. 제임스는 손을 뻗어 내 얼굴을 만지며 뺨에 부드럽게 입을 맞췄다. 제임스에게 내 모습이 이상하게 비칠까 봐 너무나 긴장되고 두려웠다.

"괜찮아요?"

제임스가 내 허리 뒤에서 손을 멈추며 속삭였다.

"너무 무거울 거 같아서요."

"안 무거워요."

제임스가 내 머리카락을 만지며 말했다.

"이러는 거 좋은 생각인지 모르겠어요……."

"좋은 생각은 아닐걸요."

제임스가 웃으며 말했다.

문득 그런 생각이 들었다. 될 대로 되라지. 안 하는 것보다 하는 게 쉬웠다. 하고 싶은 마음과 피하고 싶은 마음이 너무 팽팽하게 맞서 어떤 감정이 진짜인지 분간이 되질 않았다. 나는 눈을 감고 몸의 힘을 빼고는 복잡한 일은 모두 내일 처리하기로 마음먹었다. 그때 제임스가 내 목덜미에 입을 맞추었고 그의 숨결이 귓가를 간질였다. 비명을 지르고 싶을 만큼 강렬한 쾌감이 온몸을 휘감았다.

제임스는 한 손으로 내 탱크톱을 쓰다듬었다. 그러다 손바닥이 유두에 닿자 부드럽게 내 가슴에 입을 맞췄다. 그의 입술을 타고 내 안의 심장 박동이 선명히 느껴졌다.

"너무 좋은 냄새가 나요."

제임스는 내 피부에 대고 속삭이며 탱크톱을 머리 위로 거칠게 당겨 올렸다. 제임스의 맨가슴이 몸에 닿는 순간 얼굴이 확 달아올랐다.

온몸이 타는 듯 뜨거웠다. 욕망의 불길이 너무 세차게 타올라 숨쉬기가 버거웠다. 나는 호흡을 가다듬고 몸을 가누려 잠시 뒤로 물러났고 제임스는 내가 다시 다가갈 때까지 기다렸다.

내가 더는 주저하지 않자 갑자기 속도가 빨라졌다.

제임스의 손길은 부드러우면서도 단호했다. 손은 내 등의 굴곡을 따라 미끄러졌고 입술은 내 얼굴과 목을 탐험했다. 우리는 서로의 소리에 귀를 기울였고 숨소리가 서로를 이끌었다. 내가 가는 곳마다 제임스가 따라왔다.

더는 기다리지 못할 지경에 이르자 제임스의 손가락이 아래로 파고들었고 나는 그 느낌을 즐겼다. 곧이어 그의 페니스가 내 안으로 들어왔다. 제임스는 절정의 절벽에 매달린 신음을 내뱉었다. 내가 귀를 살짝 깨물기만 해도 이성을 잃고 폭주할 것 같았다. 제임스가 내 손아귀 안에 있다고 생각하니 미칠 듯 흥분됐다.

"왜 이렇게 섹시한 거예요. 나 지금 꿈꾸는 것 같아요."

"내가 할 말이에요."

내 말에 제임스가 답했다.

우리는 몸을 굴려 자세를 바꿨다. 제임스가 내 위에 올라타 점점 속도를 올리자 주변의 모든 게 의식 밖으로 서서히 사라졌다.

28장

　동틀 무렵 붉은빛과 자줏빛 구름이 길게 펼쳐진 하늘을 제임스의 침실 창문으로 내다보면서 나는 시급한 두 가지 문제를 떠올렸다. 한 가지 문제는 내 '남자 친구', 팀이었다. 팀은 결혼식에 가는 길에 로크 돈에 들를 작정이라고 했다. 오면 안 된다고, 우리 관계가 뭐든 이제 끝났다고 알려 간밤에 제임스에게 한 약속을 지켜야 했다. 그런데 어제 한순간 나는 팀이 나를 결혼식에 데려갈 동반자로 초대하지 않았다는 사실에 서운함을 느꼈다. 왜 그랬을까? 팀은 형편없는 남자 친구였다. 아니, 남자 친구라고 불러도 될 만큼 정식으로 사귀지도 않았다. 그러나 나는 나에게 전념하지 않는 팀이 왠지…… 편하게 느껴졌다. 정상적으로 느껴졌는지도 모른다.

　낭만적인 사랑은 실제로 어떤 느낌일까? 늘 갖고 있었던 의문이 다시 고개를 들었다.

　나는 한숨을 내쉬었다. 팀과의 관계가 무엇이든 이제 끝을 내야 했다. 가벼운 문자 메시지나 음성 메시지로는 안 된다. 지금까지는 주로 잠수를 탔지만 이번만큼은 반창고를 떼듯 단번에, 확실하게 못을 박아야 했다. 그런데 팀이 전화를 안 받았다. 얼굴을 보고 끝내기는 정말 싫은데 말이다.

팀이 호텔을 찾아오는 시나리오는 아무리 좋게 상상해도 끝이 안 좋았다. 어떤 전개 방식을 고르든 내가 사기죄로 체포되거나 호텔이 영화 〈행오버〉에서처럼 난장판이 되는 결말을 맞았다. 게다가 어떤 시나리오를 상상하든 제임스가 꼭 등장했다. 그가 어떤 표정을 지을지 상상하니 생각만으로도 고통스러웠다.

나는 다시 휴대폰을 들여다봤다. 이제 식당에 가서 록시가 돌아왔는지 확인하고 두 번째 문제를 해결할 차례였다.

록시에게 페이스북 친구 요청을 취소해달라고 부탁할 좋은 방법은 아직 떠올리지 못했다. 무조건 취소하게 해야 한다는 것밖에는 아무 생각도 나지 않았다. 이탈리아는 이미 아침을 먹을 시간이었다. 이제 곧 헤더는 요즘 사람들이 다 그러듯 커피를 마시며 같이 있는 사람은 무시한 채 인터넷에 접속해 메시지를 확인할 것이다.

헤더가 평소의 그녀답게 처음 보는 록시의 친구 요청을 덜컥 수락한다면 록시는 헤더의 사진을 다 보게 될 것이다. 무엇보다 헤더는 왜 로크 돈 호텔의 웨이트리스가 갑자기 친구 요청을 해 둘도 없는 친구 사이인 양 수다를 떨기 시작하는지 의아하게 생각할 것이다. 어젯밤에 그 말을 듣자마자 바로 친구 요청을 취소해 달라고 하지 않은 게 몹시 후회됐다. 나는 록시의 도움이 필요하다. 나에게 록시는 이제 없어서는 안 될 존재다. 게다가 나는 록시가 좋다. 그것도 많이. 이 문제를 해결하긴 해야 하지만 최대한 조심스럽게 접근해야 했다.

나는 내 가슴 위에 놓인 제임스의 묵직한 팔을 살살 들어 그의 옆에 내려놓았다. 제임스는 언제 입었는지는 모르지만 잠옷 바지를 입고 있었다. 다행이었다. 아침 8시에 자연 상태 그대로 널브러진 페니스를 보는 건 좀 부담스러웠다. 잠시 앉아 제임스를 내려다보고 있으니 간밤의 장면이 70밀리미터 필름으로 찍은 듯 생생하게 되살아났다. 음향도 레코드판 초판 못지않게 선명했다. 나는 달콤했던 지난밤의 기억과 냄새, 감정, 피부의 촉감에 빠져들었다.

뭘 원해요?
전부 다요.

생생한 기억에 몸이 오스스 떨렸다. 나는 제임스의 팔뚝에 난 부드러운 털을 조심스레 만지다 그의 손에 난 수많은 흉터 중 하나를 손가락으로 훑었다.

첫 섹스를 마치고 두 번째 섹스를 하기 전 우리는 여느 연인들처럼 대화를 나눴다. 그러면서 각자의 가장 좋은 면을 수줍지만 노련하게 드러냈다.

잠깐 대학에 다녔어요.
늘 모로코에 가 보고 싶었어요.

당신을 통째로 들이마시고 싶어요.

당신의 어깨를 깨물고 싶어요.

와인의 가장 좋은 점은 뭐라고 생각해요?

그러다가 누가 엿들었다면 죽도록 창피했을 유치한 말장난도
했다.

질감이 참 좋네요.

달콤하고 촉촉해요.

길이가 인상적이고 맛을 볼 때마다 통통한 육질이 살아나네요.

보디감이 무척 우아하고 아름다워요.

잘 다져진 근육질이네요.

정말 놀라운 길이군요.

여운이 오래 가요.

멀리서 브렛의 개들이 짖는 소리가 들렸다. 브렛이 일어나 말
을 먹이고 있다는 뜻이었다. 이젠 가야 했다. 나는 마치 두꺼운 벨
크로에 붙은 듯 떨어지지 않는 몸을 간신히 일으켜 침대에서 내
려왔다.

그러고는 최대한 조용히 움직였다. 소리 없이 옷을 입으면서
보니 제임스는 꼼짝도 하지 않았다. 문을 닫기 전 마지막으로 한
번 더 제임스를 봤다. 심장이 두근거렸다. 다시 침대로 뛰어들어
언제까지고 제임스의 곁에 누워 있고 싶었다. 영화에 나오는 여

자들처럼 그의 가슴에 누워 몰래 겨드랑이 냄새를 맡고 싶었다.
나는 "잘 자요, 제임스"라고 속삭이고는 문을 닫았다. 문득 어젯
밤 일이 꿈은 아니었나 의심이 들었다. 부디 꿈이 아니었기를 빌
뿐이었다.

나는 제임스의 방에서 나오자마자 빌을 깨우지 않으려 조심하
며 복도를 살금살금 걸었다. 방문이 살짝 열려 있어 발끝으로 지
나가면서 보니 곯아떨어진 빌이 보였다. 유니폼을 벗지도 않고
엎드린 자세로 코를 골며 자고 있었다. 순간 영화 개봉 뒤풀이 파
티 때 쓰고 남은 와인이 보였다. 열린 옷장의 문틈 사이로 보니
바닥에 와인 상자가 쌓여 있었다. 와인이 열두 병쯤 들어 있을 특
유의 빨간색과 검은색 상자였다. 나는 얼굴을 찌푸렸다. 뭔가 이
유가 있겠지만 이 문제는 나중에 처리하기로 했다.

나는 내 방에 들러 티셔츠를 걸치고 이제는 완전히 더러워진
흰색 운동화를 신으면서 아이린을 마주치지 않기를 빌었다. 아이
린은 직원이 이런 지저분한 꼴로 호텔 부지를 돌아다니는 걸 달
갑게 여기지 않을 것이다.

집중해, 버디. 록시부터 찾아! 더는 허비할 시간이 없었다. 조금
있으면 아침 먹을 시간이었다. 나는 호텔 뒤쪽으로 달려가 주방
으로 뛰어 들어갔다. 주방에 있던 애니스가 쓴웃음을 지어 보였
다. 어젯밤 일을 아는 걸까? 록시가 벌써 내 비밀을 안 걸까? 쿵쾅
거리는 심장을 달래며 주방 문을 살짝 여니 식당 홀에 있는 록시
가 보였다.

"안녕."

나는 록시에게 입 모양으로 인사하며 직원실을 손가락으로 가
리켰다.

록시는 날 향해 환한 미소를 짓다가 이내 근심 어린 표정으로
바뀌더니 순은 부스러기 긁개로 4번 식탁을 마저 치웠다. 아침 식
사 때 투숙객이 흘린 부스러기를 저렇게까지 치우다니 너무 과해
보였다. 저따위 고급 서비스는 집어치우고 더 편안한 서비스를
제공해야 한다는 생각이 또다시 들었다.

록시와 함께 몰래 직원실로 들어서니 심장 박동이 더 빨라졌
다. 록시도 무슨 일인지 초조해 보였다.

"그 평론가 때문이에요? 아니면 혹시 샤블리 와인 건 때문인가
요? 애니스가 그러는데 트립어드바이저에 후기가 떴대요. 제임
스랑 아이린한테는 헤더가 아니라 내가 권한 거라고 이미 말했어
요. 코르크가 부패한 모양인데 왜 교체해 달라고 하지 않았나 몰
라요. 당연히 해 줬을 텐데 말이죠!"

나는 록시가 무슨 말을 하는지조차 몰랐지만 솔직히 안중에도
없었다.

"아뇨, 그 때문이 아니에요." 나는 손사래를 치며 말했다. "그리
고 그건 록시 잘못이 아니에요. 가끔 와인이 부패할 때가 있는데
그럴 때는 바꿔 주면 그만이에요. 바꿔 달라고 하지 않은 그 손님
잘못이죠. 그냥 친구들 앞에서 잘난 척하고 싶었던 멍청한 자였
을 거예요. 와인은 쥐뿔도 모르면서요. 나처럼요."

나는 진실을 말했지만 록시는 내가 겸손을 떤다고 생각했는지
킥킥 웃었다. 내가 애초에 연기한 헤더의 이미지는 느리지만 확

실하게 옅어지고 있었다.

집중해, 버디. 수습에 집중하라고.

"아, 진짜 다행이에요. 그 때문인 줄 알고 엄청 마음을 졸였거든요." 록시의 굳었던 표정이 눈에 띄게 풀렸다. "어젯밤은 어땠어요? 아무도 말을 안 해 주더라고요."

"실은 별로 안 좋았어요." 나는 고개를 저으며 말했다. "웃기는 실수가 여기저기서 벌어졌어요. 제임스는 비둘기 고기를 너무 오래 익혔고 나는 평론가의 심기를 제대로 건드렸죠."

"어떡해요!"

"괜찮을 거예요. 그 문제는 걱정할 거 없어요." 나는 얼른 말했다. "그보다 다른 문제 때문에 불렀어요."

"아. 그렇군요. 무슨 일인데요?"

자, 이제 시작이다.

"저기, 그 페이스북 건 말인데요." 나는 얼굴을 붉히며 말문을 열었다. "내가 원래 공적인 관계랑 사적인 관계가 섞이지 않도록 노력하는 편이거든요."

"그럼요. 이해해요." 록시는 얼른 답하고는 볼을 새빨갛게 물들이며 시선을 바닥으로 떨궜다. "친구 요청은 그냥 무시해 주세요. 너무 창피하네요."

하지만 내가 친구 요청을 수락할 수 없는 이유를 설명하는 것만으로는 부족했다. 친구 요청 알림이 아직 헤더의 계정에 떠 있을 테니 요청 자체를 삭제해야 했다.

"무례한 부탁이라는 거 알지만 친구 요청을 취소해 줄 수 있을까요?"

"그럼요."

록시는 억지웃음을 지으며 말했다. 상처받은 게 분명했지만 어쩔 수 없었다. 오로지 해결에만 집중해 끝까지 밀어붙여야 했다.

"지금요."

내가 말했다.

"지금요?"

"네, 록시만 괜찮다면요."

나는 양해를 구하는 미소를 지으며 누구나 할 법한 평범한 부탁인 양 애써 태연하게 굴었다.

록시는 눈을 치켜뜨고 나를 똑바로 바라봤지만 화를 내거나 의심을 하는 등 날 더 긴장시킬 반응을 보이지는 않았다. 민망해 어쩔 줄 모르는 표정을 지을 뿐이었다.

"알겠어요. 죄송해요."

록시는 자기 사물함으로 걸어갔다. 나는 록시가 당황한 손길로 잠금장치의 다이얼을 이리저리 돌려 문을 여는 모습을 지켜봤다. 록시는 사물함에서 휴대폰을 꺼낸 뒤 잠시 나를 보고는 화면을 몇 차례 클릭했다.

"이상한 부탁인 거 알아요."

나는 조금이라도 충격을 완화하고 싶은 마음에 말했다.

"괜찮아요."

록시는 친구 요청을 취소한 뒤 폰을 사물함에 던져 넣고 문을 쾅 닫았다. 창피함이 분노로 변하고 있다는 신호였다.

"귀찮게 해서 죄송해요."

"그런 거 아니에요. 그냥 공과 사를 구분하고 싶을 뿐이에요. 직장 동료랑은 친구 요청, 싸움, 섹스는 하지 말자 주의거든요."

나는 애써 미소를 지으며 말했다.

"알겠어요, 헤더."

록시는 풀 죽은 미소를 짓고는 자리를 떠났다. 미치도록 속상했다. 당장이라도 록시의 손목을 잡아 세워 내가 자기를 얼마나 좋아하는지 알려 주고 싶었다. 평생 친구로 지내자고 하고 싶었다. 그러나 그럴 수 없었다.

아직 나는 빌어먹을 팀과 담판을 지어야 했다.

나는 록시가 나가고 문이 닫히는 걸 확인한 뒤 뒷주머니에서 휴대폰을 꺼냈다. 팀에게는 아직 아무 답이 없었다. 전화를 걸면 바로 음성 사서함으로 넘어갔다. 게다가 휴대폰 배터리가 4퍼센트밖에 안 남은 상태였다. 젠장!

나는 숙소로 돌아가 휴대폰을 충전하고 커피를 마시고 마음을 가라앉히면서 팀이 휴대폰을 켜길 기다리기로 했다.

29장

숙소에 도착해서는 조용하고 안전한 내 방에 들어가 노트북을 켰다. 부팅할 때 헬리콥터 소리가 나기 시작한 걸 보니 수명이 거의 다 된 듯했다. 나는 얼른 폰을 노트북 옆에 꽂고 충전이 되는지 확인했다. 샤워를 할까 싶었지만 그러면 왠지 간밤의 기억까지 씻겨 내려갈 것 같았다. 거울을 보니 피곤한 기색이 역력하고 눈가의 주름도 늘어나 있었다. 세수하고 화장품이라도 좀 발라야 할 것 같았다. 나는 마지막 남은 스킨 틴트를 쥐어짜 거친 피부에 문질렀다. 그런 뒤 빗질을 할 때마다 죄책감을 느끼며 헤더의 대나무 쿠션 브러시로 머리를 빗었다. 헤더에게 연락해야 했다. 헤더가 아직 그 망할 친구 요청 알림을 보지 않았는지 확인해야 했다. 나는 헤더에게 짧은 메시지를 보냈다.

헤더, 지금 시간 돼?

갑자기 허기가 몰려왔다. 점심 이후로 아무것도 먹지 못한 걸 그제야 깨달았다. 아까 호텔 주방에서 뭐라도 갖다 먹었어야 했다. 일단 숙소에 있는 걸로 배를 채우기로 했다. 냉장고를 여니 치즈 껍질과 우유, 빈 달걀 상자와 간장, 마요네즈, 토마토소스, 케이퍼 반병 등 흔한 양념이 몇 가지 있었다. 요리 수업 때 배운 기술을 써먹고 싶었지만 재료가 없었다. 제임스를 떠올리니 다시 흥분이 차올라 현기증이 나고 속이 메슥거렸다. 나는 애써 제임스를 머리에서 지웠다. 일단 배고픔부터 해결해야 했다.

찬장 속을 뒤지니 치킨 코르마(요구르트나 크림에 담근 고기를 감자나 양파 등 채소와 끓인 요리-옮긴이) 통조림이 있었다. *좋았어!* 나는 서둘러 냄비를 찾아 통조림의 내용물을 냄비에 부었다.

그러고는 노트북을 조리대에 놓고 페이스북에 접속했다. 헤더의 페이지를 확인하니 다행히 새로 올라온 게시물은 하나도 없었다. 불안이 조금 가라앉았다. 헤더는 며칠째 페이스북을 확인하지 않은 듯했다. 휴대폰을 꺼내 보니 헤더에게 메시지가 와 있었다.

응, 시간 돼.

나는 치킨 코르마를 저으면서 헤더에게 전화를 걸었다.

"안녕, 자기."

헤더가 한가롭게 말했다.

"이탈리아는 어때?"

나는 제임스와 빌은 아직 자고 있을 걸 알면서도 조용히 말했다.

"그냥," 헤더는 잠시 숨을 돌리고 말했다. "그럭저럭 괜찮아. 어젯밤은 좋았는데 아침에 일어나 보니 크리스티안이 가고 없네. 일 때문이겠지, 뭐."

"아."

나는 혀를 지그시 깨물었다. 망할 자식.

"그래도 다른 건 다 괜찮아. 아니, 잘 모르겠어. 너는 어때? 세 프님과는 진전이 좀 있었어? 다시 만났어? 아직 사촌이랑 지내? 이게 뭐야. 연락한 지 오래돼서 모르는 게 너무 많잖아!"

페이스북 친구 요청을 언급하지 않는 걸 보니 아직 확인하지 않은 게 분명했다. 헤더의 성격상 알림을 봤다면 바로 말했을 것이다. 이제야 안심이 됐다. 문득 제임스와의 요리 수업이 어떤지 헤더에게 말하고 싶어졌다. 어젯밤 일도, 그간의 일도 모두 다 털어놓고 싶었다.

나, 그 사람한테 푹 빠졌어. 다정하고 숫기 없고 순진한 사람이야. 그동안 내가 만난 남자들과는 전혀 달라. 서두르지도 않고 나랑 있을 때는 나한테만 집중해. 아직 독립할 자신은 없지만 자기 일에 헌신적이고 정말 똑똑해. 파워 발라드를 좋아하고 〈다이하드〉를 한 번도 본 적 없어. 친절하고 온화하지만 알고 보면 아주 열정적인 사람이야. 가끔 의도치 않게 웃긴 말을 하기도 해. 정말 잘생겼지만 눈썹을 다듬지도 않고 온몸에 문신을 새기지도 않았어. 그 사람이랑 있으면 차분하고 편안해지면서도 현기증이 나고 초조해져. 너도 만나면 사랑하게 될 거야, 헤더. '정말 사랑스러운 남자'야. 그리고 난 지금 그가 진실을 알게 될 날을 기다리고 있어. 내가 형편없는 사람이라는 진실.

그러나 나는 어쩔 수 없이 한 가지 진실만 털어놓았다. 언젠가는 마주해야 할 진실이었다.

"미래가 있는 관계는 아니야."

"무슨 뜻이야?"

"아무것도 아니야. 그냥 잘될 수가 없는 관계야."

"여자 친구가 있대? 한번 잘해 보지, 왜."

"헤더. 세상의 모든 게 남자를 중심으로 돌아가지는 않아."

헤더는 아무 말도 하지 않았다. 내 말에 상처 입은 게 분명했다. 나는 말없이 공황 상태에 빠졌지만 솔직하게 말했다.

"보고 싶다."

"나도, 버디. 나도 보고 싶어."

헤더가 슬픔에 잠긴 어조로 말했다. 크리스티안에 대해 더 묻고 싶었고 헤더도 말하고 싶어 하는 것 같았지만 지금은 그럴 시간이 없었다.

"나 지금…… 어…… 가 봐야 하는데. 나중에 시간 잡아 제대로 통화해도 돼?"

"그럼, 버디. 언제든 연락해. 난 늘 시간 돼."

더 풀이 죽은 목소리였다. 나는 헤더가 친구 요청 알림을 봤는지 확인하는 게 급선무였지만 헤더에게는 지금 당장 진짜 친구가 필요했다. 그때 통화 중 대기 알림이 울렸다. 팀의 전화였다.

"저기, 끊어야겠다. 다른 전화가 왔어."

은근히 안심이 됐다. 헤더가 크리스티안과 사이가 안 좋아졌다고 털어놓기라도 하면 나는 분명 헤더에게 당장 돌아오라고 할 것이다. 그러면 상황이 복잡해졌다. *버디, 너 진짜 최악이다.*

"알았어. 또 통화해."

헤더는 침울한 목소리로 말했다. 나는 또다시 죄책감을 느끼며 전화를 끊었다. 그러나 지금은 감정에 빠져 있을 때가 아니었다.

"안녕, 팀. 드디어 연결됐네."

나는 안도의 숨을 내쉬며 말했다.

"무슨 일이야?"

"저기, 재수 없게 들리겠지만 당신, 여기 못 와."

불현듯 아주 미묘한 문제가 뇌리를 스쳤다. 정식으로 사귀는 사이가 아닌 사람과는 어떻게 헤어져야 할까? 팀은 내 말을 그냥 웃어넘길지도 몰랐다.

"아, 왜 그래. 엄청 재미있을 텐데."

"재미없어. 당신이 안 보태도 이미 엄청나게 스트레스를 받고 있어. 오늘도 하마터면 들킬 뻔했다고. 누가 헤더한테 페이스북으로 친구 요청을 했어."

"아, 저런." 팀은 큰 소리로 웃으며 말했다. "가짜 계정을 만들지 그랬어. 누가 페이스북으로 헤더를 검색하면 당신 프로필이 뜨게 말이야."

젠장, 나는 왜 그 생각을 못 했지?

"그러게 당신에게는 내가 꼭 필요하다니까. 당신 본명으로는 절대 안 부를게. 데이모도 거기 웨이트리스랑 잘해 볼 수 있고 얼마나 좋아. 예쁜 웨이트리스가 있기는 해? 데이모가 옆에서 자꾸 물어봐."

"있어." 나는 록시를 떠올리며 말했다. "그런데 너무……."

"왜, 데이모랑 놀기엔 수준이 너무 높아?"

"아니, 그게 아니고. 열아홉 살밖에 안 됐어. 팀, 미안해. 욕먹을 거 아는데 당신은 여기 안 오면 좋겠어."

나는 심호흡을 했다.

"그리고 우리 이제 그만 만나자. 스코틀랜드든 런던에서든."

"웨일스는 되고?"

"팀, 농담 아니야."

"알았어, 알았어. 안 가면 되잖아, 젠장."

"고마워."

"진짜 재밌었을 텐데 아쉽네."

팀은 과장되게 한숨을 쉬며 말했다. 설마 화가 난 걸까?

"데이모도 엄청 기대하고 있었는데."

"근데 데이모를 데려가는 거야? 가족 결혼식에?"

"그게 왜?"

극도로 짜증이 났지만 평소였다면 실소를 터트릴 일이었다. 나는 얼른 전화를 끊고 싶었다.

"팀, 어쨌든 오지 마. 전화할게, 알았지?"

"그래, 그래, 알았어, 또 통화해."

휴대폰 시계를 보니 오전 9시가 다 돼 가고 있었다. 기분이 한결 좋아졌다. 급한 불 두 개를 다 끄고도 영업이 시작될 때까지 아직 2시간이나 남았기 때문이다. 정신을 차리고 다시 일할 준비를 하기에 충분한 시간이었다.

"안녕." 그때 누군가가 졸린 목소리로 인사했다. 제임스였다. 제임스가 아치형 입구를 통과해 거실에서 주방으로 들어오는 걸 보니 다시 속이 울렁거렸다. "일어나 보니 없어서요."

제임스는 곧바로 나를 향해 다가왔다. 이제 더는 실수할까 봐 전전긍긍하지도, 자신의 감정에 확신이 없어 불안해 보이지도 않았다. 지금의 감정이 무엇인지 확실히 답을 찾은 표정이었다. 제임스는 두 팔을 내 몸에 둘렀다가 내 손에 들린 나무 숟가락을 뺏은 뒤 날 더 가까이 끌어안았다.

"이런 거 먹는 거 아니에요."

"이제 뭘 먹을지도 정해 주려고요?"

"그럴 생각이에요."

제임스가 냄비를 흘끗 돌아보며 말했다. 나는 웃음을 참으려 입술을 깨물었다.

"오늘 근무 시간이 언제예요?"

제임스가 물었다.

"11시 반이요."

"그럼 됐네요."

나는 코르마 냄비의 불을 끄고 내 손을 잡아끄는 제임스를 순순히 따라갔다.

"아는 곳이 있어요."

제임스는 현관 고리에 걸린 SUV 열쇠를 내게 건넸다.

"차 좀 가져올래요? 금방 나갈게요."

나는 얌전히 지시를 따랐다. 낯선 시동 버튼을 눌러 몇 분 만에 숙소로 차를 몰아 오니 제임스가 벌써 나와 있었다. 외투와 우유 한 통을 든 채 안 씻은 섹시한 얼굴로 서 있었다.

"타요."

나는 차를 세우는 동시에 시동을 끄며 말했다.

"내가 운전 안 해도 괜찮겠어요?"

"네, 내가 할게요. 멀지 않죠?"

"20분 거리예요. 시내에서 벗어나는 주도로를 쭉 타고 가요. 스카이섬에 가는 길과 같아요. 가다가 주 교차로에서 우회전만 하면 돼요."

"가면서 알려 줘요. 가는 길을 잊어버렸어요."

"알았어요. 어젯밤 일은 이제 괜찮아졌어요?"

"어젯밤 일이라 하면······."

"아, 그 일은 어떤 기분인지 잘 알죠." 제임스가 씩 웃었다. "변비에 걸린······ 자라였나? 그자를 그렇게 불렀던 거 맞죠?"

"거북이요."

나는 새삼 밀려드는 후회를 얼른 밀어내며 말했다.

"그 얘기는 하지 말죠."

제임스가 말했다.

"좋은 생각이에요."

"헤더."

제임스가 무언가 심각한 이야기를 하려는 어조로 말문을 열었다.

"이제 다른 이름으로 불러 줘요." 나는 충동적으로 말했다. "그 이름으로 불리면 엄마 생각이 자꾸 나서요."

"그렇군요……. 그럼 뭐라고 부르죠?"

"친한 친구들은 버디라고 불러요."

나는 기어 박스에서 우두둑 소리가 날 정도로 있는 힘껏 기어를 바꿨다. 될 대로 되라지, 뭐! 제임스에게는 내 진짜 이름으로 불리고 싶었다. 마지막 남은 몇 주만이라도.

"버디? 귀엽네요."

제임스는 창밖으로 보이는 정원 길을 따라 손님 둘을 안내하고 있는 브렛을 내다봤다.

"아까 무슨 말 하려고 했어요?"

내가 물었다.

"당신이 예쁘다는 말이요."

나는 침을 꿀꺽 삼키며 기어를 아까보다 더 세게 바꿨다. 차는 로크 돈의 부지에서 쌩하고 벗어나 바람 부는 일차선 도로로 들어섰다.

"할 말 있으면 해요. 맙소사, 길이 왜 이래요? 차가 오는지 어쩌는지 알 수가 없네요. 콘월보다 심한데요."

돌아보니 제임스도 나를 보고 있었다. 우리는 서로를 보며 환한 미소를 지었다. 그러느라 나무 그루터기와 부딪칠 뻔하다 막판에 방향을 틀어 간신히 피했다.

"집중해야겠네요. 근데 우리 어디 가는 거예요?"

"내 집이요." 제임스의 목소리에 자부심이 묻어났다. "여기서 좌회전이요."

"당신 집이요?"

엄마네 집을 말하는 건 아니었다. 아이린의 집은 방향이 달랐다.

"저기예요!"

제임스가 숲 사이로 보일 듯 말 듯 한 또 다른 길을 가리키며
말했다.

"여기는 도대체 길이 다 왜 이래요?"

나는 급브레이크를 밟고 후진해 제임스가 가리킨 길로 방향을
틀었다. 막상 길에 들어서고 보니 꽤 예쁜 길이었다. 벌목이 잘돼
있어 땅이 심하게 울퉁불퉁하지도 않았다.

"저기 오크 나무가 무리 지어 있는 데 보이죠?"

"네."

"작년에 저기에서 포시니를 아주 많이 땄어요."

"정말요? 또 언제 나요?"

"보통 8월에 나요. 자, 저기예요."

제임스는 또 다른 길을 가리켰다.

"잠깐만요. 당신 집이라고요?"

"네. 얼마 전에 샀는데 아직 좀 엉망이에요. 보면 알아요."

갑자기 나무가 없어지면서 길옆으로 작은 밭이 딸린 농장이 보
였고 밭에서는 양 몇 마리가 한가롭게 풀을 뜯고 있었다. 가파른
길을 타고 내려가니 시야가 확 트이고 바위로 가득한 작은 만이
나왔다.

"바다예요?"

"네."

마지막으로 급커브를 도니 여기저기 금이 간 석조 진입로가 나왔고 진입로 끝에는 다 쓰러져 가는 지붕 없는 돌집이 있었다. 그 뒤에는 더 큰 돌집이 바위 절벽을 배경으로 서 있었고 그 옆에는 고물이 다 된 대형 모터보트가 딸려 있었다.

나는 차를 세우고 잠시 앉아 넋 놓고 경치를 구경했다.

"좀 허름하긴 하지만 경치 하나는 죽이네요."

나는 육지 속으로 파고든 새파란 바다를 물끄러미 바라봤다. 광활하고 평화롭기 그지없는 풍경에 갑자기 가슴 깊은 곳에서 노래가 흘러나왔다.

"따라와요."

제임스는 차에서 훌쩍 내려 뒷주머니에서 열쇠 꾸러미를 꺼냈다. 바닷바람을 맞으니 잠시 플리머스의 기억이 떠올랐다. 대여한 줄무늬 접의자와 솜사탕, 인파가 가득한 해변에서의 행복한 기억이었다. 언제 적 기억인지는 모르지만 헤더가 함께 있었던 것만은 확실했다.

갈매기가 침묵을 깨고 돌집 위 언덕 꼭대기를 맴돌며 끼룩끼룩 울었다.

제임스가 문을 연 순간 나는 숨을 헉 들이켰다. 들어서자마자 놀랍도록 아름다운 거실이 시선을 사로잡았다. 무너져 가는 집을 복구하고 개조하는 대신 뼈대를 살려 완전히 현대적인 공간으로 탈바꿈시킬 계획인 듯했다.

"저 벽은 80년 전에 무너졌어요. 바닷속으로 허물어졌죠. 저 구멍에 딱 맞게 유리판과 오크 나무 틀을 짜 넣었어요. 벽이 무너지는 느낌을 살리면서요. 물론 단단히 부착해 위험하지는 않아요."

제임스가 웃으며 말했다. "가끔 밀물이 창문 가까이 차오를 때가 있는데 정말 멋져요."

믿기지 않을 정도로 근사했다. 거대한 유리 벽을 통해 바다가 훤히 보여 낡은 시골집답지 않게 밝고 탁 트여 보였다. 그러면서도 유리와 나무 틀이 오래된 석조 벽과 어우러져 내 집처럼 아늑하고 편안했다.

"아직 벽밖에 손을 못 봤어요."

뒤돌아보니 제임스가 오래된 가스레인지에 커피 물을 올리고 냉장고에서 달걀을 꺼내고 있었다.

"돈이 많이 들더라고요. 제대로 하려면 시간도 걸리고요."

"놀랍네요. 옛것과 새것이 완벽한 조화를 이뤘어요."

나는 다시 고개를 돌려 경치를 내다봤다.

"할 일이 산더미예요." 제임스가 말했다. "시간이 날 때마다 조금씩 하고 있어요. 그래도 전기랑 가스 공사는 했어요. 작년에는 정화조도 새로 설치했고요. 화장실이 너무 더럽더라고요."

"언젠가는 여기서 살려고요?"

"그럴 생각이에요, 버디."

나는 눈을 감고 제임스가 부르는 '버디'를 머릿속에서 반복 재생했다.

갑자기 천장의 작은 채광창을 통해 햇볕이 쏟아져 내렸다. 나는 손으로 햇빛을 가리며 천장을 올려다봤다.

"저기도 원래 구멍이었어요?"

"네. 채광창을 만들기에 딱 좋은 위치더라고요. 앉아요. 아침 만들어 줄게요."

나는 바다가 내다보이는 낡은 소파에 앉았다. 몸이 푹 가라앉았다. 깃털 침대에 앉은 기분이었다. 소파가 꽤 넓어 책상다리를 하고 앉을 수 있었다. 부드러운 모직 담요를 끌어당겨 다리 위에 덮고 주변을 둘러보니 요리책이 많았다. 특히 뒤집어 놓은 작은 사과 상자 위에 놓인 책 두 권이 눈길을 끌었다. 오래전에 산 듯한 니겔라의《가정의 여신이 되는 법》과《제이미 올리버의 15분 요리》였다. 사진이 꽂힌 액자도 두 개 있었다. 하나는 아이린과 제임스(말 안 듣는 열여덟 살 때쯤 찍은 듯한)의 사진이었고 다른 하나는 풍성한 구레나룻과 숱 많은 갈색 곱슬머리가 인상적인 남자의 사진이었다. 남자는 어딘가 낯이 익었다.

"아빠예요?"

"네."

"와, 구레나룻이 멋지시네요."

"그렇죠? 아빠 사진은 이것뿐이에요. 앞으로도 찍을 일 없을 테고요."

"낚시할 때 아빠가 쓰레기 같다고 한 거 미안해요."

"괜찮아요. 난 이 사람이 아빠인지도 몰랐는걸요." 제임스가 어깨를 으쓱하며 말했다. "엄마가 줬는데 왠지 액자에 넣어야 할 것 같더라고요. 안 가져올까도 싶었지만 엄마가 집에 두기 싫어해서 가져왔어요."

잠시 후 제임스가 프렌치토스트와 따뜻한 우유를 넣은 커피 두 잔을 쟁반에 들고 왔다. 토스트에는 설탕 가루가 살짝 뿌려져 먹음직스러워 보였지만 둘 사이의 긴장이 다시 고조돼 얼마 먹지 못했다. 다 꿀통 때문이었다. 제임스가 토스트에 꿀통을 빙빙 돌리면서 짜는 모습이 왠지 야해 보여 킥킥 웃음이 났다.

제임스는 내 허리에 손을 올렸다.

"나 냄새나요. 샤워도 안 했고 어제 입은 팬티 그대로예요. 아, 그리고 경고하는데 이렇게 밝은 데서 보면 실망할 거예요. 일단 유두가 너무 크고 피부랑 색깔이 안 맞아요. 오른쪽 허벅지에 흉터도 있어요. 술에 취해 못이 튀어나와 있는 난간을 따라 미끄러졌거든요. 배는 누워서 숨을 들이쉴 때만 납작해져요. 뭐, 그 상태로는 꽤 보기 좋아요. 그런데 대신 가슴이 손해를 봐요. 가슴살이 겨드랑이로 흘러내리죠."

그때 제임스가 다시 입을 맞췄다. 나는 이제 그만 입을 다물기로 했다. 그러는 게 현명했다. 계속 말하다가는 마치 섹스 전 계약서를 쓸 태세로 내 결함을 줄줄이 읊을 것 같았다.

"버디?"

잠시 후 제임스가 땀범벅이 된 채 소파에 누워 내 이름을 불렀다.

"네."

나는 내 이름이 제임스의 입으로 발음되는 소리를 음미하며 그의 가슴털을 만지작거렸다.

"당신이 안 떠나면 좋겠어요."

살면서 들은 중 가장 아름답고 진지한 말이었다. 차마 제임스의 눈을 똑바로 볼 수는 없었지만 그의 눈이 긍정적인 답을 찾아 내 표정을 살피고 있다는 건 느낄 수 있었다. 나도 같은 마음이었다. 그러나 나는 고개를 들지 않았다. 대신 바닷물이 만을 따라 잔물결을 일으키며 해변의 까만 바위에 찰싹이는 모습을 가만히 바라봤다.

"나도요."

나는 드디어 입을 열었다. 그게 내 진심이었다.

30장

"왔어요, 러셀."

나는 있는 대로 허세를 쥐어 짜내 인사했다.

러셀은 몹시 화가 난 표정으로 바 의자에 앉아 있었다. 평론가가 온 날 벌어진 대참사를 들은 모양이었다. 그날 이후 나는 최대한 러셀을 피해 왔다. 물론 제임스와 달콤한 욕망의 아지랑이에 휩싸여 정신이 없기도 했다. 그동안 우리는 와인 저장고에서, 숙소에서, 그의 바닷가 집에서 뒹굴었다. 주방의 대형 냉장고에서도 할 뻔했지만 그만뒀다. 거긴 확실히 좀 추웠다.

나는 잠시 움츠러들었지만 이제 대놓고 러셀을 싫어할 수 있어 차라리 잘됐다고 생각하니 마음이 편해졌다.

"어서 와요, 헤더."

"저기, 그날 밤 일은……."

"그건 나중에 보고받죠." 날 무시하는 말투였다. "그보다 주문한 와인이 왔더군요. 뒷문 옆에 뒀어요."

"고마워요."

문득 빌의 방 옷장에 있던 와인 상자가 떠올랐다. 그날 이후로 그 일은 까맣게 잊고 있었다. 록시의 페이스북 친구 요청, 제임스와의 첫날밤이 이어져…… 생각도 못 하고 있었다.

"안 그래도 물어보고 싶었어요."

나는 잠시 멈춰 신중하게 표현을 고른 뒤 말했다.

"영화 개봉 뒤풀이 파티 때 제공한 와인 말인데요. 누가 주문을 넣었나요?"

"지금 장난해요?"

"어, 아니요……."

나는 조심스레 답했다.

"당연히 당신이 넣었겠죠! 그게 그쪽이 할 일 아닌가요?"

"아."

혼란스러웠다. 도대체 어떻게 된 걸까? 빌은 러셀이 친구에게 주문을 했다고 했다. 순간 가슴이 철렁 내려앉았다. 퍼즐이 맞춰지기 시작했다. 바에서 가끔 한 모금씩 마시거나 일이 끝나고 한잔하는 정도는 바텐더의 특전으로 볼 수 있었다. 그러나 와인 몇 상자를 빼돌리는 건 전혀 다른 문제였다. 저장고의 와인을 빼돌린 건 아니라 그나마 다행이었지만, 빌은 가로챌 기회를 포착했고 그 기회를 놓치지 않았다. 아이린이나 제임스와 이 문제를 의논해야 할까? 아니면 그냥 묻고 가야 할까?

그때 주방 쪽을 힐끗 보다 제임스와 눈이 마주쳤다. 우리는 둘만의 수많은 비밀을 품은 표정으로 서로를 보며 미소를 지었다. 작은 바닷가 집. 커피. 물고기를 잡는 갈매기들. 낚시. 프렌치토스트.

"월리스 부부가 로비에서 매니저를 급히 찾는데 지금 좀 가줄
수 있어요, 헤더? 아이린을 못 찾겠어요."

애니스가 주방에서 고개를 내밀고 말했다.

"젠장, 또 뭐야!"

러셀이 바 카운터를 한 손으로 내리치며 말했다.

"알겠어요."

나는 얼른 답하고 로비로 갔다. 오십 대는 돼 보이는 덩치 큰
남자가 앞섶이 풀어헤쳐지기 직전인 가운만 걸친 채 미친 듯 팔
을 흔들어 대고 있었다. 남자의 아내로 보이는 여자는 수건으로
몸을 감싸고 겁먹은 얼굴을 한 채 두 손으로 입을 막고 있었다.

"안녕하세요, 손님. 무슨 일로 그러시는지요?"

나는 바짝 긴장하며 물었다. 둘이 싸웠나? 왜 벌거벗고 있지?
남자의 다리에 왜 진흙과 풀물이 잔뜩 묻어 있지?

"객실에 사슴이 있어요! 엄청 큰 뿔이 달린 사슴이요!"

월리스 부인이 외쳤다.

"수사슴이에요."

월리스 씨가 이미 여러 번 설명했다는 듯 끼어들었다.

"그렇군요, 그럼……."

답을 하려 하자 월리스 씨가 또 끼어들었다.

"사슴이 웬 말입니까! 결혼기념일이라 같이 목욕하려고 샴페
인도 준비했다고요. 기념일마다 목욕을 하거든요."

"그럼요, 목욕 싫어하는 사람 없죠. 긴장도 풀리고 참 좋죠."

나는 아이린이 어서 나타나길 빌며 주위를 둘러봤다.

"글쎄, 욕실 문을 밀고 들어왔어요!" 월리스 부인의 목소리가 다시 커지기 시작했다. "놀라서 둘 다 별관을 뛰쳐나왔어요. 나오고 나서 문이 닫혔고요."

"난 안 뛰었어."

월리스 씨가 또 정정했다.

"안 뛰기는. 냅다 뛰쳐나가 진흙투성이 강둑을 달렸잖아. 내가 살았는지 죽었는지 돌아보지도 않고! 다리에 묻은 진흙이나 보고 말해요, 이 겁쟁이 양반아."

"미안하지만, 캐런. 당신이 뭔가 오해한 거 같은데."

"냅다 달린 거 맞아요. 〈포레스트 검프〉처럼요."

"그쯤 하지." 월리스 씨는 나를 흘깃 쳐다보며 말했다. "도움을 청하려고 뛴 거예요."

다행히도 곧 아이린이 도착했다.

"안녕하세요, 캐런. 그레고리. 수사슴 한 마리가 객실로 들어갔다면서요?" 아이린이 차분하게 말했다. 나는 침착한 어조로 부부를 진정시키는 아이린의 능숙함에 감탄을 금치 못했다. "바로 처리해 드릴게요. 헤더, 브렛한테 엽총 좀 가지고 오라고 전해 줄래요?"

"엽총이요?"

나는 침을 꿀꺽 삼키며 되물었다.

아이린은 나를 돌아보며 안심시키려는 듯 고개를 끄덕였다.

"네. 이럴 땐 어떻게 해야 하는지 브렛이 정확히 알거든요. 월리스 씨, 독한 술 한 잔 드릴까요? 이 일은 바로 처리될 겁니다.

물론 오늘 숙박료는 받지 않을 테고요."

"세상에, 사슴이 대체 어떻게 침실로 들어갔을까요?"

나는 부부를 서재 공간으로 안내하면서 월리스 부인에게 담요를 건네는 아이린에게 속삭였다.

"부인도 위스키 한 잔 드릴까요? 드시는 게 좋을 것 같은데 어떠세요?"

아이린은 계속 큰 소리로 말했다.

로비의 전화기로 다급히 전화를 걸자 연결음 세 번 만에 브렛이 받았다.

"아이린이 엽총 들고 와 주시래요." 나는 속삭이는 목소리로 얼른 덧붙였다. "객실에 수사슴이 들어갔대요. 죽이지는 않을 거죠?"

"걱정 말아요."

브렛은 간단히 답하고 끊었다.

"사슴이 침대에 둔 내 핸드백을 잡아당겼어요." 월리스 부인이 측은한 표정으로 말했다. "코로 핸드백을 막 뒤지더라고요. 신경 안정제는 안 가져갔어야 하는데."

"곧 다 처리될 테니 걱정 마세요. 일단 본관의 객실로 옮겨 드릴게요."

아이린이 부인을 달랬다.

"제가 할 일은 더 없나요?"

나는 아이린에게 물었다.

아이린은 고개를 저으며 살짝 눈알을 굴렸다.

"아니, 없어요. 헤더는 그만 가서 영업 준비를 해요."

식당에 돌아가니 러셀이 노트북 주위에 모인 직원들에게 무언가를 읽어 주고 있었다. 잠시 고개를 든 러셀의 표정이 모든 걸 말해 줬다. 평론 기사였다. 혹평이 실린 게 틀림없었다.

"아, 헤더. 당신도 들어야 하니 처음부터 다시 읽을게요."

러셀이 말했다. 제임스는 이미 낯빛이 창백했다.

로크 돈처럼 상징적인 호텔을 비판하기란 쉽지 않다. 그러나 전반적인 서비스가 통탄스러울 지경이라면 누군가는 솔직하게 짚어 줘야 할 것이다.

우선 최근에 개보수 공사를 했다지만 무엇을 고쳤다는 건지 알수 없었다. 따분하고 칙칙한 회색조 인테리어를 택한 걸로 보아 누구 하나 과감한 시도를 할 생각조차 하지 않은 모양이었다.

예약한 테이블에 앉으니 어쭙잖게 독설을 내뱉는 잉글랜드 여자가 소믈리에랍시고 왔지만 물을 권하는 걸 잊어버렸을 뿐 아니라 와인을 바꿔 달라는 요청 하나도 제대로 처리하지 못했다. 게다가 식전주로 화학 성분이 범벅된 김렛을 추천하다니 경악스러웠다. 그런 쓰레기 같은 술로는 혀가 아니라 싱크대를 씻는 게 낫다.

음식을 평하자면 도미는 너무 익혀 질긴 스펀지 조각을 씹는 것 같았지만 도미 밑에 깔린, 현지에서 재배했다는 서양 우엉은 꽤 훌륭했다.

직원들을 힐끗 돌아보니 빌은 억울한 표정이었고 애니스는 금방이라도 울 것 같은 표정이었다. 맙소사! 우리 모두 그의 날카로운 혹평에 베이고 있었다.

동료들이 얻어맞고 있었다.

"이 부분이 압권이에요."

러셀이 말했다.

환상적이라는 사슴 고기 요리와 함께 마실 진하고 풍미가 강한 와인을 고대하고 있었건만, 다섯 가지 코스가 나오는 내내 경찰 헬기처럼 주위를 맴돌던 지배인이 칙칙한 카펫에 와장창 떨어뜨렸다.

그 자리에서는 간신히 참았지만 나는 예전의 로크 돈을 돌려달라고 외치고 싶었다. 스코틀랜드 특유의 소박하고 느긋한 멋을 품은 순무와 감자 요리, 해기스를 먹을 수 있었던 로크 돈이 그리웠다.

로크 돈은 싱거운 거품 소스와 읽다 지칠 와인 리스트로 도대체 무엇을 이루려 하는 걸까? 좀처럼 모습을 드러내지 않는 소유주, 마이클 맥도널드는 근사했던 자신의 호텔이 어떻게 변했는지 봤을까? 아니, 애초에 관심이 있기는 할까?

굳이 긍정적으로 마무리를 짓자면 계산서를 청하기 직전에 제공된 넉넉한 양의 현지 위스키는 꽤 훌륭했다. 물론 천박한 취향으로 스코틀랜드 관광 산업에 먹칠을 한 이 식당은 265파운드에 달하는 밥값으로 내게 최후의 한 방을 먹이는 걸 잊지 않았다.

너무 지독한 혹평이라 웃음밖에 나오지 않았지만 러셀은 물론
이고 아무도 웃지 않아 나는 얼른 입술을 깨물었다.

"이보다 더한 혹평은 없을 것 같네요."

러셀은 인상을 쓰며 말했고 직원들은 수치심에 모두 고개를 떨
궜다.

희미하게나마 재미있다는 표정을 지은 사람은 아이린이 와인
병을 떨어뜨린 일을 혹평한 부분을 읽을 때 때마침 돌아온 록시
뿐이었다. 그럴 만도 했다. 솔직히 록시가 나보다 더 잘했을 것
이다.

"이 꼴을 보자고 내가 〈철인 요리왕〉 심사위원 자리를 거절했
군요. 진짜 웃기는군! 이놈의 호텔도, 당신들도 다 빌어먹을 농담
같다고!"

러셀은 격분해 숨을 헐떡였다.

"아이린은 도대체 어디 있는 거죠?"

러셀이 목을 쭉 뻗으며 말했다.

"별관에서 날뛰고 있는 사슴을 처리하는 중이십니다."

나는 터져 나오려는 웃음을 참으려고 안간힘을 쓰며 답했다.

러셀은 대답할 가치도 없다는 듯 무시하고 제임스에게 말했다.

"메뉴를 다시 짜야겠어요. 직원 구성도 새로 짤 수도 있어요.
요새 딴 데 정신 팔린 분들이 있는 것 같던데, 아닌가요? 그 문제
는 나중에 얘기합시다."

제임스는 바닥만 내려다봤고 러셀은 안경을 코에 걸치고는 주
방 여닫이문을 휙 열면서 식당을 박차고 나갔다. 아뿔싸. 그렇게

티가 났나?

직원들을 돌아봤지만 제임스와 나를 보는 사람은 아무도 없었다. 다들 여전히 가슴에 비수가 꽂힌 표정으로 자기 발만 뚫어져라 보고 있었다.

"왜들 그래요." 나는 분위기를 띄우려고 애썼다. "그냥 기사 하나 난 것뿐이에요. 그리고 욕을 제일 많이 먹은 건 나잖아요. 모두에게 미안해요. 그자가 아무리 신경을 긁었어도 무시했어야 했는데 그러지 못했어요. 하지만 여러분은 다 잘했다고요. 머리카락은 축 늘어진 그딴 기분 나쁜 인간이 하는 말을 누가 신경이나 쓴대요?"

"전부 다요! 세상 사람들 다 신경 쓴다고요, 젠장!"

애니스가 그녀답지 않게 원초적 감정을 드러내며 소리를 질렀다. 애니스는 이내 무표정한 눈빛을 되찾고는 주방으로 뛰어 들어갔고 나머지 직원들은 제자리에서 안절부절못했다.

바로 그때 갑자기 밖에서 탕! 하는 굉음이 울려 모두 화들짝 놀랐다. 나는 무시하고 다시 말을 이었다.

"우리는 그냥 전략이 부족한 것뿐이에요. 그리고 전략이란 것도 별거 없어요. 조잡한 파워포인트로 저작권 없는 사진을 추가하고 이리저리 끼워 맞춘 단어들의 모음일 뿐이에요. 평론가라는 작자들이 뭐라고 하든 이곳의 뼈대는 바뀌지 않아요. 킹크랩도 너끈히 조리할 도구가 있고 연쇄 살인범이 아지트로 삼아도 될 거대한 저장고도 있어요. 유능한 요리사와 훈련을 잘 받은 프런트 팀도 있고요. 부족한 건 기술뿐인데 그건 잘하는 척 허세를 부

리면 보완할 수 있어요. 충분히 뒤집을 수 있는 판이라고요. 그러
니 힘들 내요!"

나는 환호성 비슷한 걸 기대했지만 침묵과 기침 소리뿐이었다.

"자, 모두 일합시다."

제임스가 조용히 말하자 주방 팀이 발을 질질 끌며 주방으로
향했다. 웨이터와 웨이트리스들도 지친 표정으로 천천히 자기 자
리로 돌아갔다. 모두 패잔병의 모습이었다.

그 상태로 우리는 간신히 점심 영업을 버텨냈다. 모두가 온 힘
을 기울여 준비한 메뉴를 손님들은 마음에 들어 하는 듯 보였다.
그러나 우리 호텔이 모든 면에서 수준이 떨어진다는 생각은 메뉴
를 서빙하는 내내 직원들의 뇌리를 떠나지 않았다.

31장

영업이 끝날 때쯤 나는 조금 늦게 일을 마쳤다. 제임스가 괜찮은지 직접 만나 확인하고 싶었지만 후식이 서빙되기 전에 벌써 사라지고 없었다. 혹평을 당한 사람이 나뿐이 아닌 건 다행이었지만, 초반에 내가 저지른 끔찍한 실수가 다른 직원들에게 연쇄 반응을 일으켰으리라 생각하니 마음이 괴로웠다.

퇴근 준비를 하다 보니 아이린이 바 구역에서 큰 잔에 레드와인을 따라 마시고 있었다. 나는 뭔가 위험하다는 걸 바로 알아차렸다. 아이린이 근무 중에 술을 마시기는 처음이었다. 아이린은 분홍, 초록, 금색 무늬의 화려한 바지 정장으로 갈아입은 상태였다. 술 대신 옷으로 고통을 감추려는 듯했다.

"아이린?"

나는 조심스레 다가가 아이린을 불렀다. 아이린은 잡지 아래에 서류 더미를 밀어 넣고는 나더러 앉으라는 듯 옆에 있는 의자를 두드렸다. 숨기려 했지만 회계 장부가 틀림없어 보였다.

"잘 왔어요, 헤더. 밀린 임금을 정산했어요. 국가 보험 번호를 알려 주지 않아서 그냥 이렇게 준비했어요."

아이린이 작은 봉투를 꺼내 내게 건넸다. 현금이 든 봉투였다. 나는 아이린을 껴안아 주고 싶은 심정으로 말했다.

"아, 고마워요."

아이린은 손목에 건 팔찌를 딸랑거렸다. 왜 아무 말도 하지 않을까? 사슴 문제를 해결하느라 바빴겠지만 분명 평론 기사를 읽었을 텐데 말이다. 나는 잠시 고민하다 상황을 제대로 파악하기 위해 위험을 감수하기로 했다.

"저기, 사슴은…… 죽었나요?"

"아뇨. 그냥 보여 주기 위한 발포였어요. 브렛이 문을 여니까 바로 걸어 나갔대요." 아이린은 쓴웃음을 지으며 고개를 들었다. "불쌍한 것, 왜 하필 거길 들어갔나 몰라요. 그 부부와 한방에 갇혀 있다고 상상해 봐요."

"아, 상상만 해도 끔찍하네요. 저기, 아이린……. 기사가 그렇게 나서 유감이에요."

"네. 알아요. 우리 모두 유감이죠."

아이린은 자신의 실수는 차마 언급하지 못했다.

"이제 어쩌실 거예요?"

"모르겠어요."

"러셀은 그냥 가 버렸어요."

"알아요."

아이린은 지친 표정으로 미소를 지었다.

"이디로 갔을까요?"

"아마 맥도널드 씨를 보러 갔을 거예요."

"아, 러셀이 해고될까요? 다 러셀의 구상이었잖아요. 그러면 좋을 텐데요."

"러셀은 절대 자기 잘못이라고 생각하지 않을 거예요. 사실이 그렇기도 하고요. 다 우리 잘못이에요. 맥도널드 씨가 뭐라고 하든 지지 않고 맞서서 진심을 말하지 않은 내 잘못이죠. 로크 돈을 이렇게 바뀌게 내버려둔 내 탓이에요."

아이린이 새로 페인트칠한 벽과 고급스러운 인테리어를 가리키며 말했다.

"내 것이 아니니 어쩔 수 없네요." 아이린은 체념한 듯한 미소를 지었다. "맥도널드 씨 거죠."

"그냥 아이린이 사면 안 돼요?"

아이린은 내 말에 슬프게 웃었다.

"헤더, 난 그냥 한정된 수입으로 살아가는 독신 여성일 뿐이에요. 제인 오스틴(《오만과 편견》을 쓴 영국 여류 소설가-옮긴이)의 표현을 빌리자면 말이죠."

"문화적 소양이 풍부하시잖아요."

나는 아이린을 웃기려고 애쓰며 말했다.

"좋든 싫든 이게 우리 현실이에요. 난 최선을 다했고요."

아이린은 신분증과 대조하기 위해 고객의 얼굴을 살피는 은행원처럼 안경 너머로 나를 가만히 바라봤다.

"아이린도 맥도널드 씨를 만나 설득하면 안 돼요? 로크 돈의 원래 모습은 금방 되찾을 수 있어요. 그냥 따분한 호텔 장식품 몇

개만 철거하면 돼요. 책 모양 작품이니 벽난로 위에 걸린 순은 수
사슴 머리 같은 허세 가득한 조형물도 치우고요. 아 참, 유목으로
만들었다는 테이블 매트도 진짜 아닌 거 같아요. 무지개 근대를
먹기 위해 나무에 올라가야 하는 것도 아니고 진짜 이상해요."

목소리가 떨렸다. 내가 이 호텔에 얼마나 큰 애착을 느끼는지
알 것 같았다. 나는 흥분을 가라앉히려 인상을 찌푸린 채 바닥을
바라봤다.

"와인 협회 행사까지 한 달도 안 남았어요. 그때까지만 버티면
분위기를 바꿀 기회가 있을 거예요."

나는 행사를 앞두고 준비해야 할 온갖 것들이 떠올라 부담스러
웠지만 고개를 끄덕였다. 그때 주머니에 든 휴대폰이 부르르 떨
렸다. 허둥지둥 꺼내다 휴대폰이 화면을 위로 한 채 바닥에 쿵 떨
어졌다. 얼른 폰을 줍고 보니 헤더였다.

"받아야 하는 전화라서요."

"어서 받아요."

아이린이 고개를 끄덕였다. 나는 심장이 조여드는 느낌을 애써
무시하며 전화를 받았다.

"안녕."

"버디, 통화 가능해?"

"그럼."

제임스를 찾는 건 나중으로 미뤄야 했다. 나는 어수선한 식당
을 나가 숙소를 향해 걸었다.

"나, 엄청나게 큰 실수를 한 것 같아, 버디."

헤더가 말했다.

"저런, 뭔데."

태양이 구름 뒤에서 불쑥 고개를 내밀어 오후 햇살이 따뜻하게 쏟아졌다. 문득 호숫가에 가서 평화로운 경치를 보며 마음을 가다듬고 싶어졌다.

"무슨 일 있어?"

"너무 많은 일이 있어."

나는 한숨을 쉬었다. 헤더가 속내를 털어놓게 하려면 천천히 접근해야 했다.

"잠깐만 기다려 줄래? 신발 좀 갈아 신고."

"알았어." 헤더가 순순히 답했다. "어디야?"

"집에 막 왔어."

나는 현관문을 열고 계단을 뛰어 올라갔다. 제임스의 방은 문이 활짝 열려 있었다. 보통은 직원실에 두는 흰색 유니폼이 침대에 내던져진 걸 보니 급하게 나간 듯했다. 나는 서둘러 아래층으로 내려와 짜증 나는 근무용 하이힐을 운동화로 갈아 신고는 주방 정원을 지나 호수 길로 향했다.

"됐어, 말해."

나는 숙소를 완전히 벗어난 뒤에 말했다.

"그게……. 아, 뭐부터 말해야 할지 모르겠어."

"괜찮은 거야?"

"아니, 별로 안 괜찮아."

"크리스티안이랑은…… 어때?"

"그게, 솔직히 요즘 많이 싸워."

"스트레스가 많겠지. 너랑 여태 만나고 다니면서 여자 친구한테 말을 안 했다면 말이야. 아직도 말이지."

버디, 진정해.

"맞아." 헤더가 불쑥 털어놓았다. "바로 그거야. 아직도 안 헤어졌어. 두 달이 넘었는데. 아니, 석 달이 다 됐지."

이런! 진짜 화가 났군.

"헤어질 것 같기는 해?"

"그걸 누가 알겠어?" 헤더는 머릿속으로 이미 수백 번 연습한 듯 술술 말을 이었다. "그리고 솔직히 안 헤어졌으면 좋겠어. 집에 가고 싶어."

드디어 나왔다.

"이젠 그 사람을 사랑하지 않아. 아니, 사랑한 적이 있긴 했나? 난 왜 이렇게 다 사랑으로 착각하는 걸까? 난 사랑이 뭔지 진짜 모르나 봐. 알면 이렇게까지 못 알아볼 리가 없잖아." 헤더는 잠시 숨을 돌리고는 속삭였다. "이제야 알았어. 그 사람이 솔직하지 않다는 거."

"애인이랑 헤어질 생각이 애초에 있긴 있었던 거 같아?"

"모르겠어. 처음에는 그랬던 거 같은데 언제부턴가 변명을 하기 시작했어. 그 여자가 무슨 수술을 받았다는 둥, 여자의 엄마가 아프다는 둥. 다 헛소리 같았지만."

"웩! 당연히 헛소리지."

"그러게 말이야."

"괜찮아, 헤더. 거침없이 사랑에 빠지는 건 좋은 거야." 나는 다정한 목소리로 말했다. "아예 못하는 것보다는 낫지."

"너치럼 니도 좀 방어적이면 좋을 텐데." 헤더가 한숨을 쉬며 말했다. "어쨌든 집에 돌아갈 거야."

"아, 정말? 어떻게 할 건데?" 나는 갑자기 날카로워진 목소리로 물었다. "파리에서 언제 일 시작한다고 했지? 아파트로 돌아갈 수는 있어? 에어비앤비로 방 내놓지 않았나?"

"그건 바꿀 수 있어." 헤더는 또 한숨을 쉬었다. "그냥 너무 창피할 뿐이야."

"그럴 거 없어." 나는 이리저리 몸을 피하며 키 큰 풀숲을 통과해 시냇가에 난 작은 길로 들어섰다. "저기, 몇 분 내로 신호가 끊길 수도 있어. 그럼 다시 전화 걸게. 여기가 신호가 좀 약해."

"투팅인데?"

"아니, 다른 데 좀 왔어."

나는 서둘러 걸으며 말했다.

"지금 뭐 하는데?"

"산책 중이야."

"뭘 한다고?"

"신호 끊겨?"

"조금. 산책 중이라고 한 거 같은데."

"맞아. 산책 중이야."

"뭐?"

"미안, 또 신호 죽었어?"

"아니!" 헤더는 버럭 소리를 질렀다. "내가 충격으로 죽게 생겼다고!"

웃음이 터져 나왔다.

"알지, 그 심정. 나도 이번 여름은 충격의 연속이야."

"도대체 무슨 일이 있었는데 그래? 그때 말한 요리사랑 관련 있어?"

"음."

곧 불가피한 종말을 맞을 제임스와의 연애가 떠올랐다. 수없이 고민했지만 나는 여전히 답을 찾지 못했다. 벌써 몇 주가 다 되도록 속여 온 제일 친한 친구의 목소리를 들으니 참을 수가 없었다. 눈물샘이 조금만 자극돼도 꺽꺽대며 모든 걸 털어놓을 것만 같았다.

"지금은 말 못 하지만 곧 다 말해 줄게."

금방이라도 떨어질 듯 눈물방울이 차올랐다.

"뭐야, 버디. 나만 계속 떠들게 하더니 갑자기 왜 그래? 무슨 일이야! 그 요리사가 뭘 어쨌는데!"

나는 눈물을 삼키고 다시 내 친구에게 집중했다.

"아무것도 아니야. 그 사람 때문이 아니야. 다 나 때문이야. 어쨌든 다 잘될 거야. 어떻게든."

"정말 괜찮은 거 맞아?"

"그럼, 괜찮고말고. 평생 이렇게 좋았던 적이 없어. 그래서 더 우울하지만."

"나한테는 다 말해도 돼. 뭐든 다!" 헤더가 부드럽게 말했다.

"우리는 가족이라는 거 잊지 마."

"맞아, 가족이지."

나는 헤더의 말을 되풀이하고는 잠시 아무 말도 하지 않았다.

"버디?"

"얼굴 보게 되면 다 말할게. 지금은 말하기가 좀 그래. 헤더, 크리스티안이랑 그렇게 된 거 너무 자책하지 마. 넌 모험을 한 것뿐이야. 시도조차 안 하는 것보다는 낫잖아. 안 그래?"

"크리스티안 때문만은 아니야. 실은 나 도망쳤어."

"크리스티안이랑?"

"아니, 다른 이유도 있어."

"그냥 긴 휴가를 다녀왔다고 생각해. 헤더, 당장 비행기 타. 런던으로 돌아와. 나도 최대한 빨리 내려갈게."

"올라오는 거지."

"그래, 올라갈게. 너 파리에 갈 준비도 해야지. 누가 알아, 나도 파리에 가게 될지?"

나는 슬쩍 내 생각을 드러냈다. 그러나 헤더는 긴 한숨을 내쉬고 다시 말했다.

"네가 아는 게 다가 아니야, 버디."

"더 뭐가 있는데? 넌 그냥 나쁜 남자한테 빠진 것뿐이야. 다들 그러듯이. 그래서 여름에만 하는 그 일을 하기 싫었던 거잖아, 아니야? 대신 이탈리아로 떠났지. 괜찮아. 별일 아니야. 다들 그러고 살아."

나는 침을 꿀꺽 삼켰다. 말하고 보니 의도한 것보다 훨씬 가혹하게 들렸다.

"미안, 네가 너무 우울해질까 봐 걱정돼서 그래. 다 괜찮아질 거야. 최대한 빨리 라이언에어 항공권 끊어서 집에 돌아와."

"그래, 알았어." 헤더는 결국 울음을 터트렸다. "창피해 죽겠어. 나한테 너무 화가 나. 그때 그냥 스코틀랜드에 갔어야 했는데."

"네 경력에 중요한 일자리도 아니었잖아."

"거기 가기로 한 건 경력 때문만이 아니었어."

그게 무슨 뜻이지?

나는 강폭이 넓어지고 호수가 시야에 들어오는 지점에서 걸음을 멈췄다. 늘 그랬듯 호수의 풍경은 숨이 멎을 정도로 아름다웠지만 오늘은 왠지 슬퍼 보였다. 헤더가 집에 오면 나도 돌아가야 했다. 내 바람보다 더 빨리.

"그게 무슨 뜻이야?"

나는 물수제비를 뜨려고 돌을 하나 집어 들고는 턱과 어깨 사이에 폰을 꽂았다.

"그 일을 하려고 했던 다른 이유가 있어."

"무슨 이유? 네 스코틀랜드 뿌리라도 찾으려고 했어?"

"아, 전화로 말하기는 너무 길어. 와인 마시면서 다 얘기해 줄게, 알았지?"

"둘 다 할 말이 너무 많네. 얼른 만나야지 안 되겠다. 만나면 위스키 마시면서 실컷 수다 떨자. 오늘 밤은 괜찮을 거 같아?"

"크리스티안은 지금 여자 친구네 집에 있어. 얘기할 게 있다고 가 놓고는 며칠째 거기서 지내고 있어. 그러니 오늘 밤은……."

"헤더, 연애란 게 원래 그렇잖아. 아찔한 황홀경에 빠졌다가도 끝은 꼭 실망스럽지. 그러고 보면 팀 같은 남자가 딱 좋다니까. 어찌나 믿음직하신지……."

"개 같은 소리 마."

헤더의 말을 끝으로 우리는 웃음을 터트렸다.

그때 뒤에서 호숫가 자갈땅을 밟는 소리가 들렸다. 돌아보니 제임스였다. 바람에 머리카락이 뒤엉킨 채 아름다운 눈으로 나를 빤히 바라보고 있었다.

"젠장! 끊어야겠다." 나는 헤더에게 황급히 말했다. "내일이나 이따 다시 얘기하자."

"무슨 일 있어?"

"아무 일도 없어."

"괜찮아? 목소리가 안 좋은데?"

"끊어야 해. 연락할게."

나는 전화를 끊고 휴대폰을 주머니에 넣고는 최대한 밝은 목소리로 말했다.

"왔어요? 안 그래도 찾고 있었어요."

"그랬군요." 제임스는 눈을 가늘게 뜨며 무미건조하게 말했다. "친구 이름도 헤더인가 보죠?"

"그러니까요. 웃기죠?" 나는 불안을 애써 감추며 말했다. "쉬는 중이에요? 식당에서 나가는 거 못 봤어요."

"몰래 나왔어요. 생각할 게 많아서요."

제임스가 이렇게 기분이 언짢아 보이기는 처음이었다. 팀을 두고 방금 내가 한 말 때문일까? 평론 기사 때문일까? 어느 쪽이든 안심시키고 싶었다. 달래 주고 미소를 되찾아 주고 싶었다.

"나도 그래요." 나는 제임스를 보다가 호수로 시선을 돌리며 말했다. "같이 있어도 돼요? 같이 생각할까요?"

"그래요."

제임스는 나를 보지 않고 답했다. 우리는 호숫가 자갈 바닥에 함께 앉았다. 엉덩이는 차가웠지만 햇볕이 꽤 뜨거워 이제는 제법 여름 느낌이 났다. 제임스는 생각에 잠겨 호수를 바라봤다. 방금 전 통화 내용을 다 들었는지 묻고 싶었다. 그러나 평론 기사 때문일 수도 있어서 일단 그 문제로 말문을 열기로 했다.

"평론 때문에 속상할 텐데 괜찮아요?"

"당연히 안 괜찮죠. 그래도 뭐 어쩌겠어요."

"아이린은 뭐랄까, 패배감에 빠지신 것 같더라고요."

"러셀이 요구한 대로 다 했는데도 충분하지 않았나 봐요."

"솔직히 그 글의 핵심은 호화스러운 겉치레가 싫었다, 그거 아닌가요? 당신도 그렇게 생각하지 않아요?"

"그렇긴 하죠."

"시험 자체에 문제가 있는데 낙제했다고 우울할 필요는 없지 않을까요."

"내가 전문으로 하는 요리가 아닌 건 맞아요. 그래도 나는 그런 음식도 해낼 능력이 되는 줄 알았어요."

풀죽은 목소리였다. 토닥여 주고 싶었지만 그랬다가는 아까 내가 통화 중 한 말이 화제에 오를까 봐 그러지 못했다.

"능력이 왜 안 돼요? 당신은 훌륭한 '쿡cook'이잖아요."

"쿡이라, 역시 그렇네요."

"무슨 뜻이에요?"

"아……. 별거 아니에요. 요리에 대해 진짜 잘 모른다 싶어서요. 소믈리에면서 이상하네요." 제임스는 무릎에 팔꿈치를 괸 채 자세를 바꾸며 내 눈을 똑바로 봤다. "셰프를 쿡이라고 부르지는 않거든요. 야영장에서 요리하는 것도 아니고요. 뭐, 중요한 문제는 아니지만요."

갑자기 피로가 몰려왔다. 안 그래도 욕을 잔뜩 먹고 왔는데 또 잔소리를 듣기는 싫었다.

"나한테 화났어요?"

"전부 다 혹평을 당했어요. 엄마까지도요." 제임스는 볼 안쪽 살을 깨물고는 말했다. "그 일 때문에 화난 건 아니지만요."

그 일 때문은 아니었다. 올 게 왔다.

제임스는 자리에서 일어나 청바지에 묻은 돌을 털어 냈다. 그러고는 계속 앉아 있는 나를 내려다보며 말했다.

"잠깐 혼자 있어야겠어요. 생각할 시간이 필요해요."

"알겠어요."

제임스는 잠시 나를 보다 하늘을 올려다보고는 다시 나를 바라봤다. 올 게 오고 있었다. 나는 제임스의 질문을 기다렸다.

"아직…… 그 남자랑 헤어지지 않았어요?"

제임스가 드디어 입을 열었다.

절호의 기회였다. 팀을 핑계로 어차피 끝내야 할 제임스와의 관계에 찬물을 끼얹을 수 있었다. 팀이 헤어지지 말자고 빌었다고 하면 그만이었다. 지난 며칠 동안 벌어진 일은 그냥 실수였다고 말할 수도 있었다.

나는 한숨을 쉬며 말했다.

"팀은 중요하지 않아요."

제임스는 침착하게 고개를 끄덕이고는 다시 물었다.

"중요하지는 않지만 아직 남자 친구이기는 한가요?"

"남자 친구 아니에요. 젠장, 아니라고요! 이제 그만 만나자고 했어요."

말이 너무 직설적으로 튀어나와 인상이 찌푸려졌다.

"아까 한 통화는 그냥 친구랑 장난친 거예요."

분노와 좌절감이 급격히 치솟았다. 제임스가 내 해명을 받아들이지 않자 감정은 더욱 격해졌다.

"친구랑 농담한 거라고요?"

"네, 맞아요."

"믿어야 할지 모르겠네요. 거짓말일 수도 있잖아요. 나야 알 수 없죠."

"원하는 게 뭐예요? 내 의도가 뭔지 밝히는 의향서라도 쓸까요? 5주 뒤에는 여길 떠나는 게 내 뜻이에요."

제임스는 충격을 받은 듯 두 손으로 머리를 감싸다 얼굴을 문질렀다. 그러고는 고개를 저었다.

"헤어졌든 아니든 상관없다, 이건가요? 그 말이 하고 싶은 거예요?"

"젠장, 그만 좀 몰아세워요. 어차피 끝날 관계라는 거 몰랐어요? 당신도 알고 있었잖아요."

"왜 자꾸 그런 식으로 말해요?"

"내가 어쨌는데요? 이게 나예요. 이게 나, 버디라고요. 왜요, 환불이라도 받고 싶어요?"

제임스는 나를 가만히 바라봤다. 표정을 보니 충격에서 패배감으로 바뀌고 있었다. 제임스는 눈을 가늘게 뜨며 고개를 저었다.

"이건 아니에요."

"당신의 비둘기 고기도 아니었죠."

제임스는 몸을 돌려 호수를 내다보며 다시 고개를 저었다. 심장이 쿵 내려앉고 목덜미에서 귀까지 뜨거운 열기가 솟구쳤다. 제임스는 내게서 한 걸음 물러났다. 나는 본능적으로 손을 뻗어 제임스를 잡고 싶었지만 그럴 수 없었다. 가게 둬야 했다. 애초에 이렇게 깊어져서는 안 될 관계였다.

"제임스." 나는 무슨 말을 할지도 모르면서 필사적으로 그의 이름을 불렀다. "제임스, 나는……."

목소리가 점점 작아지다 사라졌다.

제임스는 호숫가에 철썩이는 물소리와 바람 소리뿐인 침묵 속을 걸어갔다. 제임스의 어깨를 붙잡고 그의 눈을 똑바로 보며 모든 걸 설명하고 싶었지만 그럴 수 없었다. 이 상황을 도대체 어떻게 설명한단 말인가.

순간 화가 치밀었다.

예민한 제임스에게, 상처 입은 제임스에게 화가 났다. 죄책감에 시달려야 하는 이 상황이 짜증 났다. 들켜서 어찌할 바를 모르게 된 내 처지가, 록시가, 빌이, 제임스가, 멍청한 자신이 싫었다.

"바깥세상이 얼마나 넓은지 당신은 몰라요." 나는 결국 내 본모습을 드러냈다. "당신은 이 망할 스코틀랜드를 벗어난 적이 한 번도 없잖아요."

"그래요." 제임스는 옅은 미소를 지어 보였다. "당신 말이 맞아요."

그때 엉망으로 더러워진 내 흙투성이 운동화에 제임스의 시선이 쏠렸다. 순식간이지만 제임스의 얼굴에 한없이 다정한 표정이 스쳤다. 이 상황에서조차 내 발을 걱정한 것이다.

그렇게 제임스는 떠났다. 튼튼한 장화를 신은 발로 익숙한 땅을 굳건히 밟으며 길 저편으로 사라졌다.

제임스가 떠나자 화가 나면서도 묘하게 후련했다. 큰 짐을 던 기분이었다. 차라리 잘됐다는 생각이 들었다. 제임스는 어차피 사랑에 빠지면 안 될 남자였다. 장애물이 너무 많았다. 각자 자기 삶으로 돌아가 제 할 일을 하는 게 나았다.

그렇다. 마음을 추스르고 주어진 일을 끝까지 해낸 뒤 하루라도 빨리 이곳을 떠나는 게 최선이다. 어리석은 실수도, 뜻밖의 사건도 이제 더는 없어야 한다. 온 힘을 다해 일하고 떳떳하게 떠나야 한다.

32장

당연하게도 제임스는 마지막 남은 두 번의 요리 강습을 취소했다. 오늘 오전에는 휴가를 내고 아이린과 함께 맥도널드 씨를 다시 만나러 갔다. 아이린도 나와 거의 말을 섞지 않았다. 제임스가 우리 사이에 있었던 일을 말했는지도 몰랐다. 아이린은 와인 협회 행사를 준비하라며 내게도 오전 휴가를 줬다.

로크 돈의 운명이 걸린 상황이니 돕고 싶었지만 아이린과 제임스는 내게 아무 말도 하지 않았다.

나는 혼자 남아 깊은 죄책감에 시달렸다. 모든 게 내 탓인 것만 같아 견디기 힘들었다.

참다못해 차 열쇠를 집어 들었다. 시동을 걸어 진입로를 벗어난 뒤 어디로 갈지 잠시 고민하다 스카이와 포트리로 향하는 도로를 탔다.

나는 스테레오를 끄고 창문을 내리고는 오른팔을 창밖으로 내밀어 손가락 사이로 통과하는 시원한 바람을 느꼈다. 늦은 아침인데도 도로는 한산했다. 다리를 건너 드디어 스카이섬에 도착하자 가슴 벅찬 장관이 펼쳐졌다.

밝은 초록빛 들판이 험준한 바위와 조약돌이 가득한 바닷가에서 시작해 언덕을 이루고 있었다. 도로 바로 옆에서 풀을 뜯던 양들이 내가 모는 차 소리에 놀라 언덕으로 피했다.

제임스는 스카이섬의 이름이 노르웨이어라고 했다. 스카이의 '스키Ski'는 구름을, '아이Ey'는 섬을 뜻한다고 했다. 톱니 같은 산등성이에 매달린 안개 때문에 붙은 이름이었다. 제임스와 처음 왔을 때는 이름과 딱 어울리는 풍경이었지만 오늘은 온통 새파란 여름빛으로 물들어 마음이 한껏 들뜨고 영혼이 맑아지는 기분이었다. 오늘의 스카이섬은 기쁨과 희망의 푸른빛과 햇볕, 웃음소리로 가득했다.

포트리에 도착해서는 신문지로 포장된 뜨끈뜨끈한 피시앤칩스를 한 팔 가득 안은 채 부두 가장자리로 향했다. 그러고는 부두 끝에 걸터앉아 죄책감이라고는 눈곱만큼도 없이 마음 놓고 튀김을 즐겼다. 짭짤한 기름이 손가락 사이로 마구 흘러내려도 신경 쓰지 않았고 차갑고 달콤한 콜라로 시원하게 입가심을 했다. 아빠가 만든 튀김과는 비교할 수 없는 맛이었다.

남은 음식은 갈매기에게 던져 줬다. 한 움큼씩 더 높이 던질 때마다 갈매기들이 앞다퉈 모여들었다.

나는 제임스와 처음 왔을 때처럼 철썩거리며 부두에 부딪치는 바닷물을 내려다봤다.

다 실토하는 게 가능하긴 할까? 나는 전부 다 털어놓을 때 벌어질 상황을 수없이 따져 봤다. "실은 진짜 멍청한 짓을 저질렀어요"라는 말이 제임스에게 어떻게 들릴지 생각하고 또 생각했다. 제임스가 미소 띤 얼굴로 다 이해한다면서 같이 어떻게든 해결하자고 격려하는 장면을 애써 그려 봤으나 터무니없는 판타지일 뿐이었다.

헤더에게 고백하는 장면도 떠올렸다. 헤더를 만나 맥주를 마시며 내가 스코틀랜드에서 헤더 흉내를 내며 얼마나 기막힌 짓을 저질렀는지 킥킥거리며 털어놓는 시나리오는 이미 오래전에 불가능한 것으로 결론이 났다. 헤더는 절대 이 일을 담담히 받아들이지 않을 것이다. 내가 거짓말을 했고 그렇게 무모한 짓을 벌였다는 사실에 충격과 상처를 받을 게 분명했다.

나는 부두에서 일어나 해변을 걷기 시작했다. 근처의 작은 상점을 지나 제임스와 지난번에 갔던 카페로 가던 도중 쇼윈도에 전시된 등산화가 눈에 들어왔다. 안 살 이유가 없었다. 현금도 있겠다, 달리 쓸 데도 없었다.

잠시 후 나는 100파운드짜리 황갈색 등산화를 신고 나와 근처 쓰레기통에 낡은 운동화를 던져 넣었다. 힘들게 번 돈을 유용한 데 쓰니 기분이 좋았다.

'더 럼프'라는 언덕길과 '소크리브릭' 순환길 중 택하라는 표지판이 보였다. 나는 3킬로미터짜리 순환길을 걷기 시작했다. 얼마나 오래 걸릴지는 알 수 없었다. 해는 중천에 떴고 점점 더워지고 있었다.

나무가 우거진 해변을 따라 난 아스팔트 길을 걷다 보니 제임스와의 관계를 고민하는 게 쓸데없이 느껴졌다. 결국 제임스는 다 잊고 자기 삶을 살 것이다. 여름 한 철 뜨거운 연애를 한 것 같지만 실상은 일주일도 채 안 된 만남이었다. 몇 분 뒤 나는 잠시 걸음을 멈추고 햇빛에 반짝이는 포트리 항구를 돌아봤다. 숲 위로 돌탑이 삐죽 솟아 있었다. 돌탑은 마을에 병원이 있다는 걸 선박에 알려 주는 표지라는 말을 누군가에게 들은 기억이 났다.

어제 런던에 도착한 헤더에게 전화를 걸고 싶었다. 집에 돌아오기로 한 날 이후 이틀에 한 번은 통화를 했지만 로크 돈에서 있었던 일은 헤더의 얼굴을 보기 전까지는 함구하기로 했다. 헤더도 할 이야기가 있는 듯했지만 때를 기다리는 눈치였다. 둘 다 전화로는 속내를 털어놓지 않고 좀 무미건조하긴 하지만 밝고 미래지향적인 대화만 나눴다.

곧 보러 갈게.

며칠 전 내가 헤더에게 보낸 메시지였다.

일단 와인 행사가 끝나야 했다. 서부 해안에서 최고로 멋진 와인 협회 하일랜드 플링 행사를 치르는 게 내 목표였다. 평론가의 혹평으로 로크 돈의 명예가 추락하는 데 일조한 만큼 실수를 만회하고 싶기도 했고 스스로에게 내 능력을 입증하고 싶기도 했다. 스코틀랜드 최고의 와인 전문가는 아닐지 모르지만 손님들을 즐겁게 하는 데는 나름 일가견이 있었다.

와인 행사가 끝나면 떠날 생각이다. 직후에 떠나는 게 나을 것이다. 예약한 택시를 타고 인버네스로 가서 런던행 비행기를 타면 된다. 바 카운터에 빌과 아이린 앞으로 짧은 메모를 남겨도 좋다. '집안에 급한 일이 생겨 먼저 떠납니다. 예정보다 일찍 가게 돼서 정말 죄송해요.' 그래, 이 정도가 딱 좋다. 성수기가 끝나기까지 2주쯤 남겨 두고 장사가 잘돼 기쁜 마음으로 떠나면 더없이 좋을 것이다. 그 정도 기간은 나 없이도 돌아갈 것이다.

작은 보트 창고를 지나니 '우라스 클랜 믹니케일'이라고 적힌 표지판이 보였다(스코틀랜드 게일어 같았다). 문득 스카이섬의 끄트머리에 위치한 이 지역의 역사가 궁금해졌다. 물가에서 씨족끼리 피의 전투를 벌이고 모닥불에 몸을 녹이고 위스키를 마시며 혹독한 겨울을 났을 것이다. 다시 제임스가 떠올랐다. 자갈길로 바뀐 오르막길을 조금 걸으니 작은 벤치가 나왔다. 호수 건너편의 구릉지가 한눈에 들어왔다. 벤치에 앉아 눈부신 절경을 바라보니 갑자기 심장이 찌르는 듯 아파 왔다.

눈물이 났다. 뺨을 타고 방울방울 떨어지던 눈물은 이내 처절한 통곡으로 변했다. 슬픔과 분노, 자기혐오의 감정이 눈물방울을 타고 마구 쏟아져 나왔다. 나는 속살이 보이도록 물어뜯은 손톱을 내려다봤다. 그러고는 내 눈에서 이렇게 많은 눈물이 나올 수 있다는 사실에 놀라며 두 손에 얼굴을 묻었다. 나는 이곳에 오는 선택을 하기 전으로 과연 돌아갈 수 있을까. 그래도 이번만큼은 내 선택이 후회되지 않았다.

이곳에 오지 않았다면 놓쳤을 수많은 것들이 떠올랐다.

로크 돈에 머물고 싶었다. 술집에서 수다 떨 소재나 얻으려고 한 선택이 이렇게 내 마음 깊은 곳을 건드릴 줄은 상상도 못 했다. 쓰러져 가는 건물을 웅장하고 화려하게 바꾸려 안간힘을 쓰는, 가족이 운영하는 호텔. 불완전한 사람들로 가득한 불완전한 곳. 저마다 결함이 있지만 마음은 바다처럼 넓은 사람들이 좌충우돌하며 일하는 곳. 바로 이곳, 로크 돈에 간절히 머물고 싶었다. 나도 함께 호텔을 다시 일으키고 싶었다. 록시가 국내 최연소 소믈리에가 되는 걸 보고 싶었다. 제임스와 애니스와 함께 스테인리스 스틸 카운터에 앉아 메뉴를 짜고 싶었다. 제임스가 총주방장이 돼 진심을 담아 좋은 요리를 만드는 모습을 지켜보고 싶었다. 부담스럽지 않고 위안과 기쁨을 선사하는 요리를 만들도록 곁에서 돕고 싶었다.

제임스의 잔상이 총천연색으로 떠올랐다. 다른 모든 감각은 마비되고 심장을 쥐어짜는 고통만 느껴졌다.

그러나 고통은, 인생 최악의 고통일지라도 그 강도가 오래 지속되지 않는다. 인간에게는 생존 본능이 있기 때문이다. 눈물이 차츰 잦아들었고 나는 뺨을 타고 흘러내린 눈물이 햇볕에 마르길 잠시 기다렸다.

33장

로크 돈에 도착해 다시 이동 통신 가능 지역에 들어서자 휴대폰이 되살아나면서 부재중 전화 세 통을 알리는 알림이 떴다. 팀이었다. 왜 했을까? 무시할까 말까 고민하고 있는데 다시 전화가 울렸다.

"무슨 일이야?"

나는 냉담한 목소리로 물었다.

"버디!"

팀은 버럭 소리를 질렀다. 짜증 난 목소리였다.

"무슨 급한 일이길래 세 번이나 전화를 했어. 대낮부터 나랑 뒹굴고 싶은 건 아닐 테고."

"아니, 난 그냥 당신이 휴대폰 충전기 빌릴 만한 데를 아나 해서. 프런트에는 이미 물어봤어."

"프런트?" 등골이 오싹했다. "무슨 뜻이야?"

"우리가 왔어, 버디! 지금 객실인데 충전기를 안 가져왔더라고. 한쪽 창문으로는 나무가 보이고 다른 창문으로는 주차장이 보이는 방이야. 경치는 좋네. 근데 너무 외진 거 아니야? 제일 가까운 술집이 차로 18분 거리에 있던데. 직접 시간을 재 봤다니까. 이런 데서 어떻게 버틴 거야?"

"맙소사, 진짜로 오다니."

나는 구역질이 나는 걸 간신히 참았다.

"그럼, 왔지. 아주 신나게. 난 와인 시상식 때 빌려 입었던 데이모의 벨벳 블레이저도 입고 왔어. 연속성을 위해서."

"하느님 맙소사."

"데이모는 벌써 바에도 다녀왔어."

"젠장, 오지 말랬잖아. 이제 그만 만나자고 했잖아."

팀은 이렇게 웃긴 말은 처음 듣는다는 듯 웃음을 터트렸다.

"그래, 그래. 전에도 그랬다가 다시 만났잖아."

솔직히 그만 만나자고 해 놓고 다시 잠자리를 한 적이 있긴 했다.

"놀랐죠?"

데이모가 옆에서 소리쳤다.

"이게 무슨 짓이야!"

제임스가 2층에서 무언가를 하는지 천장의 마룻장이 삐걱댔다. 얼른 본관에 가서 최대한 빨리 이 상황을 수습해야 했다.

"어떻게 여기를 올 수가 있어?" 나는 본관으로 향하는 길을 서둘러 걸으며 최대한 크게 말했다.

"팀, 하나도 안 웃겨."

"애초에 다 웃자고 한 짓 아니었어?"

팀이 반박했다.

"그렇긴 하지. 하지만 지금은 장난으로 하는 거 아니야. 당신이 다 망치게 둘 순 없다고."

"진정해."

이 상황을 수습할 수 있을까? 머릿속이 정신없이 돌아갔다. 소란을 피우지 않고 팀을 돌려보낼 수 있을까? 게다가 제임스가 팀을 보면 오해할 게 뻔했다. 내 입으로 팀은 중요하지 않다고 해놓고 팀을 여기까지 불러들였다고 생각할 것이다. 으아아아악!

"방금 당신네 사장, 아이린을 또 만났어. 체크인을 해 줬는데 엄청 친절하더라고. 참 매력적인 부인이야. 데이모도 섹시하대. 이 친구가 원래 성숙한 여자를 좋아하잖아."

팀이 웃으며 말했다.

"아이린이 체크인을 해 줬다고?"

나는 숨을 헉 들이켰다.

"그래. 2인용 침대 하나짜리 방을 달라고 하니까 좀 당황하던데? 걱정 마, 너랑 묵는다고는 안 했으니까."

데이모가 다시 폭소를 터트리는 소리가 들렸다. 나는 그 소리에 움찔하며 생각했다. 아, 이건 악몽이야, 끔찍한 악몽.

나는 본관을 향해 뛰기 시작했다. *아무하고도 얘기하면 안 돼. 아무하고도 얘기하면 안 돼. 아무하고도 얘기하면 안 돼.*

나는 애써 차분한 목소리로 말했다.

"지금도 간신히 버티고 있는데 당신이 여기 있으면 다 들통나. 저녁 먹고 서재 공간에서 위스키나 좀 마시면서 몇 시간 놀다가 내일 아침 먹고 바로 떠나."

나는 직원용 출입구 문을 휙 열고 들어가다 록시와 정면으로 부딪쳤다. 나는 놀라 꽥 소리를 질렀다.

"안녕. 이런, 미안해요. 괜찮아요?"

록시는 입을 오므린 채 미소를 지으며 '안녕하세요, 헤더'라며 쌀쌀맞은 태도로 인사했다. 록시는 최근에 계속 이런 식으로 나를 대했다. 내가 한 짓이 있으니 그럴 만도 했지만 마음이 아픈 건 어쩔 수 없었다.

"알았어, 알았어." 팀이 차분하게 말했다. "알았으니까 진정 좀 해, 버디."

"방해해서 미안한데요, 헤더." 록시가 말했다. "오늘 저녁에 있을 부인 클럽 모임 준비가 다 돼서 말씀드려요. 스페셜 세트 메뉴를 드실 텐데요. 세 가지 코스고 코스마다 서로 다른 저렴한 와인이 제공되는 메뉴로 인당 55파운드예요. 아셔야 할 정보는 직원실에 다 뒀어요. 좋은 분들이기는 한데 팁은 안 주세요."

"네, 고마워요."

나는 온화한 미소를 지으며 답했다.

그러고는 록시가 지나간 뒤 내 뒤에서 문이 닫히길 기다렸다가 최대한 화난 목소리로 속삭였다.

"날 '버디'라고 부르면 어떡해. 당신 때문에 다 끝장나게 생겼잖아. 다시 말해봐. 내 이름이 뭐야?"

"왜 그래. 진정해."

"내 이름이 뭐냐고."

"헤더지 뭐긴 뭐야. 왜 이렇게 예민하게 굴어. 무슨 일 있었어? 우리랑 같이 그 술집에나 가자. 아픈 척하고 병가를 내."

"무슨 병가를 내! 이 사람들한테는 지금 내가 필요하다고!"

팀은 코웃음을 쳤고 나는 분노로 머리털이 곤두섰다. 그들은 정말 내가 필요하다.

"대체 왜 그래? 난 그냥 당신 놀래 주려고 온 것뿐이야. 당신도 엄청 재미있어 할 줄 알았다고."

놀랍게도 상처받은 목소리였다.

"일하러 가야 해."

나는 프런트에 도착해 팀에게 최대한 크게 속삭이고는 미소 띤 얼굴로 서 있는 빌에게 가볍게 인사했다.

"무슨 일, 와인 따르는 일? 뭐야, 진짜. 오지 말 걸 그랬네. 같이 놀려고 왔는데 왜 이래. 직원 숙소에 숨어들어 밤새 진탕 마실 생각이었다고. 우리 그렇게 논 지 두 달도 넘었잖아."

속이 썩어 들어가는 기분이었다. 소리 소문도 없이 팀을 내쫓을 방법은 없었다. 이제야 깨달았지만 그건 불가능했다. 현실을 받아들이고 최대한 시끄럽지 않게 팀을 내보내는 수밖에 없었다.

"팀. 여긴 작은 동네야. 당신이 온 거 다 알 거라고."

"그래, 그래, 알았어. 당신이 이렇게 불안해할 줄 알았으면 나도 안 왔을 거야."

서둘러 주방을 통과하다 보니 제임스가 이곳에서 내게 입을 맞췄던 순간이 떠올랐다. 너무 선명하게 떠올라 제임스의 입술이 목에 닿았던 느낌이 그대로 되살아났다. 가슴이 옥죄어 왔다. 제임스는 이 상황을 두고 뭐라고 할까?

나는 빠르게 머리를 굴렸다. 팀이 온 건 되돌릴 수 없다. 수습하는 수밖에 없다. 어떻게 수습해야 할까?

"잘 들어. 일단 거기 있어. 내가 올라갈게. 객실 번호가 뭐야?"

"데이모, 우리 방 번호가 뭐지?"

"6호."

조금 있다가 데이모가 말했다.

"알았어. 기다려. 기다려. 거기 그대로."

나는 개에게 말하듯 반복해 말했다.

"알았어. 근데 부탁할 게 하나 있어."

"뭔데?"

"숙박료 좀 깎아줄 수 있어? 그럴 거라고 믿고 왔거든."

"얼마나."

한숨이 나왔다.

"최대한 많이?"

팀이 웃자 데이모가 '공짜로 해 줘'라고 외쳤다. 순간 격한 분노가 치밀어 올랐다.

34장

"그러니까 헤더라고 부르라는 거지? 알았어."

팀이 티셔츠에 벨벳 블레이저를 걸친 너무나 우스꽝스러운 차림으로 연한 청록색 리넨 이불 끝에 걸터앉아 말했다. 어색하기 짝이 없는 모습이었다. 데이모는 축구팀 밀월의 티셔츠와 사각팬티 차림으로 두껍고 까무잡잡한 허벅지를 드러낸 채 창턱에 기대 창밖으로 담배를 피우고 있었다.

나는 겨우 마음을 다잡았다. 지금은 싸움을 걸 때가 아니었다.

"특히 빌과 아이린, 록시 앞에서는 조심해야 해······."

주방 직원들과는 마주칠 일이 없을 것이다.

"록시라면 가슴 크다던 그 젊은 여자애 맞죠?"

데이모가 말했다. 나는 연분홍색 장미가 가득 꽂힌 분유리 화병을 데이모의 머리에 던지고 싶은 충동을 가까스로 참았다.

"왜요?"

데이모는 자신이 얼마나 경악스러운 실언을 했는지 모르는 양 천연덕스러웠다.

"그렇게 말하지 말아요."

"왜요, 팀한테 그렇게 말했다면서요!"

데이모가 비난조로 말했다.

"제발 부탁이야, 팀."

나는 팀을 돌아보며 애원했다.

"우선 진하게 입부터 맞추자. 그럼 헤더라고 불러 줄게."

팀이 씩 웃으며 말했다.

"꿈도 꾸지 마." 나는 제임스가 이 광경을 봤다면 어떤 심정일지 생각하지 않으려 안간힘을 썼다. "직장에서 그러는 거 아니야. 다시 한번 말하지만 록시 앞에서는 날 '헤더'라고 불러야 해. 부탁이야. 제발 다 들통날 짓 하지 말고 소란도 피우지 말고 조용히 떠나 줘."

"알았어." 팀은 내 말이 잔소리로 들리는지 지루하다는 표정을 지었다. "좀 탔네."

"밖에서 걸어 다닐 일이 많았어. 그리고 사람들 앞에서 놀리지도 마."

"알았어. 근데……." 팀은 턱을 긁으며 물었다. "걷기도 해야 해?" 그러고는 눈을 가늘게 뜨고 내 얼굴을 찬찬히 살폈다. "그냥 탄 게 아닌데. 왠지 건강해 보여."

"지금 나 칭찬하는 거야?"

"글쎄."

팀이 손을 뻗어 내 손을 잡았다. 나는 나도 싫지 않은 것처럼 보일 만큼 꽤 오래 팀의 손을 뿌리치지 않았다. 팀의 손은 축축했다. 확인해 보지는 않았지만 여전히 새끼손가락에 인장 반지가 끼워져 있을 것이다. 유난히 취했던 어느 날 역할놀이를 하며 반지를 빨았던 끔찍한 기억이 얼핏 떠올랐다.

"근처에서 할 만한 거 없어요?"

데이모가 추락하지 않는 한도 내에서 최대한 몸을 빼 창밖을 내다보며 물었다.

"호숫가 산책해요."

"걷는 건 그만!"

팀이 괜히 나 때문에 흥미가 떨어졌다는 양 투덜거렸다.

"승마를 하든가……."

"시시해!"

팀이 큰 소리로 외쳤다.

"여기는 텔레비전도 없네."

데이모가 불평했다.

나는 자리에서 일어나 벽장을 열고 42인치짜리 텔레비전을 보여 주며 데이모에게 말했다.

"룸서비스를 요청해요. 목욕을 하든가요." 그러고는 팀의 시선이 느껴졌지만 애써 무시하며 말을 이었다. "음식이 진짜 훌륭해요. 놀라울 정도죠. 닭 요리나 특대 사이즈 스테이크 같은 거 시켜 먹어요. 원하면 위스키도 한 병 통째로 가져다줄 거예요."

"메뉴가 별로 고급스럽지 않네요." 데이모가 갑자기 짙은 눈썹을 찡그리며 말했다. "수렵육 요리를 먹을 수 있을 줄 알았거든요. 꿩이나 자고새 같은 거요. 그리고 와인도 종류별로 맛보고 싶어요. 지금 하는 일이 그거 아니에요? 메뉴를 보니 삐끄뿔도 있던데요. 여기 러셀 브룩스가 하는 식당 맞죠?"

나는 데이모의 말을 이해하려 잠시 말을 멈췄다. 그렇다. 데이모는 미식가였다.

"식당에는 가게 해 줘." 팀이 말했다. "그건 타협 불가야."

"그래, 그래, 알았어." 나는 항복하며 말했다. "대신 시선 끄는 행동은 하지 마. 제발 부탁이야. 여긴 격식을 갖춘 식당이고 손님 중에 노인분들이 많아. 그러니까 욕하고 테이블 위에서 뛰고 그러면……."

"데귀스타시옹 메뉴는 얼마예요?"

데이모가 물었다.

"와인은 코스마다 150파운드쯤 하거나 그 이상이에요."

나는 경고하듯 말했다. 식당에 오는 걸 다시 생각하게 만들 마지막 기회였다.

"너무 비싸잖아." 팀이 인상을 찌푸렸다. "당신이 힘쓰면 공짜로 먹을 수 있지 않아?"

"제발 부탁이야, 팀." 나는 두 손을 기도하듯 모으고는 작정하고 애원하는 전략을 쓰기로 했다. "사고 안 치고 얌전히 굴겠다고 약속하면 내가 저녁 살게."

"그럼 됐네. 데이모랑 나, 예약 잡아 줘."

"알았어. 저녁에 식사해. 식당으로 와. 오후 7시 정각에." 나는 팀을 똑바로 보며 말했다. "9시에는 테이블 비워 줘야 해. 일찍 자라는 뜻이야! 제발 너무 많이 마시지 마. 그리고 다시 한번 부탁

하는데…… 헤더라고 불러."

두 시간 뒤 나는 바 카운터의 빌 옆자리에 초조하게 서 있었다.
빌은 브렛에게 코즈모폴리턴 칵테일 만드는 법을 가르쳐 주고 있
었다. 팀과 데이모의 테이블은 록시가 맡았는데 아직까지는 두
사람 다 더할 나위 없이 얌전했다.

나는 팀과 데이모를 음식 픽업 카운터에서 눈에 제일 안 띄는
테이블에 앉혔다. 이제는 제임스도 팀이 온 걸 알고 있겠지만 최
소한 둘이 마주치는 건 막을 수 있었다. 아이린은 또 맥도널드 씨
를 만나러 간 터라 금방 돌아올 것 같지는 않았다. 이제 네 번째
코스 요리가 나갔다. 팀이 술기운에 흥이 오르는 기미가 보이긴
했지만 아직 소란을 피우지는 않았다. 나는 조용히 심호흡했다.
오늘 밤을 무사히 넘길 수 있을까?

"듣자 하니…… 예고도 없이 나타났다면서요?"

빌이 손잡이가 긴 마티니 잔에 우아한 분홍빛 액체를 따르며
말했다.

"네." 나는 빌을 쏘아보며 말했다. "글래스고 근처에서 결혼식
이 있대요."

"같이 안 가요?"

"네." 나는 조용히 속삭였다. "우리 이제 안 만나요, 빌. 솔직히
왜 왔는지 모르겠어요. 최대한 조용히 있다가 가 주길 바랄 뿐이
에요."

"둘이 얼마나 사귀었어요?"

빌이 물었다. 브렛은 나를 돌아보며 눈살을 찌푸리고는 말없이 고개를 저었다. 둘 다 내 말을 믿지 않는 눈치였다. 그럴 만도 했다. 헤어진 여자 친구를 만나겠다고 런던에서 로크 돈까지 찾아오다니, 누구라도 안 믿을 상황이었다.

"얼마나 만났냐고요?"

나는 한숨을 쉬며 록시에게 시선을 고정했다. 록시는 데귀스타시옹 와인 중 가장 비싼 보르도 한 잔과 맥주 한 잔을 작은 은쟁반에 담아 흔들림 하나 없이 팀의 테이블에 가져가고 있었다. 데이모는 잔을 내려놓으려 몸을 숙이는 록시의 엉덩이를 눈으로 훑었다. 그 모습에 보호 본능이 발동해 몸이 뻣뻣해졌다.

"네, 얼마나 됐어요?"

빌이 다시 물었다.

"오래 안 만났어요. 좀 복잡해요."

나는 브렛을 힐끗 보며 중얼거렸다.

"헤더!"

팀이 외쳤다. 나는 목소리를 낮추라는 눈빛으로 팀을 노려봤다. 록시가 지나쳐 가면서 내게 희미한 미소를 지었다.

"어이, 헤더."

팀이 또 큰 소리로 불렀다. 나는 근처 테이블의 손님들을 힐끗 둘러보고는 얌전하게 있으라는 뜻으로 입술에 손가락을 댔다.

"방금 당신 웨이트리스 친구분한테 당신 얘기 많이 했어."

팀이 과장되게 윙크를 날리며 말했다.

팀은 내게 가까이 오라는 손짓을 했다. 그와 시답지 않은 대화를 나눌 상황이 아니었지만 팀의 심기를 잘못 건드릴까 두려워 순순히 따랐다.

"당신이 내 여자 친구라고 했어."

팀은 환한 미소를 지어 보였다. '농담 좀 한 것뿐이야'라고 말하는 듯한 장난기 어린 표정 아래 날카로운 무언가가 번득였다.

"맙소사! 대체 왜? 제발 아무 말도 하지 마."

나는 억지웃음을 지으며 말했다. 힐끗 보니 데이모는 입속에서 보르도를 굴리며 기분 좋은 신음 소리를 내고 있었다.

"아니면 내가 왜 여기까지 왔겠어?"

팀은 한 손을 내 허벅지에 올리며 장난스럽게 말했다. 나는 한 걸음 물러나며 고개를 저었다. 헤어지자고 한 데 대한 복수일까? 아니면 그냥 진짜 멍청한 걸까?

식당 홀을 흘낏 둘러보니 꽃무늬 드레스 차림에 화려한 머리 장식을 꽂은 3번 테이블의 노부인이 데이모에게 윙크 비슷한 눈짓을 하고 있었다. 2번 테이블에 앉은 포트윌리엄의 부인 클럽 회원들도 셰리주를 마시며 킥킥대고 있었다. 건장한 청년 둘이 이 식당을 찾은 건 처음일 테니 파문이 일어날 만도 했다.

그러는 사이 스피커에서는 켈트족 전통 음악이 흘러나왔고 주방에서는 냄비와 프라이팬을 덜커덕거리며 공격적으로 휘두르는 소리가 났다.

제임스도 팀이 온 걸 아는 게 분명했다.

"이게 당신이 하는 일이야? 매일?"

"그래."

나는 놀림을 당할 마음의 준비를 했다. 그때 내 뒤로 다가온 아이린이 내 어깨에 단호하게 손을 올렸다. 나는 얼굴을 붉히며 돌아서서는 어깨를 으쓱하며 입 모양으로 "죄송해요"라고 말했다.

"안녕하세요, 신사분들." 아이린은 환하고 상냥한 미소를 지었다. "저희 소믈리에 좀 잠시 빌려 가도 될까요?"

"그럼요. 와인에 대해 몇 가지 물어보고 있었어요."

팀이 의자 깊숙이 기대앉으며 말했다. 큰일이었다. 팀은 자기를 얕보는 사람을 무척 싫어하는데 아이린은 지금 엄격한 선생님의 분위기를 풍기고 있었다.

"그러셨군요. 죄송하지만 브렛이 도와드려도 될까요? 헤더를 잠시만 데려가야 할 일이 생겨서요."

그때 가무잡잡하고 거친 히스클리프(영국 작가 에밀리 브론테의 소설《폭풍의 언덕》속 주인공-옮긴이) 같은 외모의 브렛이 나타나 테이블을 향해 위협적으로 몸을 숙였다. 경비원이나 바텐더라면 몰라도 웨이터로는 절대 보이지 않는 생김새였다.

"안녕하십니까."

브렛이 부드럽게 경고하는 듯한 목소리로 말했다.

"이 레드와인 죽이네." 데이모가 주변 분위기는 안중에도 없이 비둘기 고기와 와인을 한입 가득 우물거리며 말했다. "안 먹고 뭐해, 이 병신아. 빌어먹게 맛있다니까."

데이모의 극찬에 마음이 누그러졌는지 브렛의 태도가 한결 부드러워졌다.

"산딸기 파르페도 기대하셔도 좋습니다." 브렛이 서부 해안 특유의 느릿한 말투와 중저음의 목소리로 말했다. "아주 섬세하고 부드럽답니다."

나는 아이린을 뒤따라가면서 음식 픽업 카운터 쪽을 힐끗 봤다. 제임스가 몹시 화난 눈빛으로 나를 노려보고 있었다. 그런 눈빛은 처음이었다. 나는 눈을 감고 입술을 깨물었다. *네 잘못이 아니야, 버디. 네 잘못이 아니야. 나중에 설명하면 돼.* 그러나 어떻게든 무사히 넘겨야 하는 이 악몽 같은 순간을 제임스에게 납득시킬 방법은 어디에도 없을 것 같았다.

"나 없이도 잘 통제할 수 있겠어요? 오늘은 일찍 퇴근해야 하는데 저 두 사람, 벌써 취했네요."

주방에 들어서자 아이린이 쏘아붙이듯 말했다. 아이린은 제임스를 보자 갑자기 말을 멈췄다. 아들을 걱정하는 표정이었다.

"죄송해요. 여기까지 올 줄은 몰랐어요. 진짜예요. 오지 말라고 했거든요. 이제 사귀는 사이도 아니고……."

나는 제임스에게 내 말이 들리지 않는 곳으로 뒷걸음질치며 속삭였다.

"와인 시상식 때 저 남자가 어떤 소란을 피웠는지 기억나요. 이런 일 없게 하겠다고 약속했잖아요."

아이린이 말했다. 나를 믿지 못하는 눈치였다.

"죄송해요. 정말 죄송해요."

제임스의 시선이 느껴졌다.

"헤더는 그만 퇴근하는 게 낫겠어요. 코스가 다 나올 때까지 저 테이블은 브렛에게 맡길게요. 여기서 또다시 소란이 벌어지게 할 순 없어요.”

“신경 써 주셔서 감사하지만 지금은 제가 팀을 감시하는 게 최선이에요.”

나는 다급히 애원했다. 남아 있어야 했다. 무슨 멍청한 짓을 저지를지 모르니 옆에서 팀의 일거수일투족을 감시해야 했다.

“저자가 남자 친구예요?”

애니스가 제임스를 힐끗 보며 비난조로 묻고는 못마땅하다는 듯 깊은 한숨을 내쉬었다.

“남자 친구 아니에요!”

버럭 외치고 나니 록시가 주방 문을 열고 깡충거리며 뛰어 들어왔다.

“아, 헤더. 남자 친구가 진짜 좋은 분이네요.” 록시는 며칠 만에 처음으로 날 보고 미소를 지으며 말했다. “헤더가 제 칭찬을 엄청 했다면서 어쩌나 띄워 주는지, 얼마나 민망했는지 몰라요. 친구분도 참 친절하시던데요.”

그때 무슨 일인지 갑자기 홀의 음악 소리가 커졌다. 데이모가 폭소를 터트리고 다른 손님들이 따라 웃는 소리가 들렸다. 나는 어찌할 바를 몰라 두 손에 얼굴을 묻고는 아이린에게 다가가 귀에 대고 속삭이며 간청했다.

“제발요. 제가 처리할 수 있어요. 제발 제가 하게 해 주세요. 가봐야 해요……, 지금요.”

아이린은 입술을 오므린 채 긴 손가락으로 관자놀이를 짚었다.

“그렇게 해요.”

나는 지금 이 기막힌 상황을 제임스에게 해명하고 싶은 충동을 간신히 누른 뒤 마음의 준비를 하고 주방 문을 밀어젖혔다.

홀에 나가 보니 데이모가 무릎을 꿇고 3번 테이블의 부인 두 명에게 세레나데를 부르고 있었다. 가까이 있는 부인의 우아하고 주름진, 하얗고 매끈한 두 손을 꼭 잡은 채였다. 팀은 바에서 몸을 숙인 채 자기 맥주잔을 채우고 있었고 브렛은 부끄러운 듯 꼼지락거리면서도 들떠 보이는 부인 클럽 회원들에게 테킬라 잔이 가득 든 쟁반을 나르고 있었다.

나는 단호한 걸음으로 팀에게 다가가 맥주 펌프 꼭지를 휙 올리고는 팀의 손에 들린 맥주잔을 빼앗았다.

"이제 그만 해. 일단 바 구역으로 옮겨."

나는 카운터 뒤로 가서 스테레오의 볼륨을 확 줄여 데이모의 〈대니 보이〉 공연을 중단시켰다.

"죄송해요, 여러분."

나는 식당의 모든 손님에게 말한 뒤 팀과 데이모에게 말했다.

"두 사람은 바 구역으로 가요. 지금 당장!"

부인들의 실망 어린 탄식이 들렸다.

"뭐 해, 안 가고."

내가 다시 말하자 팀은 웃으면서 데이모와 바 구역으로 향했다. 다행히 바 구역에는 두 사람이 귀찮게 굴 손님이 한 명도 없었다.

"둘 다 제발 좀! 팀, 부탁이야. 이쯤에서 끝내 줄 수 없어? 사장이 나한테 엄청 화났어. 객실로 가든지 조용한 서재 구역으로 가

쥐. 그래 줄 수 있지? 방으로 숙성 잘된 위스키 한 병 공짜로 넣어 줄게. 한 명당 한 병씩. 뭐든 다 해 줄게."

팀은 데이모를 보면서 어깨를 으쓱했다.

"좋아. 한 잔만 더 마시고 갈게."

"한 잔만이야."

"한 잔만."

팀이 고개를 끄덕였다.

한 시간 뒤, 나는 비욘세의 〈싱글 레이디스〉가 요란하게 울려 퍼지는 가운데 팀을 간신히 서재 구역에서 끌어냈다. 30분도 안 돼 크리스털 잔 두 개를 박살 낸 팀은 은으로 된 사슴뿔 장식을 뒤집어쓰고는 만취한 손님들의 환호와 함성 속에 목청껏 노래를 불러대고 있었다. 데이모는 어디로 갔는지 보이지 않았다. 3번 테이블의 부인 중 한 명, 혹은 둘 다 데리고 객실로 올라간 건 아닌지 걱정됐다.

"최고의 밤이네요!"

줄지어 콩가 춤을 추며 지나가는 세 단골 노인 중 한 명이 외쳤다.

"그 두 사람, 분위기 하나는 확실히 띄웠네요."

빌이 예거마이스터를 담은 쟁반을 들고 엉덩이를 흔들면서 지나갔다. 빌도 술에 취한 게 분명했다.

"배신자!"

나는 조용히 씩씩대며 외쳤다. 그러고는 팬들의 야유를 받으며 팀을 힘겹게 현관으로 끌어내 사슴뿔을 벗긴 뒤 계단 쪽으로 밀었다.

"이제 자러 가야지."

나는 팀을 살살 달랬다.

계단 밑에 도착하자 팀이 갑자기 제정신이 돌아온 듯 나를 빤히 바라봤다. 팀은 진동하는 위스키 냄새 때문에 내가 찡그린 표정을 짓자 웃음을 터트렸다. 나는 왜 이런 남자를 좋아했을까? 재미있는 사람인 줄 알고 만났건만 이제 보니 그냥 한심하기 짝이 없는 놈이었다.

"이런, 이런, 우리 아기 새." 팀이 소음을 뚫고 외쳤다. "왜 이렇게 화가 나셨을까."

팀은 내 귀 뒤에 꽂힌 머리카락을 당기려다 실수로 머리핀을 당겼다.

"아야! 아프잖아." 나는 얼른 머리핀을 다시 고정하고 말했다. "얼른 가. 그만 자러 가라고."

그러나 팀은 씩 웃으며 뒷문으로 향했다.

"당신 숙소는 이쪽에 있어?"

"아니야, 팀."

발을 구르면서 말렸지만 팀은 나를 붙잡아 자갈이 깔린 마당으로 끌어냈다. 나는 쌀쌀한 밤공기에 오싹해져 두 팔을 문질렀다. 팀을 내 방으로 데려가 재워서 입막음을 할까 싶었지만 팀의 객실이 더 가까웠다. 일단 팀을 사람들 눈에 띄지 않게 해야 했다. 최대한 빨리.

"버디." 팀이 비틀거리며 다시 입을 열었다. "당신이랑 진지하게 사귀지 못한 게 후회돼. 더 잘해 줬어야 하는데."

하필 지금 그 결론에 이르다니. 팀은 내게 키스하려는 듯 입술을 벌렸다. 미치도록 화가 났다. 팀이 내 공간에 손톱만큼이라도 침범하는 게 싫었다.

"싫어." 나는 두 손으로 팀의 가슴을 밀쳐 냈다. "그리고 '버디' 라고 부르지 마."

"이리 와 봐."

팀은 한 팔로 내 허리를 감싸 끌어안으려 했다.

나는 팀이 다시 내게 입을 맞추려 몸을 숙이자마자 고개를 돌리면서 뒤로 확 물러났다. 그 바람에 팀이 앞으로 쓰러질 뻔하며 휘청거렸다.

"진짜 그만 좀 해! 꺼지라고!"

"이크, 미안해."

팀은 멋쩍은 표정을 지었다. 예전에 그랬듯 이 방식이 또 먹힐 줄 안 모양이었다.

"그러게 왜 왔어."

"이제 내가 싫어진 거야, 버디?"

팀이 씩 웃으며 물었다.

"팀, 장난치지 말고 들어. 당신은 여기 오지 말았어야 했어."

나는 평정심을 유지하고 팀을 최대한 너그럽게 대하려 애쓰며 말했다. 팀이 싫은 건 아니었다. 다른 상황이었다면 팀이나 데이모의 시끌벅적한 취중 장난이 너무 웃겼을 것이다.

"나, 이 일이 정말 좋아졌어."

"당신, 변했어. 도대체 무슨 일이 있었던 거야? 그 웨이터랑 뒹구는 사이라도 된 거야?"

팀이 웃으며 말했다.

"그런 거 아니야. 근데 어떤 웨이터?"

"스코틀랜드판 제이슨 모모아처럼 생긴 남자."

"아, 브렛? 아니야."

나는 웃으며 말했다.

"아주 건장하던데."

"진짜 잘생기긴 했지만 아니야."

"누가 있긴 하잖아." 팀은 다시 내 손을 잡으려 했다. "스코틀랜드에서 새 잠자리 상대를 찾은 거지, 버디? 빨간 머리야?"

"아니. 아무도 없어." 나는 큰 소리로 외쳤다. "팀, 제발 그만해. 무슨 말을 듣고 싶어? 새로 만난 사람 같은 거 없어. 그리고 당신이 왜 그걸 신경 써? 나한테 애인 노릇 한 번 제대로 한 적 있어? 같이 데이트를 해 봤어, 빌어먹을 배달 음식을 시켜 먹어 봤어. 우린 텔레비전 한 번을 같이 안 봤어. 당신 부모님을 만난 적도 없고. 당신은 심심할 때만 날 찾았어. 게다가 만난 지 8개월이 다 됐는데, 아니 다 됐었는데 가족 결혼식에 데이모를 데려가? 진작 끝내지 못한 게 후회된다고, 알아?"

"무슨 소리야. 진지한 관계는 싫다고 했던 건 당신이잖아."

나는 팔짱을 낀 채 다시 뒤로 한 걸음 물러났다. 그때 뒤에서 발자국 소리가 들렸다. 뒤돌아보니 당혹스럽게도 제임스가 주방

밖으로 나와 있었다. 옷을 갈아입은 걸로 보아 숙소로 가려던 참인 듯했다. 우리는 잠시 눈이 마주쳤다. 나는 울부짖으며 용서를 비는 내 안의 소리가 제임스에게 가닿기를 온 마음으로 빌었다.

제임스는 방금 나와 팀이 나눈 대화를 들었을 텐데도 날 보호하려는 자세를 취했다. 어깨에 힘이 들어갔고 주먹을 쥐려는 듯 오른손을 오므렸다.

"제임스."

나는 두 손에 얼굴을 묻었다. 제임스의 얼굴을 볼 용기가 나지 않았다.

"괜찮은 거예요?"

"네. 다 괜찮아요. 팀이 자기 방에 가려던 참이었어요."

목소리가 떨렸다. 더 말하고 싶었지만 팀이 헛소리를 지껄일까 봐 두려웠다. 화가 나거나 창피를 당하면 무슨 말을 할지 몰랐다.

"미안해요."

내가 조용히 말하자 제임스는 가볍게 고개를 끄덕였다. 그러자 팀이 내 어깨 너머로 제임스를 향해 소리쳤다.

"조심해요, 친구. 곁에 두고 싶어질 때 날아가 버리는 게 버디라는 여자니까."

나는 그저 바닥만 바라봤다. 주방 문이 닫히고 제임스가 안으로 들어가는 소리가 들렸다.

"잘 시간이야."

눈물이 핑 돌았다. 제임스는 새로 만난 남자 같은 건 없다는 내 말을 들었을까? 적어도 그 이후에 한 말은 들었을 것이다. 그 말은 다 진실이었다. 팀은 형편없는 남자였고 날 형편없이 대했다. 제대로 된 남자 친구 노릇은 한 번도 하지 않았다. 그냥 시간 날 때마다 나를 만났을 뿐이다. 팀과 나는 진심으로 가까워진 적이 없었다. 팀은 내 진짜 모습을 알려고 하지도 않았다. 하긴, 나도 나 자신을 몰랐으니 팀을 탓할 수만은 없었다.

팀을 건물 안으로 밀어 넣고 계단 위로 끌어올리는 동안 나는 차마 뒤를 돌아보지 못했다. 팀은 드디어 정신이 들었는지 리넨 침대 시트 위로 올라가서는 취해서 흐느적거리는 손을 내밀었다. 나는 움찔하며 그의 손을 피했다.

"우린 끝났어, 팀."

나는 팀이 그 사실을 받아들이길 빌며 말했다.

"그래, 알았어."

팀은 작게 중얼거리고는 코를 골았다.

35장

내 방에 돌아오자마자 나는 눈물을 줄줄 흘리며 침대 밑에 둔 여행 가방을 꺼내 옷을 던져 넣었다. 당장 여기서 벗어나야 했다. 지금은 그 생각뿐이었다. 옷가지를 모두 가방에 쑤셔 넣은 뒤 억지로 지퍼를 잠그다 보니 욕실용품을 챙기지 않은 게 떠올랐다. 욕실에 가려는데 새로 산 등산화가 눈에 띄었다. 나는 등산화를 벽장에 던져 넣고 벽장문을 있는 힘껏 닫는 것으로 자기 파괴 욕구를 분출했다. 얼마나 세게 닫았는지 문이 레일에서 빠져 움직이지 않을 정도였다.

욕실에 들어가서는 불을 켜고 거울에 비친 나를 빤히 바라봤다. 눈자위는 충혈되고 눈 밑은 부어 있었다. 수도꼭지를 틀어 찬물을 얼굴에 끼얹었다. 심장이 두근거리고 입안이 말라 건조했다. 손도 떨렸다. 차를 한 잔 마셔야 했다. 아니, 더 강한 게 필요했다.

주방에 가 보니 쓰레기통 옆에 빈 와인병만 몇 개 있을 뿐 찬장 속에는 아무것도 없었다. 빌의 방에서 본 와인 상자가 떠올라 위층으로 올라갔다. 나는 빌의 방문을 벌컥 열고 바닥에 널브러진 사각팬티와 평론 기사가 실린 면이 펼쳐진 〈더 스코츠맨〉을 넘어 벽장으로 향했다. 고개를 저으며 상자 뚜껑을 여니 역시 영화 행사 때 쓴 와인이 맞았다. 아, 빌……. 상자에서 와인 한 병을 꺼내고 보니 갑자기 갈증이 났다. 와인보다 시원한 물 한 잔을 마시고 싶었다.

그때 아래층에서 문이 쾅 닫히고 누군가가 현관에서 천천히 발을 끌며 걷는 소리가 들렸다.

나는 와인을 다시 상자에 넣고 살금살금 빌의 방에서 나가 아무 일도 없었다는 듯 계단을 총총 뛰어 내려갔다. 빌이 현관 벽을 한 팔로 짚고 몸을 가누며 휴대폰을 확인하고 있었다.

"왔어요, 빌."

나는 계단 밑에 도착해 최대한 무심한 어조로 말했다.

"헤더." 빌이 고개를 들어 나를 쳐다봤다. 아직은 의식이 또렷해 보였다. "찾는 건 찾았어요?"

"어, 아니요."

"아직 주방에 있어요." 빌은 씁쓸한 미소를 지으며 말했다. "주방에 숨었어요."

내가 제임스를 찾고 있다고 생각하는 모양이었다.

"내가 오라고 한 거 아니에요. 팀이 제멋대로 나타난 거예요."

지금은 무슨 내용으로든 빌과 대화를 나눌 때가 아니었다. 나는 내 방으로 걸음을 옮겼다.

"잘 자요, 빌."

방문을 열고 인사하니 빌이 코앞까지 다가왔다.

"무슨 할 말이라도 있으세요?"

"어디 가나 봐요?"

빌이 내 어깨 너머로 방 안을 들여다보며 물었다.

"어……." 나는 볼을 붉히며 재빨리 머리를 굴렸다. "인버네스에 주말여행 가려고요."

"근데 짐을 전부 다 쌌어요? 와인 책까지?"

빌의 말에 휙 뒤돌아보니 《초심자를 위한 와인》이 열린 여행 가방 속 옷 무더기 위에 떡하니 놓여 있었다. 빌은 분노인지 뭔지 모를 오묘한 표정을 지었다.

"이런," 나는 억지웃음을 지었다. "제 비밀을 알아 버리셨네요! 와인 협회에는 말하지 말아주세요."

"비밀을 알고 있긴 하죠." 빌이 담담하게 말했다. "당신이 여기 온 첫 주부터요."

나는 충격에 빠져 멍하니 빌을 바라봤다. 설마…….

"엘리자베스 맞죠? 친구인 거 알아요. 진짜 헤더의 친구요."

나는 입을 벌린 채 눈만 껌벅거렸다.

"이대로 떠나면 안 돼요."

빌이 말했다.

나는 뒷걸음질을 치다 침대에 털썩 주저앉아 두 손에 얼굴을 묻었다. *젠장, 젠장, 젠장!*

"와인 협회 행사는 치러야죠."

"네?" 나는 고개를 저으며 말했다. "아뇨, 빌. 난 못 해요."

"아무한테도 말하지 않았으니 걱정 말아요. 내가 어떻게 말하겠어요. 나도 이 일에 연루됐는데. 안 그래요?"

격분한 얼굴을 예상하고 고개를 들었지만 빌은 내게 이미 익숙한 표정을 짓고 있었다. 자기혐오와 슬픔이 서린 아빠의 표정이었다.

"미안해요, 빌."

수치심과 안도감이 묘하게 뒤섞여 몰려왔다. *이제 다 끝났다.*

"눈치채는 데 오래 걸리진 않았어요. 둘째 날에 바로 깨달았어요. 당신이 와인에 대해 아무것도 모른다는 걸요." 빌은 웃으며 말했다. "그 뒤로 뒷조사를 좀 했죠. 헤더와 친한 접객업 종사자들이 많아 곧바로 진실이 드러나더군요. 사실 알아볼 작정만 하면 금방 들통날 일이었어요. 문제는 누가 타인의 신분으로 위장하리라는 생각 자체를 안 한다는 거예요. 그런 짓을 할 사람이 있을 거라고 누가 상상이나 하겠냐고요."

"아, 빌. 정말 미안해요. 난 호텔이 이렇게…… 그냥 장난으로 시작한 일이었어요. 이렇게 중요한 일인 줄 알았다면 절대 안 했을 거예요." 나는 고개를 저으며 말했다. "바보 같은 이유로 시작한 일이 이 지경에 이를 줄은 꿈에도 몰랐어요."

"헤더는 이런 사실을 알고 있어요? SNS 활동을 거의 안 하던데요."

"몰라요."

"이런, 이런." 빌은 암울한 목소리로 말했다. "참 곤란한 상황이네요."

"아이린한테는 말하지 말아 주세요." 나는 애처롭게 사정했다.

"그냥 내가 빌을 속였다고, 그래서 떠났다고 해 주세요. 그럼 다 끝나요."

"어차피 말하고 싶어도 못 해요. 아이린은 내가 헤더의 경력도 꼼꼼히 조사하고 화상 통화로 심층 면접도 한 줄 알아요. 면접 도중에 졸았다고 할 순 없잖아요? 게다가 다 알아 놓고 몇 주가 지나도록 입을 다문 걸 알면 뭐라고 하겠어요? 아이린은 이미 내게 기회를 줄 만큼 줬어요. 또 실망시킬 순 없다고요……."

"맙소사, 그런 거였군요."

나는 참았던 숨을 훅 내쉬었다. 숙취로 헤더의 면접을 제대로 보지 못한 것이다.

"어쨌든 지금은 이 일에 연연할 시간이 없어요." 빌은 단호하게 말했다. "정신 차리고 시작한 일을 끝내요. 와인 협회 하일랜드 플링 행사를 제대로 치르라고요."

나는 팀을 쳐다보며 고개를 저었다.

"못 해요. 못 하겠어요. 팀도 감당 못 했는데 그걸 어떻게 해요."

"해야 해요." 빌이 엄숙하게 말했다. "준비는 됐어요. 당신은 훌륭하게 잘할 거예요. 그동안 열심히 노력했잖아요. 이번 행사는 절대 실패하면 안 돼요. 난 여기서 잘리면 갈 데가 없어요. 일흔이 다 된 나이에 어디로 가겠어요? 내가 뭘 할 수 있겠냐고요."

"러셀이 다른 일자리를 구해 주지 않을까요?"

"아뇨."

빌이 날카롭게 말했다. 러셀의 속내는 알 만했다. 빌을 외딴 로크 돈에 처박아 두는 건 괜찮아도 글래스고의 최고급 식당에 들여 골치를 썩이기는 싫을 터였다.

"빌은 지금 환자예요. 도움을 받아야 해요. 이렇게 계속 줄타기 하며 살 순 없어요."

나는 아무 소용 없을 줄 알면서도 벼르던 말을 입 밖에 꺼냈다.

"그냥 맡은 일이나 끝내 줘요, 버디. 부탁이에요."

우리는 잠시 서로를 빤히 바라봤다.

"빌. 알았어요. 안 떠날게요, 됐죠? 대신 도움을 받아요. 우리 아빠는 도움을 받지 않아서……."

나는 거기까지 말해도 될지 고민하며 잠시 말을 멈췄다. 그러다 문간에서 비틀거리며 서 있는 빌을 보고 마음을 굳혔다.

"엄마는 아빠의 치부를 계속 감추기만 했어요. 내가 주방에서 놀다가 밀가루가 목에 걸려 입술이 파래졌을 때도 그랬어요. 아빠는 취해서 소파에 널브러져 있었죠. 그때 내 나이가 네 살이었어요. 네 살이요! 그런데도 엄마는 병원에서 아빠 편을 들었어요. '애가 장난이 심해 주방 찬장에서 밀가루를 꺼내다 그랬어요'라고 했죠. 둘 다 자기들의 인생 자체가 음모인 건 모르고 이상한 음모론에 사로잡혀 살았어요. 엄마는 아빠와 자기 자신을 지키는 길을 택했어요. 딸의 안전 따위는 개나 줘버린 거죠. 아빠 탓인 적은 한 번도 없었어요. 늘 다른 누군가를 탓했죠. 그 다른 누군가는 대부분 나였고요. 이제는 연락 안 하고 살아요. 엄마와 아빠의 가스라이팅이 너무 심해 얘기하다 보면 미쳐 버릴 것 같거든요. 아빠가 만취해 욕실에서 의식을 잃었을 때 구급차를 불렀더니 엄마가 어쨌는지 알아요? 왜 불렀냐고 소리를 지르더군요. 날 혼냈어요. 왜 쓸데없는 짓을 했냐면서요. 토사물과 오줌 냄새가 진동하는데도 유난을 떨었다는 죄로 혼이 났을 때 내 심정이 어땠을 거 같아요? 그때부터 나는 나 자신을 믿지 않았어요."

어느새 눈물이 흘렀지만 멈출 수가 없었다.

"그래서 부모님이 잘됐을까요? 아뇨. 절대로요. 나는 내 부모를 증오해요. 감추고 보호하는 건 절대 능사가 아니에요. 빌도 도움이 필요해요. 아직 늦지 않았어요. 달라질 수 있어요. 호텔 술을 훔친 거 알아요. 벽장에 있는 와인 봤어요. 영업 중에 위스키를 한 잔씩 마시는 것도 봤고요. 계속 괜찮은 척하며 살 수도 있지만 전혀 괜찮지 않아요. 누군가는 빌 때문에 상처를 받을 거예요. 상처받는 사람이 빌 자신일 수도 있고요."

빌은 충격받은 얼굴로 문틀에 몸을 기댔다.

"그럴 리 없어요."

빌이 말했다.

"아뇨, 내 말이 맞아요." 나는 반박했다. "빌도 속으로는 이미 알고 있잖아요. 와인 행사는 치르고 갈게요. 도망 안 갈 테니까 대신 빌도 도움을 받아요. 알겠죠?"

"알았어요."

심드렁한 답을 들으니 빌을 한 대 치고 싶어졌다. *저건 병이야,* *엘리자베스 핀치. 응원해 줘.* 나는 천천히 숨을 내쉬었다. 지금은 떠날 수 없다. 와인 협회 행사가 끝날 때까지는 있어야 한다.

"참, 아까 헤더한테 전화 왔었어요." 빌이 말했다. "그 말을 하러 온 거예요."

나는 뺨에 흐르는 눈물을 닦다 얼어붙었다.

"아이린과 통화하고 싶어 전화했다더군요. 다행히 내가 받았지만요."

"호텔에 전화를 했다고요?"

"네. 갑자기 일을 그만둬서 미안하다는 말을 하고 싶었던 것 같아요."

피가 차갑게 식었다.

"그래서 뭐라고 하셨어요?"

"아이린은 부재중이고 적당한 후임자를 찾았으니 걱정할 거 없다고 했어요. 그래도 아이린과 꼭 통화하고 싶은 눈치였는데 내 말에 단념한 듯했어요."

"맙소사." 다시 온몸이 떨리기 시작했다. "고마워요."

그때 문이 열리는 소리가 들리고 제임스가 나타났다. 젖은 걸 보니 비가 내리는 모양이었다. 제임스는 두 손으로 머리에 묻은 빗방울을 털어 내고는 빌과 나를 번갈아 보며 물었다.

"별일 없는 거죠?"

"헤더가 전 남자 친구의 행동 때문에 좀 민망했나 봐요." 빌이 말했다. "스트레스 받을 필요 없다고 말해 줬어요."

제임스는 내 표정을 살피며 나를 빤히 바라봤다. 얼굴은 얼룩덜룩 붉을 테고 괴로운 표정일 것이다.

"얼굴이 말이 아니네요."

제임스가 인상을 쓰며 말했다.

"미안해요." 나는 빌이 옆에 있는데도 속삭였다. "다 미안해요.

팀은 아침에 갈 거예요. 끝났다고 더 분명하게 말했어야 했어요. 확실히 한 줄 알았는데…… 팀한테는 아니었나 봐요. 안 믿기겠지만 솔직히 난 팀이 신경도 안 쓸 줄 알았고 굳이 헤어져야 할 필요조차 없을 줄 알았어요. 날 진짜 여자 친구로 대한 적이 한 번도 없거든요. 근데 여기까지 찾아와서 얼마나 놀랐는지 몰라요."

"상관없는 거 아닌가요." 제임스는 이미 머릿속으로 연습한 듯한 말을 담담히 내뱉었다. "당신은 곧 떠날 사람이잖아요. 우리 둘 다 처음부터 그걸 알고 있었고요."

"미안해요."

눈물이 다시 흘러내렸다.

제임스는 한결 부드러워진 눈빛으로 나를 바라봤다. 나를 끌어당기고 팔을 쓰다듬으면서 다 괜찮아질 거라고 말해 줄 것 같은 표정이었다. 그러나 제임스는 그러지 않았고 순식간에 차가운 표정으로 돌아갔다. 마치 불이 꺼진 듯.

"괜찮아요, 버디." 제임스는 복도를 지나 나와 어깨를 살짝 스치며 계단으로 향했다. "아침에 와인 협회 행사 계획을 짤 거예요. 할 일이 많으니 둘 다 눈 좀 붙여요."

그러고는 계단을 한 번에 두 칸씩 올라가 2층으로 사라졌다.

여전히 눈물을 줄줄 흘리며 돌아보자 빌은 어깨를 으쓱했다.

"알아요. 시작한 일은 끝내야 하는 거."

내가 말했다.

"나 자러 간 사이에 떠나 버릴 건 아니죠?"

"안 그래요."

"좋아요." 빌은 안심한 표정으로 말했다. "아, 너무 괴로워하지 말아요. 따지고 보면 그동안 아주 잘한 건 사실이에요. 특히 그런 식으로 리스트를 외운 건 정말 대단해요."

나는 고개를 떨궜다.

"헌신적인 데다 재기가 넘쳤다고요. 어쨌든 내일 봐요. 푹 자고 일어나 새 마음으로 다시 시작하자고요, 알았죠?"

36장
8월

하일랜드 플링 행사 당일, 포트윌리엄에서 일찍부터 온 설치 팀이 호텔 밖에 거대한 천막을 설치했다. 흰색 천을 씌운 10인용 둥근 테이블을 16개 놓고 천장에는 디스코 조명을 달았으며 판목으로 댄스 플로어도 깔았다. 나는 마치 오늘 행사에서 가장 중요한 사람인 양 천막을 누비고 다녔다. *남들이 뭐라든 내 마음은 그랬다.*

그때 번갯불이 번쩍이고 곧이어 요란한 천둥소리가 울렸다.

"머리 조심해요!"

브렛이 통나무를 어깨에 얹어 나르며 우렁찬 소리로 외쳤다.

"큰일이네요. 빗속에서 버틸까요?"

"그럼요." 브렛이 통나무를 바닥에 쿵 하고 떨어뜨린 뒤 천막 가장자리로 굴리면서 말했다. "이걸로 고정하면 괜찮아요."

연회장은 근사했다. 나는 속으로 연설문을 연습하면서 거세지는 바람에 맞서 주방으로 향했다. 설레는 마음에 속이 울렁거렸다.

나는 이 행사만 끝나면 떠나기로 한 계획을 다시 한번 떠올렸다. 짐도 다 싸놓았고 택시도 예약해 뒀다.

제임스와는 이번 주 내내 행사 준비와 관련된 일로만 소통하면서 최소한의 접촉만 유지했다. 제임스가 메추라기 알을 놀랍도록 부드러운 블랙 푸딩 반죽으로 감싸는 동안 나는 러셀과 음식에 맞는 와인을 최종 점검했다.

러셀의 등장으로 로크 돈의 미래는 더욱 알 수 없어졌다. 몇 주 동안 코빼기도 보이지 않다가 왜 갑자기 나타났을까? 직원 중 누구도 언질을 받은 게 없었다. 아이린에게 직접 물어볼 수도 있었지만 어떤 답이 나올지 몰라 차마 묻지 못했다. 마치 선장이 차디찬 물에 뛰어드느니 침몰하는 배에 머물기로 결정한 듯한 느낌이었다.

"잉글랜드 와인으로는 볼니 피노 누아를, 전통 와인으로는 소뮈르 샹피니를 제공할 거예요."

나는 아이린과 러셀이 볼 수 있도록 두 와인병을 들어 올렸다.

"좋아요." 러셀은 고개를 끄덕였다. 스프레이를 듬뿍 뿌려 완벽하게 손질한 머리 때문에 꼭 바비 인형의 남자 친구, 켄 같았다. "후식은요?"

나는 신이 나서 누가 먼저 말하기 전에 얼른 나섰다.

"아, 애니스의 이번 작품은 진짜 기대하셔도 좋아요. 이튼 메스(컵에 생크림, 딸기, 머랭 등을 쌓은 영국의 전통 후식-옮긴이)를 얼마나 멋지게 재해석했나 몰라요."

"정말 훌륭합니다."

제임스가 고개를 끄덕이며 동의했다. 애니스는 처음 보는 부끄러운 표정을 지으며 냉장고에서 이튼 메스의 재료를 가져왔다.

"바로 섞어서 내야 해서요."

애니스는 즉석에서 만든 이튼 메스를 접시에 담아냈다. 산딸기와 딸기 젤리, 부드럽고 폭신한 마시멜로, 머랭으로 잉글랜드의 국기인 성 조지의 십자가 모양을 만들고 그 위에 커넬 모양의 휘핑크림을 얹었다. '커넬'은 아까 내가 '방울' 모양이 예쁘다고 칭찬하자 애니스가 가르쳐 준 단어다. 이번 여름, 나는 요리에 대해 다는 아닐지라도 참 많은 걸 배웠다.

아이린과 러셀은 한 스푼씩 맛을 봤고 우리는 두 사람이 맛을 보는 동안 잠시 기다렸다.

"〈위대한 영국 메뉴〉의 시청자 여러분, 환영합니다. 과연 애니스는 블랙풀의 영국 왕립 해병대 150주년 연회에서 요리를 할 수 있을까요? 그녀는 이번 도전에서 한계를 뛰어넘어 진일보한 모습을 보였나요? 독창적인 요리를 했나요? 지침을 잘 따랐나요? 참고로 지금까지 결선에 진출한 여성 도전자는 단 한 명도 없었답니다."

내 연설에 제임스가 미소를 지었다. 작은 승리였다.

"저는 9점 드리겠습니다."

나는 얼른 덧붙였다.

"아주 좋네요, 애니스." 러셀이 말했다. "앞으로 유능한 파티시에가 되겠어요."

"앞으로요? 이미 훌륭한 파티시에예요. 얼마나 유능한데요."

제임스는 반박하는 나를 따뜻한 미소를 지으며 돌아봤다. 러셀은 고개를 갸웃하고 미간을 찡그리며 마지못해 인정했다.

"수련생으로서 잘하고 있긴 하죠."

나는 크게 한숨을 내쉬었다.

"맙소사, 무슨 제다이 기사 수련이라도 받나요? 이미 훌륭한 셰프예요. 그리고 러셀은 애니스가 얼마나 잘하는지 와서 본 적도 거의 없잖아요. 애니스는 뛰어난 요리사예요. 시계로 치면 영화 〈아폴로 13〉에서 톰 행크스를 살린 시계 급이라고요. 그만큼 믿음직하단 뜻이죠."

애니스가 당황해 숨을 헉 들이켰지만 솔직히 이제는 러셀의 시선이 별로 신경 쓰이지 않았다. 나는 가짜 소믈리에지만 최선을 다하고 있었고 러셀은 진짜 셰프지만 전혀 노력을 안 했다. 게다가 후배 요리사가 더 잘하도록 도울 생각도 없어 보였다.

"이제 겨우 스물네 살이에요."

러셀은 리넨 냅킨을 쓰레기통에 버리며 고개를 저었다.

"스물다섯 살인데요."

애니스와 내가 동시에 답했다. 애니스는 나를 보고 살짝 미소를 지었다. 애니스가 미소를 다 짓다니!

"러셀도 스물여섯 살에 처음 식당을 차리지 않았나요?"

나는 씩 웃으며 말했다.

"조언해 줘서 고마워요, 헤더." 내가 더 문제를 일으키기 전에 대화를 차단하려는 듯 아이린이 끼어들었다. "아주 훌륭했어요, 애니스. 재미도 있고 실험적인 메뉴라 인기를 끌 것 같네요. 빌,

로비는 다 준비됐나요? 이제 손님만 맞으면 돼요?"

"장식용 깃발은 달았어요. 헤더가 선곡한 곡들도 준비했고요. 장르가 편중되지 않아 듣기 좋더군요."

"아, 빌이 트는 그 끔찍한 음악만 아니면 돼요."

록시가 유니폼을 갖춰 입고 나타나 말했다.

"맨날 록시 뮤직(영국의 글램 록 밴드-옮긴이) 노래만 틀거든요. 나랑 이름이 같다고 웃기대요."

록시가 나를 보며 씩 웃었다. 팀이 온 뒤로 나와 록시의 우정은 거의 예전으로 돌아갔다. 적어도 그 부분에 있어서는 팀의 공로를 인정해야 했다.

"제임스, 거의 다 끝났나요?"

아이린이 물었다.

"네."

제임스가 마지막 스카치 에그를 빵가루에 굴려 유산지를 깐 쟁반에 가지런히 놓았다.

"자, 헤더." 아이린이 나를 돌아보며 말했다. "오늘은 헤더가 주인공이에요. 행사를 시작하기 전에 오늘의 주제와 와인을 소믈리에가 간단히 소개하는 게 관례라는 거 알 거예요. 우리 다 응원하고 있으니 힘내요. 어떤 연설을 할지 기대되네요."

"다 준비됐어요!" 나는 주머니에서 버릴 뻔했던 내 노트를 꺼내며 말했다. "걱정 마세요. 이게 있거든요."

"다행이네요."

아이린은 왠지 슬퍼 보이는 눈빛으로 말했다.

"그 전에 잠깐만…… 어, 제임스?"

내 말에 제임스가 아직 빵가루를 손에 묻힌 채 고개를 들었다.

"네?"

"잠깐 볼 수 있어요? 2분이면 돼요."

"알았어요." 제임스는 천천히 답한 뒤 주방 냉장고를 향해 고갯짓했다. "안 그래도 엔다이브를 가지러 가야 해요."

나는 제임스를 따라 냉장고로 들어갔다. 우리 사이의 분위기처럼 냉장고 안이 싸늘했지만 나는 용감하게 앞치마 주머니에 손을 넣어 깜짝 선물을 꺼냈다. 선물은 작지만 완벽한 상태였다.

"포시니네요?"

제임스가 미소를 지었다.

"채집하러 갔을 때가 생각나서요. 애니스 말로는 당신이 제일 좋아하는 재료라던데…… 아닌가요?"

곧바로 자신감이 떨어지기 시작했다.

"올해는 빨리 자랐네요. 어떻게 알고 찾았어요?"

"당신이 보던 채집 책을 읽었어요. 엉뚱한 버섯을 찾을까 봐 걱정했는데 줄기에 그물 무늬가 있더라고요. 맞죠?"

"맞아요."

제임스가 부드럽게 말했다.

"당신은 이번 주 내내 정신없어 보이길래 당신 집 근처에 있는 오크 숲에 혼자 갔었어요."

"정말요?"

"책을 보니 포시니는 자라면 바로 따야 한다더라고요. 안 그러면 벌레나 민달팽이가 다 먹어 치운다고요. 뭐, 아무튼 그랬어요. 하나뿐이라 미안해요, 버섯 한 개로 뭘 할 수 있겠어요…….”

온몸이 쪼그라드는 기분이었다. 기대에 찼던 내가 한심스러웠다. 나는 도대체 뭘 기대한 걸까? 버섯 하나로 달라질 게 뭐가 있다고.

그때 제임스가 주방의 왼쪽 구석으로 가 마분지 상자의 뚜껑을 열었다. 상자 안에는 실망스럽게도 포시니가 한가득 들어 있었다.

“여기 넣어요.”

제임스는 무뚝뚝하게 말했고 나는 내 손으로 딴 작디작은 버섯을 큼지막한 버섯 무더기 옆에 순순히 올려놓았다. 아침에 배송된 채소와 같이 온 모양이었다.

“미안해요.”

나는 건조하게 말했다. 모든 게 미안했다. 작고 보잘것없는 포시니를 겨우 한 개만 따온 것도, 남자 친구 아닌 남자 친구가 나타난 것도 미안했다. 거짓말을 한 것도.

“정말 미안해요. 내 말이 안 믿기는 거 알아요. 솔직히 믿을 이유가 없죠. 그래도 정말이에요. 다시는 팀을 볼 일이 없을 줄 알았어요. 그렇게 나타날 줄은 진짜 꿈에도 몰랐어요. 원래 그런 식으로 장난치는 걸 좋아하긴 했어요. 어쨌든 더 단호하게 말했어야 하는데, 다 내 잘못이에요.”

제임스는 냉장고 천장을 올려다봤고 나는 다시 말을 이었다. 제임스가 내 말을 들어 주기라도 하는, 소중한 기회를 놓칠 수는 없었다.

"내가 헷갈리게 한 거 알아요. 당신한테는 팀과 제대로 사귀는 사이가 아니라고 했지만 따지고 보면 사귀긴 했어요." 나는 떨리는 목소리로 계속 말했다. "그래도 공식적인 사이는 아니었어요. 나는 팀을 진지하게 생각하지 않았어요. 그게 핵심이에요. 애초에 진지해질 가능성이 없으니 스트레스 안 받고 그냥 어울려 놀았어요."

욱, 마지막 말은 괜히 했다.

제임스는 나를 내려다봤다. 내가 말을 끝내길 기다리는 표정이었다. 이제 마지막 진실을 전할 차례였다.

"팀과 있을 때는 당신과 있을 때와는 달랐어요. 전혀 다른 마음이었어요. 미안해요. 원래 내가 솔직한 편이 아니에요. 내 감정을 솔직하게 표현했어야 하는데 그러지 못했어요. 나랑 제일 친한 친구 말로는 아무도 내 진심에는 관심이 없을 거라고 생각해서 그렇대요."

제임스는 고개를 갸웃하며 물었다.

"정말 그렇게 생각해요?"

"잘 모르겠어요. 그런 것 같기도 해요."

"그렇더라도 당신이 한 행동이 용납되는 건 아니에요."

"알아요." 나는 치솟는 불안을 애써 가라앉혔다. 다른 건 몰라도 팀에 대한 거짓말만은 바로잡고 싶었다. "하지만 이거 하나는 분명히 말할 수 있어요. 당신에 대한 내 감정은 100퍼센트 진심이었어요. 아니, 지금도 진심이에요. 그리고 팀과의 관계가 무엇이었든 이제 끝났어요. 정말로요."

제임스는 내 눈빛을 찬찬히 살폈고 나는 온 힘을 다해 제임스의 시선을 피하지 않았다. 이 문제만큼은 내 마음을 전달해야 했다. 내 진심을 전해야 했다. 제임스의 표정이 조금 부드러워졌다.

"그래봤자 당신은 떠날 거잖아요. 당신이 늘 말했듯이요."

그때 애니스가 냉장고 문을 휙 열고 우리 둘을 노려봤다.

"난 그만 가서 옷 갈아입어야겠어요. 행운을 빌어요."

내가 미안해하며 미소를 짓자 제임스도 미소로 답했다. 적어도 팀에 대한 오해는 풀린 듯했다.

나는 직원용 화장실로 들어가 머리를 바짝 뒤로 넘겨 낮게 쪽을 찐 뒤 '최선을 다했다'는 표정을 지었다. 그러고는 아이린이 너그러이 빌려준 긴 검은색 실크 드레스가 걸린 옷걸이로 다가갔다. 드레스의 커버를 벗기고 구겨지지 않게 조심하며 머리부터 입으니 가볍고 헐렁한 실크 천이 딱 구두 위까지 떨어졌다. 치마 라인은 허리에서 아래로 부드럽게 떨어지는 바이어스 스커트 스타일이었고 단순한 브이넥을 은실로 장식한 1920년대풍 드레스였다. 내 몸에 잘 맞았고 꽉맞는 브래지어 때문에 울퉁불퉁 튀어나온 살도 잘 가려졌다. 뱃살은 좀 드러났지만 괜찮았다. 이 세상에 앞치마로 못 가릴 살은 없었다.

나는 눈꺼풀을 내린 채 갈색 아이 펜슬로 눈두덩이 밑에 선을 그린 뒤 검은색 마스카라를 뭉치지 않을 정도로만 살짝 발랐다. 마지막으로 욕실 찬장에서 찾은 살색 립글로스를 바른 뒤 심호흡을 하고 거울을 들여다봤다.

"결국 여기까지 왔구나, 엘리자베스 핀치. 이렇게나 멀리…….

괜찮아. 넌 할 수 있어."

나는 시간을 확인하러 휴대폰을 꺼냈다. 헤더에게 메시지가 와 있었다.

밀린 일을 처리하는 중이야. 주말 지나고 보자. 할 말이 많아…….

어서 헤더를 만나고 싶었다. 헤더가 그동안 얼마나 많은 노력을 기울였을지 상상이 됐다. 리스트를 외우는 건 물론이고 수백, 수천 가지의 와인과 각각의 원산지와 재배 방법까지 공부했을 것이다. 헤더는 냄새를 잠깐만 맡아도 라즈베리와 구스베리 향을 바로 구별했다. 전에는 몰랐지만 이제는 헤더가 왜 테이크아웃 피자를 먹을 때는 키안티를, 파티에 가기 전에는 젝트를 권했는지 안다. 단순히 술을 권한 게 아니라 나와 함께하는 시간을 더 뜻깊게 기념하고 싶었을 것이다. 나를 사랑하는 마음으로 말이다. 빨리 헤더를 만나 지금까지와는 다른 방식으로 헤더의 진가를 알아주고 싶었다.

나는 한 번 더 거울을 본 뒤 식당의 바 구역으로 향했다. 바 구역은 빌이 멋지게 꾸민 덕분에 근사했다. 빌은 안색이 좋아 보였고 정신도 맑아 보였다. 나는 빌을 향해 엄지 두 개를 치켜세웠다.

준비는 끝났다. '멋지게 성공시키자'고 다짐하는 순간 또다시 천둥이 우르릉 쾅 울렸다.

37장

"헤더 맞죠?"

획 돌아보니 매슈 헌트 씨였다. 여기 온 첫 주에 만난, 제임스
본드 영화의 악당처럼 섹시한 하일랜드 와인 협회 회장이었다.
헌트 씨는 임시로 고용한 여러 종업원 중 한 명에게 레인코트를
건네고는 큰 검은색 우산을 문가의 바구니에 꽂았다.

"오늘 정말 아름다우시네요."

"안녕하세요, 헌트 씨."

나는 앞치마에 두 손을 닦은 뒤 악수를 청했다. 헌트 씨는 부끄
럽게도 내 손을 들어 올려 손등에 부드럽게 입을 맞췄다.

"매슈라고 불러요."

헌트 씨가 미소 띤 얼굴로 말했다. 치아가 누렇고 여기저기 충
전재로 채워져 있어 좀 역겨웠지만, 세상은 공평하다는 신호를
온 우주가 보내는 것 같아 한편으로는 고마웠다.

"오늘 기분은 어떠신가요, 회장님?"

"아주 좋아요. 오늘 행사는 참 기대되네요. 몇 가지는 영국 와

인 시상식에서 맛을 봤거든요. 그날 오셨었나요?"

"네, 갔습니다."

"참 신선한 주제를 고르셨네요. 스코틀랜드 와인 행사에서 잉글랜드 와인을 시유하다뇨. 아주 기발해요!"

"비교해 보시도록 유럽의 전통 와인도 다양하게 준비했습니다. 다른 건 몰라도 재미있게 즐기셨으면 좋겠네요."

"아, 니콜!"

헌트 씨는 타탄 조끼가 포함된 스리피스 차림으로 이리저리 자세를 바꾸며 꼼지락거리고 있는 키 크고 마른 신사에게 손을 흔들었다.

"그럼 이따 봐요."

나는 별문제 없이 진행되고 있는지 보러 식당으로 갔다. 록시와 또 다른 젊은 웨이트리스가 샴페인 잔이 담긴 쟁반을 하나씩 들고 나타났다.

"이제 따르기 시작할까요?"

록시가 쟁반을 바 카운터에 내려놓자 빌이 스파클링와인 두 병을 카운터 위에 올렸다.

"네. 시작하죠. 곧 떼로 몰려올 거예요."

"행운을 빌어요."

록시가 내게 속삭였다. 록시의 다정한 목소리에 잠시 코끝이 시큰해졌다. 이곳을 떠나면 록시가 무척 그리울 것이다.

"고마워요. 이런 드레스를 입었는데 군이 행운이 필요할까요?"

"멋져요. 근데 앞치마는 벗는 게 낫겠어요."

록시는 잉글랜드산 스파클링와인 열두 잔이 담긴 쟁반을 들고 미끄러지듯 사라졌다.

록시가 와인을 나누어 주는 동안 젊은 웨이터 세 명은 차게 식힌 굴이 담긴 대형 은쟁반을 들고 연회장을 돌아다니다 테이블 주변에 놓인 은 스탠드에 쟁반을 올려놓았다.

구레나룻이 저마다 다른 수준으로 하얗게 세고 머리카락이 억세며 정장과 킬트를 차려입은 남자들이 강한 스코틀랜드 억양으로 담소를 나누고 있었다. 여자들은 다양한 색조의 진녹색, 군청색, 진홍색 드레스에 타탄 허리띠를 두르고 주렁주렁 장신구를 단 채 활발하게 술을 마시며 어울렸다. 오랜 시간 입회하지 못했지만 이제는 여자들도 협회의 정식 회원으로 인정받았다.

바 구역의 대화 소리가 높아질 때쯤 나는 아이린을 돌아봤다. 아이린이 나를 향해 고개를 끄덕이자 빌이 작은 종을 울렸다.

"신사 숙녀 여러분, 연회장으로 자리를 옮겨 주시기 바랍니다."

아이린이 말했다.

우리는 천천히 아이린을 따라 자갈길 위에 급하게 설치한 듯한 통로를 지나 천막으로 향했다. 또 다른 폭풍우를 예고하는 듯 하늘이 어두컴컴했지만 비는 잠시 멈춘 상태였다.

연회장이 가득 차자 나는 샴페인 잔을 들고 마음의 준비를 했다. 그러고는 댄스 플로어에 설치된 작은 연단에 올라가 마이크를 한 번 두드렸다.

"들리나요?"

내 목소리가 연회장 안에 우렁차게 울리자 가벼운 웃음소리가 들리고 백 명이 넘는 관객의 시선이 일제히 내게 쏠렸다. 입구에서는 웨이터들이 록시와 빌, 아이린과 함께 나를 지켜보고 있었다. 제임스는 보이지 않았다. 다행이었다. 웃음거리가 되는 꼴을 제임스에게 보이기는 싫었다.

"잘 들려요."

앞쪽에 선 쾌활해 보이고 통통한 남자가 말했다.

나는 새빨갛게 얼굴을 붉히며 마음을 다잡았다.

"다행이네요. 신사 숙녀 여러분."

나는 약간 떨리는 목소리로 연설을 시작했다.

입구 쪽을 힐끗 보니 제임스가 와 있었다. 오는 게 당연했다. 제임스만 오지 않을 리가 없었다. 나는 초조한 마음을 가라앉히며 다시 말을 이었다.

"환영합니다. 와인 협회 하일랜드 플링 연회에 잘 오셨습니다. 오늘 메뉴의 주제는 '잉글랜드의 침공'입니다."

몇몇이 웃음을 터트렸다. 빵 터지길 기대했건만 그 정도는 아니었다. 헌트 씨는 나를 가엾게 여겨야 할지 화를 내야 할지 고민 중인 듯 고개를 갸웃했다. 나는 얼굴이 뜨겁게 달아오르는 걸 느끼며 샴페인을 한 모금 마셨다.

"아, 좀 낫네요."

뒤쪽에서 몇몇이 피식 웃으며 소곤거렸다. 나는 계속 괜찮다고 되뇌었다. 내 연설은 재미있으며 이 자리에 오기까지 누구보다 열심히 노력했다는 사실도 떠올렸다.

"오늘은 루아르 밸리의 오래된 포도나무나 보르도의 비옥한

토양을 둘러보지 않을 겁니다. 런던의 크로이던에서 출발해 차가 꽉 들어찬 M20 도로를 시속 20킬로미터로 기어가 캔터베리 병목 구간을 지나면 드디어 나오는, 볼 것 하나 없는 켄트의 어느 마을을 여행할 겁니다."

웃음이 터졌다. 진심 어린 웃음이었다. 헌트 씨를 보니 니콜을 돌아보며 함께 싱긋 웃고 있었다.

"이 여정의 시작은 여러분이 지금 참고 마시고 있는 건방진 스파클링와인입니다. 허시라는 곳에서 만들어졌는데 이곳의 백악질 토양은 샴페인과 똑같은 재배 환경을 제공합니다."

몇몇은 놀란 듯 작게 헉하며 숨을 들이쉬었고, 몇몇은 잘 알려지지 않은 사실이지만 이미 알고 있다는 듯 고개를 끄덕였다.

"그러나 재배 환경이 같다고 이름까지 똑같이 쓸 수는 없습니다. 아시다시피 프랑스의 특정 지역에서 생산된 와인만 '샴페인'이라는 명예로운 칭호를 쓸 수 있습니다. 잉글랜드인들은 이에 굴하지 않고 자기네 와인에 자랑스러운 영어 이름을 붙였습니다. 아니, 불어 이름이라고 해야 할까요? 바로 '블랑 드 블랑'입니다."

마지막 단어는 켄트 억양을 최대한 살려 발음했다. 이번에는 폭소가 터졌다. 어느 노신사는 친구의 등을 철썩 때리며 껄껄 웃었다. 객석에 활기가 도니 나도 긴장이 풀렸다.

"콧방귀를 뀌시기 전에 일단 맛을 음미해 보시기 바랍니다. 블랑 드 블랑은 풍부하고 복합적인 맛을 자랑합니다. 사과 향과 약간의 딸기 향이 나고 대황과 천도복숭아, 브리오슈, 견과류 맛이 나며 뒷맛은 과일 향이 감돌아 우아합니다."

인터넷에서 검색한 '영국 스파클링와인 상위 10위'의 내용을 거의 다 베낀 연설이었다. 그 글을 올린 사람에게 감사 인사라도 하고 싶었다.

"스코틀랜드에서 갓 잡은 신선한 굴도 함께 즐겨 주세요. 와인은 몰라도 굴은 남쪽 걸 먹어선 안 되니까요⋯⋯."

나는 또 한 번 폭소가 터지는 동안 잠시 멈췄다가 말을 이었다.

"자, 이제 잉글랜드를 주제로 한 코스 요리가 나올 테니 자리에 앉아 주시기 바랍니다. 제임스와 애니스가 맛있는 다섯 가지 메뉴를 준비했답니다. 와인은 사랑스러운 공동 소믈리에, 록시와 제가 함께 골랐습니다."

록시를 향해 미소를 짓자 록시도 미소로 화답했다.

"그리고 혹시나 잉글랜드 와인이 만족스럽지 않더라도 걱정하지 마시기 바랍니다. 장담하건대 욕하는 재미는 분명히 있으실 겁니다."

또다시 웃음이 터지고 박수가 이어졌다.

나는 환하게 웃으며 사람들의 얼굴을 둘러봤다. 아이린과 록시, 빌은 뿌듯한 표정을 짓고 있었고 헌트 씨는 박수를 치며 잘했다는 듯 고개를 끄덕이고 있었다. 나는 온몸에 퍼지는 온기를 느끼며 쏟아지는 찬사를 만끽했다. 마음 깊이 달콤쌉싸름한 만족감이 차올랐다. 힐끗 돌아보니 제임스는 생각에 잠긴 표정으로 고개를 숙인 채 박수를 치고 있었다. 제임스와는 아직 끝내지 못한 이야기가 있었다.

음악이 흐르고 손님들이 테이블로 향하기 시작했다. 연단에서 내려서는데 긴장이 풀렸는지 갑자기 몸이 부르르 떨렸다. 나는 은쟁반의 샴페인 잔을 하나 더 집어 들고는 주방으로 돌아가려는 듯 보이는 제임스를 향해 급히 발을 뗐다. 그때 러셀이 난데없이 나타나 길을 막았다.

"안녕, 헤더. 아까 연설할 때 날 언급하는 걸 잊었더군요. 여긴 내 식당이라는 거 모르지는 않을 텐데요."

농담하듯 말했지만 짜증 난 어조였다.

"아, 그러네요. 죄송해요. 깜빡했네요."

물론 깜빡한 건 아니었다.

"나도 한마디 하고 싶으니 도와줘요. 후식용 와인을 내기 전에 내가 와인을 소개할게요."

"아, 이미 순서가 다 짜여져 있어서요."

나는 제임스와 시선을 맞추려 애쓰며 답했다.

"여긴 내 식당이에요. 시키는 대로 해요."

러셀이 날카롭게 말했다.

"아, 그래요?" 나도 날카롭게 대꾸했다. 제임스가 주방에 돌아가기 전에 잡아야 했다. "가 봐야 해서요."

지나쳐 가려는데 러셀이 갑자기 내 앞치마를 잡아당겼다. 그 바람에 줄이 풀어져 앞치마가 바닥에 떨어졌고 나는 앞치마 줄에 다리가 걸려 넘어질 뻔했다.

"무슨 짓이에요!" 나는 러셀을 돌아보며 외치고는 앞치마를 주워 배를 가렸다. "어린애도 아니고 왜 이래요!"

"난 아직 당신 상사예요. 예의를 지켜요."

참아, 버디. 나는 낮게 속삭이며 제임스를 향해 곧장 걸어갔다. 제임스는 방금 일어난 일을 봤는지 러셀을 노려보고 있었다. 나는 얼른 제임스의 손을 잡고 안전한 주방으로 끌고 갔다.

"재수 없는 자식."

"맞아요. 진짜 재수 없어요." 나는 제임스에게 나를 아끼는 마음이 아직 남아 있다는 사실에 감사하며 답했다. "러셀은 어떻게 된 거예요? 왜 아직 여기 있죠? 우리가 다 너무 형편없어서 자기 능력을 다른 데서 펼치고 싶어 한 거 아니었어요?"

"오늘 맥도널드 씨도 왔거든요." 제임스가 속삭였다. "그래서 직접 와서 감독하고 싶었나 봐요. 물론 맥도널드 씨한테는 이미 다 말했어요. 러셀은 오늘 밤 행사와 아무 관련 없다고요. 다음 주부터 저자는 로크 돈과 무관한 사람이 될 거예요. 해고됐거든요."

얼떨떨했다. 제임스가 적극적으로 나서서 행동을 취했다는 게 놀라웠다.

"그럼 이제 당신이 인계받는 거예요? 총주방장 자리를?"

"그건 아니에요." 제임스가 고개를 저으며 말했다. "생각해 둔 계획이 있긴 하지만……."

제임스가 계속 말을 하려는 순간, 전채 요리가 담긴 대형 은쟁반을 든 웨이터들이 우리를 지나쳐 연회장을 향해 줄줄이 걸어 갔다.

"자, 가요! 서빙하고 나면 다음 요리가 나가야 하니까 곧장 돌아와요!"

애니스가 소리를 빽 질렀다. 이렇게 카리스마 넘치는 모습은 처음이었다. 웨이터들은 군인이 열병식을 하듯 대형을 맞춰 걸어 갔다.

"가서 첫 번째 화이트와인을 소개해야죠."

제임스의 말에 나는 고개를 끄덕이며 입술을 깨물었다.

"아까는 멋졌어요." 제임스는 또다시 시선을 바닥에 떨군 채 덧붙였다. "이렇게 말하면 이상할지 모르지만 당신이 대견해요."

나는 눈시울을 붉히며 고개를 저었다.

"제임스, 당신이 정말 미치게 보고 싶을 거예요."

나는 속삭이는 목소리로 진심을 불쑥 내뱉었다. 그러고는 쿵쿵 거리는 심장을 달래며 서둘러 연단으로 향했다. 제임스의 반응은 차마 볼 수 없었다.

심호흡을 하려는데 갑자기 숨이 쉬어지질 않았다. 나는 불안해 서 그런 것뿐이라고 되뇌며 다시 천천히 숨을 들이마셨다.

들이쉬고 내쉬어.

잠시 후 드디어 호흡이 안정됐다. 나는 살짝 취기가 오른 상태 로 내게 집중하고 있는 관객들에게 노픽에서 생산된 첫 번째 화 이트와인을 소개했다.

"열대 과일 향이 생생하게 풍기는 아주 매력적인 블렌딩 화이 트와인입니다. 훈제 향이 살짝 나는 생선 요리를 완벽하게 보완 해 주죠. 이 멋진 와인은 노리치 시티 축구팀보다 더 많은 우승컵 을 받았답니다. 우승컵이 하나도 없는 팀과 비교한 거니 그다지 대단한 업적은 아니지만요."

시간이 흐를수록 자신감이 커졌고 어느새 나도 연회를 즐기고 있었다. 치즈 보드와 마지막 와인이 각 테이블에 서빙되고 밴드가 식후 댄스파티를 위한 준비를 하는 동안 나는 피날레를 위해 다시 연단에 올랐다.

숨겨 뒀던 비장의 무기를 공개할 시간이었다. 연회장을 둘러보니 회원들이 마지막 와인을 맛보고 있었다. 다들 확신이 없는 듯 다시 한번을 맛을 보고는 코를 찡그리며 온 얼굴에 실망감을 드러냈다. 눈앞의 와인에 경악한 눈치였다. 완벽했다!

"신사 숙녀 여러분, 마지막 와인도 즐겁게 음미하고 계시길 바랍니다."

내가 먼저 말문을 열었다. 대부분 예의를 차리려 애쓰며 미소 띤 얼굴로 나를 향해 고개를 끄덕였다. 뒤쪽의 한 신사는 예의 따위는 무시한 채 입에 머금었던 와인을 잔에 다시 뱉어냈다.

"마지막 와인을 평가하고 이름을 맞출 기회는 객석에 드리고 싶습니다. 보시다시피 병마다 라벨을 가려 놓았는데요. 자원할 분 계실까요?"

질문을 던지자마자 헌트 씨가 손을 들었다.

"제가 하겠습니다."

좋았어.

의례적인 박수가 잦아들 때쯤 번개가 쳤다. 모두 천둥이 울리길 잠시 기다렸고 드디어 천둥이 치자 헌트 씨가 과장된 몸짓으로 자리에서 일어나 고개를 저으며 말했다.

"오늘 헤더가 안내해 준 잉글랜드 여행은 아주 근사했어요. 몇 몇 와인은 개인적으로도 꽤 훌륭했습니다. 하지만 이 마지막 와인은 솔직히 왜 골랐는지 의문이 드는군요."

나는 아랫입술을 내밀고 고개를 갸웃하며 헌트 씨의 말에 장단을 맞췄다.

"이건 식초나 다름없습니다. 조리대에 한 달 동안 방치해 둔 블랙 커런트 주스 맛이 납니다. 끔찍해요! 잉글랜드 와인이 거의 다 이런 식이긴 하지만요."

다른 회원들도 고개를 끄덕였다. 드디어 마음 놓고 욕할 잉글랜드 와인을 찾았다는 분위기였다.

"그것참 안타깝네요, 헌트 씨."

나는 마이크에 대고 말했다. 헌트 씨는 두 손을 내밀며 어깨를 으쓱했다.

"직접 커버를 벗기고 산지가 어디인지 보여 주시겠어요?"

"그러죠."

헌트 씨는 테이블 너머로 손을 뻗어 병을 들어 올린 뒤 검은색 종이 커버를 벗겼다. 나머지 테이블도 도대체 이 끔찍한 와인을 만든 잉글랜드 와이너리가 어디인지 빨리 알고 싶다는 듯 커버를 벗겨 냈다.

"헌트 씨?"

"이런."

연회장에 웃음이 끓어오르기 시작하자 헌트 씨가 입을 열었다.

"이거 우리가 우리 발등을 찍었군요. 이 와인의 산지는 바로 스코틀랜드의 스털링셔입니다."

모두 폭소를 터트렸다. 박수갈채가 이어졌고 몇몇은 흥분한 듯 자리에서 일어났다. 힐끗 돌아보니 웨이터들도 박수를 치고 있었다. 록시는 빨개진 얼굴로 열렬히 박수를 치고 있었고 아이린도 얼굴 가득 웃음꽃을 피우고 있었다.

"멋진 저녁을 선사해 주셔서 진심으로 감사합니다. 이제 그랜트 프레이저 밴드와 함께 늦은 밤까지 실컷 즐기시기 바랍니다. 모두 좋은 밤 보내세요."

나는 눈을 감고 잠시 성공의 순간을 음미했다.

그런 뒤 눈을 뜨니 익숙한 얼굴이 시선을 사로잡았다. 1분 전만 해도 없던 얼굴이 연회장의 펄럭이는 출입구용 덮개 옆에 서 있었다. 곱슬머리를 옆으로 넘겨 핀을 꽂았고 안 그래도 큰 푸른 눈이 충격으로 더 커져 있었다. 나는 잠시 멍해 있다가 깨달았다.

헤더였다. 헤더가 왔다.

38장

나는 밴드 연주가 시작되자마자 쓰러질 듯 연단을 내려와 황급히 헤더를 향해 걸어갔다.

아이린이 제일 먼저 길을 막았다.

"헤더, 오늘 정말 멋졌어요. 축하해요."

"감사해요." 나는 더 빨리 걷기 위해 드레스의 밑단을 위로 잡아당기며 말했다. "죄송하지만 제가 지금……."

"헤더! 정말 잘했어요." 록시도 환하게 웃으며 다가왔다. "진짜 멋졌어요. 얼마나 웃겼는지 몰라요! 그게 스코틀랜드 와인이었다뇨. 언제 주문했어요?"

"나중에 얘기해요, 록시."

나는 록시를 밀치고 지나갔다.

"헤더?" 빌도 다가오려 했지만 헤더의 이름을 외치고는 양해를 구했다. "나중에요, 빌."

나는 통로의 꼬마전구 아래에서 간신히 헤더를 따라잡았다. 헤더의 얼굴에 휴대폰 불빛이 비쳤다. 헤더는 전화를 끊고 휴대폰을 외투 주머니에 아무렇게나 쑤셔 넣었다. 마음 같아서는 당장 달려가 껴안고 싶었다. 어디부터 시작해야 할까. 무슨 말을 해야 할까.

"여긴 왜 온 거야?"

나는 불쑥 이 말부터 내뱉었다. 머릿속이 복잡했다. 내가 여기 있다고 누구한테 들었을까? 왜 왔을까?

헤더는 코웃음을 쳤다. 일단 듣는 귀가 없는 조용한 곳으로 헤더를 데려가야 했다. 분명 설명할 길이……

"그건 내가 할 질문 아니야?"

헤더는 매몰차게 말했다.

"설명할게. 무슨 생각하는지 아는데 그런 거 아니야."

"그래서? 어디 한번 설명해 봐. 아주 기대돼 죽겠으니까. 그보다 드레스 멋지다. 그건 누구한테 훔쳤어?"

내 뒤에서 웨이터들이 다 먹은 접시를 정신없이 치우고 있었다. 자리를 옮겨야 했다.

"제발 얘기 좀 해."

나는 애원하듯 말했다.

"택시 불렀어. 인버네스로 돌아갈 거야."

"이 날씨에 어딜 가려고."

순간 헤더도 나도 불편을 느낄 만큼 거센 돌풍이 몰아쳤다. 나는 바람에 마구 부풀어 오르는 드레스를 움켜잡고 하늘을 올려다 봤다. 먹구름을 가르며 번쩍이는 번갯불에 계곡이 잠시 환해졌다.

"제발 부탁이야."

다행히 헤더는 나를 따라 호텔 옆 차양으로 자리를 옮겼다. 밖이었지만 사람들의 눈을 피할 수는 있었다. 나는 두 팔로 몸을 감싸안은 채 참았던 말을 횡설수설 쏟아내기 시작했다.

"그래, 맞아. 내가 널 속였어. 너한테는 정말 미안한데 갈 데가 없었어. 부모님한테 가기는 싫고 사촌은 애인이랑 동거 중이라 날 받아 줄 생각이 없었어. 막막했지만 너한테 말할 수는 없었어. 걱정할 게 뻔하니까. 그러던 차에 와인 시상식에 네 이름표를 달고 갔고 아이린이 다가와 말을 걸었어. 사실대로 말할 수는 없어서 내가 너라고 믿도록 아이린을 속였어. 근데 그 거짓말이 눈덩이처럼 커졌어. 걷잡을 수 없이. 너도 이 일을 하기 싫어했고 쓰러져 가는 외딴 호텔이니 별 문제 안 될 줄 알았어."

"말은 참 잘하네, 버디. 벌써 내 탓으로 돌리고 말이야."

"그런 뜻 아니야."

팔짱을 낀 팔을 내가 잡으려 하자 헤더는 바로 내 손을 뿌리쳤다.

"그냥 네 말대로 허름한 호텔의 거지 같은 일자리인 줄 알았어. 그래서 네가 안 한다고 했을 때 그럼 내가 가도 되겠다 싶었어. 전에 웨이트리스로 일한 경험도 있고 내 신분을 밝히고 다시 지원하는 것보다는 너인 척하는 게 더 쉬울 것 같았어."

"난 정식 교육을 받은 소믈리에야. 젠장! 그게 말이 된다고 생각해? 어차피 너는 지원해도 이 일자리를 따내지 못했을 거라고. 너도 알잖아. 내가 이 자리에 오르기까지 얼마나 노력했는지."

"그래, 알아. 그래도 네 이름에 먹칠을 하진 않았어, 헤더. 나,

정말 열심히 했어. 얼마나 많이 공부했는지 몰라. 물론 널 쫓아가는 건 절대 불가능하지만."

엉망진창이었다. 내가 저지른 이 멍청한 짓을 어떻게 설명해야 할지 도무지 감이 잡히지 않았다. 그냥 미안하다고만 말하고 싶었다. 헤더를 껴안고 용서받을 때까지 몇 번이고 *미안하다*고 외치고 싶었다.

"와인을 공부하는 게 진짜 좋아졌어. 얼마나 어렵던지 네가 새삼 존경스럽더라. 아, 헤더. 난 그냥 네가 이탈리아에서 조용히 지내니까 별일 없을 줄 알았어. 전에도 너로 위장한 적이 있기도 했고. 네가 자주 그렇게 하게 해 줬잖아."

"내가 못 가는 파티나 연주회에 갈 때나 그랬지! 이건 명백한 사기라고!"

헤더는 있는 힘껏 소리를 질렀다. 비바람 소리에 묻혀 사람들 귀에 들어가지는 않았다.

"아니, 그건 아니야. 급료는 현금으로 받았어. 법적인 문제는 걱정할 거 없어."

나는 이걸로 내 죄의 무게를 조금이라도 줄일 수 있다는 듯 얼른 말했다.

"어떻게 이런 짓을 할 수 있어? 그동안 네가 미친 짓을 많이 하긴 했지만 이 정도는 아니었어. 이건 진짜 최악이라고."

"제발, 믿어 줘. 처음에는 정말 이렇게 심각한 일인 거 모르고 시작했어. 진짜야. 그냥 악의 없는 장난 같은 거였어. 이 일로 상처받은 사람은 아무도 없어."

"상처받은 사람이 없다고?"

헤더는 멍한 시선으로 허공을 응시했다.

"왜 하필 여기야, 버디? 왜 하필 여기서 그런 짓을 벌였냐고."

뭐지? 내가 모르는 뭔가가 있나?

"여긴 왜 온 거야?"

나는 다시 물었다.

헤더는 분노로 이글거리는 눈빛으로 나를 바라보다 소리쳤다.

"네가 그딴 걱정을 왜 해! 네가 지금 다른 사람 걱정할 때야? 빌어먹을 네 걱정이나 하라고, 알았어?"

바로 그때 택시가 불빛을 쏘며 근처에 멈춰 서서 잠시 눈이 멀었다. 다시 내리기 시작한 빗줄기가 전조등 빛에 선명히 비쳤다.

"택시 부르신 헤더 존스 씨?"

헤더는 기사가 외치는 소리에 몸을 돌렸다.

"가지 마. 제발 있어 줘. 도대체 무슨 일인데 그래. 제발 말해 줘, 헤더."

헤더는 눈물이 그렁그렁 차오른 눈으로 심호흡을 했다. 헤더의 눈빛이 조금 부드러워졌다.

"너 때문에 다 망했어. 네가 얼마나 엄청난 짓을 저질렀는지 넌 몰라."

"뭔지는 모르지만 정말 미안해."

"제발 내 말 끊지 말고 들어."

빗줄기가 굵어져 우리는 차양 속으로 최대한 들어가 몸을 웅크렸다.

"알았어, 알았어. 미안해."

두려움이 밀려왔다. 도대체 뭐지?

헤더는 택시 기사에게 기다리라는 뜻으로 손을 흔든 뒤 핸드백에서 오래된 폴라로이드 사진 한 장을 꺼냈다.

"새엄마가 1년 전에 상자를 하나 보냈어. 아빠의 유품을 정리하다 내가 갖고 싶어 할 것 같았는지 보냈더라고. 그냥 시시한 사진이랑 오래된 와인 책, 아빠 손목시계 같은 게 들어 있었어. 아빠의 와인 저장고 일지도 구석에 끼어 있었는데 덮개를 여니 이 사진이 꽂혀 있었어. 내가 나중에 보라고 둔 건지 거기 두고 잊어버렸는지는 모르지만 어쨌든 아빠가 꽂아 둔 거 같아."

헤더는 작은 폴라로이드 사진을 만지작거리며 말을 이었다.

"사진 속의 이 여자는 내 이모 같아." 헤더의 목소리가 떨렸다. "엄마가 언니 이야기를 한 기억이 나거든. 왜, 어릴 때 어른들이 하는 얘기를 주워들을 때가 있잖아. 그러고는 한참을 잊어버리고 살았어. 그러다 어느 날 아빠한테 대놓고 물어봤는데 친척은 아무도 없다고 했어. 엄마한테는 아빠뿐이랬지. 그래서 난 그냥 내가 상상했나 보다 했어. 하지만 난 분명히 들었어, 버디. 상상이 아니었다고."

빗줄기가 거세지자 헤더의 목소리도 커졌다. 나는 혼란스러워 아무 반응도 하지 못하다 겨우 되물었다.

"이모라고?"

"어릴 때 들은 얘기로는 이모한테도 애가 있다고 했어. 나한테 사촌이 있는 거지. 아빠가 왜 그걸 숨겼는지는 모르겠어. 왜 엄마한테 언니가 있다는 걸 말하지 않았을까? 끔찍한 이유가 있을 것 같아 너무 겁났어. 나를 만나고 싶지 않다거나 뭐 그런 이유. 하지만 이탈리아에 있는 동안 깨달았어. 그래도 만나야 한다는 걸."

나는 사진을 불빛에 비춰 봤다. 가운데에는 헤더의 아빠가 있었고 한쪽 옆에는 다른 사진에서 본 헤더의 엄마가 있었다. 그리고 반대쪽 옆에는 또 다른 여자가 서 있었다. 바로 젊은 시절의 *아이린*이었다. 머리는 희끗희끗한 지금과 달리 검고 직모였지만 분명 아이린이었다. 나는 헤더의 엄마와 아이린을 번갈아 봤다. *닮았다. 그것도 아주 많이.*

"그래서 이모를 찾아냈고 로크 돈에 소믈리에로 지원했어. 그 때는 그러면 이모도 만나고 같이 시간을 보낼 수 있으니 좋을 거라고 생각했어. 그런데 첫 출근 날이 가까워지니까 겁이 덜컥 났어. 아빠가 내게 숨길 수밖에 없었던 끔찍한 비밀이 있을까 봐 무서웠어. 그래서 크리스티안이 이탈리아로 가자고 했을 때 그냥 도망친 거야."

"잠깐만."

나는 다시 사진을 찬찬히 살펴봤다.

그러다 헤더의 아빠를 유심히 본 순간 가슴이 철렁 내려앉았다. 흐트러진 곱슬머리와 구레나룻이 인상적인 헤더의 아빠는 플리머스에서 봤을 때와는 몰라보게 달랐지만, 다른 곳에서 본 어떤 *남자*와 똑 닮은 얼굴이었다.

헤더의 아빠는 바로 제임스의 바닷가 집에서 본 사진 속 남자였다.

헤더의 아빠가 제임스의 아빠였던 것이다.

아빠가 같으니 헤더와 제임스는 사촌이 아니라 남매였다.

헤더의 아빠가 헤더 엄마의 언니, 그러니까 아이린과 바람을 피웠다는 뜻일까?

"맙소사!"

가슴이 조여들었다. 허파 속 공기가 다 빠져나가는 기분이었다.

"아빠가 내가 이모와 사촌을 못 만나게 한 걸 보면 뭔가 끔찍한 비밀이 있는 게 분명해. 그래도 난 알고 싶었어. 그런데 네가 다 망친 거야."

헤더는 눈물 한 방울을 떨어뜨리며 씁쓸한 목소리로 말했다. 두 번째 택시가 멈춰 서면서 비친 전조등 불빛에 말할 수 없이 괴로워 보이는 헤더의 표정이 드러났다.

"어……."

무슨 말을 해야 할지 몰랐다. 헤더는 두 손에 얼굴을 묻고 펑펑 울기 시작했다.

머릿속이 복잡했다. 나는 사진을 헤더에게 돌려주며 생각했다. 헤더는 도대체 왜 나한테 이 일을 숨겼을까? 헤더도 나를 속였다! 나는 제일 친한 친구가 아닌가. 알았다면 절대 이런 짓을 저지르지 않았을 것이다. 토할 것 같아 더는 사진을 보고 있을 수 없었다.

나는 재빨리 머리를 굴렸다. 헤더에게 진실을 말해야 할까? 내가 말해도 될까?

그때 빌이 까만 대형 우산을 스코틀랜드 우세풍에 날아가지 않도록 꽉 잡은 채 나타났다.

"헤더?"

빌은 부드럽게 말했다.

"방해해서 미안하지만 인버네스행 택시 두 대가 기다리고 있어서요. 가능하면 기사분들이 허탕 치고 돌아가지 않게 하고 싶은데요."

빌을 쳐다보는 헤더를 보니 구역질이 두려움으로 바뀌었다. 이제 다 끝이었다. 끝의 시작이었다.

"안녕하세요."

빌은 곧바로 상황을 파악했는지 나직하게 내뱉었다.

"아, 이런."

헤더는 빌이 건네는 손을 정중하게 잡고 악수했다.

"기사들에게는 뭐라고 할까요?"

그제야 택시를 부른 기억이 났다.

"어, 한 대는 내가 부른 거예요."

빌이 고개를 끄떡였다.

"떠나려고요?"

나는 말없이 대충 고개만 끄덕였다. 어찌해야 좋을지 알 수 없었다. 빌은 아마 자기까지 들킬지 모르니 헤더와 나 둘 다 이대로 떠나 주길 바랄 것이다. 어차피 내가 할 일은 다 했다. 그러나 헤더는 어쩌란 말인가. 힐끗 돌아보니 헤더는 어리둥절한 표정을 짓고 있었다. 안아 주고 싶었지만 그럴 용기는 나지 않았다.

"빌, 잠시 시간 좀 줄래요? 기사한테는 곧 간다고 해 주세요."

나는 날카롭게 말했다.

"그럴게요."

빌은 우산을 건네고 사라졌다.

"비부터 피하면 안 될까?"

나는 우산을 펼쳐 헤더와 내 머리 위에 썼다. 둘 다 흠뻑 젖은 상태였다.

"가고 싶어."

"그래. 그러자."

"혼자 가고 싶어."

헤더는 두 손으로 얼굴을 가린 채 흐느꼈다.

"알았어. 일단 비부터 좀 피하자."

나는 헤더의 손을 잡고 바 구역으로 갔다. 사전 경고 없이 아이린과 마주치게 할 수는 없었다. 내가 아는 한 아이린은 아직 천막 안에 있었다.

"위스키 한 잔만 줄래요?"

바 구역에 도착한 나는 겁에 질려 허둥지둥하고 있는 빌에게 말했다.

"둘 다 그냥 떠나는 게 낫지 않을까요?"

빌이 말했다.

"갈 거예요."

나는 빌을 돌아보며 쏘아붙였다. 짜증이 났다. 지금은 빌과 실랑이할 때가 아니었다.

"난 여기서 잘리면 안 돼요."

빌이 절박한 목소리로 말했다. 빌의 잘못을 덮어줄 수도 있었다. 아이린에게는 빌도 나한테 속았다고 하면 된다. 와인을 빼돌린 일도 말하지 않으면 그만이었다.

"별일 없을 테니 걱정 마세요. 숙소로 가 계세요. 곧 갈게요."

빌은 한없이 무력해 보이는 얼굴로 고개를 끄덕였다.

바 구역을 둘러보니 손님 몇 명이 서성거리고 있었고 브렛이 바 카운터 뒤에서 칵테일을 만들고 있었다. 그때 주방 문이 열려 냉장고에서 생수병을 꺼내는 제임스가 보였다. 제임스는 흠뻑 젖은 나와 헤더를 번갈아 보며 어리둥절한 표정을 지었다. 갑자기 이 상황이 너무 부담스럽게 느껴졌다. 나는 헤더를 돌아보며 헤더의 두 손을 잡고 말했다.

"가자."

헤더는 고개를 저었다.

"너랑 같이 가긴 싫어."

"그래, 알았어. 택시가 두 대 대기 중이니까 각자 타고 가자."

헤더는 건물 안으로 들어온 뒤로 처음 고개를 들고 끄덕였다. 젖은 곱슬머리가 뒤엉켜 얼굴 주변에 들러붙었고 눈은 충혈되고 부어 있었다.

흘깃 보니 제임스가 아까와 같은 자리에서 여전히 걱정스러운 표정을 짓고 서 있었다. 극심한 공포가 온몸을 휘감았다. *빨리 떠나야 했다.* 나는 헤더의 외투를 잡아당겼다.

바로 그때 아이린이 걸어 들어왔다. 아이린은 활짝 웃으며 두 팔을 벌린 채 내게 다가왔다.

"헤더!"

홀쩍이던 헤더가 나와 아이린을 차례로 돌아봤다.

아이린은 *나*를 끌어당겨서는 온 힘을 다해 껴안았다.

"오늘 정말 최고였어요! 얼마나 찾아다녔나 몰라요. 이런, 몸이 꽁꽁 얼었네요. 이분도요."

아이린은 헤더를 돌아보며 말했다.

"브렛, 담요 좀 갖다줄래요? 수건도요. 헤더, 난 정말 헤더가 자랑스러워요."

아이린은 다시 나를 보며 내 두 손을 꼭 잡았다.

"얘는 헤더가 아니에요. 내가……."

아니, 안 된다. 이런 식으로 알게 할 수는 없다.

"어, 그게, 아이린."

나는 심호흡을 한 뒤 말했다.

"저는 헤더가 아니에요."

아이린은 손님들이 있는 곳과 떨어진 조용한 테이블로 우리를 안내했다. 언뜻 보면 방금 들은 말보다 우리에게 수건과 담요를 주고 모두에게 따뜻한 차를 한 잔씩 돌리는 일에 더 신경을 쓰는 듯했지만 혼란스러운 표정은 감추지 못했다.

"그게 도대체 무슨 뜻이에요? 헤더가 아니라뇨?"

아이린은 브렛이 푹신해 보이는 흰색 면 목욕 가운 두 개를 가지고 오자 가운으로 우리를 둘둘 감싸며 물었다.

제임스는 바 카운터 뒤에서 앞으로 자리를 옮겼다. 방해가 되지 않으면서도 대화가 들리는 위치였다. 차라리 모두가 있는 자리에서 밝히는 게 나을 것 같기도 했다.

"와인 시상식에서 아이린을 만났을 때 헤더의 이름표를 달았어요."

"이해가 안 되네요. 그리고 친구분은 이름이 뭐죠?"

아이린은 충격에 휩싸인 표정으로 아이린과 나를 보고 있는 헤더에게 화살을 돌렸다. 헤더는 아이린을 알아봤을까?

"그날 제가 헤더의 이름표를 달고 있었다고요."

나는 얼른 끼어들었다.

"무슨 말인지 모르겠어요, 헤더."

아이린이 답했다.

"전 헤더가 아니라고요!"

나는 두 손으로 얼굴을 가리며 외쳤다. 순간 침묵이 흐르고 따가운 시선이 내게 쏟아졌다. 모두 나를 보고 있었다. 손을 내리니 애니스도 와 있는 게 보였다. 나는 일회용 반창고를 떼듯 한 번에 싹 다 말하기로 마음먹었다.

"와인 시상식 때 헤더 대신 간 거였어요. 헤더의 이름표를 달고요."

"정말 헤더가 아니라고요?"

아이린이 다시 말했다.

"네. 제 이름은 버디예요. 본명은 엘리자베스 핀치고요. 친구들은 버디라고 불러요."

"버디? 특이한 이름이네요."

브렛이 말했다.

"별명이에요."

제임스가 답했다. 분노가 묻어나는 목소리였다.

"맞아요." 심장이 욱신거렸다. 헤더는 자기 손톱을 빤히 내려다보고 있었다. "별명이에요. 제일 친한 친구가 여섯 살 때 지어 준 별명이요."

"그럼 헤더는 누구예요?"

애니스가 뒤늦게 상황을 이해하려는 듯 물었다. 록시도 앞치마를 풀면서 애니스의 옆자리에 합류했다. 록시가 "무슨 일이에요?"라고 속삭이자 애니스가 지금까지의 일을 들려줬다.

나는 애니스의 질문을 무시하고 다시 말을 이었다.

"시상식에서 아이린을 만났을 때는 이미 와인을 몇 잔 마신 뒤라 겁이 없었어요. 게다가 이게 얼마나 심각한 짓인지 깊이 생각하지도 않았어요. 그냥 아이린이 너무 친절하고 다정해서······."

아이린을 보니 눈물이 핑 돌았다.

"그날 이후 호텔을 검색해 봤어요. 기분 나쁘시겠지만 그냥 오래되고 낡은 호텔 같았어요. 홈페이지에 실린 와인 리스트도 엄청 짧았고요. 개조 공사를 한 흔적은 어디에도 없길래 아무것도 모르고 불구덩이에 뛰어들었어요."

"홈페이지가 엄청 오래되긴 했었죠."

애니스가 고개를 끄덕이며 끼어들었다.

다시 힐끗 보니 헤더가 또 그 표정을 짓고 있었다. 어린 시절 처음 만났을 때 내가 먼저 다가가게 만든, 바로 그 표정이었다. 안아 주고 싶었지만 여기서 멈출 수는 없었다. 고백을 마치고 얼른 이곳을 벗어나고 싶었다. 헤더와 함께.

"그때 저는 실직 상태였어요. 사정상 새 룸메이트를 찾아야 했는데 그럴 형편이 안 됐어요. 그래서…… 그렇게 미친 짓은 아니라고, 해 볼 만하다고 생각했어요."

말하고 보니 내가 얼마나 미친 짓을 했는지 새삼 느껴졌지만 애써 무시했다.

"진짜 미쳤군요."

제임스가 바 카운터를 서성이며 큰 소리로 말했다.

"그러게요."

아이린도 동의했다.

"내가 한 짓이 이런 파장을 일으킬 줄은 몰랐어요. 아이린, 나는 로크 돈이 이렇게까지 곤경에 빠질 줄은 꿈에도 몰랐어요. 알았다면 시작도 안 했을 거예요. 변명의 여지가 없다는 거 알아요. 그냥 제가 멍청하고 경솔하고 이기적이었어요. 재미있는 여름 한철 일자리라고만 생각했어요. 내가 누군지 따위는 아무도 신경 안 쓸 줄 알았죠."

지금껏 내가 누구인지 신경 쓴 사람은 헤더를 빼면 아무도 없었다.

나는 고개를 들어 제임스를 바라봤다. 제임스는 이제 더는 서성거리지 않았다. 그의 얼굴에 잠시 연민이 스쳤다가 다시 분노가 자리 잡았다.

"절대 용서받을 수 없다는 거 알지만 여기 있는 동안 매일매일이 즐거웠어요. 이 일이 점점 좋아져서 모든 걸 쏟아부었어요. 제임스와의 요리 수업도 좋았고 호수 주변을 산책하는 것도 좋았어요…….”

나는 헤더의 시선이 또다시 내게 향한 걸 느끼며 잠시 말을 멈췄다. 차마 헤더를 볼 용기는 나지 않았다.

“당신 때문에 우리 호텔이 얼마나 위험해졌는지 알아요?”

제임스가 말했다.

“미안해요. 아까도 말했지만 그 생각까지는 못 했어요. 그냥 내 생각만 했어요. 잠깐 다른 사람이 되는 것뿐이라고요. 헤더처럼 멋지고 유능한 사람이 되면 어떤 느낌일지만 생각했어요.”

눈물이 뺨을 타고 줄줄 흘러내렸다. 숨을 내쉴 때마다 콧물이 뭉텅이로 나오자 아이린이 가방에서 냅킨을 찾아 내게 건넸다.

“빌?”

아이린은 내가 하는 말이 이해되기 시작하자 궁금한 게 생겼는지 빌을 찾았다.

“빌은 다 알고 있었죠? 빌은 대체 어디 있는 거죠?”

“빌이 알았을 때는 이미 돌이킬 수 없는 상황이었어요.” 나는 빌에 대해서도 다 말하기로 했다. “숙소에 가셨어요. 지금 너무 괴로워하고 계세요. 그리고 말이 나와 말인데 이제 감싸 주는 거 그만하세요. 그건 빌을 돕는 게 아니에요. 오히려 더 나빠지고 있어요. 그동안 주문한 술을 빼돌리고 감추고 있었어요. 빌은 아파요. 이건 병이에요. 감춘다고 해결되지 않아요. 도움을 받아야 해요. 빌을 감싸는 건 전혀 도움이 안 돼요. 이대로 두면 다른 문제가 생길 거예요. 사람들이 상처 입고 호텔이 다칠 거예요."

아이린은 나를 빤히 바라봤다. 욱하고 화낼 줄 알았지만 그러지 않았다. 그저 자기 손을 내려다보며 고개를 끄덕일 뿐이었다.

침묵이 흘렀다. 모두 이 난장판을 어떻게 수습해야 좋을지 몰라 말없이 앉아 있기만 했다.

"아." 아이린은 도저히 믿기지 않는다는 듯 고개를 저었다. "너무 충격적인 얘기라 감당이 안 되네요."

"저기, 안녕하세요."

헤더가 들릴 듯 말 듯 한 목소리로 말했다.

"잠시 저랑 얘기 좀 하실 수 있을까요, 아이린?"

"친구분은 누구신가요?"

"제가 진짜 헤더예요."

심장이 덜컹 내려앉았다. 헤더의 표정을 보니 진실을 마주할 순간을 더는 미룰 수 없을 것 같았다.

"나도 같이 있을까?"

나는 아이린이 다른 직원들을 내보내는 사이에 헤더에게 작게 물었다.

"아니."

헤더는 날 보지도 않고 답했다.

39장

　새벽 2시가 다 된 시각, 나는 인버네스역 근처 호텔에 혼자 도착해 야간 문지기를 찾는 벨을 눌렀다. '주인이 바뀌었어요'라고 적힌 발랄한 느낌의 표지판이 걸려 있었다. 왠지 지난번에 왔을 때보다는 서비스가 개선됐으리라는 희망이 생겼다.

　야간 문지기가 문을 열었다. 160센티미터가 채 안 돼 보일 만큼 키가 작고 염소수염을 기른 남자였다. 문이 조금 열리자마자 남자의 체취가 훅 풍겼다.

　"핀치 씨?"

　남자의 질문에 나는 지친 표정으로 고개를 끄덕였다.

　"어서 오세요. 예상보다 좀 늦게 오셨네요. 뭐, 괜찮아요. 신경 쓰지 마세요. 방으로 안내해 드릴게요."

　남자는 문을 활짝 열고 들어오라는 손짓을 했다.

　"계단으로 올라가시면 돼요. 짐 들어 드릴까요?"

　"이거 하나뿐이니 제가 들게요."

　남자는 2층 복도 끝에 있는 작은 1인용 객실 문을 열어 주고는 잘 자라고 인사했다. 나는 기진맥진한 채로 침대 끝에 걸터앉았다. 살짝 걷힌 꽃무늬 커튼 사이로 거울처럼 잔잔하게 빛나는 네스강이 보였다.

휴대폰을 백번도 넘게 확인했지만 아무 알림도 울리지 않았다. 헤더의 메시지는 없었다. 내가 마지막으로 보낸 메시지, '언젠가는 날 용서해 줄 수 있어?'도 읽지 않은 상태였다.

헤더와 아이린만 남기고 온 게 신경 쓰였다. 헤더는 나 혼자 택시를 타고 가라고 고집했고 나는 결국 헤더가 진실을 마주하게 둔 채 호텔을 떠났다. 내가 뭐라고 헤더의 삶에 더 이상 관여하겠는가. 제임스와는 따로 얘기를 하려 했지만 자리를 박차고 주방으로 가 버려 그냥 떠나는 수밖에 없었다.

어떻게 된 걸까. 아이린은 정말 동생의 남편과 바람을 피웠을까? 믿기지 않았지만 다른 가능성은 아무리 생각해도 떠오르지 않았다. 불쌍하고 불쌍한 헤더. 나는 가족의 진실이 밝혀지더라도 헤더와 아이린이 멀어지기보다는 가까워지길 간절히 빌었다. 갑자기 나타난 조카지만 아이린은 분명 아낌없는 사랑을 베풀 것이다. 가족의 존재를 모르고 살아온 세월을 돌아보며 헤더가 느낄 고통을 생각하니 가슴이 미어졌다. 진실이 드러나는 순간에 나는 헤더의 곁에 있어 줄 수 없었다. 그 사실에 구역질이 났다.

다음 날 런던행 기차를 타고 가는 동안에도 헤더에게서는 아무 소식이 없었다. 그래도 로크 돈에서 멀어지니 마음은 조금 편해졌다. 나는 킹스크로스의 저렴한 호스텔 방을 잡아 침대에 누웠다.

창밖에서 사이렌 소리와 취객들이 실랑이하는 소리가 들려왔다.

다시 헤더에게 메시지를 보냈다.

아직 거기 있어?

여전히 답은 없었다.

다음 날 아침, 거리를 어슬렁거리며 늦여름의 열기 때문에 공기 중에 퍼진 도시의 불쾌한 악취를 맡다 보니 문득 플리머스로 돌아가야 할지 모른다는 생각이 들었다. 아이린이 준 현금은 곧 바닥날 테고 애초에 방을 얻기에는 부족한 액수였다. 조만간 엄마에게 연락을 해야 할지도 모른다. 내 죄에 이보다 더 알맞은 벌이 또 있을까.

미칠 듯 공허했다. 로크 돈으로 돌아가고 싶었다. 로크 돈에서는 자아의 씨앗이 드디어 싹을 틔우려는 듯 무언가가 막 시작되는 느낌이었다. 그러나 로크 돈을 떠난 지금은 내가 누군지 다시 알 수 없어졌다.

진짜 소믈리에가 될 일은 절대 없겠지만 이번 일로 와인의 진가를 조금이나마 알아보게 됐다. 요리를 배우는 것도 좋아졌다. 제임스가 식당에서 하는 요리가, 아이린이 가정식 요리에 쏟는 정성이 좋았다. 그러나 요리로 밥벌이를 하는 건 아무나 할 수 있는 일이 아니다. 나는 다시 버디로 돌아왔다. 잘하는 게 아무것도 없는. 심지어 거짓말도 잘 못 하는 버디로.

그날 밤 호스텔에서는 호주에서 온 두 배낭여행객 사이에 큰 싸움이 벌어졌고 싸움은 난데없이 내 얼굴에 붙임머리 한 가닥이 날아오면서 흐지부지 끝났다.

40장

다음 날 아침, 나는 할 일도, 갈 데도 없이 다시 런던 북부 거리를 쏘다녔다. 엄마에게 전화를 걸어야 하는 피할 수 없는 현실을 최대한 늦추고 싶었다.

형편없는 커피숍에 들어간 나는 아무 맛도 안 나는 거품 뜬 라테를 마시며 30분을 보냈다. 그러다 화장실에 가고 싶어졌지만 로크 돈의 마구간보다 더러워 근처에 있는 카페 네로의 화장실로 갔다. 카운터의 여자 직원이 줄 선 사람들을 지나 화장실로 가는 나를 노려봤다. 커피숍을 나와서는 정오가 다 되도록 옷 가게와 서점과 복고풍 사탕 가게에 들렀다. 사탕 가게에서는 감초 사탕을 한 봉지 사서 바로 다 먹어 치웠다. 그러고는 지극히 불행한 마음으로 버스 정류장 벤치에 앉아 또다시 휴대폰을 확인했다.

그때 휴대폰 매장과 마권 판매소 사이에 끼인 작은 가게가 눈에 들어왔다. 작고 예쁜 창가에 소풍을 나온 듯 타탄 담요를 깔고 로제와인과 유리잔을 올려 둔 와인 가게였다. 가게 이름은 귀엽게도 '와인 도서관'이었다. 헤더에게 들은 기억으로는 헤더가 자주 가는 가게인 것 같았다.

나는 들어가서 와인을 둘러보기로 했다. 무료 시음을 권할지도 몰랐다. 문을 여니 딸랑! 하고 종소리가 울렸다. 순간 포트리에서의 추억이 되살아났다. 눈을 감으니 배들이 물결을 따라 까닥거리는 부둣가의 풍경이 그려졌다. 바닷바람에 머리카락을 나부끼며 거리낌 없이 웃는 제임스가 떠올랐다. 사랑의 시작을 알리는 그 환한 미소가 떠올랐다.

"좋은 아침이에요." 프랑스인으로 보이는 여자가 지하실에서 올라오며 말했다. "아, 오후라고 해야 맞겠네요. 찾는 게 있으신가요?"

선반마다 와인이 가득 진열돼 있었고 뒷벽을 가득 채울 만큼 긴 냉장고가 설치돼 있었다.

"글쎄요. 더운 아침이긴 하네요."

'영국산, 유기농, 꽤 훌륭한 맛'이라고 큼지막하게 적힌 와인을 보니 절로 미소가 지어졌다.

"이 와인, 진짜 꽤 훌륭한 맛이죠."

나는 이미 다 외우고 있지만 와인병을 들어 라벨을 살펴봤다.

"네. 샴페인과 거의 똑같은 재배 환경에서 자랐어요."

"네, 알아요."

나는 여자의 말에 따뜻한 미소를 지어 보였다.

"아, 영국 와인을 아시는군요!"

여자가 반색하며 손뼉을 쳤다. 오십 대쯤 돼 보이는 여자는 걸을 때마다 바닥에 끌리며 휘날리는 보헤미안 스타일의 풍성한 치마를 입고 있었다.

"조금요. 잠깐 소믈리에로 일했거든요."

"아, 그래요?" 여자는 내 말을 듣자마자 신이 나서 말을 이었다. "저는 포도밭에 둘러싸인 곳에서 자랐어요. 삼촌 부부는 지금도 루아르에 작은 집을 짓고 사세요."

"재밌었겠네요."

나는 다른 병을 집어 들었다. 깊은 계곡을 따라 줄지어 자란 포도나무 숲의 풍경을 묘사한 연필화가 라벨에 인쇄돼 있었다.

"운이 아주 좋았죠. 물론 열일곱 살 때는 고마운 줄 몰랐지만요. 그때는 빨리 벗어나고 싶어서 안달이었어요."

나는 포도나무 그림을 엄지로 쓰다듬으며 고개를 끄덕였다. "열일곱 살에는 누구나 집을 떠나고 싶어 하죠. 저도 플리머스를 떠나고 싶었어요."

여자는 킥킥 웃으며 손을 내밀었다.

"시음해 보실래요?"

"하고 싶었는데 맑은 정신을 유지하는 게 나을 것 같네요."

"그래도 이 로제와인은 한번 맛보세요."

여자는 냉장고 아래 선반에서 병을 꺼내 꽤 많은 양의 와인을 따랐다. 나는 너무 많다는 뜻으로 살짝 인상을 찌푸리고는 미소를 지었다. 여자도 나를 보며 씩 웃었다.

"고마워요."

여자의 가족이 키운다는 포도밭을 상상하니 언제라도 돌아가고 싶은 고향이 있는 기분은 어떨지 궁금해졌다.

"뭐 하나 물어봐도 될까요?"

나는 여자를 보며 물었다.

"그럼요."

"이 와인 가게를 차리는 게 정말 원하는 일이라는 걸 어떻게 아셨어요?"

"아까도 말했지만 와인은 제 삶의 일부였어요. 시간이 지나도 내가 나고 자란 곳에 대한 사랑은 사라지지 않잖아요. 고향은 곧 나 자신이니까요."

"음." 나는 와인을 한 모금 마시고 말했다. "뿌리가 없는 사람은요? 한 곳에서 오래 살지 못하고 여기저기 옮겨 다니며 산 사람은 어쩌죠? 부모가 엉망진창인 사람도 있을 테고요. 모두가 고향에 머물고 싶어 하지는 않아요. 다들 더 나은 삶을 원해 떠나지 않나요?"

"손님은 어떤 삶을 원하는데요?"

여자가 물었다.

"저는……."

나는 거의 빈 와인 잔을 매만지며 말했다.

"소속된 삶을 살고 싶어요. 소속감이라는 게 뭔지조차 잘 모르겠지만요."

"남자에게요?"

"아뇨. 남자가 아니라……."

나는 고개를 저었다.

"그럼 가족?"

"네, 아마도요. 제 가족은 아니지만요."

"뿌리를 박고 살 곳을 직접 찾으면 되지 않을까요? 뿌리가 자랄 물과 햇빛, 시간과 공간을 주는 거죠. 포도나무처럼요. 시간과 사랑을 들여 잘 보살피지 않으면 완벽한 빈티지가 자랄 수 없으니까요."

"글쎄요, 그러기는 힘들 것 같네요."

취기가 오르니 그만 가고 싶어졌다. 나는 남은 와인을 마저 마셨다.

"그럴까요?"

여자도 와인을 한 모금 마셨다.

로크 돈의 호수가 눈앞에 펼쳐졌다. 먹구름이 두껍게 내려앉고 잿빛 호수 위로 바람이 쌩쌩 불었다. 나는 숲을 통과해 강을 따라 걸었다. 브렛이 말을 돌보고 있는 마구간을 지나 숙소로 가니 빌과 제임스가 주방에서 커피를 만들고 있었다. 이번에는 자갈길을 걸어 본관으로 향했다. 아이린이 화려하고 근사한 옷을 입고 서 있는 입구를 통과해 건물 안으로 들어가니 록시가 식당에서 손님들에게 몸을 숙여 인사하고 있었다. 주방에서는 애니스가 주 조리대 옆에서 신참 요리사 두 명에게 지시를 내리고 있었다. 헤더도 보였다. 한 손에는 와인병을, 다른 손에는 잔 두 개를 든 채 마음 편한 미소를 지으며 주방 출입구에 서 있었다.

"저기요, 제 말 들으셨어요?"

"아, 죄송해요. 저만의 세상에 잠시 빠져 있었네요."

나는 방금 한 말을 조용히 되뇌어 봤다. *나만의 세상*. 헤더와 통화를 해야 했다.

"언젠가 누가 묻더라고요. 뭐든 내 마음대로 할 수 있다면 무엇을 하겠느냐고요. 제 답은 늘 같았어요. '하긴 뭘 해, 그런 거 쥐뿔도 없어.'"

"지금은요?"

"지금은…….'"

나는 지금 하려는 말을 속으로 연습해 봤다. 헤더가 했다면 핀잔을 주고도 남을 말, 여권 신장을 지지하는 내 평소 이상에 반하는 말, 나약하다고 생각했던 말이었다.

"어딘가에 소속되고 싶어요. 사랑받고 싶어요."

여자는 눈썹을 올리고 고개를 끄덕이며 다 안다는 듯한 미소를 지었다. 몇 달 전이었다면 잘난 척한다고 느꼈겠지만 지금은 다정한 동의의 표시로 느껴졌다. 드디어 답을 찾은 기분이었다.

"들어 주셔서 고마워요."

문득 여자에게 미안한 마음이 들었다. 여자는 와인을 팔고 싶었을 뿐 지금 런던에서 가장 심란한 사람에게 심리 상담을 해 줄 의도는 없었을 것이다.

"정말 가시게요?"

여자가 더 따라 주려는 듯 와인병을 들며 말했다.

"통화해야 할 사람이 있어서요."

나는 이름도 모르는 여자와 충동적으로 포옹을 하고는 약간 취한 상태로 이른 오후 거리로 나섰다. 지하철역 밖에 있는 벤치에 앉아 다시 헤더에게 전화를 걸었다. 여전히 헤더는 전화를 받지 않았다.

나는 어디로 가야 할지 모르는 채로 에인절역으로 향했다. 내려가는 에스컬레이터에 막 올라탄 순간 헤더에게 전화가 왔다. 나는 허둥지둥 통화 버튼을 누르며 뒤로 돌아 에스컬레이터 계단을 거꾸로 올라가기 시작했다.

"헤더!"

나는 둘러멘 거대한 가방이 에스컬레이터를 내려가는 승객들과 계속 부딪치는데도 아랑곳하지 않고 외쳤다.

"죄송해요! 좀 지나갈게요."

헉헉거리며 오로지 계단을 올라가는 데만 집중했다.

"지금 뭐 해?"

헤더가 물었다.

"에스컬레이터 타고 올라가! 이놈의 에인절역, 에스컬레이터가 왜 이렇게 긴 거야!" 나는 꼭대기에 도착해 발을 헛디뎌 넘어질 뻔하면서 외쳤다. 그러고는 개표구 옆 창턱으로 달려가 바닥에 가방을 던지고 헐떡이며 말했다. "됐어. 다 왔어. 이제 잘 들려."

"안녕, 버디." 다정하지는 않지만 부드러운 목소리였다. "안 그래도 전화 기다렸어. 얘기 좀 하자. 어디 가는 길이야?"

"몰라, 그냥 무작정 나섰어. 집에 갈 수도 있고."

"플리머스?"

"응. 그럴지도 몰라."

"본론만 말할게. 오늘 오후에 런던에 돌아갈 거야. 이제 너랑 만나서 얘기할 수 있을 것 같아."

"로크 돈에 안 있고?"

"가면 다 설명해 줄게. 지금은 말하고 싶지 않아."

"다 괜찮은 거 맞아? 아, 헤더. 날 용서해 줄 수 있겠어?"

"이제 겨우 사흘 됐어."

"알았어." 나는 실낱같은 희망을 감지하고는 순순히 답했다. "네 집에서 보자. 몇 시에 볼까?"

"내일 정오쯤에 올 수 있어?"

"그럼, 갈 수 있지."

"내 쿠션 브러시 가져와." 헤더가 무뚝뚝하게 말했다. "그리고 이제 거짓말하지 마."

"거짓말 안 해."

나는 조용히 말했다. 아이린과 제임스, 록시, 빌의 안부를 묻고 싶었지만 그러지 않기로 했다. 지금은 내가 저지른 잘못을 바로 잡는 일과 헤더에게만 온 신경을 집중해야 했다.

헤더가 전화를 끊고 나니 마음이 조금 가벼워졌다. 일주일 만에 처음이었다. 나는 발밑의 가방을 어깨에 다시 휙 둘러메고는 하룻밤 더 묵을 호스텔로 향했다.

41장
11월

록시가 페이스북으로 친구 요청을 했다. 나는 휴대폰 화면에 뜬 록시의 프로필 사진을 내려다봤다. 로크 돈 호숫가에서 분홍색 비키니를 입고 수건을 두른 차림으로 얼굴 가득 미소를 띤 채 두 팔을 죽 뻗고 있었다. 며칠 전에 친구 요청 알림이 떴지만 소심한 마음에 아직 수락을 못 했다.

런던의 바람이 제법 차가워진 11월, 나는 헤더의 아파트에 틀어박혀 있었다. 다음 주에 이곳을 떠나기 전까지 헤더의 집은 내 차지였다. 나는 혼자 거실에서 형편없는 영화를 보며 나만의 파티를 열 생각으로 우버 이츠에서 피자와 여섯 개들이 라거맥주를 주문했다. 파티 음식치고는 시시하지만 나름 사워 도우로 만든 피자와 현지 수제 맥주였다.

헤더의 물건이 없으니 집이 낯설게 느껴졌지만 헤더와의 추억은 남았고 헤더를 향한 온기와 애정은 그 어느 때보다 강했다.

"정말 미안해." 그날, 나는 약속대로 집에서 만난 헤더에게 말했다. "모르고 한 짓이라고는 말 못 해. 다 알고 있었어. 호텔이 완전히 바뀌었다는 거 몰랐을 때도 네 이름에 먹칠을 할 위험이 있다는 건 알았어. 위험이 이렇게 커질 줄은 몰랐지만. 빠져나갈 길이 안 보였어. 그저 아무도 다치지 않게 최대한 네가 되려고 노력하는 수밖에 없었어. 다 변명이고 핑계인 거 알아. 결국에는 너를 이용했으니까. 네가 쏟은 그 많은 노력과 헌신에 편승했어. 정말 끔찍한 짓을 했어."

"어쩌다 이런 일이 벌어졌는지는 이해해." 헤더가 말했다. "애초에 네가 이런 짓을 벌일 생각을 왜 했는지는 알겠어. 내가 이 일자리에 대해 얼버무리기도 했고 스코틀랜드에 간다고 했다가 안 간다고 했으니 그런 생각을 할 만도 해."

"네 잘못은 하나도 없어. 그렇게 말하면 내 마음이 더 안 좋아. 그냥 내가 빌어먹게 멍청한 짓을 저지른 것뿐이야."

"그렇긴 하지." 헤더는 나를 보며 고개를 저었다. 말투가 한결 부드러워졌다. 실망감은 남았겠지만 화는 가라앉은 듯했다. "뭐, 그래도 덕분에 드디어 가족을 만났으니까."

"어떻게 된 사연인지는 다 들었어?"

"들었어. 너무 충격적이라 받아들이기 힘들지만. 솔직히 아직도 아이린의 말을 믿어야 할지 잘 모르겠어. 아이린의 말대로라면 아빠는 진짜 나쁜 놈이니까……."

"너한테는 그런 분 아니셨잖아."

나는 얼른 말했다.

"아이린 말로는 아빠랑 바람을 피웠대. 엄마랑 아빠가 사귄 지 얼마 안 됐을 때 한두 번. 물론 내가 생기기 전에."

"세상에, 아이린이 그랬다니 상상이 안 돼……."

"실수였대. 하지만 제임스가 생겨서 후회하지는 않는대."

"네 엄마는 그걸 모르셨던 거야……?"

"서두르지 마, 버디. 다 설명해 줄게."

나는 입술에 손가락을 대고 지퍼를 잠그는 시늉을 했다.

"아빠와 아이린은 에든버러의 식당에서 같이 일했대. 그러다 엄마랑도 알게 됐나 봐. 엄마는 간호사라 야간 근무를 설 때가 많았는데 그때 아빠랑 아이린이 같이 밤을 보낸 모양이야……. 접객업에 종사하면 어떤지 알잖아. 늦게까지 일하고 같이 술 마시고…… 직원들끼리 가까워지기 쉽지. 아이린은 잘못을 뉘우치고 엄마한테 다 고백하려고 했대."

"세상에, 엄마가 얼마나 상처를 받으셨을까."

"그랬겠지. 그런데 아이린은 엄마한테 말할 기회가 없었대. 아빠가 자기가 다 말하겠다고 고집을 부렸다는 거야. 아빠가 무슨 말을 어떻게 했는지는 모르지만 그 뒤로 아이린은 엄마한테 한 번도 연락을 받지 못했대. 전화 한 통도 없었대. 그러다 아빠랑 엄마가 갑자기 런던으로 이사를 간 거야. 아빠는 아이린한테 다시는 연락하지 말라고 했고. 그렇게 아이린은 서부 해안 지역으로 떠났대."

"그럼 네 부모님은 런던으로 떠났고 아이린은…… 임신한 상태였던 거야?"

"맞아. 아이린은 로크 돈에서 일자리를 구했고 호텔 소유주의 보살핌을 받았대. 혼자 지낼 숙소를 마련해 주고 자립할 수 있게 도와줬나 봐. 고작 스물다섯 살밖에 안 됐을 때니까."

"제임스가 생긴 건 왜 네 아빠한테 말 안 했대?"

"처음에는 창피하기도 했고 동생이 받을 충격이 걱정됐대. 엄마가 완전히 무너질 것 같았겠지. 그러다 간신히 용기를 내 연락을 했더니 엄마는 이미 죽고 없더래."

"저런, 얼마나 힘들었을까."

아이린을 생각하니 마음이 아팠다.

"아이린은 이 말을 할 때 매우 조심하는 눈치였어. 제임스가 상처받을까 봐 걱정됐겠지. 어쨌든 아빠는 제임스와 아무런 관계도 맺고 싶지 않다고 못 박았고 그걸로 끝이었대."

"젠장! 불쌍한 아이린. 불쌍한 제임스."

"이제 보니 우리 아빠가 네 아빠보다 더 형편없더라고."

헤더가 농담조로 말했다.

"너한테 나쁘게 보이기 싫으셨을 거야. 넌 눈에 넣어도 안 아픈 딸이었잖아."

"그랬을지도. 나한테는 어디로 보나 훌륭한 아빠긴 했지."

"그런데 왜 나한테 비밀로 했어?"

"나한테는 너뿐이었으니까." 헤더는 나를 똑바로 바라봤다. "네가 어떻게 생각할지 두려웠어."

"당연히 널 도왔겠지. 가족이 생겨 잘됐다고 기뻐 날뛰었을 거야……."

그러나 나는 곧 말끝을 흐렸다. 헤더가 나를 두고 혼자 로크돈에 갔다면, 모든 일이 순리대로 풀렸다면 소외감을 느꼈을 것이다.

"먼저 내가 직접 찾아보고 싶었어. 아이린은 찾기가 꽤 쉬웠어. 인터넷을 검색하니 호텔 사이트 곳곳에서 정보가 뜨더라고. 그러다 형편없는 로크 돈 홈페이지를 발견했지." 헤더는 살짝 미소를 짓고는 말을 이었다. "아빠가 나한테 감춘 끔찍한 이유가 있을까 봐 겁이 나긴 했어. 하지만 엄마가 언니 이야기를 했던 기억이 자꾸 떠올라 그냥 있을 수가 없었어. 너도 사진 봤지? 두 사람, 진짜 닮았잖아. 생각해 보면 너무 슬퍼. 엄마는 아이린을 용서하고 싶었지만 기회가 없었는지도 몰라. 용기를 낼 시간이 더 필요했거나 아빠가 막았거나 해서. 그러지 않길 바라지만."

"세 분 모두 고통스러웠다고 생각하는 게 맞지 않을까?"

나는 헤더가 아빠를 증오해야 하는 일은 없길 바랐다.

"그럴지도. 말 나온 김에 하는 말인데 너도 네 문제를 파악하고 해결했으면 좋겠어."

심리 치료를 받으라는 말은 안 했지만 그런 뜻으로 한 말이 분명했다. 그런 엄청난 짓을 저질렀는데 헤더가 그냥 넘어갈 리는 없었다. 헤더의 신뢰를 회복하려면 아직 갈 길이 멀었다.

"제임스는 어때?"

나는 결국 용기를 내 물었다. 제임스를 떠올리니 목이 멨다.

"제임스는 이미 자기만의 계획을 실행 중이었어. 잠시 외국에 나가 일하고 싶대."

"떠나고 싶다고 했다고?"

결단을 내린 제임스가 대견하면서도 슬펐다.

"응. 그런 것 같아."

더 물어보고 싶었지만 그럴 용기는 없었다.

"제임스는 마음에 들어?"

나는 눈물이 그렁그렁한 눈으로 물었다.

"응. 아주 좋아. 좋지 않을 이유가 없잖아. 따뜻하고 친절하고 똑똑하고 유능하기까지 한데. 처음 만난 배다른 오빠한테 뭘 더 바라겠어."

눈물이 볼을 타고 흘러내렸다. 나는 잠시 내 처지를 잊고 참았던 질문을 던졌다.

"제임스가 날 용서하기는 할까?"

"이번 일의 전모를 다 파악하긴 했어."

헤더는 조심스럽게 말했다. 내 시선을 피하는 걸 보니 아이린과 제임스와 자세한 이야기를 나눈 듯했다. 몸이 절로 움츠러졌다.

"버디. 제임스는 널 용서할 거야. 내 생각에 제임스는 너를 사랑했던 게 확실해. 지금도 그럴 테고."

나는 숨을 급히 들이마셨다. *제임스는 나를 사랑했다.*

"나한테 시간을 좀 줘. 거기서 일하면서 상황을 볼게."

헤더가 말했다.

며칠 뒤 헤더는 로크 돈으로 떠났다. 아이린과 함께 호텔을 되살리기 위해서였다. 러셀은 떠났고 맥도널드 씨는 호텔을 신탁회사에 맡긴 뒤 경영의 전권을 아이린에게 줬다.

나도 로크 돈으로 돌아갈 준비를 하고 있었다. 한 달 반을 기다린 끝에 돌아와도 될 것 같다는 헤더의 말을 들을 수 있었다. 그동안 나도 바쁜 나날을 보냈다. 헤더는 에어비앤비 성수기가 끝나는 시기라 고맙게도 내가 자기 집에서 머무는 걸 허락해 줬다. 집 문제가 해결되자 나는 지난 번 방문했던 '와인 도서관'의 브리기테에게 사정해 일자리를 얻었다. 시급은 아주 낮았지만 할 일이 있다는 것만으로도 고마웠다.

심리 상담도 받았는데 꽤 큰 도움이 됐다. 알렉산더 덤프프(이름이 웃겨 선택했다)라는 이름의 상담사는 건강할 때의 아빠와 닮은 얼굴이었다. 와인 도서관에서 번 돈을 모두 써야 했지만 두 달 동안 상당한 진전을 이뤘다. 상담사는 내가 부정적이고 냉소적인 인간 말종이 된 건 자라면서 늘 조롱을 당한 탓에 기쁨을 표현하는 법을 제대로 배우지 못했기 때문이라고 했다. 알코올 중독자인 아빠와 무심한 엄마 때문에 정상적인 애착이 형성되지 않아 숨김없고 솔직한 관계를 피하게 됐다고도 했다. 또한 거짓말은 정서적 공감 능력이 결여된 부모 밑에서 자란 사람의 특징이라고 했다. 인정받기 위해 거짓말을 했던 것이다.

내가 치료받아야 할 문제가 있다는 사실을 아는 게 내게 도움이 되는지, 오히려 자신감을 더 떨어뜨리는지는 확실치 않지만 당분간은 계속 상담을 받을 생각이다.

나는 페이스북 친구 요청 알림을 보며 심호흡을 하고는 수락 버튼을 눌렀다. 순간 수락 버튼이 나 자신을 받아들이는 상징적인 버튼으로 느껴졌다. 잠시 후 화면을 보니 벌써 메시지가 와 있었다.

안녕, 엘리자베스! 아니, 버디라고 불러도 돼요? 세상에, 진짜 너무한 거 아니에요?

화가 난 건지, 비웃는 건지는 알 수 없었지만 진심 어린 사과부터 해야 했다.

정말 미안해요, 록시. 진짜 멍청하고 미친 짓이었어요.

진짜 믿기지가 않아요! 아무도 못 믿을걸요!

미안해요. 진심으로 후회하고 있어요.

이 동네에서 버디가 얼마나 악명 높은지 모르죠? 매슈 헌트 씨는 다음 와인 행사도 버디가 기획하면 좋겠대요.

네?

위조와 사기를 주제로 해 보라고 하던데요? 가짜 와인을 가려보자는 거죠! 요즘 우리 사이에서 버디는 전설 같은 존재예요. ㅋㅋㅋ

어이쿠. 록시, 정말 미안해요.

괜찮아요. 전 용서했어요. 그래도 그때 내가 선을 넘은 게 아니었다

는 건 밝혀졌네요. #가스라이팅

미안해요.

이제 버디도 웃어요.

앞으로는 어떻게 할 계획이에요?

여기서 더 일할 생각이에요. 진짜 소믈리에가 왔으니 제대로 배우려
고요. 그러고 보니 그때 나한테 주문을 다 맡겼던 이유가 있었네요.

할 말이 없네요.

빌은 중독 치료받으러 갔어요.

정말이에요?

아이린이 데려갔어요. 내키지 않아 했지만 다들 그게 최선이라고 해
서 갔어요. 모두 빌이 돌아오길 바라고 있어요.

다행이네요.

애니스와 브렛은 아직 버디한테 화났어요.

그러는 게 당연하죠. 다른 사람들은 어때요?

제임스가 궁금한 거죠?

아마도요.

ㅋㅋㅋ

제임스는 아직 호텔에 있어요? 나, 곧 호텔에 가요.

그때 초인종이 울리고 갑자기 허기가 몰려왔다. 나는 공동 현관 버튼을 누르고 문 앞에서 우버 이츠 배달원을 기다렸다. 배달원은 뜨끈뜨끈한 음식 상자를 건네고 승강기를 타러 갔다. 문을 닫고 편하게 앉아 1인용 만찬을 즐길 생각을 하니 가슴이 설렜다.

그때 누군가가 날카롭게 현관문을 두드렸다. 나는 배달원이 뭔가를 잊어버렸든가 이웃이 또 텔레비전 소리 때문에 항의하러 왔겠거니 하며 문을 휙 열었다. 그러나 문 앞에는 그가 서 있었다. 제임스였다.

제임스는 붉게 상기된 얼굴로 미소를 지었다.

"배달원이 나가는 길에 들어왔어요. 초인종을 눌렀어야 하는데, 미안해요."

달라 보였다. 내가 호텔을 떠났을 때보다 머리가 길었고 얼굴은 더 창백해 보였다.

"안녕, 제임스, 세상에⋯⋯."

심장 박동이 빨라졌다.

"전화나 편지로 미리 알리지 않아 미안해요. 이러는 게 더 쉬울 것 같더라고요. 런던을 지나는 길이고 헤더가 여기 주소를 알려 줬거든요……."

"제임스가 내 앞에 서 있다는 게 믿기지가 않네요."

"들어가도 돼요?"

나는 시선을 바닥으로 떨군 채 옆으로 비켜섰다.

"그럼요."

제임스는 방금 호숫가 산책을 하고 온 듯 헝클어지고 편안한 모습이었다. 로크 돈에서처럼 양가죽 안감을 댄 황록색 왁스 재 킷을 걸치고 큼지막한 등산화를 신고 왔으니 지하철에서 꽤나 시 선을 끌었을 것이다.

"와서 앉아요."

소파를 가리켰지만 제임스는 선 채로 아파트를 둘러봤다.

"집이 좋네요. 헤더에게는 이런 집을 살 돈을 물려주고 나는 만 나고 싶지 않았다는 게 이해가 안 되지만요."

그제야 깨달았다. 나는 헤더의 존재가 제임스에게 어떤 영향을 미쳤을지에 대해서는 충분히 생각하지 않았다. 왠지 모르지만 헤 더의 감정에만 집중했다.

"괜찮아요? 충격이 컸을 텐데요."

"나쁘지 않아요. 헤더도 마음에 들고요. 엄마랑 많이 닮아서 둘 이 오래전부터 아는 사이 같아요. 그래도 헤더를 볼 때마다 아빠 생각이 나는 건 어쩔 수 없더라고요. 아빠를 본 적도 없으면서 말이죠. 그냥 온갖 상상이 덧붙여진 사진 속 아빠를 떠올리는 거죠."

"그 사진……."

"헤더의 아빠인 거 못 알아봤어요?"

제임스는 눈을 가늘게 뜨고 나를 바라봤다.

"몰랐어요. 낯이 익긴 했는데 누구라고 콕 짚어 말할 수는 없었어요. 그냥 당신을 닮아서 그런가 보다 했죠. 게다가 헤더와 내가 어릴 때 돌아가셔서 자주 본 사이도 아니었어요. 우리 부모님과 다르다는 정도만 알았어요. 나이는 확실히 많았어요. 훨씬 많았죠. 와인 업계에 종사하셔서 그런지 세련되고 경험이 많아 보였고요."

"그렇군요."

제임스는 한 가지 의문은 해결했다는 듯 고개를 끄덕였다.

"피자 먹을래요?"

제임스가 계속 선 채로 물었다. 그 모습을 보니 불안해졌다. 얼마나 오래 있을 생각으로 왔을까? 어디에 가는 길일까? 어떻게 하면 붙잡을 수 있을까? 다시 가슴이 조여들었다. 나는 애써 심호흡을 하며 *마음을 가라앉혔다.*

다행히 제임스는 앉아서 피자 상자를 열었다.

"맥주 있는데 줄까요?"

"좋죠."

나는 냉장고로 가서 맥주 두 병을 꺼내 주방 조리대의 옆면을 이용해 뚜껑을 땄다. 그러고는 바로 헤더의 물건을 좀 더 조심히 다뤄야겠다고 다짐했다. 맥주를 제임스에게 건넬 때는 물어뜯은 손톱에 우스꽝스러운 연두색 매니큐어를 칠한 손이 의식돼 얼른 탁자 밑으로 손을 숨겼다.

"여긴 웬일이에요?"

"내일 비행기 타요. 산세바스티안에 가려고요."

"아."

나는 심란해지는 마음을 애써 감추며 물었다.

"휴가 여행이에요?"

부디 휴가를 떠나는 것뿐이길 빌었다.

제임스는 고개를 저었다.

"아뇨."

"호텔에 돌아가면 당신을 볼 수 있을 줄 알았는데요. 다음 주에 가거든요."

"알아요."

"젠장!"

나는 낮게 속삭이고는 맥주를 벌컥벌컥 마셨다.

"몇 달만 있을 거예요. 새로 생긴 식당에 단기로 고용됐어요. 산세바스티안 남쪽 절벽 위에 있는 해산물 바비큐 식당이에요. 낯선 환경에서 쉽지는 않겠지만 현지에서 채집한 재료로 아주 근사한 요리를 하는 데라서 가 보려고요. 새로운 도전을 해 볼 때가 됐기도 하고요. 잠시 동안만이지만요……."

"그런 다음에는요?"

"바닷가에서 뭘 좀 해 보려고요."

"바닷가라면…… 그 집에서요?"

"네, 그 집에서요. 본채 옆에 있던 작은 집, 기억나요?"

"기억나고말고요."

나는 제임스의 손을 잡고 싶은 충동을 누르며 말했다. *어떻게 잊겠는가.*

"그렇군요."

제임스는 내 눈을 힐끗 보고는 다시 안전한 피자로 시선을 돌렸다.

"아무튼 은행에 알아봤더니 개조 비용을 대출해 주겠대요. 화려하지는 않겠지만……."

"완벽할 거예요."

"완전히 내 거긴 하죠."

"로크 돈이 그립지는 않겠어요?"

"그리워요? 그럴 리가요. 차로 가면 금방인걸요. 그리고 로크 돈과 협업할 거예요. 브렛이 고급 브런치를 제공하는 우리 식당으로 손님들을 안내하는 승마 코스를 만들려고요."

"'브렛 앤드 브랙퍼스트'쯤 되겠네요."

내 농담에 제임스가 웃었다. 손으로 입을 가리며 즉흥적으로, 진심으로 웃었다. 나도 웃었다. 그러다 제임스와 눈이 마주쳤다. 지금 내가 할 수 있는 건 제임스의 품으로 뛰어들고 싶은 충동을 누르는 것, 그뿐이었다.

"아, 잘됐네요. 잘돼서 기뻐요. 이제야 제대로 됐네요."

"그러게요."

제임스는 동감한다는 듯 고개를 끄덕였다. 다시 침묵이 흘렀다. 아무리 내일 비행기를 탄다 해도 그저 이 말을 하려고 런던까지 왔을 리는 없었다. 제임스는 자리에서 일어나 문과 주방 싱크대 사이를 왔다 갔다 하며 말문을 열었다.

"내가 아는 당신이 어디까지 진실이었죠?"

"아……." 나는 두 손에 얼굴을 묻고 말했다. "어떻게 답해야 할지 모르겠어요."

"헤더한테 당신 얘기 많이 들었어요." 제임스는 냉장고 옆에서 잠시 걸음을 멈췄다.

"팀 때문인가요?"

"팀은 상관없어요." 제임스는 절대 아니라는 듯 손사래를 쳤다. "헤더의 이야기 속 당신은 내가 아는 당신과 비슷했어요."

"다 나였어요."

"전부 다요?"

"와인과 관련된 부분만 빼고요. 그건 엄청난 노력을 기울여 연기한 거예요. 솔직히 예전의 나였다면 나답지 않다고 여겼을 모습이긴 했죠. 하지만 나머지는 다 내 본모습이었어요."

"낚시하러 갔을 때 와인에 열정이 없는 듯 말했던 것도요? 그래서 그때 얼버무렸군요."

"네."

"정말 무모한 짓이었어요. 한동안 당신한테 얼마나 화가 났는지 몰라요. 당신 때문에 호텔이 정말 위험해질 뻔했으니까요. 지금도 그 생각만 하면 화가 나요. 이 감정이 빨리 사라질 것 같지도 않고요."

나는 아무 말도 하지 않았다. 사과조차 할 수 없었다. 미안하다는 말은 너무 닳고 닳아 한없이 얄팍하게 느껴졌다.

"그래도 이해는 돼요……."

제임스가 나를 보며 다시 말을 이었지만 나는 차마 그의 눈을 볼 수 없었다.

"어쩌다 그렇게 손쓸 수 없는 지경에 이르렀는지는 알겠어요. 헤더가 당신 입장을 설명하느라 애 많이 썼어요."

나는 헤더를 향한 고마움에 또다시 울컥했다.

"제임스, 난 당신과 함께하는 시간이 좋았어요. 당신 앞에서는 연기하기 싫었어요. 우리는 이어질 수 없는 사이라고 한 것도 그래서였어요……. 그런데 결국 이어졌고 그래서 당황했어요. 당신이 좋아질수록 죄책감이 깊어졌죠."

제임스는 고개를 끄덕였다. 화가 나거나 상처받은 표정은 아니었다. 그저 이미 알고 있는 정보를 다시 받아들이는 표정이었다.

"혹시라도 의심할까 봐 말하지만 난 당신이 정말 좋아요."

제임스는 나를 흘깃 쳐다보며 내 표정을 살폈다.

"날 용서할 수 있을 것 같긴 해요? 그러기 힘들……."

"노력 중이에요." 제임스는 다시 내 눈을 똑바로 바라봤다. 이번에는 모든 걸 알기 전의 표정이 살짝 스쳤다. "언젠가는 꼭 용서하고 싶어요."

"정말요?"

숨이 턱 막혔다.

"네."

제임스는 내가 너무 괴로워 보였는지 탁자 너머로 손을 뻗어 내 손 위에 얹었다. 제임스의 손이 주는 묵직한 온기에 희망이 차올랐다. 눈물을 애써 참는 날 보며 제임스가 부드럽게 말했다.

"정말이에요. 시간이 필요할 뿐이에요."

제임스는 등받이에 기댄 채 맥주를 크게 한 모금 마시고는 생각에 잠긴 얼굴로 피자를 보다 다시 날 바라봤다.

"이제 어쩔 거예요?"

"로크 돈으로 돌아가서 벌을 받아야죠."

"그다음에는요?"

"그다음에는 뭐요?"

"뭘 할 거예요?"

"가능하다면……."

나는 말끝을 흐렸다.

호텔에서 계속 일하고 싶어요.

"바 구역에서 일하는 건 어때요? 빌이 없어 일손이 부족하거든요. 빌이 돌아오더라도 바텐더로 일할 일은 없을 테고요. 할 수 있겠어요?"

"정말요?"

"네, 정말이에요. 근데 그걸로 되겠어요?"

"네?"

"로크 돈에서 일하는 걸로 버틸 수 있겠느냐고요."

로크 돈에 남을 수 있다니 생각만 해도 심장이 두근거렸다.

"물론이죠, 제임스. 근데 그게 무슨 뜻이에요?"

"열정을 쏟을 일을 하고 싶다고 했잖아요. 호텔 일로 만족이 되겠어요? 1년쯤 있다가 또 떠나는 거 아니에요?"

나는 숙소와 호수, 포트리, 강, 스카이섬의 험준한 산맥을 머릿속에 그렸다. 바다가 내다보이는 커다란 창문이 달린 제임스의 작은 집, 갈매기들이 바다로 돌진하는 풍경이 눈앞에 펼쳐졌다. 애니스와 브렛, 아이린, 록시도 보였다. 헤더도 함께.

"네, 그거면 충분해요."

"엘리자베스 핀치."

제임스는 나를 힐끔 본 뒤 갈색 마분지 상자 안에 든 얇고 바삭한 치즈 크러스트 빵을 내려다보다 다시 나를 바라봤다.

"이런 피자는 못 먹을 거예요."

"그 정도는 감수할 수 있어요."

42장
5월

로크 돈에 다시 봄이 찾아왔다. 아직 춥고 축축했지만 봄을 예고하는 따뜻한 기운이 사방에 감돌았다.

나는 커튼을 걷고 멍하니 밖을 내다봤다. 빌이 쓰던 방은 창밖으로 보이는 풍경이 제임스 방과 같았다.

휴대폰을 보니 '달걀'이라는 메시지가 와 있었다.

나는 하품을 하며 스트레칭을 한 뒤 아래층 주방으로 내려갔다. 당분간 숙소는 내 차지였다. 헤더는 아이린과 같이 지냈고 제임스는 바닷가 집으로 아주 짐을 옮겼다.

나는 새로 산 왁스 캔버스 재킷과 예전 옷장에서 되찾은 등산화를 착용했다. 지금껏 신은 신발 중 제일 편하고 잘 맞는 신발이었다. 나는 비니를 푹 눌러쓰고는 자동차 열쇠를 휘휘 돌리며 뒷문 근처에 주차된 작은 지프차를 향해 걸어갔다.

운전석 문에 열쇠를 꽂아 돌리다 보니 애니스가 흰색 밴에서 연어가 가득 든 아이스박스를 꺼내고 있었다.

"도와줘요?"

"꺼져요."

애니스가 미소 띤 얼굴로 말했다.

"네, 셰프."

애니스는 엉덩이로 문을 열고 다시 주방 안으로 들어갔다. 그녀의 주방이었다.

그때 아까 본 메시지가 기억났다. 달걀.

나는 애니스를 따라 주방으로 들어가 냉장고에서 달걀 상자를 꺼냈다. 식당 안을 힐끗 보니 록시가 영국식 아침 식사 준비로 부산을 떨면서 성수기를 대비해 뽑은 새 웨이터들의 역량을 시험하고 있었다. 나는 주방 출입구가 다른 배달용 밴에 막혀 있어 로비 쪽으로 갔다. 서재는 육중한 오크 선반에 책이 똑바로 꽂혀 있어 언제든 꺼내 읽을 수 있는, 훨씬 우아한 공간으로 변해 있었다. 미스매치 스타일의 가구 대신 들어선 가죽 소재의 골동품 가구도 마음에 들었다. '마음껏 쓰세요'라고 적힌 게임기도 손님들에게 인기 만점이었다.

나는 차를 몰아 호텔 부지를 벗어난 뒤 이제는 깨끗이 정비되고 포장된 도로를 타고 제임스의 집으로 향했다. 호텔 소유의 SUV 차량 옆에 차를 세우고 제임스의 집 문을 여니 아이린과 헤더가 이미 와 있었다.

"버디." 헤더가 손뼉을 치며 외쳤다. "이것 좀 봐!"

헤더는 〈가디언〉지의 음식 소개 기사가 떠 있는 아이패드를 내 코밑에 들이밀었다.

"지난주에 다녀간 〈가디언〉 여행 전문 기자가 쓴 글이야."

얼마 전 헤더는 런던에 있을 때 잘 알고 지낸 기자를 설득해 호텔의 평론 기사를 부탁했었다.

"아주 극찬을 했더라고요."

아이린이 말했다.

"잘됐네요."

나는 씩 웃으며 제임스에게 걸어가 달걀을 건넸다. 제임스는 달걀을 조리대에 놓고 내 이마에 입을 맞추고는 베이컨이 익고 있는 프라이팬을 얼른 돌아봤다.

"생일 축하해요."

"아주 행복한 생일이네요."

내 말에 제임스가 답했다. 제임스는 내 손에 깍지를 끼운 채 몸을 숙여 내 볼과 입술에 입을 맞추고는 목으로 내려갔다. 나는 제임스를 밀어내며 속삭였다.

"안 돼요. 우리만 있는 거 아니잖아요."

"당신이 와서 정말 좋아요, 버디."

제임스도 속삭였다.

"고마워요." 나는 또다시 치미는 죄책감에 볼을 붉히며 말했다. "그리고 미안해요."

"미안하다는 말은 이제 안 하기로 했잖아요. 잊었어요?"

"미안해요."

이번에는 웃으며 말했다.

"너 우리 오빠랑 뭐 하는 거야?"

헤더의 외침에 제임스와 나는 빨개진 얼굴로 킥킥 웃었다.

우리는 헤더와 아이린과 함께 호두나무 탁자와 벤치 의자에 둘러앉아 아침을 먹었다. 새 단장을 마친 제임스의 집은 현대적이고 단순하며 근사했다. 가구와 벽의 소재는 오크 나무와 돌이 주를 이뤘고 인테리어는 트위드와 타탄 무늬 직물로 과하지 않게 꾸민 전형적인 스코틀랜드풍이었다. 아늑하고 순수하고 소박한, 제임스 그 자체였다.

거대한 유리창 밖을 내다보니 아침 해를 받은 바닷물이 다이아몬드 가루를 한가득 뿌려놓은 듯 반짝거렸다. 갈매기 한 마리가 바람을 타며 맴돌다 물고기를 포착한 듯 바닷물로 돌진했다.

헤더와 아이린은 시속 100킬로미터 속도로 대화를 나눴다. 별관도 손봐야 했고 와인 협회 행사 준비도 다시 시작해야 했다.

"와인 협회 행사는 버디가 맡아야 해요."

헤더가 나를 향해 고갯짓을 하며 말했다.

"안 돼, 그건 네가 할 일이잖아. 소믈리에는 너니까."

"그런 소리 마. 물론 나도 도울 거야. 그래도 기획은 네가 해. 네가 잘하잖아."

"할 수는 있지만," 나는 얼굴을 붉히며 말했다. "진짜 내가 잘하는 일인지는 모르겠어."

"무슨 뜻이야?"

"아침에 빨리 일어나고 싶어지는 일은 아니라고. 제임스나 너처럼. 아직 진짜 내 일은 못 찾은 것 같아. 천직 말이야."

"곧 찾을 거예요."

제임스가 말했다.

"그럴지도요. 어쨌든 지금은 그냥 이 행복을 누릴래요. 그러다 보면 뭔가 찾아지겠죠."

"그럴 거야."

헤더가 말했다.

"지금은 천직이란 거, 꼭 찾고 싶지도 않아. 그냥 당분간은 나로 살고 싶어."

"그것만으로도 큰 변화지."

헤더의 말에 모두 웃었고 나는 다시 얼굴을 붉혔다. 헤더는 탁자 너머로 손을 뻗어 내 손을 꼭 잡았다. 나쁜 뜻이 담긴 놀림이 아니었다. 아마도 한동안은 헤더에게 당해 줘야 할 다정한 놀림이었다. 물론 나는 언제까지고 헤더의 놀림을 받아 줄 것이다.

헤더와 아이린은 곧 또 다른 주제로 수다를 떨었다. 셰리주의 인기와 장인이 만든 진은 물론이고 아이린은 글래스코의 아서스 식당을 가 봤는지, 가을에 프로방스로 여행을 가면 어떨지 등 소재는 무궁무진했다.

제임스가 날 끌어당겨 내 어깨에 살짝 입을 맞췄다. 나는 아직도 제임스의 애정 표현이 부끄러웠다. 헤더가 보는 앞에서는 특히 더 그랬다.

나는 아이린이 말할 때마다 반짝반짝 빛나는 헤더의 얼굴을 가만히 바라봤다. 사랑에 빠진 표정이었다. 헤더는 성인이 된 뒤로 늘 찾아 헤맸던 사랑을 드디어 찾았다. 아빠가 세상을 떠나고 헤더 안에는 거대한 외로움의 구멍이 뚫렸다. 헤더는 그 고통을 이해하지 못하는 내게 부담을 지우지 않으려 애썼다. 우리는 서로의 빈자리를 채워 주길 간절히 바랐지만 그러기에는 각자가 짊어진 짐이 너무 무거웠다.

나의 지난날도 떠올랐다. 나는 그동안 내 인생에 무엇이 결핍되었는지도 모른 채 목적도, 방향도 없이 방황했다. 그리고 드디어 내게는 없었던 가족과 공동체, 사랑을 찾았다. 여기서 꼭 더 뭔가를 찾아야 할까? 아니면 그냥 이대로도 괜찮을까?

그냥 나로 산다면?

그렇다. 당분간 내 천직은 버디로 사는 것이리라.

그다음 일은 두고 보면 알 것이다.

감사의 말

이 책은 내가 스코틀랜드 접객업계에 몸담았던 시간에 바치는
연서다. 나를 받아 주고 랑구스틴을 먹는 법을 알려 주었으며 스
트레스가 많지만 보람되고 멋진 호텔업이라는 신세계를 알려 준
맨슨 가족에게 감사와 사랑을 전한다. 그들이 내게 베푼 은혜는
평생 잊지 못할 것이다.

이 책의 등장인물에 영감을 준 사람들은 스코틀랜드의 인버네
스와 에든버러, 애버딘뿐 아니라 뉴질랜드의 퀸스타운과 런던의
식당 및 술집에서 나와 함께 일한 동료들이다. 모두 손님을 접대
하는 일에 특별한 노력을 기울여 성공을 거두거나 접객업을 거쳐
다른 분야로 진출했다.

이 책은 손님에게 좋은 시간을 선사하는 데 자부심을 느끼는
이 세상 모든 웨이터와 웨이트리스, 요리사, 매니저, 납품업자들
에게 바치는 헌사이기도 하다. 맥주는 차갑게, 파이는 뜨겁게 유
지하며 코로나바이러스가 창궐한 와중에도 손님의 즐거움을 위
해 위험을 감수한 수많은 접객업 종사자에게 감사 인사를 전한

다. (독자들도 여유가 된다면 팁을 꼭 주길 바란다!)

크리스티 프레이저와 니키 선덜랜드, 캐럴린 버크, 케이티 웰시, 캐롤라인 리치, 세라 체임버스-투너, 로라 길버트 등 교정 팀 및 줄거리 감수 팀에도 무한한 고마움을 전하고 싶다.

에든버러의 채집 전문가 벤과 스코틀랜드 관련 설정을 감수해 준 피오나 멜링에게도 큰 빚을 졌다. 이 책의 등장인물인 호텔 지배인 아이린을 창조하는 데 부분적으로 영감을 주었으며 나와 오래 알고 지낸 뉴질랜드의 바 매니저에게도 고마운 마음을 전한다.

배달 음식과 현지 재료로 메뉴를 짜는 일과 관련해 도움을 준 로크베이의 마이클 스미스에게도 감사 인사를 하고 싶다. 설정에 오류가 있더라도 이해해 주길 바란다. 서부 해안 지역을 직접 답사해 바뀐 게 있으면 최대한 정확히 수정하고 싶었지만 안타깝게도 2020년은 여행하기에 좋은 해가 아니었다.

내가 가장 불안하고 초조할 때 내 전화를 너그러이 받아 주면서 나를 알고 나를 이해하는 사람이 존재한다는 사실을 다정하게 일깨워 준 그랜트 맨슨 씨에게도 고맙다는 말을 전하고 싶다.

글쓰기에 영감을 준 레이철 존스와 좌절한 나를 일으켜 준 메이비 가족, 이 책이 나오기까지 불평과 환호를 오가는 내 넋두리를 들어 준 사랑하는 가족과 친구들도 모두 나의 은인이다.

엄마는 내가 자신의 이름을 쓰도록 해 줬고 변함없는 믿음과 한결같은 사랑으로 나를 지지해 줬다. 아빠는 본인도 작가라 마지막 편집을 통과하기까지 얼마나 많은 스트레스와 열정이 필요한지 이해해 줬다. 두 분에게 사랑과 감사와 그리운 마음을 전한다.

이 책을 담당한 펭귄 랜덤 하우스의 모든 직원, 특히 케이티 로프터스와 타라 싱 칼슨에게도 고마움을 전하고 싶다. 두 사람과 함께한 작업은 정말 즐거운 경험이었다. 두 사람의 조언과 열정, 멋진 아이디어 덕분에 주인공 버디가 최고의 모습을 선보일 수 있었다.

이 책이 나를 무조건 믿어 준 케이티의 기대에 부응했길 빈다.

빅토리아 모인스와 나탈리 월, 본문 편집자 맨디 그린필드, 이 책이 출판되기까지 도움을 준 모든 분에게 감사 인사를 전한다.

마지막으로 해티 그뤼네발트에게 고마운 마음을 전하고 싶다. 고마운 이유는 수도 없이 많고 본인도 알고 있겠지만 몇 가지 이유는 조만간 직접 만나 와인을 마시며 말할 작정이다.

The Summer Job

너의 여름을 빌려줘

제1판 1쇄 인쇄 l 2024년 6월 13일
제1판 1쇄 발행 l 2024년 6월 20일

지은이 l 리지 덴트
옮긴이 l 백지선
펴낸이 l 김수언
펴낸곳 l 한국경제신문 한경BP
책임편집 l 윤혜림
교정교열 l 김가현
저작권 l 박정현
홍   보 l 서은실·이여진·박도현
마케팅 l 김규형·정우연
디자인 l 장주원·권석중
본문디자인 l 디자인 현

주   소 l 서울특별시 중구 청파로 463
기획출판팀 l 02-3604-590, 584
영업마케팅팀 l 02-3604-595, 562   FAX l 02-3604-599
H l http://bp.hankyung.com   E l bp@hankyung.com
F l www.facebook.com/hankyungbp
등   록 l 제 2-315(1967. 5. 15)

ISBN 978-89-475-4957-8 03840

마시멜로는 한국경제신문 출판사의 문학 브랜드입니다.
책값은 뒤표지에 있습니다.
잘못 만들어진 책은 구입처에서 바꿔드립니다.